Jean-Christophe Grangé
Tag der Asche

AF178365

Weitere Titel des Autors

Der Flug der Störche
Die purpurnen Flüsse
Der steinerne Kreis
Das Imperium der Wölfe
Das schwarze Blut
Das Herz der Hölle
Choral des Todes
Im Wald der stummen Schreie
Der Ursprung des Bösen
Die Wahrheit des Blutes
Purpurne Rache
Schwarzes Requiem
Die Fesseln des Bösen
Die letzte Jagd

Titel in der Regel auch als Hörbuch und E-Book erhältlich

Über den Autor

Jean-Christophe Grangé ist Frankreichs Thrillerautor Nummer eins. Auf sein bravouröses Debüt DER FLUG DER STÖRCHE folgten weitere Veröffentlichungen, mit denen er schon bald in die erste Riege der internationalen Meister des Genres aufstieg. Grangés Romane erscheinen in über dreißig Ländern und wurden fast alle mit prominenter Besetzung für das Kino verfilmt.

TAG DER

JEAN-CHRISTOPHE GRANGÉ

ASCHE

Thriller

Übersetzung aus dem Französischen von
Ulrike Werner

lübbe

Vollständige Taschenbuchausgabe
der bei Bastei Lübbe erschienenen Hardcoverausgabe

Copyright © Éditions Albin Michel, 2020
Titel der französischen Originalausgabe: „Le jour des cendres"
Originalverlag: Éditions Albin Michel

Für die deutschsprachige Ausgabe:
Copyright © 2023 by Bastei Lübbe AG, Köln
Textredaktion: Dr. Ulrike Brandt-Schwarze, Bonn
Titelillustration: © lukaszimilena/Shutterstock
Umschlaggestaltung: Kirstin Osenau
Satz: Dörlemann Satz, Lemförde
Gesetzt aus der Goudy Oldstyle
Druck und Verarbeitung: GGP Media GmbH, Pößneck
Printed in Germany
ISBN 978-3-404-18949-6

2   4   5   3   1

Sie finden uns im Internet unter luebbe.de
Bitte beachten Sie auch: lesejury.de

I
Der Weinberg

1

Sie kannte die Grundregeln.

Immer die traditionelle Tracht und Haube tragen. Niemals synthetische Materialien berühren. Auf Mobiltelefone, Computer und alle anderen elektrischen Geräte verzichten. Auf Uhren und Schmuck desgleichen. Keine Lebensmittel verzehren, die nicht direkt vom Gutshof stammen. Nie den Körperschatten eines anderen mit dem eigenen Schatten bedecken …

Als Saisonarbeiterin war sie nicht verpflichtet, diese Grundsätze zu befolgen. Sie hatte lediglich bei der Weinlese die vorgeschriebene Kleidung zu tragen. Um achtzehn Uhr wurden sie und die anderen in eine Unterkunft am nördlichen Ende der Domäne gebracht, wo sie zum normalen Leben zurückkehren durften, das von Gesandten als »weltlich« abqualifiziert wurde. Später brachten unauffällige Transporter mit abgedunkelten Scheiben Wasser und Essen, als wären sie Aussätzige.

»Ivana, kommst du jetzt, oder was?«

Sie folgte Marcel auf den Lkw. Um halb acht morgens: Abmarsch der Truppen. Es war kalt, es war dunkel, und die von den Gesandten benutzten Fahrzeuge sahen düster aus – es waren große Pritschenwagen, die jede Abfahrt wie eine Deportation wirken ließen.

Ivana rückte ihre Haube zurecht und setzte sich neben Marcel auf die offene Ladefläche. Seit ihrer Ankunft vor zwei Tagen hatte sie nur mit einigen wenigen Saisonarbeitern sprechen können, und Marcel war trotz seines finsteren Aussehens der netteste.

»Willst du dir eine drehen?«

Er reichte ihr ein Päckchen Tabak und eine winzige Schachtel Blättchen. Wortlos begann Ivana, sich trotz des holprigen Weges eine Fluppe zu drehen, die diesen Namen auch verdiente.

In Sachen Kleidung schummelte sie ein wenig. Unter ihrem schwarzen Kleid trug sie Thermokleidung aus Heattech von Uniqlo – solche Tricks wurden toleriert, und vermutlich hatten auch die Gesandten selbst unter ihrer Uniform Trikots und Strumpfhosen aus eigener Herstellung an. Im November klettern die Temperaturen im Elsass nicht über 10 Grad.

Ivana zündete sich ihre Zigarette an und betrachtete die Landschaft. Rebenreihen, so weit das Auge reichte. Ein bisschen erinnerte der Anblick sie an Dreadlocks. Bevor sie sich auf diese Schinderei einließ, hatte sie sich die Topografie des Ortes genau eingeprägt. Der größte Teil der Ansiedlung, »Domäne« genannt, bestand aus Weinbergen. Im Zentrum befand sich die »Diözese« mit den Bauernhöfen und den Versorgungsgebäuden der Gesandten. Das gesamte Gelände war streng privat. Fremde durften es nicht betreten.

Einzige Ausnahme von dieser Regel war die Zeit der Weinlese, wenn die Täufer – das war der andere Name der Gesandten – keine andere Wahl hatten, als für zwei Wochen Saisonarbeiter einzustellen, damit die Trauben pünktlich und von Hand gepflückt werden konnten. *Willkommen, Ivana …*

Sie schloss die Augen und ließ sich von dem Ruckeln einlullen. Im Moment fühlte sie sich recht gut. Das Frühstück bei der Gemeinschaft war wirklich lecker – es gab einfache Bioprodukte, wie sie sie mochte –, und die eisige elsässische Luft tätschelte ihr mit einer Art fröhlicher Zärtlichkeit die Wangen.

Raff dich auf, altes Mädchen. Du bist nicht zum Träumen hier. Sie öffnete die Augen und stieß Marcel, der neben ihr döste, mit dem Ellbogen an.

»Hast du von dem Toten gehört?«

»Welcher Tote?«, fragte Marcel und schien sich an die brennende Zigarette zwischen seinen Fingern zu erinnern.

Der Saisonarbeiter sah aus wie ein Ex-Häftling. Um die dreißig, blasser Teint, schlechte Zähne, längliches Gesicht. Diese Visage, zu ausgemergelt, um ehrlich zu wirken, zeigte den durchtriebenen Blick eines Gauners, der davon träumt, es sich in der Sonne gut gehen zu lassen, tatsächlich aber die meiste Zeit im Knast verbringt.

»Ich hab gehört, dass in einer Kapelle eine Leiche gefunden wurde …«

»In Saint-Ambroise, ja …«

Er rauchte mit kleinen Zügen, als ob er Atem sparen wollte. Die Hälfte seines Gesichts wurde von dem vorgeschriebenen Hut verdeckt, einer Art Panama aus Stroh, der zu ihm passte wie eine Inkamütze zu Pablo Escobar.

»Was war denn da los?«, fragte Ivana.

»Wieso willst du das wissen? Bist du etwa 'n Bulle?«

Sie zwang sich zu lachen. »Nein, mal ehrlich …«, hakte sie nach.

»Vor 'ner Woche ist das Gewölbe der alten Kapelle neben der Domäne eingestürzt«, sagte Marcel schließlich. Da lag einer drunter. Ein wichtiger Typ aus der Gemeinde.«

»Der Chef?«

»Gibt keinen Chef hier, aber Samuel war der Bischof. Hat den Gottesdienst geleitet.«

»Sonst hat er nichts geleitet?«

»Ich will dir mal was sagen, Kleine. Du stellst zu viele Fragen.«

Der Lkw bog auf einen Feldweg ab, und sie wurden in eine Staubwolke getaucht. Die Rebreihen um sie herum erinnerten Ivana an die Kreuze des amerikanischen Friedhofs in

Suresnes. Als Zögling der Kinderfürsorge hatte sie als kleines Mädchen mehrere Jahre in dieser Gegend verbracht.

»Die Kapelle wird renoviert«, fuhr Marcel plötzlich fort und sprach lauter, um das Rattern zu übertönen. »Ich glaub, dass das Gerüst nachgegeben hat, und dann ist alles zusammengekracht, und Samuel ist von den Trümmern erschlagen worden.«

»War das ein Unfall?«

Marcel blieb keine Zeit für eine Antwort: Die Lastwagen hielten an. Einer nach dem anderen stiegen die Arbeiter schweigend ab. Ivana hatte nicht genau nachgezählt, aber insgesamt waren sie wohl ungefähr sechzig Saisonarbeiter. Zusammen mit den Gesandten zählten sie gut hundert Leute, die sich den ganzen Tag vor den Rebstöcken den Rücken verbogen.

Marcel war sicherlich keine wertvolle Informationsquelle, aber sie sah ihn als Resonanzboden. Über ihn konnte sie zumindest erfahren, was die Saisonarbeiter über das Drama zu sagen hatten. Das war immerhin ein Anfang.

Natürlich hatte sich Ivana über die Akte schlaugemacht. Die Gendarmen in Colmar wussten auch nicht viel. Im Moment gingen sie von einem Unfall aus, warteten aber auf die Einschätzung der Bausachverständigen. Sie hatten Mitglieder der Glaubensgemeinschaft befragt – vergeblich. Die Gesandten bedienten sich eines absonderlichen Jargons, der sowohl besänftigend als auch einfühlsam klang.

Aus diesem Grund hatte Philippe Schnitzler, der Staatsanwalt von Colmar, Pierre Niémans und Ivana Bogdanovic zu Hilfe gerufen. Die beiden Polizisten waren die einzigen Mitglieder der OCCS, der Zentralstelle gegen Gewaltverbrechen, und Spezialisten für bizarre Morde und seltsame Motive. Bei ihrem Einsatz hatten sie nur beratende Funktion. Niémans und Ivana hatten beschlossen, die Arbeit aufzuteilen: sie im Innern der Siedlung, er außerhalb.

Die Gesandten und Saisonarbeiter stellten sich mit Blick auf die Reben auf, um dem Morgengebet zu lauschen. Die Männer trugen schwarze Anzüge, weiße Hemden, Strohhüte und grobes Schuhwerk, die Frauen ein Kleid aus dickem Stoff, eine graue Schürze und eine weiße Haube aus Baumwoll-batist. Von Weitem sahen die Gesandten wie amerikanische Amische aus. Aus der Nähe ebenfalls.

Ivana kratzte sich am Kopf – die Haube war unbequem und lästig – und betrachtete wieder die Landschaft, die sich in der Morgendämmerung immer deutlicher abzeichnete: Die Ebenen und Wälder des Elsass jenseits der Weinberge hatten sie angenehm überrascht. Zwei Monate zuvor waren Niémans und sie dank eines düsteren Zufalls in ihrem Job ein paar Ki-lometer weiter entfernt tätig gewesen, auf der anderen Seite des Rheins im Schwarzwald. Deshalb hatte Ivana die gleichen dunklen Fichtenwälder und stahlgrauen Seen erwartet, die einem das Blut in den Adern gefrieren ließen.

Aber das hier war das Gegenteil. Das Landschaftsbild war französisch geprägt, sanft und freundlich. Jetzt im Herbst zeig-ten sich die Bäume rot, kupferfarben oder schon kahl, aber das Gras auf den Weiden – die Gesandten hatten auch Pferde und Vieh – hielt sich wacker, war noch grün, üppig und saftig.

Vor allem die Reben boten einen Anblick entfesselter Schönheit. Ihre leuchtend gelben Blätter schienen wie aus Licht zugeschnitten, und die hellen Trauben leuchteten wie goldene Tupfen. Es schien, als ob ihre bereits runzlige Schale Schwierigkeiten hätte, den süßen Saft zu halten.

Plötzlich begann ein bärtiger Mann ihnen gegenüber zu sprechen und wandte sich an Gott, an die Erde und an die demütigen Diener, die anwesenden Saisonarbeiter.

2

Danken wir Gott für die Erde und den Himmel,
Für die Sonne und den Regen
Und für die Abfolge der Jahreszeiten …«

Ivana sprach zwar Deutsch, aber die Gesandten benutzten einen Dialekt aus dem 16. Jahrhundert, der nichts mit der Sprache der Berliner Clubszene zu tun hatte.

Hilfsbereit wie immer hatte man den Saisonarbeitern eine Übersetzung der Gebete, die den Arbeitstag unterbrachen, zur Verfügung gestellt. Das Büchlein gab auch an, wann bestimmte Verse im Chor wiederholt werden mussten – und zwar auf Französisch. Aber das sollte keinesfalls Indoktrination sein. Wirklich nicht. Die Gesandten wünschten nur, dass alle diese eine Wahrheit verstanden: Die Frucht ihrer Arbeit war in erster Linie und vor allem anderen ein Geschenk Gottes, und die Erntenden sollten sich höchstens als Vermittler zwischen Himmel und Erde sehen.

Alle stimmten in den Refrain ein:

»In dir, Herr, liegt unsere Hoffnung!«

Der Vorbeter wechselte jeden Morgen. In der Gemeinschaft gab es keine Hierarchie. Die Gesandten erlaubten sogar, dass im Notfall ein Saisonarbeiter das Vorbeten übernahm.

»Danken wir Gott für die Hoffnung, die in uns wohnt
Wenn wir säen und pflanzen
Und auf die Ernte warten.«

Das Publikum antwortete erneut:

»In dir, Herr, liegt unsere Hoffnung!«

Ivana spielte ihre Rolle mit großer Bescheidenheit, während sie aus den Augenwinkeln die Gläubigen beobachtete, die sich rechts abseits hielten.

Mehr noch als ihre Tracht war es das Aussehen der Gesandten, das ihre Zugehörigkeit zur Gruppe kennzeichnete. Sie hatten alle das gleiche Gesicht, zumindest beinahe. Hostienweißer Teint und zarte Gesichtszüge bei den Frauen, runde Gesichter und Kinnbart bei den fast durchgängig rothaarigen Männern.

Sie schienen einem anderen Jahrhundert zu entstammen, aus der Zeit der Pioniere des Westens, der Pilger des Ostens, derer, die mit einer Bibel in der einen und einer Spitzhacke in der anderen Hand Ozeane, Wüsten, Berge überquert hatten.

»Bitten wir Gott, unsere Arbeit zu segnen
Auf den Feldern, in den Weinbergen, Obstgärten und
    Gärten
Damit deren Produkte unsere Kräfte erneuern
Um ihm zu dienen.«

Ivana murmelte:

»In dir, Herr, liegt unsere Hoffnung!«

Über ihnen nahm der Tag Schwung auf. Bald würde der Himmel in durchscheinendem Blau leuchten, und das Licht würde sich zwischen den Rebzeilen ausbreiten. Mit ihrer hellen Haut musste Ivana den ganzen Tag hindurch immer wieder Sunblocker auftragen. Nicht gerade traditionsgemäß, aber effektiv.

Sie merkte, dass sie ein oder zwei Verse verpasst hatte. Keine große Sache. In Gesellschaft der Gesandten empfand sie eine Art Trunkenheit, die keiner Worte bedurfte. Der Glaube dieser Leute faszinierte sie. Eine tiefe, unerschütterliche Überzeugung, die sie in einem gemeinsamen Schicksal einte … Sie stellte sich vor, dass alle in ihren Handflächen die gleiche Lebenslinie hatten.

Bei ihrer Ankunft hatte sie eine durchgeknallte Sekte erwartet, die von Gehirnwäsche und himmlischem Betrug lebte. Stattdessen entdeckte sie eine stille, unerschütterliche und anderen gegenüber absolut gleichgültige Inbrunst.

Ivana glaubte nicht an Gott. Und doch hätte sie Grund genug gehabt, an eine höhere Macht zu glauben, die sie allen Schwierigkeiten zum Trotz beschützte, nachdem sie den Schlägen ihres Vaters mit dem Wagenheber, serbischen Bombardements, Überdosen in Kellern und einer Verurteilung wegen vorsätzlicher Tötung – danke, Niémans! – entkommen war.

Bisher allerdings hatte sie sich damit begnügt, zu überleben, ohne über das Warum und Wie nachzudenken.

»Bitten wir Gott, die Bemühungen all jener zu segnen,
Die versuchen,
Die Güter der Erde zu verteilen …«

Ja, sie war ein bisschen neidisch auf die heiteren Gesichter dieser Menschen, ihre nach innen gerichteten Augen und ihren bescheidenen Glauben. Gerne hätte auch sie so gelebt: ohne den geringsten Zweifel und ohne die kleinste Abweichung. Sie hätte gerne tief in ihrem Inneren dieses selige Gefühl empfunden, einer Wahrheit anzugehören und Vorbild und Gewissen zugleich zu sein …

»In dir, Herr, liegt unsere Hoffnung!«

Es war Mord, dachte sie plötzlich. *Samuel Wending wurde in der Kapelle getötet, und ich werde es beweisen.* Sie hatte das beschlossen, ohne das geringste Indiz oder auch nur einen Anhaltspunkt zu haben, aber sie wiederholte es in Gedanken hart und wütend immer wieder.

»Hallo, pennst du, oder was?«, fragte Marcel. »Mach schon, Kleine.«

Ivana rückte ihre Haube zurecht, strich ihr Kleid glatt und griff nach der aus Weide geflochtenen Kiepe.

In Wirklichkeit war sie eben doch nur eine verpeilte Polizistin, die jeder Art von Rührung gegenüber nur eine Abwehr kannte – sich von der Überlegenheit des Bösen auf Erden zu überzeugen.

»Es war Mord«, murmelte sie vor sich hin. »Ohne jeden Zweifel.«

3

Ihr Vorstellungsgespräch hatte in einer Scheune stattgefunden. Ivana hatte den Gesandten von Anfang an reinen Wein eingeschenkt: null Erfahrung und nicht das geringste Wissen über Reben.

Getreu ihrem Ruf von Geduld und Großzügigkeit hatten sie sie, ohne zu zögern, eingestellt. Obwohl sie keine Ahnung habe, scheine sie entschlossen, ihr Bestes zu geben, und die Weinlese würde nur noch wenige Tage dauern.

Sie bekam eine kurze Einweisung. Auf der Domäne wurden die Trauben spät geerntet, weil man auf die Überreife der Beeren wartete, die auch als »Edelfäule« bezeichnet wurde. Na toll! Diese sterbenden Weintrauben, zur richtigen Zeit gelesen, ergaben einen wahren Nektar, eine kraftvolle Gewürztraminer-Beerenauslese.

Ivana trank zwar keinen Wein, aber sie glaubte den Leuten aufs Wort. Sie hatten ihr gezeigt, wie man die Trauben erntet, indem man den Stiel abschneidet. *Schnipp. Schnapp.* Kinderleicht – bis auf die Tatsache, dass die zu erntenden Früchte sorgfältig ausgewählt werden mussten. Am wichtigsten war die Farbe. Die Trauben, die sie seit zwei Tagen schnitt, sahen aus wie kleine, runzelige Rosinen, von denen die dunkelsten die besten waren.

Schnell hatte Ivana in dieses Spiel in Gesellschaft von schwarz gekleideten, im Nebel verschwommenen oder vom kalten Sonnenlicht angestrahlten Männern und Frauen hineingefunden. Kniend oder gebückt wiederholte sich immer wieder die gleiche Bewegung, umhüllt vom Geruch von Weintrauben, der so durchdringend war wie der von Ölfarbe.

Als sie am ersten Abend zu Bett gegangen war, hatte sie schon gefürchtet, nie wieder aufstehen zu können. Das Problem war die Haltung, die sie einnehmen musste: tief gebückt auf Höhe der Blätter, mit schmerzenden Knien und immer wieder herunterfallender Haube.

Aber schon am zweiten Tag hatte sie sich daran gewöhnt. Die frische Luft und das strahlende Licht hatten ihr geholfen, ihren Muskelkater zu überwinden, und das Weinlaub hatte ihr zugeflüstert, Geduld zu haben. Sie war gekommen, um Informationen zu sammeln. Bis es so weit war, konnte sie durchaus ein paar Trauben lesen …

Von Zeit zu Zeit blickte sie auf und sah die Täufer, die ein Stück entfernt herbsteten. Sie vermieden nach Möglichkeit den Kontakt mit den Saisonarbeitern, und wenn sie mit ihnen sprachen, dann mit einer affektierten Süße, einer hochmütigen Zerstreutheit. Auch wenn sie sich bescheiden gaben, spürte Ivana bei ihnen eine diskrete Anmaßung, ein Gefühl von Überlegenheit. Die anderen, all die anderen, die »Weltlichen«, waren für sie nur ein geistiger Irrtum und eine Beleidigung Gottes.

»Durch wen wird der Verstorbene ersetzt?«, nahm Ivana das unterbrochene Gespräch wieder auf.

»Wie meinst du das?«

»Du hast doch gesagt, er sei der Chef gewesen. Dann müsste jemand anders seinen Platz einnehmen.«

Marcel hielt in seiner Bewegung inne: Ein Knie auf dem Boden, das andere Bein angewinkelt, das Handgelenk darauf gestützt, hielt er seine Rebschere wie eine Waffe in Sicherheitsposition.

»Ich hab nicht gesagt, dass Samuel der Boss war. Im Gegenteil: Ich hab dir gesagt, dass es in der Gemeinde keinen gibt.«

Zwischen den Blättern wählte Ivana eine Traube aus, schnitt sie ab und warf sie in ihre Kiepe. »Hab ich wohl falsch verstanden.«

»Bestimmt. Und außerdem habe ich dir schon mal gesagt, dass du zu viele Fragen stellst.«

Ivana spürte, dass es allmählich Zeit für einen Gegenangriff war.

»Weil du keine stellst, vielleicht? Findest du die Atmosphäre hier etwa normal? Die Trachten? Die Regeln? Die Gebete? Die Tatsache, dass wir wie Aussätzige in einer Ecke der Domäne geparkt werden?«

Marcel zuckte mit den Schultern und fummelte mit seiner Schere herum. Vom Angriff wechselte er zur Verteidigung.

»Ich maloche hier jetzt seit fünf Jahren. Die späte Ernte ist 'n echter Glücksfall. Gute Gelegenheit, vor dem Winter noch 'n bisschen Kohle zu machen.«

»Und ihre Art zu leben macht dich nicht stutzig?«

Behutsam legte er eine Weintraube in seine Kiepe.

»Ich schneid die Trauben, hol mir den Zaster ab, und das war's.«

Ivana schaute an ihrem Kleid hinunter. »Aber trotzdem, diese Klamotten …«

»Ist wegen dem Anstand. Kann's ihnen nicht verdenken. Erntehelfer arbeiten sonst oft halb nackt.«

»Sogar im November?«

»Du bist echt 'ne Nervensäge.«

Er gab diese Feststellung von sich, ohne mit der Wimper zu zucken, im Tonfall eines Kerls, der zwar weiß, dass es solche Mädchen gibt, dem es aber egal ist, weil er sich ohnehin nie mit ihnen abgeben würde.

»Also kein Chef?«

»Kein Chef.«

»Und wer ist für die Produktion zuständig?«

»Ein Typ namens Jakob.«

»Der von gestern Morgen?«

Ein kleiner, pummeliger Mann war gekommen, um sie über den Stand der Dinge zu informieren. Sie lagen zwar noch ganz gut in der Zeit, was aber kein Grund zum Trödeln sein durfte: Es blieben nur noch drei Tage, um das große Werk zu vollenden!

»Exakt. Er überwacht die Weinherstellung von der Ernte bis zur Abfüllung in Fässer für die weitere Reifung.«

Ivana fragte nicht weiter, machte sich aber ihre eigenen Gedanken. Der kleine Mann mit der süßlichen Stimme und dem verkniffenen Lächeln hätte durchaus das Zeug zu einem hinterhältigen Diktator gehabt.

Ein Rivale von Samuel?

Ein potenzieller Verdächtiger?

In dem Zaun um das Lager der Saisonarbeiter hatte sie ein Schlupfloch entdeckt. In der kommenden Nacht würde sie einen Blick in die Kapelle werfen.

4

Nachdem Ivana abgereist war, hatte sich Pierre Niémans an seinem Pariser Schreibtisch ganz allein über den Papierkram und die vorliegenden Akten hergemacht. Er hasste diese Arbeit. Dabei fühlte er sich wie eine Etappensau, während die anderen draußen in den Kampf ziehen durften.

Jetzt, am Nachmittag des 14. November, einem Mittwoch, saß er im TGV. Eine echte Tortur. Stinkende Sitze, mottengesichtige Passagiere und ungepflegte Schaffner, die sich an die Sitze lehnten, als wollten sie einen anmachen wie in einem Club.

Einer von ihnen fragte soeben nach seiner Fahrkarte. Niémans reichte sie ihm, ohne ihn anzusehen, und verkroch sich anschließend tief in seinem Sitz – ein Einzelplatz, das einzig Positive an der ganzen Sache.

Es war vor allem das Ziel, das ihm Unbehagen verursachte: das Elsass. Er verstand es nicht wirklich. Das neu geschaffene Einsatzteam war eigentlich dazu gedacht gewesen, kreuz und quer in Frankreich zu ermitteln, aber gleich die beiden ersten Fälle hatten sie an denselben Punkt gebracht – zumindest beinahe. Nach dem Schwarzwald mit seinen Fichten war es jetzt das Florival-Tal mit seinen Weinbergen.

Großer Gott! Nur wenige Kilometer vom Haus seiner Großeltern entfernt!

Das war schon kein Pech mehr, das war eher ein Fluch.

Schuld an der Misere war Philippe Schnitzler, der Staatsanwalt von Colmar und zufällig ein Jugendfreund. Oder besser: Niémans und Schnitzler hatten eine gewisse Anzahl von Jahren die Schinderei auf der gleichen Schulbank ertragen.

Der Kontakt zueinander war längst abgerissen, und beide hatten sich in eine andere Richtung orientiert.

Aber bei diesem verdächtigen Todesfall in einer Kapelle hatte sich Schnitzler plötzlich an seinen alten Kumpel erinnert. Unfall? Sabotage? Mord? Da fragen wir doch mal den guten alten Niémans nach seiner Meinung …

Durch das Fenster warf er einen Blick auf die Landschaft und dachte an Ivana, die sich freiwillig für die Weinlese gemeldet hatte. Er glaubte nicht wirklich an diese Infiltration in letzter Minute. Die Saisonarbeiter waren abseits untergebracht, und es gab kaum eine Chance, dass seine Partnerin den Gesandten die Würmer aus der Nase ziehen konnte – selbst innerhalb der Domäne. Und vor allem nicht drei Tage vor dem Ende der Weinlese.

In Ermangelung einer besseren Alternative vergrub er sich erneut in seine Akten. Zwischen den Zeilen las er, dass die Gemeinschaft im Tal einen ganz besonderen Status hatte. Ihr Wein war der berühmteste in der Gegend und trug indirekt zum Lebensunterhalt ziemlich vieler Einheimischer bei.

Die Gesandten waren daher mit größtmöglicher Delikatesse befragt worden. Trotzdem hatten sie eine Autopsie abgelehnt und zudem jeden Zutritt auf ihr Land verboten. Zwar lag die Kapelle außerhalb des Anwesens, aber die Gendarmen durften nicht auf dem Privatgelände der Gemeinschaft herumschnüffeln. Immerhin hatte Schnitzler es geschafft, die Autopsie zu erzwingen, aber das war auch schon alles.

Samuels Tod lag fünf Tage zurück, doch die Akte der Gendarmerie war so dünn wie die Speisekarte eines Schnellimbisses. Die Staatsanwaltschaft hatte daher die Verfolgungsfrist verlängert, natürlich nicht ohne Hintergedanken: Damit bekam Niémans den Freibrief, die kleine Welt ordentlich durchzurütteln, ohne dass ein Richter dagegen vorgehen konnte.

Eher unterschwellig ahnte der Polizist noch einen weiteren Grund. Vielleicht hatte Schnitzler ihn zu Hilfe gerufen, weil er innerhalb dieser Domäne etwas Unsauberes witterte. Samuels Tod war eine Gelegenheit, Licht in diese anachronistische Welt zu bringen, und zwar durch Niémans und seine legendäre Sensibilität.

Eine unverständliche Durchsage informierte sie über die bevorstehende Ankunft im Bahnhof von Colmar. Niémans schauderte beim Akzent des Bahnbeamten. Willkommen zu Hause.

Er griff nach seinem Koffer und zwang sich zu ein wenig gutem Willen. Als ob er innerlich seine Kräfte sammelte. Er würde sich zusammenreißen müssen, um diesen zweiten Aufenthalt in einem nur allzu gut bekannten Landstrich durchzuhalten …

»Scheiße.«

Der Fluch entschlüpfte ihm auf dem Trittbrett des Waggons, als er den Gendarmerieoffizier entdeckte, der auf dem Bahnsteig auf ihn wartete. Capitaine Stéphane Desnos war, was der Name nicht sofort vermuten ließ, eine Frau.

Und noch dazu ziemlich attraktiv.

5

Schon lange kursierten Gerüchte über Niémans' Beziehungen zu Frauen. Entweder ertrug er sie gar nicht, oder er liebte sie zu sehr. Man hielt ihn für einen Frauenfeind. Oder im Gegenteil für jemanden, der sich zu schnell verliebte. Beides stimmte, beides war falsch. Es kam einfach nur auf die Momente an.

Eine Regel hingegen war unumstößlich: Er vermied es, mit Frauen zu arbeiten. Ihre Anwesenheit störte ihn, weil er dafür zu sensibel war. Für eine Ermittlung braucht man einen freien und kühlen Kopf. Das Gehirn eines Polizisten ist wie eine Bibliothek. Temperatur und Luftfeuchtigkeit müssen ständig überwacht werden.

»Commandant Pierre Niémans?«

Er nickte kurz. Ohne lange zu diskutieren, griff die Gendarmin nach seinem Rollkoffer, als wollte sie die Gleichberechtigung unterstreichen, die während ihrer Zusammenarbeit herrschen würde.

Mehrfach wiederholte sie ihren eigenen Namen und machte sich auf den Weg. Niémans folgte ihr in einem gewissen Abstand und betrachtete sie. Um die dreißig, kurvig, ja geradezu sinnlich. Der Polizist konzentrierte sich auf ihr Dienstkoppel, das bestückt war wie ein Baumarktregal – Cordura-Holster, Pistole, Teleskopschlagstock, Handschuhe, Handschellen, Ersatzmagazin …

Unter dieser gewalttätigen Ausstattung sprachen ihre runden Pobacken eine ganz andere Sprache. Niémans fluchte leise vor sich hin. Die Kälte des Bluthundes und die Bibliothek in seinem Kopf konnte er vergessen.

Sie erreichten den Parkplatz, wo ein nagelneuer Mégane auf sie wartete. Auf den Türen stand *GENDARMERIE – UNSER ENGAGEMENT, IHRE SICHERHEIT*. Blöde Idee, dieser Aufdruck. Nicht gerade schlau, mit einem solchen Slogan herumzufahren, vor allem wenn man an einen Tatort mit einer schon kalten Leiche gerufen wird.

Stéphane Desnos packte Niémans Koffer in den Kofferraum. *Noch schlimmer als erwartet*. Ihr wohlproportionierter Körper war muskulös, aber sie bewegte sich mit einer Anmut, die sie sofort begehrenswert machte. Sie hatte eine volle, schwere, sehr anziehende Brust und ein eher alltägliches, aber gleichmäßiges und unschuldiges Gesicht. Eine echte Granate.

Zum Thema sexuelle Anziehung hatte Niémans eine recht einfache Theorie, die aber für ihn sehr gut funktionierte. Das Verlangen verstärkte sich wie jede natürliche Energie, je schwieriger der Zugang wurde. Eine Lehrerin war heiß, weil sie Autorität und Moral repräsentierte. Eine Uniform war erregend, weil sie der Lüsternheit im Wege stand. Selbst eine Brille konnte einen dazu bringen, die Wände hochzugehen … Diese gut bewaffnete Gendarmin, deren Brüste ihren halb geöffneten Blouson zu sprengen drohten, war dafür ein – wie sollte man es ausdrücken? – Paradebeispiel.

»Hören Sie mir überhaupt zu?«

Niémans schüttelte seine Grübeleien ab.

»Natürlich. Was haben Sie gesagt?«

»Ich habe Ihnen erklärt, wo Brason liegt.«

»Ich kenne mich hier aus.«

Desnos warf ihm einen misstrauischen Blick zu. Sie ballte die Hände um ihr Koppel und schien seine begehrlichen Gedanken zu erraten.

»Wollen Sie fahren?«, fragte sie, denn sie hatte zweifellos

begriffen, dass sie es hier mit einem eingefleischten Macho zu tun hatte.

»Schon gut. Fahren Sie.«

»Und wohin? Aufs Revier?«

»Nein. Zur Kapelle.«

»Jetzt sofort?«

Er nickte und stieg auf der Beifahrerseite ein.

»Mir wurde gesagt, dass Sie zu zweit sind«, fuhr sie fort und setzte sich ans Steuer.

»Nun, ich bin aber allein.«

Ehe sie losfuhr, verrenkte sich Desnos auf dem Sitz, um ihren Blouson auszuziehen. Niémans erspähte im Blusenausschnitt zunächst einen weißen BH-Träger und dann ein halbes Körbchen. Der Anblick bohrte sich wie ein Messer in seinen Unterleib.

Zur Ablenkung ließ er sich auf einen kurzen Kampf mit seinem Sicherheitsgurt ein.

Als Desnos schließlich den Motor startete – und die Temperatur im Fahrgastraum sank –, wurde Niémans plötzlich klar, dass ausgerechnet er als eingefleischter Frauenfeind nie eine bessere Partnerin gefunden hatte als eine Frau: Ivana Bogdanovic, seine derzeitige Assistentin, seine kleine Slawin, sein Eichhörnchen …

Dieser Gedanke erwärmte sein Herz. »Berichten Sie mir von den Ermittlungen«, sagte er mit kontrollierter Stimme. »Erzählen Sie mir, wie weit Sie sind.«

6

Leider gibt es nichts Neues. Die Gesandten rücken nicht mit der Sprache raus, die Untersuchungen am Unglücksort haben nichts ergeben, und wir warten immer noch auf die Experten.«

Um das Gespräch in Gang zu halten, begann Desnos mit einem ausführlichen Bericht über die Religionsgemeinschaft.

Im 16. Jahrhundert flüchteten die in der Schweiz und in Deutschland verfolgten Täufer ins Elsass. Von den unterschiedlichen Gruppierungen, den Mennoniten, den Hutterern und den Amischen, blieben schließlich nur die Gesandten in der Region, weil sie der Meinung waren, dass Gott ihnen ein vollkommenes Geschenk anvertraut hatte – dieses Land, das einen einzigartigen Wein hervorbringt.

Ein ansässiger Landesherr, den ihr Glaube berührt hatte, machte ihnen im 17. Jahrhundert offiziell die mehr als 300 Hektar umfassenden Grundstücke zum Geschenk. Seit dieser Zeit lebten sie an diesem Ort. Eine einfache, in Schwarz-Weiß gekleidete Gemeinschaft, die niemandem Rechenschaft schuldig war und mit der Genauigkeit eines Uhrwerks ihren Gewürztraminer produzierte.

Sie fuhren nun in Richtung des Florival-Tals, durch das der Fluss Lauch fließt. Niémans hatte bereits auf einer Karte nachgeschaut: Die Ländereien der Gesandten befanden sich etwa zehn Kilometer östlich von Brason, am Fuß des Grand Ballon, der höchsten Erhebung der Vogesen.

Es war schönes Wetter, das konnte Niémans nicht leugnen, und doch er hatte an diesem sonnendurchfluteten Spätnachmittag kein gutes Gefühl.

»Erzählen Sie mir von dem Mord«, unterbrach er Desnos plötzlich.

»Du liebe Zeit, nichts deutet darauf hin, dass es sich um einen Mord handelt!«

»Ich habe gelesen, dass die Stützen, die das Gewölbe hielten, plötzlich nachgegeben haben. Im Bericht ist die Rede von Sabotage.«

»Im Moment gibt es noch keine Gewissheit.«

»Und wann erfahren wir es?«

»Das steht in den Sternen. Wir haben Experten angefordert ...«

Eine typisch französische Ermittlung. Fast eine Woche nach dem Vorfall wartete man noch immer, als ginge es nach einem Wasserrohrbruch um einen Klempner.

Inzwischen kannte sich Niémans wieder aus: Sie hatten die Hänge rund um Guebwiller passiert, auf denen einige der ganz großen Weine der Region reiften. Wie oft war er hier mit dem Fahrrad entlanggefahren ... Damals sprach man nur hinter vorgehaltener Hand von den Gesandten, wie von einem geheimnisvollen Volk mit seltsamen Sitten.

Plötzlich tauchten Zäune und immer wieder Schilder mit der Aufschrift PRIVATGELÄNDE auf.

»Das ist die Domäne«, erklärte Desnos.

»Nicht gerade einladend.«

»Die Gesandten belästigen niemanden und wollen im Gegenzug nicht gestört werden.«

Der Polizist erkannte eine gewisse Aggressivität in ihrer Antwort und begriff, auf wessen Seite sie stand.

»Warum haben sie die Autopsie eigentlich abgelehnt?«

»Weil es gegen ihre Prinzipien verstößt. Es geht um den Schutz der körperlichen Unversehrtheit der Menschen. Sie verweigern auch Bluttransfusionen.«

»In der Akte finden sich nur wenige Verhörprotokolle. Haben Sie keine Nachbarschaftsbefragungen gemacht?«

»Welche Nachbarschaft? Die Kapelle liegt unmittelbar neben dem Anwesen der Gesandten, und jeder, den wir befragt haben, hat sich entweder geweigert, mit uns zu sprechen, oder ausweichend geantwortet. Außerdem konnten sie die Protokolle nicht unterschreiben.«

»Warum?«

»›Eure Rede aber sei: Ja, ja; nein, nein; was darüber ist, das ist vom Übel‹, sagt Jesus im Matthäusevangelium. Diese Textstelle verbietet ihnen, einen Eid zu leisten.«

Entweder hatte Desnos intensiv über die Frage nachgedacht, oder sie stand den Gesandten sehr nahe.

»Erzählen Sie mir von Samuel. Ich habe gelesen, dass er der Bischof der Gemeinschaft war.«

»Er hat die Gottesdienste geleitet, mehr nicht.«

»Er war nicht ihr Guru?«

»Der einzige Guru, den die Täufer kennen, ist Christus.«

Desnos spielte ihre Rolle als Botschafterin geradezu perfekt. Während der ganzen Zeit fuhren sie an Weinbergen entlang, immer mit Stacheldraht eingezäunt und immer gekennzeichnet mit Schildern PRIVATGELÄNDE.

»Wie erlebt die Gemeinschaft den Tod von Samuel Ihrer Meinung nach?«

»Mit Resignation. Sie gehören nicht zu den Menschen, die jammern. Im Moment ist es für sie das Wichtigste, die Weinlese rechtzeitig zu beenden.«

Niémans – ein weiteres Polizistenklischee – verknüpfte den Gedanken an die Traubenlese direkt mit edelsten Weinen und einer Menge Geld – einem Vermögen, das die Gesandten über die Jahrhunderte angehäuft hatten.

»Ich nehme an, sie stehen auch über materiellen Dingen?«

»Absolut. Kein Gemeindemitglied hat Privatbesitz. Der Weinbetrieb wird von einer Genossenschaft geführt, und die Einnahmen gehen an eine Stiftung.«

»Was ist mit Sex?«

Die Gendarmin war empört. »Was sind das für Fragen?«

»Seien Sie nicht kindisch. Hat es nie Probleme dieser Art auf der Domäne gegeben? Kindesmissbrauch? Vergewaltigungsvorwürfe?«

»Nein.«

Sie antwortete mit leiser Stimme, in einem Ton, der eine gewisse Enttäuschung ausdrückte. Als würde sie flüstern: »Wenn das der berühmte Polizist aus Paris sein soll …«

Niémans beließ es dabei. Keine Machtansprüche, keine Geldangelegenheiten – und Fragen der Moral wurden von vornherein ausgeschlossen: Was ein Motiv anging, war das eine magere Ausbeute.

»Warum ist Samuel an diesem Abend zur Kapelle gegangen?«

»Er hat die Renovierungsarbeiten überwacht. Er war jeden Tag da.«

»Wer hat die Leiche entdeckt?«

»Glaubensbrüder. In der Nacht. Sie waren besorgt, weil er nicht mehr in die Kellerei zurückgekehrt war. Während der Lese wird da Tag und Nacht gearbeitet.«

»Gab es in der Kapelle etwas zu stehlen?«

»Nein.«

»Die Kirche befindet sich nicht auf dem Gebiet der Domäne und ist katholisch. Warum finanzieren sie die Renovierung?«

»Anfang des 20. Jahrhunderts haben sie die Kirche gekauft. Für sie ist es ein symbolischer Ort. Im Laufe der Jahrhunderte haben sie bei Verfolgungen dort oft Zuflucht gefunden.«

Das würde Niémans überprüfen.

»Den Obduktionsbericht habe ich nicht erhalten.«

»Er wurde uns gerade erst zugeschickt.«

Bei diesen Worten reckte sie einen Arm zwischen den Sitzen hindurch nach hinten und durchwühlte ihre Aktentasche auf der Rückbank. Erneut durfte Niémans einen Blick auf ein Stückchen BH erhaschen, makellos wie die frische Windel eines Babys.

Sofort vergrub er sich in der Akte. Die nächste Enttäuschung. Noch nie hatte er einen derart dürftigen forensischen Bericht gelesen. Dabei wies der Tote zahlreiche Verletzungen auf. Samuels Rückgrat war gebrochen und der Bauch aufgerissen. Die Rippen hatten die Lunge perforiert, das Brustbein war in den Herzmuskel gedrückt worden, Dünn- und Dickdarm quollen zwischen den Bauchmuskeln hindurch, und Milz und Bauchspeicheldrüse waren geplatzt.

Das Dokument enthielt keine weiteren Details. Weder eine toxikologische Analyse noch Kommentare zu den Verletzungen.

»Wer hat diesen Wisch verbrochen?«, fragte Niémans.

»Patrick Zimmermann.«

»Offenbar schreibt er solche Berichte nicht gerade häufig.«

»Bestimmt nicht, er ist nämlich Kinderarzt. Zwar ist er auch ausgebildeter Rechtsmediziner, hat aber nie praktiziert.«

»Was ist denn das für ein Mist?«

»Die Gesandten haben der Autopsie nur unter der Bedingung zugestimmt, dass Samuels Leiche in der Nähe bleibt.«

»In der Nähe?«

»Dr. Zimmermann arbeitet in einer Klinik in Brason. Dort hat er die Leiche obduziert. Die Gesandten kennen ihn. Von Zeit zu Zeit konsultieren sie ihn wegen ihrer Kinder. Sie haben Vertrauen zu ihm.«

Das alles erschien Niémans völlig absurd, aber vermutlich hatte Schnitzler sein Einverständnis gegeben, um die Sache voranzubringen und Diskussionen zu vermeiden.

Er beschloss, konkreter zu werden.

»Würden Sie sagen, dass wir es mit einer Sekte zu tun haben?«

»Diese Frage habe ich schon erwartet«, murmelte Desnos sarkastisch.

»Beantworten Sie meine Frage.«

»Ganz sicher nicht. Diese Glaubensgemeinschaft besteht seit mehr als fünf Jahrhunderten.«

»Mit Zeit hat das nichts zu tun.«

»Ich meine, wir müssen sie einfach als eine Randerscheinung des Christentums sehen. Zumindest ist das die Meinung der Sektenbeauftragten der Regierung.«

Der Ausschuss zur Überwachung und Bekämpfung gefährlicher sektiererischer Entwicklungen in Frankreich hat ein Auge auf Gruppen mit religiösen oder abergläubischen Tendenzen, und es handelt sich um Leute, die ihren Job verstehen.

»Wenn man die Kriterien anlegt, die für eine Sekte normalerweise charakteristisch sind«, fuhr Desnos fort, »erfüllen die Gesandten keines davon.«

»Zum Beispiel?«

»Eine Sekte hat immer einen Anführer. Die Gesandten nicht. Auch Geld und Macht sind bei ihnen kein Thema. Sie leben abgeschieden, sind friedfertig und gehen ihrer Arbeit nach.«

»Missionieren sie?«

»Ganz und gar nicht. Sie heiraten nur innerhalb der Gemeinschaft, stellen ihren Wein her und befolgen ihre Regeln fernab von der Welt der Weltlichen.«

Der Begriff sprach für sich: Die Täufer standen für Tiefe und Wahrheit, alle anderen für Oberflächlichkeit und Verirrung.

»So kann man in Frankreich im Jahr 2020 aber nicht leben«, antwortete Niémans. »Unser Land ist ein Rechtsstaat, in dem niemand über dem Gesetz steht.«

Desnos lächelte – offenbar hatte sie auch diese Bemerkung erwartet:

»Sie haben recht. Oberflächlich gesehen beugen sie sich den französischen Regeln. Sie tragen offizielle Nachnamen, sie stellen Lohnabrechnungen aus, und sie zahlen ihre Steuern. Tatsächlich aber spielt sich alles in den Büros der Genossenschaft ab. Nichts überschreitet je die Grenzen der Diözese. Sie haben einen Schatzmeister, der das alles verwaltet.«

»Wissen Sie, wie er heißt?«

»Jakob.«

Niémans wollte gerade eine weitere Frage stellen, als er zwischen Rebstöcken etwas bemerkte, das ihn irritierte.

»Fahren Sie bitte langsamer.«

»Was?«

»Langsam, hab ich gesagt!«

7

Da arbeiteten sie im Licht der Dämmerung. Etwa hundert Männer und Frauen beugten sich über die Reben. Fast wie ein Ballett. Alle trugen schwarze Kleidung, nur hier und da schimmerten ein paar weiße Akzente – Strohhüte und Hemden bei den Männern, Hauben und Krägen bei den Frauen. Im Abendlicht leuchtete diese Zweifarbigkeit auf ganz besondere Weise – das Schwarz glitzerte, das Weiß hatte die Zartheit von Schneekristallen.

Auf der linken Seite hoben sich die Saisonarbeiter trotz identischer Kleidung deutlich von ihren Nachbarn ab. Die meisten waren noch jung und unterschieden sich durch eine große Vielfalt an Hauttönungen, Statur und Gesichtsausdrücken. Auch Tattoos, die große Geißel des 21. Jahrhunderts, waren zu sehen.

Niémans' Blick wanderte zu den Gesandten. Das Bild war schön wie ein Traum und gleichzeitig präzise wie die Ziernaht einer Nähmaschine. Unwillkürlich musste er an ein Gemälde denken, das er im Musée d'Orsay gesehen hatte: *Une Soirée* von Jean Béraud. Ein Empfang im späten 19. Jahrhundert, bei dem die Gäste Fräcke und Abendkleider trugen.

Warum kam ihm ausgerechnet dieses Bild in den Sinn, also genau das, was die Gesandten ablehnten?

Doch plötzlich verstand er. Diese so friedliche und choreografierte Szene beschwor den Geist des Werkes herauf. Den Geist eines stillen Festes, einer diskreten, rituellen Zeremonie, einer zurückhaltenden Freude …

Niémans hatte einige Fotos von den Gesandten gesehen, aber die Realität verstärkte noch, was die Bilder nur angedeutet hatten: Die Welt dieser Menschen war anders, als bestünde sie aus einem anderen Material, das von einem anderen Geist belebt wurde. Die Blätter, die Triebe, die Erde – alles wirkte hier frischer und lebendiger. Die Stoffe waren dicker und rauer. Selbst Bärte und Haare hatten eine Textur, die aus einer anderen Zeit zu stammen schien.

Plötzlich hielt er den Atem an.

Gerade hatte er Ivana bemerkt, die zwischen den Reben kniete. Sie befand sich auf der Seite der Saisonarbeiter, aber mit ihrer hellen Haut und ihrem rötlichen Haar hätte sie sich leicht unter die Gesandten mischen können.

Normalerweise kombinierte die Polizistin Blusen, Jeans und Stiefel zu einem eher wilden Look, und wenn sie einmal versuchte, das zu ändern, wirkte es, als hätte sie sich verkleidet. Das Täufer-Outfit jedoch passte zu ihr. Das sehr schlichte, feierliche Gewand offenbarte ihre Reinheit und ihre Zartheit.

Niémans ertappte sich dabei, in ihr eine bekehrte Sünderin zu sehen, wie gewisse Erleuchtete mit schwieriger Vergangenheit, die durch eine Begegnung mit Gott wundersam geläutert werden. Ivana hatte getötet. Sie hatte sich bis zum Anschlag mit Drogen zugedröhnt. Sie hatte ihr Kind im Stich gelassen. Aber sie war eine Maria Magdalena, die nur auf die Chance wartete, gerettet zu werden.

Mit einem Mal bekam er es mit der Angst zu tun. Vielleicht war diese Folklore aus einer anderen Zeit doch nur eine Lüge, eine Fassade, die mörderische Absichten oder vergrabene Geheimnisse verbarg … Wenn Ivana etwas zustieße, würde er sich das nie verzeihen.

Er fröstelte, und seine Stimmung wurde wieder düster. Ihm war, als ob alle seine Neuronen ausschließlich mit negativen Wellen geladen wären. »Geben Sie Gas«, knurrte er. »Wir wollen hier schließlich nicht übernachten.«

8

Die Saisonarbeiter verließen den Weinberg als Erste und stiegen auf die Lastwagen. Die Gesandten nahmen als Nachhut die letzten Fahrzeuge.

Bei der Abfahrt versteckte sich Ivana zwischen den Reben und wartete. Zum Abschluss ritten einige Aufseher noch einmal durch das Gelände, aber weil es bereits dunkel wurde, konnte sich die junge Frau problemlos unter dem Laub verbergen. Sie sah zu, wie ihre Kameraden die Lkws enterten, und musste wieder einmal an eine Deportation denken.

Als die Motoren ansprangen, näherte sie sich. Bald standen nur noch die Transporter für die Gesandten bereit. Ivana sprang in den Scheinwerferstrahl und tat, als ordnete sie ihr Kleid – als wäre sie nur kurz pinkeln gegangen.

»Wartet auf mich!«

Das letzte Fahrzeug hielt an. Sie rannte los und kletterte hinein. Alle rückten zur Seite. Körperkontakt mit »Weltlichen« war ihnen untersagt. Vielleicht nahm man sie als nicht organisches Material wahr, ähnlich wie Plastik oder Kevlar.

Der Lkw nahm Fahrt auf, aber alle Augen blieben auf Ivana gerichtet, die sich auf eine der Bänke setzte. Sie entschuldigte sich unsicher ins Dunkel und presste ihre Beine zusammen wie ein schüchternes kleines Mädchen.

»Mach dir nichts draus«, flüsterte eine Stimme.

Ivana entdeckte ein Gesicht, das ihr zulächelte. Die Frau war höchstens zwanzig Jahre alt und erfüllte die Kriterien der Gemeinschaft perfekt: rotbraunes Haar, helle Wimpern, blasse, wachsame Augen. Ihr rundes Gesicht betonte ihre Jugendlichkeit noch mehr.

Ivanas Atem beruhigte sich. Mit den Händen umschloss sie ihre Knie. Fast sofort überkam sie eine bleierne Müdigkeit. Der Muskelkater in ihren Oberschenkeln, die Schmerzen in den Fingern, die verkrampften Schultern …

»Geht es einigermaßen? Hältst du durch?«, erkundigte sich ihre Nachbarin, die Ivanas Erschöpfung zu ahnen schien.

»Mit tut alles weh«, antwortete Ivana, »ich weiß nicht mal mehr, wo meine Arme oder Beine sind.«

»Das geht bald vorbei, du wirst schon sehen. Dieses Mal bleibt dir allerdings keine Zeit, dich daran zu gewöhnen.«

»Schade.«

Ivana war von ihrer eigenen Antwort überrascht, denn in diesem Moment meinte sie es wirklich.

»Hast du Feuer?«, fragte die junge Frau. Zwischen ihren Lippen klemmte eine Zigarette.

Ivana hatte immer ein Zippo-Feuerzeug in der Tasche, das man ihr gelassen hatte, weil es komplett mechanisch funktionierte. Sie brachte die Flamme so nah wie möglich an das Gesicht der jungen Gesandten.

Im Schein der Flamme erkannte sie deren Züge deutlicher. Zusammengewachsene Augenbrauen, als ob sie wegen eines geheimnisvollen Ärgers oder aus übermäßigem Stolz die Stirn runzeln würde, eine kleine Nase und ein sinnlicher Mund mit hübschen Konturen. Ihre Schönheit war südländisch, aber ihr kastanienbraunes Haar und ihr Porzellanteint wiesen eher nach Norden. Eine Mischung aus Mittelmeer und Ostsee.

»Wie heißt du?«

»Ivana.«

Warum hätte sie schummeln sollen? Als sie ankam, hatte sie ihren richtigen Namen angegeben. Sie wusste, dass die Gesandten diese Informationen nur der Form halber abfragten, denn sie hielten die französische Verwaltung und die sozialen Netzwerke für sinnlose Hobbys der Weltlichen.

»Und du?«

»Rachel.«

Die junge Frau hatte eine klare Stimme, die nach Lachen klang. Sie erinnerte Ivana an einen kleinen Bach, der keck zwischen Steinen und Moos durch einen Wald sprudelte.

»Darf ich mir auch eine drehen?«

Ivana hatte bemerkt, dass Rachels Zigarette selbst gedreht war. Die Gesandte kramte in ihrer Schürzentasche und zog Tabak und Blättchen hervor, die ohne Namen oder Verpackung in einer kleinen Leinwandhülle steckten.

»Was ist das für ein Tabak?«

»Elsässischer. Wir bauen ihn hier selbst an.«

»Ach wirklich?«

Rachel lächelte. Es sah aus wie ein Pinselstrich auf einem leeren Blatt Papier.

»Wir leben hier sozusagen autark.«

Ivana drehte sich in wenigen Sekunden eine Fluppe – der Tabak war blond und seidig: Er passte zu Rachel. Sie zündete sie an, genoss still und ließ sich den Wind um die Nase wehen.

Es war ein besonderer Moment: Die kühle Abendbrise tat ihr gut, aber vor allem beglückwünschte sie sich zu dieser Situation. Sie befand sich mitten unter den Gesandten, und diese ziemlich aufgeschlossene junge Frau verschlang sie mit den Augen. Gerade hatte sie einen Riesenschritt vorwärts gemacht.

»Mich wundert, dass sie dich für die paar Tage noch genommen haben«, bemerkte Rachel.

»Die Leute, mit denen ich geredet habe, waren echt nett. Ich hab ihnen meine Lage erklärt.«

»Welche Lage?«

Ivana nahm einen tiefen Zug, ehe sie anfing zu lügen. »Kein Job, keine Wohnung, keine Knete.«

Rachel schüttelte mitleidig ihre Locken, dann richtete sie sich auf und reckte sich, als wollte sie ihren runden Kopf mit der Haube ins Gleichgewicht bringen. Sie griff nach Ivanas linker Hand, der Hand ohne Zigarette. Die Polizistin erbebte – Rachel hatte soeben das Gesetz der Berührung gebrochen.

»Mit solchen Fingern kannst du nicht viel Erfahrung haben, oder?«

»Gar keine!«, gestand Ivana. »Umso cooler, dass sie mich trotzdem eingestellt haben.«

»Eben eine gute Tat!«

»Ihr habt offenbar keine Angst vor hoffnungslosen Fällen.«

Sie lachten beide, und Ivana machte eine neue Entdeckung: Wenn Rachel lachte, erweckte sie den Eindruck, ein Geheimnis zu verraten. Ihr Gesicht schien davonzufliegen und verlor jegliche Schwerkraft. Und ihr Mund öffnete sich über sehr weißen, leicht vorstehenden Zähnen, was ihre vorgewölbten Lippen erklärte.

»Ich wusste nicht mehr, was ich tun sollte«, fuhr Ivana ernster fort und ließ sich von ihren eigenen Lügen mitreißen. »Ich hab versucht, einen Job in den Kneipen der Umgebung zu finden, aber da wurde niemand gebraucht. Also habe ich hier mein Glück versucht.«

»Aber was hat dich in unsere Gegend verschlagen? Du siehst eher aus wie ein Mädchen aus der Stadt.«

»Stimmt, ich komme aus Paris. Es gab einen … persönlichen Grund, warum ich hier gelandet bin.«

»Nämlich?«

Ivana tat, als würde sie zögern. Rachel stieß sie mit dem

Ellbogen an. Sie schien die Berührung der Fremden überhaupt nicht zu fürchten.

»Ein Typ …«, flüsterte Ivana und legte einen Zeigefinger auf ihre Lippen.

Rachel lächelte wieder, allerdings eher verlegen. War Ivana zu weit gegangen? Sie verstummten, saßen nebeneinander und rauchten. Die anderen interessierten sich nicht mehr für sie. Ivana wurde von einer dumpfen Trägheit ergriffen – am liebsten hätte sie sich gehen lassen und wäre an der Schulter ihrer Nachbarin eingeschlafen.

Zum ersten Mal ließ ihre Wachsamkeit nach. Bis zu diesem Moment war sie angespannt und misstrauisch gewesen, hatte sich aber bemüht, freundlich zu wirken.

»Du musst gleich aussteigen«, flüsterte Rachel.

Ivana zuckte zusammen. Sie war tatsächlich, an die junge Frau gelehnt, eingeschlafen. Neugierig musterte sie die Täuferin: Innerhalb weniger Minuten war es Rachel gelungen, ihren Abwehrmechanismus außer Kraft zu setzen. So viel Charme war fast … gefährlich.

»Wo schlaft ihr?«, fragte sie und rieb sich die Augen.

»Weiter südlich, in der Diözese.«

»Habt ihr einen Umweg gemacht, um mich abzusetzen?«

»Wir sind immer hilfsbereit, hast du das nicht bemerkt?«

Überrascht stellte Ivana fest, dass keiner der Gesandten an das Führerhaus geklopft oder etwas gesagt hatte. Das hätte sie bestimmt geweckt.

Die Lichter des Lagers vertrieben die Dunkelheit.

»Bis morgen«, flüsterte Rachel.

»Danke für den Umweg.«

Die Täuferin griff erneut nach ihrer Hand.

»Ich dachte, ihr dürftet die Saisonarbeiter nicht berühren …«

»Es gibt Regeln, und es gibt Situationen. Je nach Moment, Gefühl und Vertrauen darf man Gesetze auch einmal brechen.«

Die Worte verwirrten Ivana. Aber noch mehr verwirrte sie dieses unschuldige, wehrlose und entwaffnende Gesicht. Auf Rachels Zügen lag etwas Entblößtes und Aufrichtiges, das hinter ihrer Entschlossenheit eine tiefe Zerbrechlichkeit ausdrückte.

9

Die Kapelle Saint-Ambroise lag auf einem Felsvorsprung, weniger als einen Kilometer nordöstlich der Domäne. Das Gebäude zeichnete sich in der Nacht am Ende eines Feldwegs ab wie ein schwarzer Fleck auf einem dunklen Tuch. Oder umgekehrt. Auf jeden Fall sehr Ton in Ton.

Der düstere Anblick weckte bei Niémans Erinnerungen. Auch noch nach vielen Jahren waren die Fahrradtouren mit seinem Bruder tief in seinem Gedächtnis verankert. Wie winzige Glassplitter unter der Haut. Wie zum Beispiel die hastige Heimfahrt vor Einbruch der Dunkelheit – der Stunde der Monster – mit gehöriger Furcht im Bauch. Mit einer Mischung aus Aufregung und Angst traten sie ordentlich in die Pedale. Damals wusste Niémans noch nicht, dass die wirkliche Gefahr gleich neben ihm radelte. Sein schizophrener Bruder, der bald sein wahres Gesicht zeigen sollte …

»Alles in Ordnung?«

Desnos schien bemerkt zu haben, dass Niémans irgendwo in sein Inneres abgetaucht war.

»Alles in Ordnung«, antwortete er in neutralem Tonfall und stieg aus dem Wagen.

Die nach Osten ausgerichtete, etwa dreißig Meter lange Kapelle war, wie die meisten Kirchen der Gegend, aus Vogesen-Sandstein erbaut. Sie besaß weder Glockenturm noch Buntglasfenster. Man hätte sie für ein einfaches Bauernhaus halten können, wären da nicht die beiden Strebepfeiler im oberen Teil, vermutlich in Höhe des Querschiffs, gewesen, die das Gebäude in ein gedrungenes Kreuz verwandelten.

Niémans blickte nach oben. Selbst bei Nacht konnte man

den erbärmlichen Zustand des Dachs erkennen. Kein Wunder, dass alles eingestürzt war.

Er ging um die Kapelle herum und bemerkte, dass es nirgends eine Sicherheitsabsperrung gab. Kein Flatterband um das Gebäude, kein Polizeisiegel an der Tür. Trotzdem hielt er lieber den Mund: Er hatte schon genug gemeckert. Außerdem stand ja keineswegs fest, dass es sich hier um einen Tatort handelte. Zumindest bisher noch nicht.

Der Innenraum war bis auf einen Steinaltar im Chor leer. Zwei massive Gerüste ließen eine Gasse in der Mitte. Auf der linken Seite ragte das mit Plastikfolie eingehüllte Gestell bis fast zur Decke. Rechts stützte das Gerüst die Reste des eingestürzten Dachs und gab das klaffende Loch zum Himmel frei.

Niémans ging ein paar Schritte. Er fühlte sich wieder besser. Diese kleine Kirche berührte ihn. Ihre Schlichtheit, ja sogar ihr Verfall entsprachen seiner Vorstellung von christlicher Religion. Für ihn bedeutete der Glaube an Jesus vor allem, bescheiden und großzügig zu sein. Gar nicht so weit entfernt vom Glaubensbekenntnis der Täufer.

Offensichtlich war aufgeräumt worden. Nirgends sah er Bauschutt oder zerbrochenes Mauerwerk.

»Wo sind die Trümmer?«, wollte Niémans wissen.

»Vermutlich haben sie sie in Sicherheit gebracht.«

»In Sicherheit?«

Desnos antwortete nicht. Niémans blickte sich um. Die noch intakten Fresken, über die er gelesen hatte, dass sie aus dem 18. Jahrhundert stammten, stellten auf eher unbeholfene Weise einen heiligen Christophorus dar, der auf seinen asymmetrischen Schultern einen kleinen Jesus trug, der nicht viel besser getroffen war. Weiter hinten sah er einen von Pfeilen durchbohrten heiligen Sebastian, aber weder dessen Haltung noch sein Gesicht drückten wirkliches Leiden aus – diesem

Märtyrer schien alles ziemlich egal zu sein. Die anderen Motive wirkten durch das Aluminiumgerüst wie in einen Kreidenebel getaucht.

»Diese Fresken haben keinen großen Wert«, bestätigte Desnos seinen Eindruck. »Sie wurden auf die Schnelle gemalt, als die Kapelle 1721 umgebaut wurde, dann kam die Französische Revolution, und die Ausübung von Religion wurde untersagt. Seitdem diente die Kapelle fast hundert Jahre als Stall für die ansässigen Bauern.«

Noch einmal betrachtete Niémans das Loch im Gewölbe. Die Ränder wurden durch Teleskopstangen gestützt, und man hatte eine Plastikfolie gespannt, um das Eindringen von Regen zu verhindern. Niémans dachte an die Experten, auf die sie noch warteten, und fragte sich, worauf sie ihre Analyse eines »Unfalls« stützen sollten.

»Das fehlende Fresko stellte die Szene von Jesu Geburt und eine Predigt zu den Vögeln dar. Ich kann Ihnen Fotos zeigen.«

»Die habe ich bereits gesehen.«

Das Gemälde in der Kuppel über dem Chor stellte Christus beim Jüngsten Gericht dar. Um ihn herum standen die Jungfrau, die Apostel und einige Märtyrer. Zu seiner Rechten wog der Erzengel Michael die Seelen mit seiner Waage.

Niémans untersuchte die Wandöffnungen, die vermutlich einst Buntglasfenster beherbergt hatten. In den Rahmen waren transparente Folien befestigt.

»Weiß man, was die Glasfenster darstellten?«

»Nein. Die Kirche war zu lange sich selbst überlassen.«

Niémans drehte sich um. Desnos stand im Mittelgang in einer Haltung, die ihr zu gefallen schien: Beine gespreizt, Füße fest auf dem Boden und beide Fäuste an ihrem Gurt.

»Ich verstehe nicht ganz«, sagte er und ging zu ihr zurück.

»Die Gesandten lehnen religiöse Darstellungen ab und feiern ihre Messen in Scheunen.«

»Richtig.«

»Warum renovieren sie dann diese Kapelle? Warum kümmern sie sich um etwas, das nicht mal ihrem Weltbild entspricht?

»Das habe ich Ihnen doch schon gesagt: Diese Kirche hat sie schon mehrmals gerettet. Sie haben sie Anfang des letzten Jahrhunderts gekauft und angefangen, sie notdürftig zu sanieren. Inzwischen haben sie beschlossen, damit weiterzumachen. Ich glaube, sie wollen ein Museum daraus machen.«

»Was für ein Museum?«

»Eines über ihre Geschichte im Elsass, einschließlich der Verfolgungen, die sie erleiden mussten. Die Gesandten verzeihen zwar, aber sie vergessen nie. Ihr wichtigstes Buch nach der Bibel ist ein Bericht über ihre Märtyrer, in dem deren Leiden detailliert dargestellt werden.«

»Genau das Richtige vor dem Einschlafen.«

Stéphane Desnos trat einen Schritt vor und zertrat dabei ein paar Gipsfragmente.

»Darf ich erfahren, Commandant, wie Sie vorgehen wollen? Ich meine ... wie wollen Sie die Ermittlungen weiterführen?«

»Ich habe nicht den Eindruck, dass es bisher überhaupt schon eine Ermittlung gegeben hat. Wer hat genehmigt, dass die Baustelle wieder geöffnet wurde?«

»Der Staatsanwalt.«

Wenn Niémans sich richtig erinnerte, war Schnitzler ein Feigling, dessen Persönlichkeit sich zusammenfassen ließ mit dem Satz: Nur Mut, lasst uns abhauen! Seine Vorstellung von Justiz war es, Ärger weitestgehend zu vermeiden. Vor allem, wenn die Störenfriede Strohhüte trugen und ein längst vergessenes Deutsch sprachen.

»Ich nehme an, dass hier bald weitergearbeitet werden soll?«

»Sobald unsere Experten ihre Untersuchungen abgeschlossen haben.«

Niémans klatschte in die Hände. Man konnte das Ganze auch mit Humor nehmen.

»Gut. Sie organisieren so schnell wie möglich einen Trupp Gendarmen, die das alles hier sichern. Ich will keine Menschenseele mehr auf der Baustelle sehen.«

»Wie bitte?«

»Sie haben mich durchaus verstanden. Hier darf niemand mehr rein, bis wir wissen, ob es ein Tatort ist oder nicht.«

»Der Staatsanwalt …«

»Die Staatsanwaltschaft hat uns eine verlängerte Verfolgungsfrist gewährt. Wir haben acht Tage Zeit, uns bei den Gesandten und auch sonst überall nach Belieben umzutun, zu fragen und zu durchsuchen, ohne jemanden um seine Meinung zu bitten.«

»Wir sollten Jakob aber trotzdem informieren.«

»Informieren Sie, wen Sie wollen, aber wichtig ist jetzt, die Jungs aus Colmar oder Mulhouse herzuholen. Rufen Sie außerdem das Labor in Straßburg an. Die sollen uns ein paar Kriminaltechniker schicken.«

»Aber … nichts weist doch auf einen Mord hin!«

»Ich will Ihnen nicht mit der Weisheit eines alten, erfahrenen Polizisten kommen, aber bei einer Ermittlung sollte man lieber erst die Fragen stellen, ehe man Antworten gibt. Wir hören jetzt auf, um den heißen Brei herumzureden, und versuchen es auf meine Art.«

Immer noch mit den Händen am Gürtel trat Desnos einen weiteren Schritt nach vorn.

»Und was genau ist Ihre Art?«

»Von der Annahme auszugehen, dass es Mord war. Meine Erfahrung hat mir immer gezeigt, dass man sich seltener irrt, wenn man das Schlimmste annimmt. Also lassen wir Forensiker kommen, untersuchen Fingerabdrücke, machen Abgüsse, nehmen Proben, befragen die Nachbarschaft und so weiter und so fort. Sie kennen das ja. Hoffe ich zumindest …«

Seine guten Vorsätze hatten nicht lang gehalten. Weder sanftes Vorgehen noch Humor passten zu ihm. Ja, sie würden es auf seine Art machen. Leute aufrütteln, Gesinnungen beleidigen, Tiefen ausloten und in der Scheiße rühren, bis etwas dabei herauskam. Erst wenn er nichts finden sollte, wirklich gar nichts, würde er zu neuen Horizonten aufbrechen, die noch schwärzer waren.

»Eins noch«, fuhr er an eine Querstrebe gelehnt fort, »ich will hier keinen Journalisten sehen.«

»Journalisten machen doch immer, was sie wollen.«

»Vielleicht bei Ihnen, aber nicht bei mir. Der Erste, der hier auftaucht, hat meinen Fuß im Arsch. Und wenn er nicht lockerlässt, kommt er in Polizeigewahrsam.«

»Sie sind dermaßen …«

»Was? Wie in den Achtzigern? Den Siebzigern?« Bevor sie antworten konnte, fuhr er fort: »Sie werden schon sehen, Sie werden meine altmodischen Methoden noch zu schätzen lernen.«

In diesem Augenblick knarrte die Tür der Kapelle. Niémans drehte sich reflexartig um und entdeckte im Schatten der Vorhalle einen Gartenzwerg.

10

Natürlich ein Gesandter. Und nicht einmal wirklich klein. Er trug eine schwarze Hose aus schwerem Stoff und ein makellos weißes Hemd. Breite Hosenträger waren unter der Jacke zu sehen, die aus einem so steifen Gewebe geschnitten war, dass es schien, als könnte sie von allein stehen. Ein Hut machte das Bild komplett.

Ein Mitglied der Glaubensgemeinschaft, ein echtes, mit einem gewissen Extra. Ihn umgab eine Aura von Ruhe und Charme, die wie ein Heiligenschein über ihm erstrahlte.

»Guten Abend, Jakob«, begrüßte Desnos ihn lächelnd.

Sie trat auf ihn zu und deutete auf Niémans. Ihre Bewegungen waren plötzlich voller Ehrerbietung.

»Darf ich vorstellen? Commandant …«

»Ich weiß, wer unser Besucher ist«, unterbrach der Mann sie mit honigsüßem Lächeln. »Wir wurden bereits informiert.«

Niémans verzichtete darauf, zu fragen, wer den Buschfunk fütterte. Er schüttelte dem Mann die Hand und hatte den Eindruck, einen altmodischen Hobel anzufassen.

Jakob trat zurück und nahm sofort eine devote Haltung ein: Füße zusammen, Hände über dem Hosenlatz gefaltet, gesenktes Gesicht. Dabei schien er vor sich hin zu lächeln. Mit seiner rötlichen Haut und ebensolchen Haaren sowie mit seinen breiten Schultern vermittelte er außerdem den Eindruck von Macht und einer Schlagkraft, die er sorgfältig hinter seiner spöttischen Miene und schulmeisterlichen Umgangsformen verbarg.

Wie alt mochte er sein? Schwer zu sagen. Vermutlich sah er seit seinen Dreißigern so aus wie jetzt und hatte sich seither nicht verändert. So würde er wohl auch sterben, im gleichen Alter, mit dem gleichen Gesicht und dem gleichen Hut.

»Commandant«, sagte er schließlich, »ich fürchte, Sie sind den ganzen Weg umsonst gekommen.«

Nach der ersten Überraschung über den Akzent – das Französisch des Mannes klang, als rammte er einen Spaten in gefrorene Erde – blickte Niémans zu Desnos hinüber. Was wollte diese Karikatur ihnen mitteilen?

Jakob zog einen Stapel bedruckter Seiten aus der Tasche und faltete sie langsam auseinander.

»Heute Morgen habe ich den Bericht der Experten erhalten. Sie bescheinigen, dass der Einsturz des Gewölbes durch die Ausdünstungen der Weinberge beschleunigt wurde. Eine chemische Reaktion mit dem Stuck und dem Sandstein, die ich nicht ganz verstanden habe. Jedenfalls lagen weder böser Vorsatz noch menschliches Versagen vor.«

Niémans nahm das Dokument und las einige Zeilen. Fachjargon für Insider.

»Welche Experten meinen Sie?«, fragte er und sah auf.

»Die unserer Versicherung. Wir mussten so schnell wie möglich handeln. Sie waren in der Kapelle, bevor wir den Schutt fortgeräumt und das Gerüst wieder aufgestellt haben. Wir dachten, es würde Sinn machen, ihnen diese Aufgabe anzuvertrauen …«

Niémans warf Desnos einen bitterbösen Blick zu.

»Was um alles in der Welt ist das jetzt wieder für ein Mist?«

Die Gendarmin machte große Augen. Anscheinend hatte auch sie keine Ahnung.

»Beruhigen Sie sich, Commandant«, lenkte Jakob ein. »Diese Experten gehören zu den Besten ihres Fachs. Sie haben auch unsere Konsolidierungstechnik anerkannt und …«

Wütend trat Niémans einen Schritt vor. Bemerkenswerterweise wich der Gesandte nicht zurück. Der Polizist begriff im Bruchteil einer Sekunde, dass diese Pazifisten jenseits jeder Angst lebten. Sie hatten alles schon erlebt: Verfolgung, Folter und Gewalt. Sie waren sozusagen immun.

»Hören Sie mir gut zu«, schnaubte er, wobei er versuchte, seine Stimme zu kontrollieren. »Ich bin eigens aus Paris angereist, um eine kriminalistische Ermittlung durchzuführen, und glauben Sie mir, wir werden unseren Auftrag unabhängig von den Ergebnissen Ihrer angeblichen Spezialisten erfüllen.«

Jakob nickte. Er reichte ihm nicht einmal bis zur Schulter, und Niémans musste unwillkürlich an die Hobbits denken, die kleinen Männer aus *Der Herr der Ringe*.

»Ich verstehe Ihre beruflichen Skrupel, aber ich habe mich informiert: Das Ergebnis ist rechtlich anerkannt, und ich denke, wir können eine Menge Zeit und Geld sparen, wenn wir …«

»Offenbar haben Sie mich nicht richtig verstanden. Hier ist ein Mensch ums Leben gekommen, und ich bin hier, um der Sache auf den Grund zu gehen. Glauben Sie mir, eine Versicherung wird den Fall sicher nicht an meiner Stelle abschließen!«

»Also gut«, räumte Jakob resigniert ein. »Dann muss ich eben den Staatsanwalt anrufen und …«

»Tun Sie, was Sie nicht lassen können. Aber bis auf Weiteres will ich keinen Ihrer Leute mehr in dieser Kapelle sehen.«

Zum ersten Mal runzelte der Täufer die Stirn – der Ausdruck passte nicht besonders zu seinem frömmlerischen Gesicht.

»Im Ernst?«

»Ich meine immer, was ich sage.«

Jakob wandte sich an Stéphane Desnos. »Das ist sehr ärgerlich. Wir haben bereits alles in die Wege geleitet, um mit

der Renovierung fortzufahren. Eigentlich wollten wir weiter-
arbeiten …«

Niémans legte ihm freundlich eine Hand auf die Schulter
und setzte ein diplomatisches Lächeln auf. »Das können Sie
getrost vergessen, Jakob. Und danken Sie Gott, dass ich nicht
Ihr gesamtes Anwesen mit Polizeisiegeln absperre.«

Der Gesandte wurde puterrot. »Bitte nicht lästern, Commandant. Wir werden tun, was wir können, um die Justiz zu
unterstützen, aber im Gegenzug bitte ich Sie inständig, die
Weinlese nicht zu behindern. Uns bleiben nur noch …«

»Wir werden sehen.«

Niémans ging um ihn herum zur Tür, ohne sich die Mühe
zu machen, sich zu verabschieden oder Jakob auch nur anzuschauen. Soeben hatte er sich einen Feind in der »anderen
Welt« gemacht, aber das würde er überleben.

Mit großen Schritten ging er zum Auto und warf Desnos,
die ihm nachrannte, einen Blick zu.

»Ich muss den Gerichtsmediziner sehen.«

»Den Gerichtsmediziner? Wozu denn das?«

»Wissen Sie wenigstens, wo er sich aufhält?«

»In Brason, denke ich.«

»Na, dann nichts wie los.«

11

Niémans konnte sich nur noch undeutlich an Brason erinnern. Aber immer war das Fahrrad dabei. Rückblickend verschmolz die Stadt mit anderen Städten der Region. Ein verkehrsberuhigtes Stadtzentrum, typisch elsässisch, mit rosa Häusern und Storchennestern auf den Schornsteinen, drum herum neuere Vorstädte mit schmutzig weißen Bungalows und deprimierenden Hochhäusern.

»Sie hätten nicht so unhöflich sein dürfen.«

Niémans machte sich nicht die Mühe zu antworten.

»Diese Leute sind vielleicht speziell«, fuhr Desnos fort, »aber immer loyal. Und sie kooperieren gern, solange man sich an ihre Regeln hält.«

»Mag sein, aber eines sage ich dir«, antwortete er und lehnte sich leicht zu ihr hinüber, »diese Typen haben etwas zu verbergen.«

Bei der vertraulichen Anrede zuckte sie zwar zusammen, aber auf eine eher zwiespältige Art: Einerseits schien sie schockiert zu sein, aber andererseits offenbar auch … geschmeichelt.

»Und was?«, fragte sie.

Niémans begann zu lächeln – das grimmige Lächeln des Polizisten, den man nicht an der Nase herumführen kann.

»Vertrau mir einfach«, murmelte er.

»Ich habe keine Ahnung, wovon Sie reden«, antwortete sie. Sie hielt eisern am Sie fest.

»Wie viele Gesandte gibt es genau?«

»Schwer zu sagen. Vierhundert vielleicht.«

»Wieso weiß man es nicht genau? Du hast mir gerade

gesagt, dass sie das Spiel der Legalität mitspielen, mit Zivilstandsdokumenten, Krankenversicherungskarten, Steuererklärungen und so weiter.«

»Das stimmt. Aber in Wirklichkeit können sie erzählen, was sie wollen. Zum Beispiel entbinden alle Frauen zu Hause. Die Gemeinschaft kontrolliert die Geburten also selbst.«

Niémans bekam immer größere Lust, sich die Sache einmal genauer anzusehen. Aber Ivana befand sich vor Ort und war daher in der besseren Position, nützliche Informationen zu erhalten.

»Gab es schon mal interne Spannungen?«

»Soweit ich weiß, nicht. Aber sie leben wie gesagt autark. Niemand weiß genau, was hinter den Zäunen vor sich geht. Aber ganz ehrlich: Ihr Leben wirkt friedlich und geordnet. Ihre Losung lautet übrigens: ›Ordnung und Gelassenheit‹. Sie sehen sich zusammen als einen Körper. Sie kleiden sich gleich, leben gleich, atmen gleich. Es dürfte schwerfallen, sich selbst böse zu sein.«

»Und was ist das dort?«, erkundigte sich Niémans.

Am Ende der Hauptstraße tauchte ein seltsames Gebäude auf.

»Das Krankenhaus von Brason«, antwortete Desnos und fuhr auf den Parkplatz. »Es wurde in den 1980er-Jahren geschlossen, aber es gibt da immer noch eine Ambulanz, für die Zimmermann verantwortlich ist.«

Der Bau stammte vermutlich aus den 1930er-Jahren und hatte eine beige Sandsteinfassade, quadratische Säulen und ein Flachdach. Das Basrelief rings um das Portal erinnerte entfernt an die Fassade des Palais de la Porte Dorée in Paris.

Sie machten sich auf den Weg zum Eingang. Ihre Schritte knirschten über den Kies. Das Gebäude lag im Dunkeln.

Nicht so, als wäre es stillgelegt, sondern wie ein vom Nichts bewohnter Raum.

»Ist Zimmermann jetzt noch da?«, wollte Niémans wissen, als sie die Stufen zum Haupteingang hinaufstiegen. »Nimmt er vielleicht eine weitere Autopsie vor, oder was?«

»Ich glaube, er wohnt hier auch.«

Das schmiedeeiserne Tor war offen, in der Eingangshalle herrschte tiefste Dunkelheit. Boden, Wände und Säulen waren mit winzigen, fleischfarbenen Keramikziegeln verkleidet, was ein Gefühl hervorrief, als beträte man einen rundum rissigen Körper, der kurz vor dem Zusammenbruch stand.

Sie erreichten einen von einer offenen Galerie umgebenen Innenhof. Auch hier fanden sich wieder symmetrische Linien, Säulen und Wandfliesen. Die Mitte wurde von einer langen Vertiefung beherrscht, von der man nicht mehr sagen konnte, ob sie einst Wasser oder eine Rasenfläche beherbergt hatte. Übrig geblieben waren nur noch blaue, durch Feuchtigkeit und schlechtes Wetter marmorierte Keramikfliesen.

»Ein ausgesprochen eigenartiger Ort.«

Der Satz war Niémans entwischt. Desnos nickte. In der eisigen Dunkelheit liefen sie an der linken Galerie entlang.

Vor einer Eisentür blieb die Gendarmin stehen und klopfte. Auf einem Schild stand MEDIZINISCHES UND PSYCHO-SOZIALES ZENTRUM – GEMEINSCHAFTSRAUM BRA-SON. Keine Reaktion.

Gerade hob sie die Hand erneut, als hinter ihnen eine Stimme ertönte.

»Sie kommen gerade noch rechtzeitig.«

Ein hochgewachsener Mann von etwa fünfzig belauerte sie von einer Säule aus wie aus einem Hinterhalt. Er rauchte. Mit seinem erhobenen Ellbogen wirkte er, als schwänge er ein Megafon.

»Ich wollte gerade gehen«, sagte er.

»Wohin?«, fragte Niémans.

»Weg. Für immer.«

12

Ich hab die Schnauze voll von dieser schäbigen Krankenstation. Seit zwanzig Jahren nervt man mich hier schon, und jetzt soll ich auch noch Obduktionen durchführen!«

Dr. Patrick Zimmermann hatte sie zu einem Abstellraum im rechten Flügel des Krankenhauses geführt, wo er anscheinend dabei war, seine Habseligkeiten zu packen. In seinem Fall handelte es sich um eine große Armeetruhe, in der er seine persönlichen Sachen, Bücher, Krimskrams und medizinische Instrumente verstaute. Dabei saß er auf einer anderen umgedrehten Kiste und jammerte und schimpfte in einer Tour über das Krankenhaus, das immer mehr verfiel.

Der Typ selbst war durchaus einen Blick wert: Er war sehr schlank und trug einen weißen, mit einem weichen Gürtel geschlossenen Kittel, der fast wie ein Morgenmantel aussah. Ein schmales, gequältes Gesicht, dem Frauen sicher reihenweise verfielen, sofern sie auf verkannte Poeten standen. Vollendet wurde der Eindruck durch eine lange graue Strähne, die sein linkes Auge wie eine Augenklappe verbarg, was ihm das Aussehen eines romantischen Piraten verlieh.

Aber am sehenswertesten war die Art, wie er rauchte. Er hielt seine Zigarette zwischen Ringfinger und kleinem Finger und bedeckte so bei jedem Zug mit der Hand sein Gesicht. Und wenn er nicht gerade inhalierte, nutzte er die Gelegenheit, um kurz zu husten. Wie einer, der dem Untergang geweiht ist, aber in Schönheit stirbt. Interessanterweise verlieh ihm das eine Aura von Macht oder zumindest von Heldentum, als wäre er ein Kapitän, der aufrecht mit seinem Schiff untergeht.

»Machen Sie woanders eine Praxis auf?«

»Ganz sicher nicht! Ich gehe in den Ruhestand.«

Und wieder lamentierte er über seine zwanzig Jahre in diesem verrotteten Krankenhaus, wo er miserabel verdient hatte und von den Einwohnern nicht gewürdigt wurde … Während er wetterte, legte er weiterhin akribisch seine Habseligkeiten in die Metallkiste.

»Ich mache Platz für Jüngere!«, schloss er mit düsterer Stimme.

Auch der Raum, in dem sie sich befanden, war etwas Besonderes. Übereinandergestapelte Tragen, von verrosteten Instrumenten überquellende Kisten, Medikamentenköfferchen mit verblasstem rotem Kreuz, verschmutzte Operationstische.

Aber das Seltsamste war eine ganze Reihe tropischer Pflanzen entlang der rechten Wand, die von einer Batterie alter Klemmlampen mit Aluminiumreflektoren beheizt wurden. Hier lag die Erklärung für die übermäßige Hitze im Raum – ein echter Unterschied zu einem kalten Leichenschauhaus.

»Ich scheine da etwas nicht richtig verstanden zu haben: Sind Sie nun Gerichtsmediziner oder Kinderarzt?«

»Weder noch. Ich bin Allgemeinmediziner. Aber die Einheimischen bringen mir ihre Kinder, und ich habe irgendwo noch ein altes Diplom in Forensik herumliegen. Um Samuel habe ich mich nur gekümmert, um den Leuten einen Gefallen zu tun.«

Jetzt verstand Niémans den amateurhaften Eindruck des Berichts besser. Die Angelegenheit wurde wirklich immer skurriler. Ein aufgeräumter Tatort, eine Obduktion durch einen Nebenerwerbs-Gerichtsmediziner: Allmählich fragte er sich, was zum Teufel er hier überhaupt zu suchen hatte.

»Ich habe Ihren Bericht aufmerksam gelesen«, fuhr er fort.

Was nicht stimmte: Er hatte ihn nur kurz im Auto überflogen. »Sie legen sich nicht gerade genau auf die Todesursache fest.«

»Wie meinen Sie das?« Zimmermann sprang auf. »Nach dem, was da auf ihn runtergekracht ist, war sein Körper nur noch Matsch. Was letztendlich zu seinem Tod geführt hat, weiß ich nicht; wir hätten die Qual der Wahl!«

Niémans hatte die Frage gestellt, um dem Mediziner ein bisschen einzuheizen.

»Sie erwähnten einen Stein in seinem Mund.«

»Richtig.«

»Daraus haben Sie geschlossen, dass es sich um ein Trümmerfragment von der Decke handelte.«

»Was denn sonst?«

»Ich habe die Fotos des gesäuberten Leichnams gesehen. In seinem Gesicht waren nur ein paar blaue Flecken. Wie erklären Sie sich die Tatsache, dass die Knochen seines Schädels intakt geblieben sind?«

Zimmermann zuckte mit den Schultern, setzte sich wieder und räumte Bücher in die Kiste. »Ich bin Arzt«, brummte er, »kein Spezialist für kinetische Energie. Beim Herabstürzen gab es vielleicht eine Lücke zwischen den Bruchstücken, die das Gesicht des Verstorbenen schützte.«

»Warum hatte er dann einen Stein im Mund?«

Der Arzt blickte konsterniert auf. Man sah ihm deutlich an, was er dachte: *Schon wieder ein Polizist, der sich für einen Arzt hält.* »Keine Ahnung«, antwortete er verächtlich. »Möglicherweise ein Splitter, der von einem größeren Trümmerstück abgeplatzt ist.«

»Durchaus möglich, aber dann wären auch das Zahnfleisch und die Zähne beschädigt. Laut Ihrem Bericht ist der Mund jedoch intakt.«

»Stimmt.«

Der Arzt stand wieder auf und zündete sich eine Zigarette an. »Was glauben denn Sie?«, fragte er schließlich mit geheucheltem Interesse.

»Dass Samuel vielleicht erst getötet wurde, man ihm danach den Stein in den Mund legte und erst dann das Gewölbe zum Einsturz brachte, um es wie einen Unfall aussehen zu lassen.«

Zimmermann stieß den Rauch aus und hustete. »Wozu dann der Stein? Damit hätte man doch auf einen Mord hingewiesen, nicht wahr?«

»Vielleicht eine Nachricht oder eine Warnung.«

Der Arzt lachte auf. Niémans' Antwort erklärte den Widerspruch nicht. Warum sollte man einen Mord verheimlichen und gleichzeitig darauf hinweisen?

»Wo haben Sie den Stein hingetan?«

»Na … ich hab ihn weggeworfen!«, antwortete Zimmermann überrascht.

Niémans warf Desnos einen Blick zu. Die Gendarmin schwitzte stoisch in ihrem Parka.

»Sie haben ein Indiz von derartiger Bedeutung zerstört?«

»Die Leiche war mit Trümmerstücken übersät. Wir haben sie gewaschen und den Schutt weggeworfen. Als mein Assistent und ich noch einen weiteren Stein fanden, haben wir ihn entsorgt. Das war alles. An dem Stein war nichts Besonderes.«

»Das hätten die Kriminaltechniker entscheiden müssen.«

»Wie meinen Sie das?«

Der Polizist ging nicht auf die Frage ein, sondern bohrte weiter. »War auf dem Stück Sandstein keine Farbe? Stammte es nicht vom Fresko?«

»Nein. Wir reden hier über einen staubigen Stein, nicht länger als fünf Zentimeter.«

Niémans legte eine kurze Pause ein. Der Kerl log, aber er hatte keine Ahnung, warum.

»Ich habe gehört, dass die Gesandten der Autopsie nur zustimmten, weil Sie sie durchgeführt haben.«

»Ist das so?«

Die Geschichte begann offenbar, Zimmermann auf die Nerven zu gehen, und er zeigte es deutlich. Er griff zu einer Sprühflasche und begann, die Pflanzen mit kurzen Sprühstößen zu befeuchten. Mit seiner Zigarette zwischen den Lippen und in seinem gegürteten Kittel erinnerte er jetzt an einen ruinierten Aristokraten, der mit alten Gewohnheiten kämpfte.

»Sie kennen diese Leute, nicht wahr?«, hakte Niémans nach.

»Manchmal bringen sie mir ihre Kinder. Die Klinik erfüllt ihre Kriterien.«

»Was meinen Sie damit?«

»Es kostet nichts. Ein herzlicher Händedruck, und man hat sein Rezept.«

»Wegen welcher Krankheiten kommen sie in die Sprechstunde?«

»Nichts Besonderes. Bronchitis, Angina ... Normalerweise kommen sie mit ihren Pflanzentinkturen oder was auch immer allein zurecht, aber manchmal versagen ihre selbst gemachten Mittelchen.«

»Waren Sie schon einmal in der Diözese?«

»Ja, ein- oder zweimal. Da ging es um sehr kleine Kinder.«

»Und wie lief das ab?«

»Ziemlich merkwürdig. Ich wurde in einer riesigen, völlig leeren Scheune empfangen. Die Mutter hat ihr Baby nicht losgelassen, nicht einmal während der Untersuchung.«

»Und wurden Sie in diesen Fällen bezahlt?«

»Nein.«

»Warum nicht?«

»Irgendwie passte es nicht. Es ist schwer zu erklären, aber … wenn man ihr Gebiet betritt, hat man das Gefühl, dass gewohnte Werte nicht mehr gelten.«

Stéphane Desnos nickte energisch. Beide trugen eine herablassende Miene zur Schau, wie Leute, die eine Nahtoderfahrung gemacht haben. »Das können Sie eben nicht verstehen«, sagte sie.

Niémans zog es vor, nicht näher darauf einzugehen. Diese Treibhaushitze, dieser scheinheilige Typ, sein halb garer Bericht … Plötzlich hatte er keine Lust mehr und verabschiedete sich auf Polizistenart.

»Nun gut. Halten Sie sich bitte zu unserer Verfügung.«

»Wo soll ich denn hin?«

»Sie wollten doch weg, oder?«

»Ich habe zwar gekündigt, bleibe aber noch eine Weile in der Gegend … Ich bin wie ein Rebstock. Irgendwann habe ich Wurzeln geschlagen.«

Niémans lächelte höflich. Mit seiner Kosakensträhne und der Hand, die ständig sein Gesicht verdeckte, wirkte der Arzt nicht wirklich wie ein Mensch, auf den man sich verlassen konnte.

Erleichtert kehrten sie in die kalte Luft draußen zurück.

»Die Sache mit dem Stein war mir gar nicht aufgefallen.«

Niémans blieb stehen und blickte Stéphane Desnos an.

In der Dunkelheit, eingezwängt in ihre Steppjacke und ausstaffiert wie ein Soldat im Krieg, hatte sie einiges von ihrem Charme verloren. Nicht weiter schlimm. Er würde gelegentlich zurückkommen – oder auch nicht. Über diesen Punkt waren sie längst hinaus.

»Dieser Stein«, erklärte er, »ist der Ansatz für die Ermittlung. Und zwar eine richtige, wie die Polizei sie führt.«

Sie schien etwas antworten zu wollen, aber Niémans stieg bereits in den Mégane ein. Wieder eine verpasste Gelegenheit, sich freundlich zu zeigen. Aber auch das war nicht weiter schlimm.

Vielleicht würden sich weitere Möglichkeiten bieten – oder auch nicht.

13

M it Flamenco konnte Ivana nichts anfangen. Die zerrissenen Akkorde und die rauen Stimmen gaben ihr das Gefühl, als zerkratzte man ihr Herz mit erdigen Fingernägeln. Nach nur wenigen Sekunden stiegen ihr Tränen in die Augen, und eine bittere Melancholie brannte in ihrem Innern wie ein Geschwür.

Nicht wenige der Saisonarbeiter waren Sinti und Roma, die direkt aus Saintes-Maries-de-la-Mer gekommen zu sein schienen. Jeden Abend spielten sie am Feuer *Carmen* und waren offenbar überhaupt nicht müde.

Ivana hingegen konnte sich kaum bewegen. Ihre Glieder fühlten sich an wie erstarrt, ihr Rücken war blockiert und ihre Atmung so beeinträchtigt, dass selbst das Rauchen zum Problem wurde. Und dann die Schmerzen ... Die Schmerzen waren nirgends und überall gleichzeitig. Sie bohrten, tanzten, wanderten durch ihren Körper, verweilten mal hier und mal dort und verzogen sich wieder an eine andere Stelle, aber ließen sie nie in Ruhe.

Sie entfernte sich von der Gruppe und schlurfte zu den großen, bereits abgeräumten Tischen. Der Anblick der Saisonarbeiter im Halbdunkel war unerwartet: Diese Männer und Frauen, die den Tag als Amische verkleidet verbracht hatten, trugen jetzt unförmige Jogginganzüge, zerknitterte Daunenjacken und tief in die Stirn gezogene Mützen.

Ivana entdeckte Marcel, der auf einer der Holzbänke neben den Tischen lag. Ein rötlicher Lichtpunkt glitt über sein Gesicht: Mit in den Himmel verdrehten Augen zog er an einem Joint.

»Genehmigst du dir eine Tüte?«

Marcel hob den Kopf und reichte ihr sofort seinen Joint. Der erste Zug, der beste, katapultierte sie in ein Gemäuer aus Sternen – zumindest empfand sie es so. Sie hatte schon lange kein Hasch mehr angerührt, aber jedes Mal, wenn sie sich einen Jay gönnte – die einzige Droge, die sie sich noch gestattete –, erlebte sie ein ausgesprochenes Wohlbehagen, das aber immer eine Art Warnung enthielt.

»Ich kann dich irgendwie nicht einordnen«, sagte Marcel und beugte sich zu ihr, um den Joint wieder zu übernehmen.

»Inwiefern?«

Er setzte sich neben sie – wie zwei Schüler abseits einer Party.

»Du hast eindeutig noch nie in deinem Leben 'ne Weinrebe gesehen. Und wenn du 'nem Saisonarbeiter weismachen willst, dass du Kellnerin bist oder so was, dann tausch deine Hände aus.«

Ivana betrachtete ihre Finger, die ihr hier zum Fluch wurden. Sie versuchte zu schlucken, doch der Joint hatte ihren Mund völlig ausgetrocknet.

Jetzt stand die Entscheidung an: Bluff oder Geständnis. Oder besser noch, irgendetwas dazwischen. Eine halbe Lüge ist auch eine halbe Wahrheit.

»Ich bin keine Saisonarbeiterin. Ich bin Journalistin.«

Wieder zog er an seiner Tüte. Die rötliche Glut wand sich wie winzige leuchtende Schlangen um seine Finger.

»Okay«, sagte er mit Rauch im Mund, »jetzt versteh ich so einiges.«

»Ich mache eine Reportage über die Gesandten. Meine Redaktion will Hintergrundrecherchen über die Sekte, und die einzige Zeit, in der man an die Leute herankommt, ist jetzt.

»Bist 'n bisschen spät dran.«

Sie lachte auf. Dünste und Rauch umarmten sie liebevoll. Sie war schon ganz schön bekifft.

»Bei meinem Blatt macht man sich nicht allzu viele Gedanken über den Kalender der Weinlese. Es war schon ein ausgesprochener Glücksfall, dass die Gesandten überhaupt so spät ernten.«

»Stimmt. Wie heißt deine Zeitung?«

Sie presste die Handflächen zwischen ihre Beine, wiegte den Kopf und feixte, um Hilflosigkeit vorzutäuschen. Doch es klang eher wie das Kichern von jemandem, der ziemlich stoned war.

»Das darf ich dir leider nicht sagen.«

Marcel gluckste nun ebenfalls. Ivana stellte sich das Bild vor, das sie beide boten, wie sie sich auf ihrer Bank wanden und sich amüsierten. Schöne Exemplare der Menschheit.

Jenseits des Lichtkreises der Feuer und der tragbaren LED-Lampen wurden sie von Gesandten zu Pferd beobachtet.

»Geht's um Samuels Tod?«, fragte Marcel mit träger Stimme.

»Nein. Wir haben beschlossen, damit bis nach den Ermittlungen zu warten.«

»Aber das wär doch 'ne tolle Sache, oder?«

Die Stimme des Saisonarbeiters schien zu verkalken, als bestünde sein Mund nur noch aus Knochen und Zähnen.

»Ja und nein. Im Moment ist es Thema in sämtlichen Medien und damit eher uninteressant. Aber wenn ich natürlich einen echten Knüller ausgraben könnte …«

»Wirst du nicht.«

»Warum sagst du das?«

»Weil ich seit fünf Jahren hier arbeite. Wenn du nach was wirklich Gruseligem suchst, 'nem Mord, der wie 'n Unfall aussieht, oder ähnlichem Blödsinn, wirst du nichts finden.«

Jenseits des Limbus von Cannabis erwachte plötzlich Ivanas Aufmerksamkeit.

»Du meinst, kriminelle Handlungen wären unmöglich?«

»Die Gesandten lehnen jede Art von Gewalt ab, und das ist nicht nur leeres Gequatsche. Keiner von denen würde die Hand gegen 'nen anderen erheben.«

»Und jemand außerhalb der Gemeinschaft?«

Marcel lachte. Seine Zähne waren in einem Zustand, dass man immer Angst haben musste, er würde bei einem Lachanfall ein oder zwei von ihnen verlieren.

»Du meinst … einer von uns?«

Er deutete auf die Schatten, die nach und nach zu Bett gingen. Die Gitanos hatten ihren Radau endlich beendet.

»Warum nicht?«

»Ich kenn die meisten Typen hier. Kein Killer in Sicht. Vorstellen könnte ich mir höchstens 'ne Schlägerei unter Besoffenen oder 'nen Streit um 'ne Tussi. Aber Samuel umbringen? Wozu? Vergiss es, sag ich dir.«

»Und wenn es um Geld ging? Oder um Schulden?«

Marcels Kichern wurde zu einem Glucksen:

»Hier gibt's kein Geld. Das ist wie im Club Med. Übrigens haben ihre Jacken keine Taschen.«

Er lachte über seinen eigenen Scherz und legte seine Hand auf Ivanas Unterarm – aber nicht, weil er sie anmachen wollte, denn dazu war er längst nicht mehr in der Lage. Verdreht wie eine Schlingpflanze, hatte er die spezifische Position eines Kiffers eingenommen, der dabei ist, die Welt des Bewusstseins zu verlassen.

»Mach dein Ding über die Gesandten und vergiss Samuel«, murmelte er. »Das rat ich dir. In ein paar Tagen gibt's die offizielle Version, und übrig bleibt 'ne banale Geschichte über ein Gerüst, das …«

Er beendete seinen Satz nicht, sondern sackte, vom Schlaf überwältigt, auf die Seite. Ivana schüttelte den Kopf. Sie schaffte es ebenfalls nicht, auch nur den kleinsten Gedanken zu Ende zu bringen.

Sie verließ ihren schnarchenden Kumpel und taumelte in Richtung ihres Zeltes. Am Morgen hatte sie noch geplant, abends heimlich die Kapelle aufzusuchen, aber jetzt hätte sie vermutlich nicht mal den Zaun erreicht. Unterwegs stolperte sie über eine grasbewachsene Erhebung, fiel hin und blieb mit aufgestützten Ellbogen auf dem Rücken liegen.

Sie beobachtete die Gesandten, die hinter den zu Bett gegangenen Saisonarbeitern aufräumten, und spürte einen Anflug von Neid auf ihre Unempfindlichkeit, ihre Heiterkeit und ihre Inbrunst.

Als Waisenkind hatte sie einen solchen Zusammenhalt nie kennengelernt. Wenn man keine Eltern hat, richtet man sich nach dem, was gerade verfügbar ist. Mal landet man in einer Großfamilie, ein anderes Mal in einem Heim, das eher an ein Gefängnis erinnerte, und dann wieder bei einem ältlichen Paar gläubiger Katholiken. Ihre Persönlichkeit war auf diese Weise zusammengeschustert worden, und ihre Erziehung entsprach einem geflickten Mantel, der eine Menge Zugluft durchließ ... Es war ihr Job als Polizistin, der ihr die einzig gerade Linie vorgab, der sie jemals gefolgt war.

Plötzlich fiel ihr Niémans ein. Er müsste heute eingetroffen sein. Eigentlich hätte sie ihn anrufen sollen. Einige Hundert Meter von der Domäne entfernt hatte sie zu diesem Zweck ein Telefon im Unterholz vergraben.

Doch bei dem Gedanken, mitten in der Nacht durch eine Zaunlücke zu schlüpfen und über die Felder zu stapfen, kicherte sie nur. Es gab ohnehin nichts Sinnvolles zu melden.

Besser war es, ins Bett zu gehen und Kräfte zu sammeln.

14

Für Männer und Frauen gab es mehrere Großraumzelte in gehörigem Abstand zur Domäne, ähnlich wie ein Militärschlafsaal mit jeweils zwei gegenüberliegenden Pritschenreihen. Um ein wenig Privatsphäre zu schaffen, waren zwischen den Betten Stoffparavents aufgestellt worden.

Die meisten Arbeiterinnen schliefen bereits. Unter den Lesehelfern herrschte keine Schlaflosigkeit. Der Raum war blitzsauber, und das aus gutem Grund: Es war verboten, irgendwelche Klamotten herumliegen zu lassen. Nach einem Arbeitstag war es Pflicht zu duschen. Zu diesem Zweck waren modulare Sanitäranlagen aufgestellt worden, wie man sie von Baustellen kennt. Dort holten die Gesandten auch die Arbeitskleidung ab, um sie zu waschen – zwar nannte man es nicht ausdrücklich »desinfizieren«, doch das war wohl der Sinn der Sache. Am nächsten Morgen erhielten die Saisonarbeiter frische Kleidung, makellos und gebügelt.

Bei Nacht kehrten alle in ihren Naturzustand zurück und schnarchten in irgendwelchen unförmigen Sweatshirts. Ivana ging zu ihrem Bett und ließ sich fallen. Sie fühlte sich, als wären ihre Knochen einzeln auf der Matratze verstreut. Einen kurzen Moment blieb sie noch auf dem Rücken liegen und betrachtete die Infrarotheizungen zwischen den Bettreihen. Halb Nachtlicht, halb Teufelsauge …

Sie schloss die Augen, und Rachel erschien. Ihr rundes Gesicht, ihre zwar ausgeprägten, aber dennoch ätherisch wirkenden Augenbrauen, eine Mischung aus Flucht und Traum, ihre klare Iris, die das Bild ihres Gegenübers widerzuspiegeln schien … Diese junge Frau war nicht naturverbunden, sie war die Natur. Während Ivana ihre ökologischen Überzeugungen angespannt, verbittert und aggressiv vertrat, schien Rachel die natürliche Tochter dieser Werte zu sein. Eine durch und durch gewaltfreie junge Frau, die selbst nach den Regeln nachhaltiger Landwirtschaft aufgewachsen war. Ivana musste über diese Vorstellungen lächeln, die zunehmend an Logik verloren, je mehr sie in den Schlaf hinüberdämmerte.

Und dann geriet alles aus den Fugen.

Zunächst vernimmt sie ein Murmeln, das sie an Spinnennetze erinnert. Sie öffnet die Augen und entdeckt mehrere Gesandte in weißen Hemden, mit rotem Bart und heller Haut, die sich über sie beugen.

Die Stimmen bleiben weiter hörbar, aber die Lippen bewegen sich nicht. Die Hände kommen näher und berühren ihre Haut. Ivana versucht, sich zu bewegen, doch ihre Gliedmaßen sind wie versteinert – die Müdigkeit hat sich in Lähmung verwandelt. Finger und Stimmen. Inzwischen ist sie sicher, dass es sich um Gebete und unbekannte Psalmen handelt.

Dann erscheint der Zeremonienmeister.

Ein Tier mit einer bräunlichen Schnauze, die wie aus Ton geformt ist und vor Zähnen strotzt. Nicht im Maul, sondern drum herum. Reißzähne, die das Fleisch durchbohren und sich durch die Lefzen drängen wie ein Bart aus Elfenbein.

Plötzlich versteht sie das Wort, das die Gesandten ständig wiederholen:

»*Die Bestie … die Bestie … die Bestie …*«

Zuckend erwachte sie und krampfte auf ihrer Matratze wie Regan, das kleine besessene Mädchen aus *Der Exorzist*. Sie hustete und fürchtete, sie müsse sich übergeben. Ihr Gesicht war nass vor Schweiß – dem sauren, kalten Schweiß ehemaliger Junkies. Mist, das kam von diesem Joint. Sie war einfach zu alt für solche Dummheiten …

Langsam wurde sie sich der Ruhe im Zelt bewusst: Schnarchen, Seufzen und das Rascheln von Decken. Aber nicht alle Bestandteile ihres Traums waren verschwunden. Das Murmeln war immer noch zu hören.

Wütend kratzte sich Ivana am Kopf, als wollte sie die letzten Überreste ihres Traums verjagen, doch es ging nicht. Das Flüstern hielt an. Nicht innerhalb des Zelts, sondern draußen. Sie richtete sich halb auf und lauschte. Die Stimmen wurden durch die dicke Plane gedämpft. Sie erriet lediglich, dass die beiden Männer – denn es waren Männer – Deutsch miteinander sprachen. Den altmodischen, kaum verständlichen Dialekt der Gesandten.

Sie konzentrierte sich und erhaschte einige Brocken:

»Die Bestie ist hier …«

»Noch nicht …«

»Du weißt es sehr gut … ihre Rückkehr … angekündigt …«

Der Wind riss ganze Wörter mit sich fort. Ivana begriff nichts. Nur die Hauptsache: »*Die Bestie* …«. Wie in ihrem Traum.

Sie ließ einige Minuten verstreichen und beschloss dann hinauszugehen. Kälte packte sie, und die Geräusche der Nacht dröhnten, wie von dieser Kälte zusammengepresst, in ihren Ohren.

Vorsichtig ging sie um das Zelt herum und warf einen Blick auf die linke Seite, wo die Flüsterer ihre Geheimnisse ausgetauscht hatten. Niemand. Sie erinnerte sich daran, wie furchtsam ihre Stimmen geklungen hatten.

Die Bestie … Worum mochte es gehen? Um eine Gestalt

aus der Bibel? Einen alten Glauben? Um den Mörder von Samuel?

Plötzlich spürte sie etwas hinter sich und drehte sich um. Sie blinzelte in die Dunkelheit und versuchte, einen Schatten zu erkennen. Nichts. Wie von einer unerklärlichen Kraft getrieben, kniete sie nieder und legte eine Hand flach auf den Boden.

Dort war die Bestie, tief unten.

Sie stand auf, rieb sich die Schultern und schüttelte energisch den Kopf.

Kaum drei Tage war sie jetzt hier und wurde bereits halb verrückt.

Als sie am Zelt entlang zurückschleichen wollte, erregte etwas ihre Aufmerksamkeit. Frauen liefen im Gänsemarsch durch das Lager. Sie waren gekleidet wie tagsüber – schwarzes Kleid und weiße Haube. Auf den Armen trugen sie Stapel von Kleidern, Hauben und Schürzen, die für den nächsten Tag ordentlich gewaschen und gebügelt worden waren. Sie gingen zu den Sanitäranlagen, um die Kleidung in einem großen, abgedeckten Korb abzulegen, der für diesen Zweck vorgesehen war.

Ivana kehrte in ihr Zelt zurück und beobachtete sie weiter durch einen Spalt in der Plane. Diese nächtlichen Besucherinnen lieferten nicht nur Kleidung, sondern eine Weltanschauung, die Reinheit des neuen Tages, die Schönheit der kommenden Arbeit.

Unschuldige Wesen, die nur von Gutem beseelt waren.

Wirklich unschuldig?

Eine kleine Stimme flüsterte in ihrem Kopf: »Dein Wort in Gottes Ohr ...«

15

Niémans hatte nicht zu Abend gegessen und erlebte dies als kleine innere Befriedigung. Jede ausgelassene Mahlzeit, jeder Sieg in Sachen Diät erfüllte ihn mit lächerlichem Stolz. Mit dem Alter hatte er an Gewicht zugelegt und empfand diese Erschlaffung als Demütigung. Er träumte von sich selbst als Asketen, der sich mit einer Schüssel Reis am Tag begnügte. Als stoische Seele angesichts der Versuchung des Essens. Unglücklicherweise …

Sein Mobiltelefon klingelte: Desnos.

»Wir warten unten auf Sie.«

Also hatte sie ihre Truppe versammelt. Niémans stand von seinem Bett auf, ohne die höchstens zwölf Quadratmeter seines Zimmers zu beachten, ebenso wenig wie die vergilbte Tapete, deren Toile-de-Jouy-Muster um sein Überleben kämpfte.

Als die OCCS ins Leben gerufen wurde, hatte der Präfekt gesagt: »Sie Glückspilz, sie werden ganz Frankreich bereisen dürfen.« Doch die einzigen Reisen, die er bisher gemacht hatte, beschränkten sich auf Besuche der örtlichen Leichenschauhäuser, und die kulinarischen Highlights waren Sandwiches im Auto gewesen. Der Charme der Kleinstädte ließ sich in vergammelten Hotelzimmern und dem Fund von Leichen in irgendwelchen Gräben zusammenfassen.

Im Grunde passte ihm das durchaus: Nur das Böse und der Tod interessierten ihn. Alles andere überließ er den normalen Menschen, die das Leben genießen und den Tod vergessen wollten. Menschen, die er beschützte, ohne sie in Wahrheit ertragen zu können.

Im Speisesaal des Restaurants wartete eine Handvoll Gendarmen auf ihn. Hanswurste in marineblauen Jacken standen in einem pergamentfarbenen, von kleinen wachsgelben Lampen beleuchteten und mit Musketen aus dem 17. Jahrhundert und ausgestopften Tierköpfen dekorierten Raum.

Stéphane stellte ihm zwar jeden einzelnen der Hansel vor, aber es war Niémans unmöglich, sich derart komplizierte Nachnamen zu merken. Alle hießen wie irgendwelche Konzertflügel.

Zwei von ihnen waren – wenn man es nett ausdrückte – ausgesprochen wohlbeleibt. Zwei andere schienen ihren Lehrgang gerade erst beendet zu haben oder wollten noch damit beginnen. Wieder ein anderer war eher in einem Alter, in dem der Staffelstab eigentlich weitergegeben werden sollte. Nur einer schien wirklich geeignet für den Job: ein mürrischer Typ in den Vierzigern, mit Schnauzbart und normalem Körperbau.

»Setzen Sie sich«, befahl Niémans, als hätte er »Rühren« gesagt.

Die Typen zogen ihre Parkas aus und stellten eine Handvoll Stühle um den größten der Tische.

»Das Wichtigste«, begann Niémans, »sind zunächst die Kriminaltechniker.«

»Kommen morgen früh.«

»Perfekt. Die Kapelle muss gründlich untersucht werden.«

»Aber …«

»Aber was?«

»Sie haben sie doch gesehen. Sie wurde gereinigt, Leute waren dort und haben überall herumgetrampelt. Ich wüsste nicht, was …«

»Desnos, ich habe es dir schon mal gesagt: Hör auf, Antworten zu geben, bevor du Fragen gestellt hast. Ich will Fingerabdrücke, Stichproben, Abgüsse. Das Labor in Straßburg darf ruhig alle Hände voll zu tun kriegen! Vielleicht kommt bei diesen Untersuchungen etwas heraus.«

Stéphane notierte es in ihr Notizbuch. Die Gendarmen warfen sich mit gesenkten Köpfen Blicke aus den Augenwinkeln zu.

»Zweitens, die Untersuchung der Umgebung.«

»Was für eine Umgebung?«, fragte der Schnauzbärtige.

»Die der Kapelle. Wir können die Hypothese nicht ausschließen, dass dieser ›Unfall‹ in Wirklichkeit ein Mord war, der durch Sabotage des Gerüsts verursacht wurde.«

Die runden Augenpaare, die ihn beobachteten, zeigten nichts als einhellige Skepsis.

»Entweder ist unser Mann ein Gesandter, oder er ist ein Fremder, ein Saisonarbeiter oder jemand aus der Umgebung. In jedem Fall muss er auf die eine oder andere Weise zur Kapelle gekommen sein: zu Fuß, mit dem Fahrrad, mit dem Auto, mit dem Motorrad … Ich bitte Sie, die Landwirte der Umgebung zu befragen, außerdem die Leute, die an der Landstraße wohnen oder sie im entsprechenden Zeitraum benutzten. Vielleicht hat jemand etwas gesehen.«

»Das haben wir längst erledigt«, kommentierte Stéphane mit verkniffener Miene.

»Nun, dann machen Sie es eben noch einmal. Ihre Ermittlungsakte ist dünner als meine Steuererklärung.«

Auf seine letzte Bemerkung folgte bleierne Stille. Niémans spürte nicht mehr die anfängliche Verlegenheit um ihn herum, sondern einen Ansatz von Feindseligkeit. Doch das war ihm egal.

»Drittens müssen wir uns ernsthaft mit den Saisonarbeitern beschäftigen. Wir brauchen Profil, Herkunft, eventuelles Vorstrafenregister …«

»Damit stellen Sie die Leute bloß.«

»Nein, das ist gesunder Menschenverstand. Ich höre ständig, die Gesandten lebten absolut gewaltfrei und könnten unmöglich ein Mordmotiv haben. Mag sein. Aber wer bleibt dann? Am nächsten sind ihnen die Saisonarbeiter, die in einem weniger als fünfhundert Meter entfernten Lager untergebracht sind. Da lohnt es sich doch, einmal nachzuforschen.«

»Müssen wir sie alle befragen?«, meldete sich der Schnauzbärtige wieder.

»Unbedingt. Überprüfen Sie ihre Alibis, und beurteilen Sie sie. Bitten Sie außerdem die Genossenschaft, uns ihre Einstellungspapiere zur Verfügung zu stellen.«

Die Gendarmen wanden sich auf ihren Sitzen. Desnos räusperte sich.

»Was ist?«, fragte Niémans.

»Das dürfte schwierig werden, denn ein solches Vorgehen könnte die Lese verzögern.«

»Danke, dass Sie das Thema ansprechen. Lassen Sie es uns ein für alle Mal klarstellen: Hier ist ein Mensch gestorben, und das ist keine Belanglosigkeit. Ich will nichts mehr über diese Weinlese hören. Unsere Ermittlungen haben Priorität.«

Eines der beiden Michelinmännchen wagte einen Einwurf. Seltsamerweise hatte er keinerlei Vogesen-Akzent.

»Nehmen wir einmal an, ein Saisonarbeiter hätte die Kapelle sabotiert, aber zu welchem Zweck? Um Samuel zu töten? Und aus welchem Grund?«

»Klopfen wir einfach alles ab. Wir werden sehen, was dabei herauskommt.«

Niémans reckte alle Finger in die Luft und bog seinen Daumen über die Handfläche. Die Zahl vier stand für das nächste Kapitel.

»Und wenn wir schon einmal dabei sind, knöpfen wir uns auch die Bauarbeiter vor. Niemand spricht über sie, aber ihnen wäre es am leichtesten gefallen, das Gerüst zu beschädigen.«

Niémans sah Desnos an. Sie öffnete den Mund, um – wie er ahnte – zu erwidern, dass auch diese Männer bereits angehört worden waren, aber sie überlegte es sich anders.

»Der fünfte Punkt ist etwas heikler.« Er senkte die Stimme, als wollte er ihnen seine Idee auf die sanfte Tour näherbringen. »Wir müssen uns noch einmal die Mühe machen, die Gesandten zu verhören.«

»Ich habe Ihnen doch gesagt …«

»Dass sie ihre Zeugenaussagen nicht unterschreiben? Gut, dann erklären Sie ihnen eben, dass es sich um ein einfaches Gespräch handelt.«

»Sie werden nicht reden. Und außerdem haben sie nichts zu sagen. Wir …«

»Besuchen Sie Samuels Verwandtschaft. Mag ja sein, dass sie alle irgendwie ähnlich ticken, aber trotzdem ist sicher jeder eine eigenständige Persönlichkeit. Ich möchte mehr über das Opfer erfahren.«

»Über den Verstorbenen«, korrigierte Desnos.

»Über den Verstorbenen«, gab Niémans klein bei.

Tatsächlich teilte er Stéphanes Zweifel: Diese Leute würden nicht reden, und wenn doch, wäre es noch schlimmer. Aber als Einsatzleiter musste er daran glauben, um seiner selbst und um der anderen willen.

Der Vorruheständler hob eine Hand.

»Ich weiß, dass Sie hier sind, um die Ermittlungen weiterzuführen«, sagte er, »und dass es Ihr Job ist und so, aber darf ich Ihnen eine Frage stellen?«

»Nur zu.«

»Wie kommen Sie zu der Überzeugung, dass es sich um einen Mord handelt?«

Niémans dachte an den Stein im Mund. Der Beweis war ziemlich dünn, aber sein Instinkt sagte ihm, dass es sich um das Sandkorn handelte, das die ganze Maschine blockierte.

Er wandte sich an Desnos, als wollte er ihr eine wichtige Aufgabe übertragen. »Ihre Chefin wird es Ihnen erklären. Die eingestürzten Gerüste müssen wir ebenfalls zurückholen«, sagte er dann.

»Warum?«, fragte eine Stimme.

»Weil die Experten sie sicher sehen wollen. Ich hoffe es zumindest ... Wenn es Sabotage war, sind diese Metallrohre die Mordwaffe. Außerdem müssen die Trümmer des Freskos wiedergefunden werden.«

»Aber die wurden doch nicht versteckt!«

»Und wo sind sie?«

»Sie wurden vermutlich an einen sicheren Ort gebracht. Diese Malereien sind der Gemeinde sehr wichtig.«

»Das ist genau der Punkt. Ich möchte wissen, warum ein derart mittelmäßiges Werk einen solchen Wert für Christen hat, die ansonsten jede religiöse Darstellung ablehnen.«

Niémans legte die Hände flach auf den Tisch – sie waren auf ihre Kosten gekommen.

»So. Vergessen Sie auch die Routinearbeiten nicht. Überprüfen Sie beispielsweise, ob es in der Region ähnliche Fälle gegeben hat.«

Stéphane steckte ihr Notizbuch in die Hosentasche. »Das wird eine Menge Arbeit. Ich werde die Aufgaben gleich morgen früh verteilen und ...«

»Nein. Fangen Sie sofort an.«

Sieben Augenbrauenpaare schossen in die Höhe. Er antwortete mit einem Lächeln, das mitfühlend wirken sollte.

»Tut mir leid, Leute, aber wir müssen jetzt versuchen, die verlorene Zeit aufzuholen.«

»Wollen Sie damit etwa andeuten, dass wir keine gute Arbeit geleistet haben?«, fragte Desnos. Ihre Wangen leuchteten auf wie Bremslichter.

»Das nicht, aber Sie waren von vornherein sicher, dass es nichts zu finden gab. Genau aus diesem Grund wurde ich gerufen: um noch mal ganz von vorn anzufangen.«

Als kleine Geste der Solidarität begleitete er das Trüppchen bis zum Hoteleingang. Die schwarze Straße von Brason, der eisige Wind, die Straßenlaternen, die in ihren Ecken bibberten … All dies bestätigte ihm, was er schon immer vermutet hatte: Sobald es abends dunkel wurde, produzierte die Provinz eine Art konzentrierten Gruseleffekt.

Die Gendarmen gingen zu ihrem Mannschaftswagen, aber Niémans rief Desnos noch einmal zurück.

»Ich möchte, dass du alles über diesen Stein in Samuels Mund herausfindest. Es könnte sich dabei um eine Art Ritus handeln. Wir müssen in Erfahrung bringen, ob es ähnlich gelagerte Beispiele gegeben hat, sowohl in jüngerer Zeit als auch im Lauf der Jahrhunderte.«

»Soll ich sofort damit anfangen?«

Niémans gab keine Antwort: Die Sache war schließlich klar.

»Commandant …«, fuhr sie mit hartem Blick fort, »Sie haben uns zwar erklärt, wie die Ermittlung fortgesetzt werden soll, aber darf ich Ihnen auch einmal einen Rat geben?«

»Nur zu.«

»Wenn Sie Ihr Verhalten eines kleinen Chefs und Ihre Verachtung eines Parisers für die Provinz einige Zeit vergessen könnten, würde uns das sicher eher motivieren und auch schneller machen, denke ich.«

»Ich …«

»Jedes Mal, wenn Sie uns ansehen oder über unsere Arbeit sprechen, tun Sie so, als hätten Sie es mit einem Haufen Mist zu tun.«

»Aber …«

Sie trat einen Schritt vor, immer noch mit den Fäusten an ihrem Gurt.

»Und noch etwas, Commandant. Auch wenn ich in Guebwiller geboren bin, erst acht Jahre bei der Gendarmerie arbeite und zweimal in der Woche Flammkuchen esse – ich bin auch nicht blöder als irgendwer sonst. Und wenn Samuel wirklich ermordet worden ist, werde ich alle Hebel in Bewegung setzen, um den Mörder zu schnappen.«

Niémans musste lachen.

»Wenn wir ihn kriegen, lädst du mich ein.«

»Ich lade Sie ein?«

»Zu einem Flammkuchen.«

»Einverstanden. Und wir begießen ihn mit Wein aus der Domäne«, fügte sie mit einem breiten Lächeln hinzu.

16

Erst oben in seinem Zimmer bemerkte Niémans, dass er einen Anruf von Zimmermann erhalten hatte. Sein Telefon hatte nicht einmal geklingelt. Aus irgendeinem unbekannten Grund schien es im Erdgeschoss des Hotels keine Verbindung zu geben.

Sofort rief er den Gerichtsmediziner zurück – die späte Uhrzeit des Anrufs ließ auf wichtige Informationen hoffen.

»Ich habe meine Aufzeichnungen noch einmal durchgelesen«, begann der Arzt. »Samuel war zweifellos bereits vor dem Einsturz tot.«

»Woran haben Sie es bemerkt?«

»Genau betrachtet hat die Leiche nicht genug geblutet. Obwohl der Brustkorb durch die Steine stark beschädigt wurde, habe ich keine Anzeichen für innere Blutungen gefunden.«

»Und das sagen Sie mir erst jetzt?«

»Tut mir leid … Als ich die Leiche abgeholt habe, handelte es sich um mit Staub bedecktes Hackfleisch. Der Schaden durch die Trümmer war so umfangreich, dass mir gar nicht in den Sinn kam, dass der Tod vor dem Gemetzel eingetreten sein könnte.«

»Was war dann die tatsächliche Todesursache?«

»Ganz ehrlich? Ich habe keine Ahnung.«

Niémans hielt es für sinnlos, diesen Freizeit-Leichenbeschauer fertigzumachen.

»Können Sie mir einen Bericht darüber schreiben?«

»Damit würde ich mich doch selbst anprangern.«

»Das ist richtig.«

Schweigend schien der Arzt die Vor- und Nachteile abzuwägen.

»Okay. Ich mache es.«

»Bitte so schnell wie möglich.«

Niémans legte auf. Dieser erste Sieg schenkte ihm keine Befriedigung. Leider entwickelten sich die Dinge genau so, wie er es vorhergesagt hatte, und das waren keine guten Neuigkeiten. Ein Mord. Ein Ritus. Und dann dieser seltsame Widerspruch: Warum versuchte ein Mörder, sein Verbrechen sowohl publik zu machen als auch zu verbergen?

Plötzlich begriff er, warum er nicht zu Abend gegessen hatte und warum seine Stimmung auf dem Tiefpunkt war. Sie hatte nicht angerufen. Sie – Ivana, seine Assistentin, seine kleine Slawin ... Zwar hatten sie nichts festgelegt, was die Kontaktaufnahme betraf, aber Ivana wusste, dass er an diesem Tag ankommen würde, und er hatte erwartet ...

Niémans griff nach der Akte, die man in Paris für ihn zusammengestellt hatte. Er war noch nicht müde. Und wenn die Augen ohnehin offen waren, konnte er sich diesen Aufzeichnungen einmal intensiver widmen und sich ein wenig auf den aktuellen Stand bringen.

Die Geschichte der Täufer kannte er längst. Eine Zeit lang war er Protestant gewesen – zumindest versuchsweise – und hatte viel über das Zeitalter der Reformation gelesen. Im Fahrwasser dieser Bewegung waren auch andere Überzeugungen entstanden. Man wollte die Kirche reformieren, ja, man wollte zu den Prinzipien der Bibel zurückkehren, natürlich, aber vor allem wollte man der Glaubenspraxis zur Zeit Christi entsprechen. Das bedeutete unter anderem auch, sich erst als Erwachsener im vollen Bewusstsein der Bedeutung des Sakraments taufen zu lassen.

So entstand die Bewegung der Täufer. Sehr bald schon

wurden sie verfolgt, gefoltert und getötet. Viele suchten ihr Heil in der Flucht. Mennoniten, Amische und Hutterer wandten sich nach Osteuropa oder emigrierten in die Neue Welt. Die Gesandten, mehr oder weniger geschützt durch ihre Weinproduktion, waren geblieben.

Fünf Jahrhunderte lang hielten sie sich von denen fern, die nicht nach dem Wort Christi lebten. Diese Welt galt ihnen als belanglos. Sie hatten sich entschieden, sich freiwillig auszuschließen – sie nannten es *Meidung* –, um getreu ihren Ansichten fern von Staat, Politik und sogar der von der weltlichen Macht korrumpierten Kirche in Reinheit zu leben.

Auf der Domäne verlief das Leben viele Hundert Jahre lang immer ähnlich. Weinproduktion, Verfolgungen, eine unveränderliche Lebensweise … Im 20. Jahrhundert jedoch übernahm eine Persönlichkeit die Führung in der Gemeinschaft, die über vier Jahrhunderte keinen Vorstand gekannt hatte.

Otto Lanz war nicht wirklich ein Machthaber, sondern eher ein Reformer, der durchaus auch für Widerspruch sorgte. Zunächst einmal entstammte er nicht der historischen Ahnenreihe der Täufer, sondern galt als Eindringling, als Weltlicher. Zweitens war er Maler, was für diese Gemeinschaft, die jede bildliche Darstellung und jeden persönlichen Ausdruck ablehnte, als widersinnig galt. Drittens: Er war aggressiv.

Lanz plädierte allerdings nicht für offenen Krieg, sondern forderte Entschlossenheit. Er war es, der die Zäune um das Anwesen hochziehen ließ und »Sicherheitskräfte« einsetzte, um die Grenzen ihrer eigenen Welt zu bewachen. Außerdem war es ihm durch intensive Beschäftigung mit dem französischen Recht gelungen, eine Art juristischer Festung zu errichten, welche die Gesandten vor Angriffen aus der Außenwelt schützte.

Niémans hätte sich vielleicht noch etwas mehr mit diesem Schlaufuchs beschäftigen sollen, aber bei dem Gedanken, zu dieser Stunde in die Forschung einzusteigen, verließ ihn der Mut. Er schaute auf die Uhr: Mitternacht war vorbei, und Ivana hatte noch immer nicht angerufen. Musste er sich Sorgen machen? Aber nach drei Tagen Weinlese war sie vermutlich einfach nur erschöpft.

Er beschloss, dass es auch für ihn Zeit war, ins Bett zu gehen. So heiß wie möglich duschte er in einer Kabine von der Größe eines Sarkophags.

Wenige Minuten später lag er im Dunkeln und verspürte eine intensive Leere. Sein Körper dampfte noch immer. Er fühlte sich wie ein Krater ohne Boden. Zwischen Bewusstsein und Schlaf begannen seine Gedanken zu schweben.

Aus diesem Schwebezustand tauchte plötzlich eine klarere Erinnerung auf. In grauer Vorzeit hatte er einmal versucht, Japanisch zu lernen – warum, wusste er nicht mehr. Niémans war reiner Autodidakt, und seine kulturelle Entwicklung war immer in Schüben erfolgt. Einmal entwickelte er eine Leidenschaft für moderne Architektur, dann wieder für einen Komponisten namens Charles Koechlin. Irgendwann galt sein Interesse dem Protestantismus … Es ging nie sehr weit, aber es war besser als nichts.

Jedenfalls hatte er sich einmal für fernöstliche Sprachen eingeschrieben. Er kannte Japan nicht und fühlte sich nicht einmal besonders von dem Land angezogen. Es waren die Kanji-Zeichen, die ihn faszinierten. Er sah in dieser Schrift – eigentlich hoffte er eher darauf – eine andere Sichtweise der Welt, eine Symbolik, die ihm, wenn er sie beherrschte, ein neues Bild der Wirklichkeit vermitteln würde. Er war damals in den Dreißigern gewesen und bereits fest in der Gewalt der Straße verwurzelt.

Nach wenigen Monaten hatte er aufgegeben: Es war schwierig, abends Kurse zu besuchen, wenn er gleichzeitig ein

Auge auf einen mehrfachen Vergewaltiger oder einen Mörder haben musste, der seine Opfer enthauptete, um damit zu Hause Fellatio zu praktizieren.

Aus dieser Zeit hatte er nur ein Kanji-Zeichen im Gedächtnis behalten, nämlich das für Fluss. Eine vertikale Linie, dann eine weitere, kürzere, die die Ufer darstellt. Dazwischen eine weitere, noch kürzere: Wasser. Schon dieses Zeichen fand er großartig. Aber es gab noch etwas Schöneres: Dasselbe Schriftzeichen stand nämlich auch für Familie – genauer gesagt für eine schlafende Familie. In den ersten Jahren legen die Japaner ihr Kind zwischen sich ins Bett, und das Schriftzeichen soll diese Dreierkonstellation ausdrücken. Der Vater und die Mutter sind die Ufer, die das Kleine schützen – den Fluss …

Warum erinnerte er sich jetzt allein in der Dunkelheit an dieses Kanji-Zeichen? Er selbst hatte weder Frau noch Kinder. Er war ein unvollständiges Kanji. Ein einsamer Strich.

Aus diesem Grund war Ivana Bogdanovic so wichtig für ihn. Sie war weder sein Ufer (seine Frau) noch sein Fluss (sein Kind), sondern ein bisschen von beidem. Jemand, der ihn davor bewahrte, ein offener Abgrund über dem Nichts zu sein, und der ihn zu einem menschlicheren, wärmeren Wesen machte. Ein Mann, der über eine tragische junge Frau wachen durfte, der sich aber auch an ihr wärmen konnte, wenn seine innere Kälte zum Permafrost tendierte.

Kurz vor dem Einschlafen griff er noch einmal zum Telefon, um ein letztes Mal nachzusehen. Kein Anruf. Er stellte sich sein eigenes Gesicht vor, von Dunkelheit umgeben, aber vom bläulichen Licht des Displays erleuchtet – Milliarden Flüssigkristalle der Enttäuschung und der Angst.

Besiegt dämmerte er schließlich doch irgendwann ein. Bis tief in den Schlaf aber verfolgte ihn die Frage: *Warum hat sie nicht angerufen?*

17

Auf den Knien.
Auf den Kniescheiben.
Auf egal was.

Als Ivana aufwachte, fühlte sie sich noch müder als beim Zubettgehen. Bei der Vorstellung, Weintrauben zu ernten, hätte sie am liebsten gekotzt. Ganz zu schweigen von dem Albtraum, der immer noch mit seiner zähnestrotzenden Schnauze und dem Flüstern in ihrem Kopf herumgeisterte. *Die Bestie ...*

Der Morgen bei den Gesandten war streng reglementiert. Zuerst musste jeder sein Bett machen, dann duschen – die Seife war handgemacht und roch nach Erde, Gras und ein wenig würzig, wie Weihrauch – und schließlich die frische Kleidung für den Tag anziehen. Auch sie roch pflanzlich mit einem Hauch Verbranntem.

Dann ging es in ein großes, elektrisch beleuchtetes Zelt, wo für alle Saisonarbeiter ein üppiges Frühstück bereitstand. Eines musste man den Gesandten lassen: Ihr Essen war einfach göttlich. Vor allem für Ivana, die vegan lebte.

Feierlich wie eine Nonne genoss sie Gersten- und Dinkelbrötchen und kostete den Maispudding. Das einzige Problem bestand darin, dass die Täufer auch Speckpasteten, geräucherten Schinken, Butter und solche Dinge anboten.

»Gut geschlafen?«

Ohne die Antwort abzuwarten, setzte sich Marcel neben sie.

»Mein Kopf ist wie vernagelt«, brummte er. »Das kommt von dem Shit, den wir gestern Abend geraucht haben. Kacke!«

Damit fing er an, über seine Rückenschmerzen, seinen Muskelkater und seine schlechte Verdauung zu klagen. Weiter ging es mit der Bezahlung, die nicht seiner Vorstellung entsprach, und der Sozialversicherung, die er als wirklich unzureichend empfand.

»Wir sind doch keine Tiere, verdammt noch mal!«

Ivana hörte nicht zu. Ihr Blick ruhte auf einem Glas Milch, das vor ihr stand und dessen Weiß mit den bunten Konfitüren kontrastierte – üppige, dichte, leuchtende Farben, die eine wahre Künstlerpalette auf den Tisch zauberten. Alles schien aus der gleichen Quelle und der gleichen Reinheit zu stammen.

Das war es, was sie an der Domäne berührte: der extreme Einklang des Ganzen. Von den goldenen Trauben bis zu den schwarzen Kleidern, von den roten Bärten bis zu den weißen Krägen, von den langsamen Gesten bis zu den stillen Gebeten, alles bestand aus demselben Material, einer Art Kristall, der das blendende Licht Gottes durchscheinen ließ …

Plötzlich entschloss sie sich und leerte das Glas Milch in einem Zug. Auf die Frische in ihrer Kehle folgte zunächst ein Gefühl von Üppigkeit, die zu schwer für ihren Magen war, und dann der bittere Nachgeschmack des Sakrilegs: Als Veganerin durfte sie kein tierisches Produkt zu sich nehmen. Sie war sich nicht sicher, ob sie die Milch verdauen konnte, aber das Weiße in ihrer Kehle verhalf ihr zu dem Entschluss, Rachel noch am selben Tag wiederzusehen.

Sie wiederzusehen und sie auszufragen.

18

Niémans hatte nur ein paar Stunden geschlafen – einen ziemlich beschissenen, von steinlutschenden Leichen bevölkerten Schlaf – und war verstört und mit einem Kopf wie aus Beton wach geworden.

Um sechs Uhr morgens war er nach unten gegangen und hatte das Hotel verlassen vorgefunden. Weil es ihm nicht gelungen war, die Kaffeemaschine des Restaurants zum Laufen zu bringen, schnappte er sich seinen Mantel und beschloss, eine kleine Runde durch die Stadt zu drehen. Brason prallte ihm ins Gesicht wie eine stählerne Abrissbirne.

Plötzlich fiel ihm alles wieder ein. Allerdings kamen nicht die Erinnerungen, die er erwartet hätte. Kein angsteinflößender Hund, kein schizophrener Bruder, keine Folter mit Reißzähnen und dem Bremszug eines Fahrrads. Lediglich kleine Bruchstücke aus seiner Kindheit, deren Auftauchen ihn weder glücklich noch unglücklich machte.

Niémans hatte nie die Leichtigkeit der jungen Jahre gekannt, diese reine Freude des Kindes, das im Hier und Jetzt lebt. Immer war er von einer dumpfen Angst, einer sinnlosen Beklemmung geplagt worden. Angst vor der Gegenwart, der Zukunft, dem Tod – vor allem Möglichen … Letztendlich war es der Job als Polizist gewesen, der ihm einen Rahmen und Stabilität gab und ihm einen Weg wies. Manche Leute brauchten Alkohol, Drogen und Medikamente gegen ihre Angstzustände und um sich auf den Beinen zu halten. Er war süchtig nach Verbrechen.

Brason war nichts Besonderes. Das Örtchen ähnelte Guebwiller und all seinen kleinen Brüdern im Tal. Träge

Kleinstädte, eng wie ein schlecht geschnittener Anzug und so anmutig wie ein Kriegerdenkmal. Es war noch dunkel, und er sah nicht viel, aber die Bar an der Ecke, das gräuliche Rathaus und die Supermärkte mit ihren halb leeren Regalen konnte er sich gut vorstellen.

Vor seinem Hotel erwartete ihn eine nette Überraschung: Stéphane Desnos in makelloser Uniform und mit einem Lächeln, das alle Frühstücke der Welt wert war.

Komm schon, Niémans, das Leben ist gar nicht so übel …

»Kaffee?«, schlug er vor, noch etwas außer Atem von seinem Morgenspaziergang.

»Schon gut, danke.«

»Irgendwelche Fortschritte?«, fragte er und rieb sich die kalten Hände.

»Die Kriminaltechniker sind in der Kapelle und beginnen mit der Erfassung.«

»Super. Zunächst sollen sie alles mit Bluestar auf Blutspuren untersuchen. Der Gerichtsmediziner hat mich gestern Abend angerufen. Samuel war wohl schon vor dem Dacheinsturz tot.«

»Was? Hat er seine Meinung geändert?«

»Der Kerl ist ein Clown. Es ist längst zu spät, um einen anderen Arzt zu beauftragen oder die Leiche zu exhumieren. Wie auch immer, ich bin sicher, dass wir mit Bluestar einige Überraschungen erleben werden. Und zwar gute Überraschungen.«

»Dann also schlechte.«

»Lass die Wortspiele«, entgegnete Niémans bibbernd. »Bist du sicher, was den Kaffee angeht?«

Das Restaurant hatte sich belebt, obwohl dieses Wort vielleicht etwas zu grandios klang. Aber zumindest war das Licht an, und eine kleine Kellnerin werkelte hinter dem Tresen.

Kaffeeduft schwebte unter den ausgestopften Tierköpfen, und das wirkte, ob man es nun wollte oder nicht, irgendwie beruhigend.

Niémans' Blick verweilte einige Sekunden bei der jungen Frau, die gekonnt mit der Dampfdüse hantierte. Er hatte sie bereits am Vortag gesehen. Auch jenseits der fünfzig hatten sich sein Geschmack und seine Sehnsüchte nicht verändert. Sie entsprachen denen mit zwanzig, waren inzwischen aber geschliffen wie eine Saphirspitze.

»Hören Sie mir eigentlich zu, Niémans?«

»Was? Ja, entschuldige.«

Sie hatten sich am Tresen niedergelassen, die Ellbogen auf den glänzenden Edelstahl gestützt wie in einem Western.

»Was hast du gesagt?«

»Ich habe von der Nachbarschaftsbefragung berichtet ...«

Der Kaffee kam. Sein Duft drang in Niémans' Blutkreislauf ein und wärmte ihn mit einem Schlag auf.

»Wir haben gleich heute Morgen damit angefangen, aber angesichts der Lage ist da nichts zu erwarten. Rings um die Domäne gibt es nur ein paar vereinzelte Bauernhöfe, die zudem weit abseits der Straße liegen. Die Leute können auf der Landstraße nichts gesehen haben.«

»War niemand auf den Feldern?«

»Mitten in der Nacht? Vergessen Sie's.«

»Was ist mit den Saisonarbeitern?«

»Wir werden um Erlaubnis bitten.«

»Wen?«

»Niémans, Sie kennen das Gesetz ebenso gut wie ich: Eigentlich können wir nichts anderes tun, als die Arbeiter einen nach dem anderen vorzuladen. Um Zeit zu sparen, müssten wir an Ort und Stelle tätig werden. Aber um die Domäne zu betreten, brauchen wir die Zustimmung der Gesandten ...«

Niémans antwortete nicht. Üblicherweise ignorierte er grundsätzlich solche Vorsichtsmaßnahmen, doch sie waren hier nicht in Paris, und er wusste, dass Schnitzler ihn nicht unterstützen würde.

»Aber die Kollegen und ich haben trotzdem Fortschritte gemacht«, fuhr Desnos fort. »Über die Sozialversicherung konnten wir die Namen der Saisonarbeiter in Erfahrung bringen. Auch die Gesandten sind verpflichtet, ihre Mitarbeiter anzumelden. Jetzt sind wir dabei, deren Strafregister zu überprüfen.«

Gut gemacht, Schätzchen, hätte er fast gesagt, hielt sich aber im letzten Moment zurück. Er wollte nicht zu vertraulich werden, geschweige denn Desnos als Frau diskriminieren.

»Die Bauarbeiter?«

»Die Befragung steht für heute Morgen auf der Tagesordnung.«

Niémans vermutete, dass Desnos die ganze Nacht gearbeitet hatte. Er empfand darüber eine seltsame Befriedigung, gemischt mit leiser Reue. Sie trug einen Ehering. Vermutlich führte sie irgendwo in der Nähe ein bequemes Leben mit Mann, Kindern und einem Renault Kangoo. Tatsächlich liebte er es, das Familienleben seiner Kollegen zu sabotieren, wie ein Kind die Sandburg des Nachbarkindes zerstört, aber wenn es so weit war, gab er sich immer die Schuld dafür, dass er nur ein einsamer Tyrann war.

»Gut«, sagte er und stellte seine Tasse lautstark auf dem Tresen ab. »Den Vorarbeiter verhören wir selbst. Weißt du, wo er heute Morgen arbeitet?«

Sie blätterte durch die Seiten ihres kleinen Blocks.

»Er renoviert eine andere Kirche, etwa hundert Kilometer entfernt in Saint-François-de-Paule bei Lipsheim. Das ist im Departement Bas-Rhin. Eine ziemlich bekannte Kirche.«

Das kleine Notizbuch, und ihre eifrigen Gesten bewegten Niémans. Er klopfte ihr freundlich auf die Schulter und lächelte.

»Nichts wie hin.«

19

W as machst du da?«, fragte Marcel.
Ivana schlängelte sich durch eine Rebenreihe, um näher an die Gesandten heranzukommen, die ein Stück weiter entfernt arbeiteten.

»Wir Saisonarbeiter müssen auf dieser Seite bleiben.«

»Ach ja?«, gab sie sich unschuldig. »Okay. Aber da ist es schöner, hier sind wir im Schatten.«

»Heute scheint doch gar keine Sonne.«

»Bleibst du bei mir oder nicht?«

Ohne zu antworten, bahnte sich Marcel einen Weg zwischen den Blättern hindurch. Mit der Kiepe auf dem Rücken und der Schere in der Hand machten sie sich gemeinsam an die Arbeit.

Marcel war mit Feuereifer bei der Sache. Er wollte ihr unbedingt erklären, was Gewürztraminer ist. Eine Rebsorte, die auch in der Kühle Nordfrankreichs gedeiht, Winterfrösten widersteht und die als Beerenauslese einen sehr süßen Wein ergibt, fast einen Likör. Man trinkt diesen Wein als Aperitif, zum Dessert und bei Weihnachts- und Silvesteressen. Aber auch zu asiatischem Essen passt er ausgezeichnet.

»'n Stück Schweinefleisch, mit dem Wein der Domäne bepinselt – einfach 'ne Wucht!«

Ivana hörte nicht hin. Sie hielt nichts von Wein. In der Leidenschaft dafür zeigte sich für sie die ganze Eitelkeit des Spießbürgers, der am Ende einer belanglosen Existenz in seinem Keller bei seinen Flaschen stirbt.

Stattdessen bemühte sie sich, die Gesandten zwei Reihen weiter zu belauschen. Schnell musste sie feststellen, dass nicht viel gesprochen wurde. Wenn sie überhaupt miteinander redeten, dann in diesem unmöglich zu verstehenden altertümlichen Deutsch.

Den Anblick der Gesandten jedoch genoss sie: ihre ruhige, gelassene Art, die Trauben zu ernten, ihre konzentrierten Blicke, ihre friedlichen Gesichter … Trotz der harten Arbeit sahen sie tadellos aus. Hauben und Strohhüte waren strahlend weiß – im Gegensatz zu den unauffälligen, dunklen Trachten.

Ringsum erstreckte sich die kühle, gefrorene elsässische Landschaft. Zögerlich schien sich die Sonne den Hals zu verrenken, um aus den Wolkenbergen hervorzulugen. Überrascht stellte Ivana fest, dass sie als hundertprozentiger Stadtmensch diese weitläufigen, ruhigen Ausblicke schätzte, über denen der Duft von Erde und totem Laub schwebte … Wirklich nicht übel.

»Was treibst du denn da?«

Ivana zuckte zusammen – sie war dabei, die Ranken abzuschneiden.

»Was ist los mit dir?«, fragte Marcel, kam näher und begutachtete den angerichteten Schaden. »Die machen dich kalt.«

»Schon gut, das wächst doch wieder nach.«

Marcel blickte sie an. Plötzlich schien ihm klar zu werden, wie wenig Ahnung sie hatte. Er machte ihr ein Zeichen, zum nächsten Rebstock weiterzugehen, während er versuchte, den Schaden zu vertuschen.

Ivana widmete sich wieder ihrer Arbeit, was sie allerdings nicht davon abhielt, die anderen weiter zu beobachten. Auch jenseits ihrer sparsamen Bewegungen und altmodischen Trachten spürte sie tief im Innern, wie fern sie ihr standen. Die Blutbarriere. Genau das, was sie früher in ihren Pflegefamilien empfunden hatte. Zwar wurde sie als Teil der Kinderschar akzeptiert, und man teilte Mahlzeiten und Gewohnheiten mit ihr, aber das Wichtigste fehlte. Der Ursprung. Die Quelle. Die anderen waren die Bäche, sie war der Abwasserkanal.

»Scheiße, was machst du denn da?«

Abgelenkt von ihrer eigenen Bitterkeit hatte Ivana sich in die Hautfalte zwischen Daumen und Zeigefinger geschnitten, ohne es überhaupt zu bemerken.

Wie hypnotisiert beobachtete sie, wie ihr Blut über die Blätter floss, konnte aber weder reagieren noch sich bewegen.

»Alles in Ordnung?«

Rachel stand ihr gegenüber auf der anderen Seite der Rebenreihe. Ehe Ivana antworten konnte, hatte die Gesandte ihre Hand ergriffen, an ihren Mund geführt und saugte an der Wunde.

Bei dieser außerordentlich sinnlichen Berührung kippte Ivana fast um. Aber schon kramte Rachel in ihrer Schürzentasche, holte ein weißes Taschentuch heraus und verband damit Ivanas Hand.

Die Polizistin hatte noch immer kein Wort gesprochen. Zwar hätte sie gern etwas gesagt, aber die Silben blieben ihr mit dem Geschmack von Eisen im Hals stecken. Rachel machte einen Knoten, indem sie zwei Stoffecken zwischen die Zähne klemmte.

»Tut es sehr weh?«, fragte sie durch das Weinlaub hindurch.

Ivana musste unwillkürlich an einen Beichtstuhl denken, dessen Holzgitter durch Weinreben ersetzt worden war.

»Geht … geht schon«, stammelte sie. »Keine Ahnung, was heute mit mir los ist. Irgendwie mache ich nur Dummheiten.«

Rachel zwängte sich durch die Reihe, wobei sie ihr Kleid anhob wie zu einem Cancan.

»Ich zeige dir, wie es geht.«

Sie stellte sich neben Ivana, griff nach deren rechter Hand, die immer noch die Schere hielt, und führte die Klingen an die Basis des Stängels. Mit einer knappen Bewegung schnitt sie die Traube ab und ließ sie in die Kiepe gleiten. Ivana beobachtete sie, ebenso fasziniert von ihrer Geschicklichkeit wie von ihrer Ruhe. Unter Rachels Gesten pulsierte eine tiefe Harmonie, wie Grundwasser, das tief unter der Erde ruht.

Einige Meter entfernt beobachtete Marcel misstrauisch die beiden jungen Frauen.

Unwillkürlich hob Ivana den Kopf und schloss die Augen. Vielleicht verlor sie kurz das Bewusstsein, aber höchstens für ein paar Millisekunden. Als sie die Augen wieder aufschlug, entdeckte sie in der Ferne Regenwolken.

»Hast du verstanden?«, fragte Rachel.

Ivana trat einen Schritt zur Seite und betrachtete ihr Gesicht. Sie musste sich zwingen, nicht über diese rosigen Wangen zu streichen, die anziehend waren wie eine frische Frucht.

Vor allem aber sah sie Rachels Augen ganz aus der Nähe. Am Tag zuvor waren sie ihr in ihrer Transparenz noch zu klar, ja fast inquisitorisch erschienen. Dabei lag viel mehr als das in ihnen. Ihre Iris hatte eine geradezu mineralische Schwere, die Schwere von Marmorgrabmalen.

»Können wir zusammen zu Mittag essen?«, fragte Ivana.

20

V ampire.«
»Was sagst du da?«

»Alle Nachforschungen zum Thema Stein im Mund haben mich zu Vampirgeschichten geführt.«

»Kannst du das genauer erklären?«

Niémans saß am Steuer. Er hatte beschlossen, sich wie ein Gentleman zu verhalten und nicht mehr wie ein ruppiger Vorgesetzter. Seine erste Aufmerksamkeit als Gentleman: Er spielte den Chauffeur. Er fuhr ruhig, denn er wollte die hundert Kilometer nutzen, um sich ein aktuelles Bild zu verschaffen.

»In den 2000er-Jahren«, begann Desnos und scrollte auf ihrem iPad, »entdeckten Archäologen in Irland zwei vergrabene Skelette, die auf das 8. nachchristliche Jahrhundert datiert wurden. Beide hatten einen großen Stein in der Kehle, der ihre Münder offen hielt.«

»Wozu sollte das gut sein?«

»Man nimmt an, dass es die Toten daran hindern sollte, zu erwachen und zu den Lebenden zurückzukehren. Der Brauch scheint auch mit der Pest zu tun zu haben. Damals glaubte man, dass sie von Vampiren übertragen würde, die nach ihrer Beerdigung aufwachten und auf ihrem Leichentuch herumkauten. Durch diese frevelhafte Handlung verbreitete sich der Schwarze Tod …«

Mit solchen Hinweisen kommen wir nicht weiter … »Ist das alles?«, fragte Niémans mit ruhiger Stimme.

»Nein. Ich habe noch einen Hinweis gefunden … 2014 wurde auf einem mittelalterlichen Friedhof eine Leiche entdeckt, die nach ihrem Tod verstümmelt worden war. Ein Ziegelstein blockierte die Kiefer, damit das Skelett im Fall einer Auferstehung nicht zubeißen konnte …«

»Hast du nichts Seriöseres?«

»Das ist seriös. Zumindest war es das im 9. Jahrhundert. Ich habe auch ein Beispiel in Italien gefunden, das …«

Niémans hatte genug gehört. Er zog den Kopf zwischen die Schultern und presste die ausgestreckten Arme gegen das Lenkrad. In der Ferne zerschnitt die Horizontlinie den trüben Himmel wie ein Messer.

»Diese alten Geschichten bringen uns nicht weiter«, brummte er.

»Das finde ich nicht.«

»Glaubst du etwa, Samuel war ein Vampir?«

»Nein, aber er lebte in der Vergangenheit, wie alle Gesandten.«

»Sie haben im 16. Jahrhundert aufgehört, mit der Zeit zu gehen. Nicht im Mittelalter.«

»Nur im Hinblick auf die Gründung der Gemeinschaft. Aber sie befolgen die Lehren der Bibel, vor allem die des Alten Testaments. Das führt uns schon eher in die Antike.«

Desnos hatte recht: Die Täufer waren anachronistisch. Sie lebten in einem legendären Altertum. Für sie verlor sich der Begriff der Zeit im Glitzern der Wüste. Dieser Stein im Mund war vielleicht eine Anspielung auf einen sehr alten Ritus aus babylonischen Zeiten …

»Könnte der Mörder also doch ein Gesandter gewesen sein?«, stichelte er.

»Das habe ich nie behauptet. Aber sein Motiv könnte durchaus in ihrer Geschichte oder ihrem Glauben zu finden sein.«

»Das sehe ich auch so. Und wir wissen nicht, wozu sie fähig sind.«

»Ständig misstrauen Sie diesen Leuten. Aber damit liegen Sie falsch. Gewalt hat in ihrer Welt keinen Platz.«

»Allerdings habe ich gelesen, dass sie die Todesstrafe befürworten.«

»Das hat nichts damit zu tun.«

»Findest du? Ich halte das grundsätzliche Recht auf Vergeltung für ziemlich aggressiv.«

»Die Gesandten befolgen die Heilige Schrift. Sie stehen zu den Strafen, wie man sie in der Antike praktizierte. Selbst Jesus sagt im Matthäusevangelium: ›Wer Vater und Mutter flucht, der soll des Todes sterben‹, und Paulus schreibt in seinem Brief an die Römer: ›Denn der Tod ist der Sünde Sold‹.«

Stéphane Desnos erwies sich als immer gebildeter. Vielleicht war das gut so … Trotzdem gelang es Niémans nicht, sie zu verorten: War sie aufseiten der Gesandten, oder einfach nur sehr bewandert in deren Kultur?

»Vielleicht hat Samuel einen tödlichen Fehler gemacht«, überlegte er.

»Hören Sie auf, Niémans.«

»Tu mir bitte trotzdem einen Gefallen«, sagte er, »finde heraus, ob es in der Gemeinschaft jemals verdächtige Todesfälle gegeben hat.«

»Das habe ich bereits.«

»Dann erweitere deine Suche. Zum Beispiel auf ihre geschäftlichen Kontakte, ihre Vertriebspartner, etwas in der Art …«

»Mach ich. Aber Sie scheinen wirklich keine Ahnung vom Leben in der Provinz zu haben. Wenn es hier in den letzten fünfzig Jahren einen Mord oder auch nur einen Unfall mit einer ähnlichen Geschichte gegeben hätte, wüsste jeder-mann davon.«

»Es gibt da etwas, das ich dir sagen möchte«, murmelte Niémans.

»Was denn?«

»Du leistest gute Arbeit.«

Aus dem Augenwinkel sah er, wie ein rosa Hauch über ihre Wangen glitt. Vergänglich wie Zuckerwatte. Auch ihre Augen leuchteten wie geöffnete Fenster.

»Wir sind gleich da«, sagte sie.

21

Die Kirche Saint-François-de-Paule war viel größer als Saint-Ambroise. Größer, aber auch schwärzer. Sie stand neben der Landstraße wie eine Schlackenhalde auf einer mit Kali bedeckten Ebene. Niémans parkte und ging mit Desnos im Schlepptau auf das Hauptportal zu.

Drinnen sah es nicht viel anders aus. Die Wände schienen wie aus Blei, und die Gewölbe waren finster wie ein schlecht gefegter Schlot. Die Buntglasfenster mit ihrem schwachen Licht schafften es nicht, einen derart dunklen Raum zu erhellen. Auch Kerzen, Skulpturen und Vergoldungen kämpften um ihr Recht. Trotzdem erschien das Ganze wie eine kalte, träge Masse. Eine Art Todesstern.

Paradoxerweise vibrierte dieses riesige Grabmal vor Aktivität. Gläubige beteten, Touristen liefen umher, ein Priester sprach in sein Mikrofon … Niémans sah im Hintergrund das rote Licht des Tabernakels und erschauderte. Noch eine Kindheitserinnerung. Damals hatte dieses Kästchen, auf dem eine kleine Lampe leuchtete, seine Gedanken während der gesamten Messe beschäftigt. Was mochte es enthalten?

»Hier entlang.«

Ein Bereich am anderen Ende der Kirche, links jenseits der Säulen, stand in scharfem Kontrast zur allgemein herrschenden Atmosphäre. Eine kompakte und scharf umgrenzte Lichtpfütze beschien hohe Plastikplanen. Dahinter waren Gerüste zu erkennen, die bis zur Decke reichten.

Man stellte einander vor. Pierre Muller war verantwortlich für die Baustelle – er war auch der Dürrste, Längste und Steifste im Team. Als er begriff, dass man ihn mindestens eine halbe Stunde von der Arbeit abhalten würde, nahm er resigniert seinen Helm ab und warf ihn auf eine Arbeitsbühne. Dann verschränkte er die Arme. Seine Hände ragten unter den Ellbogen heraus wie zwei Flossen.

»Ich habe Ihren Kollegen bereits alles gesagt.«

Niémans zog Jakobs Bericht aus der Manteltasche.

»Haben Sie das gelesen?«

»Schwachsinn.«

»Was meinen Sie damit?«

»Es ist Schwachsinn. Das ist doch klar, oder?«

Muller hatte große, hervortretende Augen. Mit derartigen Kugeln würde ihm vermutlich kein Detail auf einer Baustelle entgehen. Der Ingenieur sah das Leben im Weitwinkel.

Die Gendarmen hatten Informationen über den Mann und seine Firma zusammengetragen. Ein Familienunternehmen, das historische Gebäude renovierte und sich auf Kirchen spezialisiert hatte. Sehr guter Ruf. Die Firma kümmerte sich nicht um dekorative Elemente wie Fresken, Gemälde und Zierrat, sondern ausschließlich um bauliche Maßnahmen.

»Ich muss meine Unschuld nicht beweisen. Seit zwanzig Jahren klettere ich auf Gerüste und renoviere Kirchen. Ich bin erfahren in meinem Job, das können Sie mir glauben.«

Mullers Arbeiter werkelten derweil weiter. Die Atmosphäre kam Niémans sehr vertraut vor, denn mit ihren weißen Kitteln und Staubmasken erinnerten die Arbeiter an Kriminaltechniker. Auch Muller trug einen Overall, doch der sah an ihm aus, als würde er auf einer Leine trocknen.

»Haben Sie eine Erosion durch die Ausdünstungen der Reben nicht in Erwägung gezogen?«

Muller griff nach dem Schriftstück und blätterte darin, als wollte er sich erneut von den dort abgedruckten Absurditäten überzeugen.

»Das ist doch lächerlich«, sagte er schließlich. »Wenn diese Dämpfe den Sandstein signifikant angreifen würden, wüssten wir das. Und falls ein solches Phänomen tatsächlich aufgetreten wäre, hätten wir es bei unserer Ankunft bemerkt. Was glauben Sie wohl? Dass wir unsere Gerüste und Plattformen aufs Geratewohl aufstellen, ohne vorher zu testen?«

Niémans hatte mit diesen Antworten gerechnet. Die Experten der Versicherung hatten den Gesandten aus unerfindlichen Gründen in die Hände gearbeitet – und die polizeilichen Ermittlungen damit als null und nichtig hingestellt.

»Was ist Ihre Hypothese?«

»Sabotage.«

Die Antwort kam wie aus der Pistole geschossen.

»Müsste man Profi in der Baubranche sein, um so etwas zu machen?«

»Nein. Das Gewölbe war anfällig. Man hätte lediglich ein Gerüst lockern und ein paar gut platzierte Schläge mit dem Hammer setzen müssen, um alles zum Einsturz zu bringen. Andererseits müsste man sich auskennen, um so schnell handeln zu können.«

»Wie meinen Sie das?«

»Samuel wurde gegen neun Uhr abends unter den Trümmern begraben. Wir haben unsere Arbeit an diesem Tag um sechs Uhr beendet. Das bedeutet, dass der Typ weniger als drei Stunden Zeit hatte, um das Tragwerk zu demolieren.«

»Könnte es auch eine Frau gewesen sein?«

»Die Schrauben werden sehr fest angezogen. Man muss schon ziemlich viel Kraft haben, um die Manschetten zu lockern.«

»Haben Sie vor Ort irgendwelche Anzeichen von Sabotage gefunden?«

»Nein.«

»Können Sie sich das erklären?«

»Kann ich nicht. Aber es war Sabotage.«

Der Vorarbeiter blickte so bockig drein, dass es jeden anderen entmutigt hätte. Er bog den Hals wie ein Vogel Strauß, der seinen Kopf in den Sand steckt, und bewegte sich nicht mehr.

»Vielleicht einer Ihrer Arbeiter?«

»Passen Sie auf, was Sie sagen.«

»Ich passe immer auf, was ich sage. Dafür werde ich bezahlt. In diesem Fall stelle ich Ihnen eine Frage.«

Muller geruhte, einen Arm unter seiner Achselhöhle herauszuziehen und eine träge Geste zu machen.

»Glauben Sie, was Sie wollen, es ist mir egal. Ich lege für jeden meiner Jungs die Hand ins Feuer, und wenn das nicht reicht, überprüfen Sie ihre Alibis. Wir waren alle von neunzehn bis zweiundzwanzig Uhr hier in Saint-François-de-Paule. Wir hängen mit der Baustelle hinter dem Zeitplan.«

»Die Gesandten?«

Die Hopfenstange lachte offen heraus.

»Mord passt nicht zur Art des Hauses. Ich habe noch nie erlebt, dass jemand aus der Domäne wütend wurde oder auch nur Ansätze von Brutalität zeigte. Und ganz sicher hätte niemand gewagt, sich an Samuel zu vergreifen. Für sie war er wie ein Heiliger.«

»Ich dachte, die Gesandten hätten keinen Anführer.«

»Nein, so etwas gibt es bei ihnen nicht. Samuel war für nichts verantwortlich. Aber er war der offizielle Vertreter des Herrn. Das verlieh ihm zwar keine Macht, aber dafür eine … entscheidende Bedeutung.«

Niémans änderte den Kurs. »Arbeiten die Gesandten in Saint-Ambroise mit Ihnen zusammen?«

»Könnten sie. Sie haben ziemlich viel Ahnung von dieser Art von Arbeit. Aber sie unterliegen zu vielen Zwängen. Sie dürfen bestimmte Materialien nicht berühren, sie mögen keine Elektrizität …«

»Was halten Sie von ihnen?«

»Nette Kerle. Vertrauenswürdig.«

Zum Abschluss gönnte sich Niémans noch eine kleine Provokation. »Stört es Sie nicht, dass es sich um eine Sekte handelt?«

»Sie haben ihren Weg gefunden. Umso besser für sie. Wir hatten immer ein gutes Verhältnis.«

»Und Samuel?«

Muller brauchte ein paar Sekunden für die Antwort. Seine runden Augen fixierten einen Punkt irgendwo zwischen zwei Säulen.

»Er war eine Nervensäge.«

»Inwiefern?«

»Er hat die Arbeiten überwacht. Echt pingelig. Wir haben uns zwar gestritten, aber es ging nie weit, denn das würde gegen ihre Gebote verstoßen. Im Grunde war er auch ein guter Kerl.«

»Um welche Uhrzeit besuchte er die Baustelle?«

»Normalerweise kam er am späten Nachmittag. Bevor wir Schluss machten.«

»Aber an seinem Todestag kam er nicht.«

»Nein. Wahrscheinlich wegen der Traubenlese. Dann haben sie immer eine Menge zu tun.«

Muller schaute auf seine Uhr – allmählich hatte er es satt.

»Was können Sie mir über die Gemälde im Gewölbe sagen?«

»Nichts. Mit dieser Art von Restaurierung beschäftigen wir uns nicht.«

»Wer ist dafür zuständig?«

»Max Lehmann.«

»Wo finde ich ihn?«

Muller blickte auf. »Da oben. Er arbeitet ebenfalls hier.«
Ein echter Glücksfall.

»Können wir ihn bitten herunterzukommen?«

»Nein. Er arbeitet an einem Mosaik und muss es fertigstellen, ehe der Kleber abbindet.«

Niémans betrachtete die Absperrwand aus Plastikfolie. Dahinter zeichnete sich ein kompliziertes Gewirr aus Aluminiumträgern ab.

»Haben Sie eine Gondel oder so was?«

22

E s gab keine Gondel.
Aber laut Muller war es nicht schwierig, die Gerüste zu besteigen. Niémans bekam Helm und Sicherungsgurt und kletterte nach oben. Der Vorarbeiter stieg voraus. Nach Samuels Tod kam es nicht infrage, auch nur das geringste Risiko einzugehen. Desnos blieb am Boden und befragte die Arbeiter des Teams.

Niémans kam ohne Schwierigkeiten vorwärts. Das Einzige, was ihn störte, war die Schutzplane, in der er sich regelmäßig verhedderte, die jede seiner Bewegungen einhüllte und ihm das Gefühl gab, sich in einem seltsamen, halb festen, halb flüssigen Meer zu bewegen.

Er bemerkte kaum, dass er bereits gut zehn Meter über dem Boden war, und empfand einen gewissen Stolz über die Leichtigkeit seiner Bewegung.

Auf der vorletzten Stufe rutschte er aus und fand sich plötzlich in der Luft schwebend wieder.

»Passen Sie doch auf, verdammt noch mal!«, rief Muller ohne den geringsten Funken Mitleid.

Der Ingenieur zerrte an der Sicherungsleine wie ein Fischer, der seine Netze einholt. Der Fang an diesem Tag war gut: ein Polizist mit Bürstenschnitt und Brille in einem schwarzen Mantel, den er immerzu trug wie ein Priester seine Soutane. Muller packte ihn am Kragen und stellte ihn auf eine Arbeitsbühne. Niémans hatte gar nicht richtig mitbekommen, was ihm passiert war. Die PVC-Plane beeinträchtigte nach wie vor sein Sichtfeld.

»Lehmann arbeitet auf der nächsthöheren Plattform«,

stieß Muller atemlos hervor, öffnet den Karabinerhaken und löste sich von seinem unbeholfenen Partner. »Da vorne ist die Leiter. Seien Sie vorsichtig beim Hinaufsteigen.«

Niémans nickte etwas desorientiert. »Und wie komme ich wieder runter?«

»Lehmann kann Sie sichern. Ich muss Sie aber warnen: Er ist Künstler. Er kann die Nase ganz schön hoch tragen.«

Der Polizist nickte erneut, drehte sich um und ging tief gebückt die Plattform entlang, um nicht gegen die Bretter des letzten Durchgangs zu stoßen.

Am Ende erreichte er eine aus Brettern zurechtgezimmerte Treppe. Er klammerte sich an das Geländer, stieg hinauf und ließ die Plastikplanen hinter sich, die nicht weiter nach oben reichten.

Ihm war, als hätte er die Stratosphäre durchstoßen und einen Himmel aus gekreuzten Spitzbögen und dunklen Gewölben entdeckt. Die Kapitelle der Steinsäulen betonten diese grandiose und beunruhigende Kosmogonie – sie sahen aus wie aus Basalt gehauen. Niémans musste an einen durch Kälte versteinerten Himmel aus Lava denken.

»Willkommen in meinem Reich!«

Er drehte sich um und sah jenseits von Rohren, Seilen und Brettern eine weiße Silhouette, mehr aber nicht. Ein unter den Schutzplanen verborgener Scheinwerfer erzeugte einen blendenden Lichtschein.

Niémans stieg vorsichtig über alle möglichen Tiegel und abgelegte Pinsel hinweg und näherte sich seinem Gesprächspartner. Auch er war ein Riese, und auch er steckte in einem Overall, aber mit Kapuze und Visier, was ihm das Aussehen einer gekälkten Heuschrecke verlieh. Dazu trug er Filzhandschuhe. Die Ärmel des Overalls waren an den Handgelenken luft- und wasserdicht zusammengezurrt.

Auch Niémans hätte jetzt gerne eine Maske gehabt, denn der Geruch von Harz und nassem Gips ärgerte seine Nase.

»Was wollen Sie?«, fragte Lehmann und schob sein Visier nach oben wie ein Fechter.

Sein Gesicht überraschte Niémans: Der Mann hatte die Züge eines Musketiers, einen blonden Schnurrbart und Augen, die wie kostbare Edelsteine funkelten. Genau der richtige Typ für einen Mantel-und-Degen-Film.

»Ich möchte mit Ihnen über die Fresken von Saint-Ambroise sprechen.«

»Was ist damit?«

»Hatten Sie bereits mit der Arbeit daran begonnen?«

»Nein. Ich fange erst nach den Bauarbeiten an. Wenn die da unten fertig sind.«

»Dann sind Sie sozusagen der Juwelier?«

Der Restaurator konnte sich ein stolzes, von seinem Schnurrbart vergoldetes Lächeln nicht verkneifen.

»Können Sie mir etwas zu den Fresken sagen?«

»Nicht viel. Sie sind von eher mittelmäßiger Qualität. Ein im 18. Jahrhundert ziemlich hingeschludertes Werk.«

»Glauben Sie, dass Sie die Bilder des eingestürzten Gewölbes wiederherstellen können?«

»Um das zu beantworten, müsste ich die Trümmer sehen können.«

»Hat man sie Ihnen nicht gezeigt?«

»Bisher nicht. Entschuldigen Sie.«

Lehmann nahm ein paar winzige Keramikstückchen aus einer Schale, pinselte sie mit einer glänzenden Flüssigkeit ein und befestigte sie an der Gewölbewand.

»Ein Mosaik?«, wunderte sich Niémans. »Ich hätte nicht gedacht, dass Saint-François-de-Paule so alt ist.«

»Ist sie auch nicht. Diese Kirche wurde im 17. Jahrhundert

gebaut. Aber man hat sich entschieden, ein Mosaik aus dem 15. Jahrhundert anzubringen, das sonst in einer Kapelle in Kalabrien, der Heimat des heiligen Franz von Paola, verrottet wäre.«

Akribisch ordnete er weiter seine Fragmente und rekonstruierte damit ein Motiv, das Niémans nicht erkennen konnte.

»Was halten Sie von dem Wunsch der Gesandten, das Gewölbe von Saint-Ambroise um jeden Preis zu renovieren?«

»Mir kann es egal sein. Aber für sie ist es ein schlechtes Geschäft. Mein Kostenvoranschlag ist deutlich höher als der Wert dieser scheußlichen Gemälde.«

Die Harzdünste kratzten Niémans zwar immer noch in der Kehle, aber seine Neugier gewann die Oberhand. Er trat ein Stück vor, um das aus winzigen Fragmenten zusammengesetzte Bild zu erkennen. Es stellte ein einsames, bräunliches Lamm in einem Obstgarten dar. Die Bäume waren auf wenige Striche reduziert. Möglicherweise das Osterlamm …

Niémans zog sich wieder zurück und beobachtete den Restaurator, der sich über seine mit Lösungsmitteln, Pinseln, Schwämmen und Wattestäbchen übersäte Werkbank beugte – Lehmann sah aus wie ein Alchemist, der in einer geheimen Höhle seinem Metier nachging.

»Es könnte natürlich auch sein«, fuhr der Restaurator fort, richtete sich auf und begutachtete zufrieden sein Werk, »dass sie an das Gerücht glauben.«

»Welches Gerücht?«

Lehmann suchte weiter Stückchen aus gebranntem Ton heraus, um sein Tier zu vervollständigen.

»Angeblich befinden sich unter den freigelegten Malereien ältere Fresken.«

Niémans, der von Anfang an eine gewisse Unklarheit im

Zusammenhang mit dem Gewölbe gespürt hatte, hakte sofort nach.

»Eine Arbeit, die von größerem Wert sein könnte?«

Lehmann war völlig in seine Arbeit vertieft. Die Keramikstücke fingen das Licht ungleichmäßig ein. Dieser optische Effekt erweckte das dunkle Lamm zum Leben.

»Haben Sie die Malereien nicht röntgen lassen?«, fuhr Niémans fort.

»Das wäre das normale Verfahren gewesen, war aber in diesem Fall nicht möglich.«

»Warum?«

Endlich geruhte der Künstler, von seinem Puzzle abzulassen und blickte Niémans an. »Weil die Gesandten es strikt verboten haben.«

»Sie wollten nicht, dass Sie unter die Wandbilder schauen?«

»Ganz genau. Und sie haben mehrmals betont, dass meine Restaurierungsarbeiten nur an der Oberfläche durchgeführt werden dürfen.«

Der Musketier eröffnete Niémans einen gänzlich neuen Erwartungshorizont. Etwas, das nichts mehr mit dem Glauben der Gesandten oder einem geheimen Ritual zu tun hatte. Etwas sehr viel näher Liegendes und Vertrautes.

Nämlich ganz einfach ein Kunstdiebstahl, der schiefgelaufen war.

Das Lamm war nun fertig. Es glänzte noch feucht und schien gerade erst aus dem Fruchtwasser der Welt geboren worden zu sein.

Erst in diesem Moment erkannte Niémans seinen Irrtum: Die dunkle Gestalt war kein Lamm, sondern ein Löwe.

Ohne jeden Zweifel das Tier aus der Offenbarung.

»Wie lange würde es dauern?«

»Was dauern?«

»Die Reste der Fresken in Saint-Ambroise zu durchleuchten?«

»Ich muss Sie warnen, es handelt sich lediglich um Gerüchte. Nichts und niemand hat jemals etwas bewiesen.«

»Wie lange würde es dauern?«

»Wir könnten morgen früh damit anfangen. Aber je schneller, desto teurer.«

»Besprechen Sie das mit meinem Buchhalter, also der französischen Gendarmerie. Da dürfte es keine Probleme geben.«

Er verabschiedete sich und trat den Rückzug an, immer sehr bemüht, nicht über Farbdosen, Ölkannen und Schalen mit Keramikfragmenten zu stolpern.

Ein Kirchenräuber, der ein Fragment des Deckengemäldes stehlen wollte? Ein Eindringling, der von Samuel überrascht worden war? Und in der Folge war es dann zu einer Konfrontation und damit zum Tod eines Menschen gekommen.

Niémans fand zur Treppe, die er rückwärts hinabstieg, mit dem Rücken zum Abgrund und den Händen fest am Geländer.

Nach dem Kampf könnte der Dieb das ganze Gebäude zum Einsturz gebracht haben. Und damit hätte er zwei Fliegen mit einer Klappe geschlagen: Er hätte ein Fragment des Gemäldes in seinen Besitz gebracht und seinen Mord vertuscht.

Der untere Steg war leer. Muller war nirgends zu sehen. Niémans musste also ohne Sicherungsseil und Klettergurt hinabsteigen. Doch das spielte keine Rolle. Seine Stimmung hatte sich plötzlich deutlich verbessert, und er fühlte sich unbesiegbar.

23

Kaum hatte Niémans wieder festen Boden unter den Füßen, da stürzte Desnos auf ihn zu.

»Die Kriminaltechniker haben Blutspuren gefunden.«

»Da, wo die Trümmer lagen?«

»Eben nicht. Das Blut war am anderen Ende des Raums.«

Der Polizist musste ein Triumphgeheul unterdrücken. Unterwegs erklärte er der Gendarmin seinen Verdacht – ein Fresko unter dem Fresko – und seine neue Theorie: ein Handgemenge zwischen Samuel und einem Plünderer. Desnos zeigte keinerlei Begeisterung. Alles schien ihr zu viel zu sein.

Sehr zufrieden kehrte Niémans nach Saint-Ambroise zurück. Endlich war die Kirche zu einem richtigen Tatort geworden.

Flutlichter mit 3000 Watt, Techniker, die sich als Teletubbies verkleidet hatten, wie ein Spinnennetz gespanntes Flatterband, Gendarmen, die fürchteten, einen Fuß an eine Stelle zu setzen, wo es nicht sein durfte …

Der Leiter der forensischen Einheit stellte sich vor: Julien Petit, um die dreißig, wenig aussagekräftiges Gesicht, das durch Kapuze und Overall noch alltäglicher wirkte.

Petit gehörte zur Gattung »Exaltatus technicus«. Vermutlich hatte er seine ganze Jugend mit CSI und ähnlichen Serien verbracht, bei denen die Aufklärung des Verbrechens durch eine Spur von Eigelb unter dem Kühlschrank erfolgt. Er hatte nicht vor, diese Gelegenheit verstreichen zu lassen. Endlich durfte er seinen Vorbildern entsprechen.

Er ging ihnen zum Ort seiner Entdeckung voraus: Natürlich war nichts zu sehen. Man hätte alles abdunkeln und Bluestar versprühen müssen, das beim Kontakt mit Eisenoxidpartikeln fluoresziert.

»Vergiss es«, forderte Niémans den jungen Mann auf. »Berichte einfach.«

Petit wirkte enttäuscht. Er zeigte Bilder der Blutspritzer und machte sich daran, den Streit, der hier stattgefunden hatte, mit ausholenden Gesten und Kommentaren zu erklären. Anhand der wenigen gefundenen Partikel rekonstruierte der Techniker fast die gesamte Szene. Nach *CSI* ging er zu *Dexter* über.

Gerührt von der Naivität des Wissenschaftlers hörte Niémans geduldig zu. Er wusste, dass der wahre Tathergang unmöglich zu erraten war – es sei denn, man hätte sich hinter einem Gerüst versteckt oder eine Videoaufzeichnung gesehen.

»Können wir anhand der Blutspuren den Genotyp herausfinden?«, unterbrach er den Techniker schließlich.

Der Mann im Overall hielt mitten in der Bewegung inne. »Wie bitte?«

»Gibt es genügend Blutspuren, um die DNA zu bestimmen?«

Entmutigt durch diesen Polizisten ohne die geringste Vorstellungskraft ließ der Forensiker die Arme sinken.

»Schwierig. Aber wir werden es natürlich versuchen. Ich nehme an …«

»Glaubst du, es ist das Blut des Mörders oder das von Samuel?«

»Natürlich das von Samuel.«

»Warum ›natürlich‹? Er hätte sich doch verteidigen können, oder?«

Petit streifte verärgert seine Kapuze ab und warf Desnos einen bestürzten Blick zu. »Samuel war ein Gesandter«, antwortete er schließlich in einem beschwichtigenden Tonfall, als spräche er mit einem Kind. »Kaum anzunehmen, dass er sich auf einen Kampf eingelassen hat. Gewaltlosigkeit ist …«

»Wenn man angegriffen wird, reagiert der Körper manchmal schneller als der Kopf«, fiel ihm Niémans ins Wort. »War das alles?«

Desnos' Mobiltelefon klingelte. Sie trat einen Schritt beiseite, um das Gespräch anzunehmen.

»Mir scheint, das war schon nicht schlecht«, antwortete Petit.

»Fußabdrücke?«

»Was? Aber …«

»Du kannst meinetwegen auch den Rest der Kapelle mit Bluestar untersuchen, wenn es sein muss bis zur Decke, aber finde ein paar Fußabdrücke!«

Er wollte gerade zum Ausgang gehen, als Desnos ihn einholte.

»Fünf Saisonarbeiter haben ein Strafregister.«

»Lass sie festnehmen.«

»Wie bitte?«

»Nimm sie in Gewahrsam.«

»Während der Lese?«

Die Gendarmin schien erschrocken – die Gesandten hatten es offenbar geschafft, in den Köpfen der Einheimischen ein geheiligtes Territorium abzugrenzen.

»Als vorläufige Verdächtige können diese Jungs durchaus herhalten«, fuhr Niémans fort. »Außerdem solltest du überprüfen, ob es hier in der Gegend Kirchenräuber oder Diebe von Devotionalien gibt …«

»Hm … In Ordnung.«

Er verabschiedete sich und stieg allein in den Mégane. Er vertraute darauf, dass Desnos eine vernünftige Möglichkeit zur Rückkehr finden würde und mit den Gesandten klarkam. In der Zwischenzeit würde er sich in die Geschichte der Kapelle vertiefen. Wenn es wirklich versteckte Malereien gab, müssten sie im Lauf der Jahrhunderte eine Spur hinterlassen haben.

Auf dem Rückweg versuchte er, die bisherige Situation einzuschätzen. Eigentlich hätte er mit dem Fortschritt der Untersuchung zufrieden sein müssen. Doch das war nicht der Fall. Wenn es sich wirklich um einen gescheiterten Kunstraub und eine aus dem Ruder gelaufene Schlägerei handelte, warum sollte er sich dann um den geheimnisvollen Ritus des Steins kümmern?

Im Grunde überraschte es ihn nicht, dass die einfache Version irgendwie klemmte. Wenn sein Weg ihn in die Arme des Teufels führte, ging es so gut wie nie um eine flüchtige Begegnung, sondern meistens um einen Grand Slam.

Unter der dünnen Schicht von Beweisen wartete ein Abgrund.

Wie eigentlich immer.

24

Es war das Ende einer Welt. Oder zumindest ein Vorgeschmack darauf.

Als die Gendarmen gegen sechzehn Uhr mit Gewehren bewaffnet die Weinberge stürmten, schüttelte Ivana verständnislos den Kopf. Was in Gottes Namen hatte Niémans vor? Sie hatten vereinbart, die Gemeinschaft zu infiltrieren und sacht vorzugehen, sich in die Reihen der Gesandten einzuschleusen und Informationen zu sammeln. Und jetzt schickte er ihnen die gesamte Kavallerie auf den Hals und verletzte die oberste Regel der Täufer, indem er ihr friedliches Land mit geladenen Sturmgewehren heimsuchte.

Ironischerweise sah das Desaster im letzten Licht des Tages wunderschön aus. Purpurhimmel, die goldenen Parzellen und schwarz-weiß gekleidete Gestalten auf der Seite der Gesandten. Ihnen gegenüber wanderte ein schmeißfliegenblaues Bataillon von Gendarmen durch den Weinberg und forderte – wie originell – die Saisonarbeiter auf, ihre Papiere vorzuweisen.

Das Manöver wurde von einer hübschen, rundlichen Tussi angeführt. Sie trug Anorak und Mütze mit der berühmten achtendigen Geweih-Granate der Gendarmerie Nationale. Angesichts ihrer Körperformen würde Niémans sicher ziemlich auf sie abfahren.

Aber warum war er nicht da? Wenn schon Dummheiten gemacht wurden, sollte man wenigstens persönlich dazu stehen.

Schon nahmen die Gendarmen einige der Flamenco-Spieler mit. Handschellen benutzten sie nicht, aber das lag daran, dass die Roma sich fügten, ohne mit der Wimper zu zucken.

Ivana sah die »Instrumente«, wie die Gendarmen ihre Sturmgewehre nannten, in der Dämmerung schimmern und blickte wieder hinüber zu den Gesandten auf der rechten Seite. Sie waren verschwunden.

Sie verließ ihre Rebenreihe und lief an den Rebstöcken entlang bergauf, um zu sehen, was da vor sich ging. Verdeckt von den Rebstöcken knieten die Täufer auf dem Boden und beteten mit gesenkten Köpfen und geschlossenen Augen. Sie beteten darum, dass Gott sie vor der Gewalt der Weltlichen schützen möge – und nebenbei auch vor deren Dummheit.

Bereits der vierte Rom wurde verhaftet. Ivana kannte Niémans. Er gehörte nicht zu denen, die alle über einen Kamm schoren, nur um zu beweisen, dass er unruhig wurde. Nein. Vermutlich gab es Hinweise darauf, dass der Verdächtige in den Reihen der Sinti und Roma zu suchen war.

»Was'n das für'n Auflauf?«

Ivana drehte sich um. Marcel war mit kreidebleichem Gesicht und schief aufgesetztem Hut neben ihr aufgetaucht. Tief gebückt schien er sich zwischen dem Weinlaub zu verstecken.

Sie verstand sofort.

»Bist du vorbestraft?«

»Nee, das nicht.«

»Sondern?«

Er zögerte.

»Ich bin kein Franzose.«

Ivana hatte Hunderte solcher Menschen auf beiden Seiten der Linie kennengelernt – sowohl in ihrer Zeit als Hausbesetzerin als auch später als Polizistin. Randfiguren ohne Papiere und ohne Plan, deren Ungewissheit über ihre Zukunft jeden ihrer Tage kennzeichnete.

»Wo kommst du denn her?«, fragte sie, wobei sie ihren – natürlichen – Tonfall einer recherchierenden Polizistin unterdrückte.

»Aus Montenegro.«

»Ich bin Kroatin.«

Sie hatte es gesagt, ohne nachzudenken, und fragte sich erst jetzt, ob sich die beiden Regionen nicht in den 1990er-Jahren gegenseitig die Zähne eingeschlagen hatten.

Marcels Gesicht leuchtete auf. »Hast du auch keinen Ausweis?«

Sie gab keine Antwort, sondern beobachtete die Gendarmen, die die Roma in Richtung ihres Kastenwagens drängten.

»Bist du 'ne Illegale?«

Ivana lächelte. »Meine Papiere waren immer in Ordnung.«

»Bist du Kroatin oder Französin?«

»Ich hab dir doch gesagt, dass ich Journalistin bin.«

»Aber … 'ne kroatische?«

Die Täufer hatten sich inzwischen in den Tanz eingereiht und versuchten offenbar, mit den Gendarmen zu verhandeln. Sie redeten zwar ruhig, aber ihre Augen verrieten panische Angst angesichts der Waffen. Ihr Land war geschändet worden.

»Beruhige dich«, hauchte Ivana schließlich. »Du stehst nicht auf ihrer Liste.«

»Was für 'ne Liste?«

»Der Liste der Verdächtigen.«

»Verdächtig? Wegen was?«

»Dem Mord an Samuel.«

»Dann war's … also Mord?«

Endlich blickte Ivana ihn an. Marcels hohlwangiges Gesicht verriet eine gewisse Erleichterung.

»Sieh mal«, sagte sie, packte ihn an der Schulter und

drehte ihn in Richtung der Gendarmen. »Offenbar haben sie, was sie wollen. Sie machen sich schon auf den Rückweg.«

»Aber was heißt das?«

»Dass der eigentliche Schlamassel jetzt erst anfängt. Die Trauben werden warten müssen.«

25

Alle machten sich wieder an die Arbeit. Aber sie waren nicht mehr mit dem Herzen dabei. Sogar die Gesandten zeigten Anzeichen von Entmutigung. Sollten sie in die Diözese zurückkehren, um zu beten? Im hinteren Teil einer Scheune einen Krisenstab einberufen? Auf Befehle warten? Aber Befehle von wem?

Ivana herbstete in ihrer Ecke. Sie fühlte sich doppelt schuldig. Erstens, weil sie sich als Mitglied der Aggressoren empfand. Denn auch als Täuferin getarnt war sie nichts anderes als eine Polizistin, die sich nicht scheute, harmlose Christen zu demütigen oder in Angst und Schrecken zu versetzen.

Ihre andere Schuld bestand darin, dass sie sich hier eingeschlichen hatte. Sie war also nicht nur Polizistin, sondern auch eine Verräterin. Eine verdammte Spionin, deren Mission auf Täuschung und Lügen beruhte.

Jedes Mal, wenn sie eine Traube in ihre Kiepe warf, richtete sie mit leiser Stimme eine Beleidigung an sich selbst.

Nach einiger Zeit kam Bewegung in die Arbeitenden. Die Lkws rollten heran, und die Leute verließen ihre Rebenreihen. Sie machten Schluss, weil es frisch geworden war. Inzwischen war es fast dunkel, und sie traten lieber den Rückzug an, als vor Verzweiflung an Unterkühlung zu sterben.

»Alles in Ordnung?«

Rachel trat zu Ivana. Instinktiv streifte Ivana sofort wieder ihre Maske der etwas verwirrten Saisonarbeiterin über.

»Was ist hier bloß los?«, fragte sie in ungläubigem Tonfall.

»Komm mit.«

Rachel nahm ihre Hand. Gegen den Strom liefen sie zwischen den Rebenreihen bergauf und entfernten sich von der Haltebucht der Lastwagen. Sie umrundeten den Weinberg und gingen schließlich die Hauptstraße entlang, die zum Lager der Saisonarbeiter führte. Nach drei- oder vierhundert Metern bogen sie nach rechts auf einen schmalen Pfad ab, der unter ihren Füßen raschelte wie zerknülltes Papier. Ringsum versank die Landschaft in der Dunkelheit wie ein Schiff in einem dunklen Meer.

»Du musst dir wegen dem, was heute passiert ist, keine Sorgen machen«, sagte Rachel mit leiser, melodischer Stimme.

»Bist du sicher?«

Sie drangen in ein Unterholz ein. Ivana stellte fest, dass sie ebenso stark zitterte wie die Blätter an den Bäumen um sie herum. Sie vertiefte sich in ihr eigenes Spiel und verwandelte sich in eine ängstliche Arbeiterin.

»Wir sind an Verfolgung gewöhnt.«

Das ging vielleicht ein bisschen zu weit – schließlich war es nur eine Polizeirazzia gewesen.

»So war es schon immer in unserer Geschichte«, fuhr Rachel fort, ohne langsamer zu werden. »Im 17. Jahrhundert wurden wir verbrannt, nachdem man unsere Münder mit Schießpulver gefüllt hatte, damit unsere Gesichter explodierten. Danach waren es administrative, wirtschaftliche und religiöse Schikanen. Aus Sicht der Weltlichen sind wir leichte Opfer. Wir wehren uns nicht, wir lassen uns alles gefallen …«

Sie traten zwischen den Bäumen heraus auf eine Lichtung in einer Senke, kaum größer als ein Teich. Am tiefsten Punkt der Senke lag ein landwirtschaftliches Gebäude, möglicherweise eine Scheune, wie eingebettet am Fuß des Hangs.

Sie schlugen den Weg dorthin ein. Rachel hielt noch immer Ivanas Hand und zog sie hinter sich her. Die Polizistin sah Rachels Hals, ihre Haube, ihre Schulter und spürte ihren vogelgleichen Atem und den Geruch von geschnittener Luzerne an ihr.

Sie näherten sich dem Gebäude. Die alterslose Konstruktion bestand aus schwarzem Holz mit Rottönen, als ob verbrannte Bretter zusätzlich verrostet wären.

»Was ist da drin?«

»Traktoren und Maschinen.«

Aber vor allem jede Menge Vögel.

Eine ganze Wolke stob auf, ohne dass Ivana irgendwelche Spezies erkennen konnte. Ihre Flügel schnitten in alle Richtungen durch die blaue Nacht, die durch die Holzlatten einsickerte.

»Setz dich«, befahl Rachel und deutete auf eine helle Bank.

Sie hatte die ungeduldige Stimme eines kleinen Mädchens, das seiner besten Freundin ein Geheimnis zeigen will. Immer verwirrter gehorchte Ivana. Sie brauchte ein paar Sekunden, bis sich ihre Augen an das Dämmerlicht gewöhnt hatten und sie die Landmaschinen in einer Ecke sehen konnte. Sie glaubte sogar, ein Harmonium zu erkennen.

Ansonsten war die Scheune leer. Der Geruch von Dung hing in der Luft, als wäre er bei den kühlen Temperaturen dort eingefroren. Der Boden schien aus gehärteter Asche zu bestehen.

Ivana suchte den Blick von Rachel, die in einer Ecke eine Handpumpe betätigte, um eine kleine Zinkwanne zu füllen. Wie sie sich so in der alterslosen Scheune beschäftigte, erschien sie wie ein Musterbild von Glauben und Hoffnung – »lupenrein«, wie ein Diamantenhändler sagen würde. Während Ivana sich fühlte, als wäre sie verkleidet und würde ein lächerliches Kostüm tragen, bewegte sich Rachel in ihrer Tracht, als wäre es eine zweite Haut.

»Zieh deine Schuhe aus«, forderte sie Ivana auf, als sie mit der Schüssel zurückkam.

»Wie bitte?«

»Zieh deine Schuhe aus.«

Ivana ahnte, was geschehen würde, und versteifte sich. Es war nicht der Ritus, der sie störte. Auch nicht seine Bedeutung. Es ging viel prosaischer um die Tatsache, dass sie den ganzen Tag in diesen ausgelatschten Schuhen herumgelaufen war. Auf keinen Fall konnte sie Rachel das zumuten.

Doch schon war die junge Frau dabei, ihre Schnürsenkel zu lösen. Ivana klammerte sich an die Bank und lehnte sich rückwärts wie an einen zu steilen Hang. Die Täuferin zog ihr zunächst die Treter und dann die Socken aus. Der Gestank von Leder und der säuerliche Geruch von feuchter Wolle schien sie nicht zu stören.

Ivana blieb keine Zeit, etwas zu sagen. Rachel tauchte ihren rechten Fuß ins Wasser. Nach der ersten beißenden Kälte spürte sie die Finger der Täuferin, die sanft ihre Zehen massierten.

Ihre Wahrnehmung trübte sich. Sie hatte den Eindruck, als würden sich ihre Füße im Wasser auflösen und flüssig und transparent werden. Bald erging es ihren Beinen ebenso, und schließlich verwandelte sich ihr ganzer Körper in eine flüssige, bewegte Welle, eine Strömung, ein Rauschen, das die Schwerkraft der Erde nicht mehr fürchtete.

Unwillkürlich stieß sie einen Seufzer aus – wie einen sexuellen Laut, der sich ohne ihr Zutun ihrer Kehle entrang. Sie senkte den Blick und sah Rachels blassen Hals, der sich über die Wanne beugte, und ihre Unterarme, denn die Täuferin hatte die Ärmel hochgekrempelt. Auf dem linken Arm entdeckte Ivana ein seltsames Muttermal – eine Art sich schlängelnde Eidechse.

Sie hielt den Atem an. Sie hatte das Gefühl, davonzufliegen, wie damals in ihren Drogenzeiten. Zwar schämte sie sich für derartige Erinnerungen, aber genau das war es. Das Loslassen im Rauschzustand. Ihre durchlauchtigste Majestät, das Heroin.

Sie schloss ihre Augen und versuchte, sich auf die Bedeutung des Ritus zu konzentrieren. Unmöglich. Sie erinnerte sich – reichlich undeutlich – an ihre Katechismusstunden und an Jesus, der vor dem letzten Abendmahl den Aposteln die Füße gewaschen hatte, aber das war auch schon alles.

»›Der Größte unter euch soll euer Diener sein. Denn wer sich selbst erhöht, der wird erniedrigt; und wer sich selbst erniedrigt, der wird erhöht …‹«, flüsterte Rachel. »So steht es im Matthäusevangelium.«

»Ich weiß«, flunkerte Ivana. »Aber warum erniedrigst du dich vor mir?«

Rachel ließ weiter Wasser zwischen ihren Fingern hindurchlaufen, massierte mit den Spitzen ihrer Zeige- und Mittelfinger die kleinen Knochen von Ivanas Füßen und drückte ihre Daumen in die Sehnen.

»Weil du meine Freundin bist. Und außerdem, weil ich diese Unruhe in dir auslöschen muss, diese Wunde, die durch die Gendarmen aufgerissen wurde …«

Ivana versteifte sich wieder. Sie glaubte, eine Anspielung auf ihr doppeltes Spiel zu erkennen.

»Bist du sicher, dass du mir nichts zu sagen hast?«, fuhr die Gesandte fort.

Das war es also. Die junge Frau versuchte, ihr die Würmer aus der Nase zu ziehen. Dieser ganze Zirkus war nur eine hinterhältige Methode, sie zum Reden zu bringen.

Ivana biss sich auf die Unterlippe, um den Mund zu halten, denn sonst wären eine ganze Menge Beleidigungen aus ihr herausgesprudelt. Rachel fuhr fort, ihre Füße zu massieren, als wollte sie ihren letzten Widerstand brechen.

Ivana fürchtete, dass sie der jungen Frau ihr ganzes Herz ausschütten würde – angefangen bei ihrem Job als Polizistin über ihre Ermittlungen und ihre Hochstapelei – ganz zu schweigen von der angeblichen Arbeit als Journalistin.

»Ich habe einen Sohn bekommen, als ich dreizehn war«, stieß sie hervor.

Behutsam hob Rachel ihren linken Fuß aus der Wanne. Sie wickelte ihn in ihre Schürze und trocknete ihn sorgfältig ab.

»Ich habe mein erstes Kind mit vierzehn zur Welt gebracht«, sagte sie.

»Ich habe ihn nicht behalten, sondern ihn im Stich gelassen. Er ist in Heimen und Pflegefamilien aufgewachsen.«

»Fühltest du dich denn damals in der Lage, ihn zu erziehen?«

»Nein.«

»Dann gibt es nichts, was du bedauern müsstest.«

»Das ist leicht gesagt. Du hast deine Gemeinschaft. Deine Mutter, deine Schwestern, deine Cousinen, sie alle können dir helfen, dich um deine Kinder zu kümmern.«

»Genau das sage ich ja: Du darfst nichts bereuen.«

Je mehr Verständnis die Täuferin zeigte, desto wütender wurde Ivana. Am liebsten wäre sie aufgestanden und hätte ihr die Wanne samt ihrem tollen Mitgefühl ins Gesicht geworfen.

»Im Johannesevangelium«, fuhr Rachel fort, »steht geschrieben: ›Wenn jemand die Welt liebt, ist die Liebe des Vaters nicht in ihm.‹ Du musst dich zunächst von allen Gefühlen befreien und den Herrn in dir aufnehmen. Danach wird alles leicht. In der Welt der Weltlichen liebt ihr euch selbst viel zu sehr, ihr …«

Ivana riss ihr die Socken aus den Händen, beugte sich vor und zog sie an.

Rachel schien ihre Ungeduld nicht zu bemerken.

»Wir verbieten uns das Fluchen. Die Heilige Schrift …«

»Langsam nervst du mich ganz schön mit deinem Herrn und deiner Predigerei!«, explodierte Ivana, nachdem sie ihre Schuhe zugeschnürt hatte.

Sie sprang auf und ging zur Tür, die sie nur mit großer Mühe aufbekam. Sie biss sich auf die Zähne, um nicht zu schreien, so höllisch schmerzte der Schnitt in ihrer Hand.

Als sie endlich draußen war, wirkte der eisige Wind wie ein Defibrillator.

Sie lief los durch die Nacht. Sie musste unbedingt die Eiche finden, an deren Fuß sie ihr Mobiltelefon vergraben hatte. Sie musste Niémans anrufen. Sie musste wieder zur Polizistin werden, verdammte Scheiße! Sie war doch kein weinerliches Wrack, das sich an den Zehen kitzeln ließ.

26

W as ist denn das?«
Aus einem Glaskäfig heraus warfen ihm eine Handvoll Männer Blicke zu, in denen sowohl Angst als auch Hass zu lesen war.

»Die Saisonarbeiter mit einem Vorstrafenregister«, erklärte Desnos nüchtern.

So ein Mist: Die einzigen Erntehelfer, die schon einmal Ärger mit den Bullen oder Gendarmen gehabt hatten, waren ausgerechnet Roma. Bestimmt würde man ihm wegen Rassismus oder Diskriminierung ans Leder wollen, und das konnte er weiß Gott nicht brauchen.

Desnos schien die Situation insgeheim zu genießen.

»Außerdem hat der Staatsanwalt mehrfach versucht, Sie hier auf dem Revier zu erreichen«, säuselte sie. »Er behauptet, dass Sie nicht an Ihr Mobiltelefon gehen.«

Niémans tat, als hätte er nichts gehört. Er beobachtete die Sinti und Roma. Ihre Augen glänzten in der Dunkelheit und erinnerten ihn an eine seiner ältesten Überzeugungen: Diese Leute konnten bei Nacht ausgezeichnet sehen.

»Hast du sie verhört?«

»Ich dachte, *Sie* wollten das tun.«

Sie machte sich offen über ihn lustig.

Aber selbst wenn dieser Fall auf eine Kirchenplünderung hinausliefe, würden diese Typen nicht in das Profil passen. Der Polizist konnte sich nicht vorstellen, dass einer von ihnen auf das Gerüst klettern und versuchen würde, ein Fragment zu lösen – und überhaupt, welches Fragment? Wer wusste, was sich unter den Fresken verbarg?

Desnos reichte ihm die Liste der »Verdächtigen«. Carlo Ursan, geboren 1993, verurteilt wegen Zuhälterei, derzeit auf Bewährung. Tony Gherebenec, geboren 1998, verurteilt wegen Vandalismus und vorsätzlicher Gewalt, 2017 entlassen. Cristian Teodosiu, Bewährungsstrafe wegen Betrugs und Ladendiebstahls. Nicolae Langa, verurteilt wegen schweren Diebstahls, hatte zwei Jahre im Zentralgefängnis in Ensisheim eingesessen. Zouhir Ifrim, verurteilt wegen Urkundenfälschung und Einbruchdiebstahl, derzeit auf Bewährung.

»Deine Jungs sollen sie verhören«, sagte er trocken. »Lass überprüfen, wo sie zur entsprechenden Zeit waren und feststellen, ob sie ein Alibi haben.«

Obwohl er nicht daran glaubte, kamen ihm die fluoreszierenden Flecken nach dem Versprühen von Bluestar wieder in den Sinn. Als ob sie Verbindungen zu den schimmernden Augen dieser Gauner herzustellen schienen. Es hatte Streit gegeben. Jemand hatte hart zugeschlagen. Trotz allem konnte man nicht ausschließen, dass diese Kleinganoven beteiligt waren.

»Du solltest auch überprüfen, ob der Stein im Mund nicht ein Ritual bei den Sinti und Roma ist.«

»Was?«

Er warf ihr einen schrägen Blick zu.

»Warum nicht?«

»Sehr wohl, Commandant.«

Niémans spürte das Vibrieren seines Telefons und schaute rasch auf den Bildschirm. Schnitzler. Dieses Mal nahm er ab.

»Hallo?«

Er ging den Korridor entlang und durchquerte den Eingangsraum des Gendarmeriegebäudes.

»Pierre?«, antwortete der andere. »Was zum Teufel ist da los?«

Er ließ Niémans keine Zeit zu antworten.

»Ständig bekomme ich Beschwerden!«

»Von wem?«

»Stell dich nicht dumm. Ich hatte dir doch gesagt, du sollst behutsam vorgehen.«

»Es geht um einen Mord, Philippe. Daran gibt es keinen Zweifel. Jetzt haben wir eben andere Saiten aufgezogen.«

Mit der Schulter stieß er die Eingangstür auf und stand draußen. Die Nacht hatte sich wie ein zähflüssiger Strom aus Teer über den Parkplatz ergossen.

»Hast du Beweise?«, wollte Schnitzler nach kurzem Schweigen wissen.

»Starke Vermutungen.«

»Wenn du Berichte schreiben würdest, könnten wir einiges an Zeit sparen.«

»Darum kümmert sich meine Assistentin.«

»Welche Assistentin? Ich dachte, du wärst allein!«

»Ich spreche von der Gendarmin. Die Gendarmerie hat mir weiblichen Beistand zugeteilt.«

Der Staatsanwalt senkte die Stimme. »Stimmt, das hatte ich vergessen. Also gut. Was ist deiner Meinung nach vorgefallen?«

Niémans fasste seine Hypothesen zusammen. Ein Kunstdiebstahl. Ein folgenschwerer Kampf. Totschlag. Den Stein im Mund verschwieg er. Für Schnitzler musste es einfach bleiben.

»Was ist mit dem Gewölbe?«

»Entweder ist es von selbst zusammengebrochen, oder der Dieb hat den Einsturz absichtlich provoziert, um sein Verbrechen zu vertuschen.«

»Scheiße.«

Schnitzler wirkte besorgt. Ruhe ging ihm über alles.

»Hast du irgendwelche Verdächtigen?«

»Wir sind auf der Suche nach Kirchenräubern. Außerdem habe ich mir die Saisonarbeiter mal vorgeknöpft. Sie sind jetzt bei uns und …«

»Diese Roma-Razzia«, unterbrach Schnitzler, »was hat es damit auf sich?«

»So schlimm war es nun auch wieder nicht.«

»Hast du etwas gegen die Leute in der Hand?«

»Sie sind alle vorbestraft.«

»Und das ist alles?«

Niémans standen die Diebe in ihrem Aquarium vor Augen. Er zermarterte sich das Hirn, um ein ernsthaftes Argument zu finden. Aber alles, was aus ihm herauskam, war Dunst, der den Lichtschein der Laternen einfing.

»Die Gesandten haben mich angerufen«, fuhr Schnitzler fort.

»Telefonieren sie inzwischen?«

»Nur einer von ihnen, und der ist nicht der Bequemste.«

»Wer?«

»Jakob. Es ist stinksauer, dass ihr es gewagt habt, mit Gewehren in ihre Domäne einzudringen. Ist dir klar, was das für sie bedeutet?«

»Hier geht es um eine kriminalistische Untersuchung, nicht um eine Angeltour.«

Schnitzler schnaubte. »Kannst du dir vorstellen, wie die Presse reagieren wird?«

»Bisher weiß noch niemand davon.«

»Du hast vergessen, dass du hier in der Provinz bist, mein Lieber. Die Familien deiner Verdächtigen haben sicher längst die Vereine informiert, von denen sie unterstützt werden, und deine Gendarmen haben sicher alle irgendeinen Verwandten in den Lokalredaktionen. Morgen wird im Departement Haut-Rhin über nichts anderes gesprochen werden!«

Niémans begann zu frieren. Er spürte seine Finger nicht mehr, und die Kälte lähmte sein Gesicht. Dieses Gespräch führte zu nichts.

»Es gibt noch ein anderes Problem«, sagte der Staatsanwalt und senkte die Stimme.

»Nämlich?«

»Die Weinlese.«

»Wieso die Weinlese?«

»Ich kenne mich zwar nicht damit aus, aber ich weiß, dass die Ernte innerhalb eines bestimmten Zeitraums durchgeführt werden muss. Es geht um eine bestimmte Anzahl von Tagen und bestimmte Wetterbedingungen.«

»Wo ist das Problem?«

»Wenn du ihnen die Lese vermasselst, werden wir das die nächsten zehn Jahre zu hören bekommen.«

»Philippe, du hast mich gerufen, um Klarheit in dieses Chaos zu bringen. Jetzt können wir nicht mehr aussteigen, dazu ist es zu spät.«

»Ich weiß, ich weiß, aber dich kenne ich auch. Halte dich ein bisschen zurück, verdammte Hacke! Ein bisschen mehr Diskretion! Mehr Anpassungsfähigkeit!«

Niémans war es leid, von jemandem rundgemacht zu werden, der sein ganzes Leben lang ein Bürohengst und Sesselpupser gewesen war. Er wollte gerade Kontra geben, als er ein Geräusch hinter sich hörte.

»Ich halte dich auf dem Laufenden«, schloss er, nachdem er sich umgedreht hatte.

Vor ihm stand Jakob, wie aus einem Kindermärchen entsprungen, und drehte seinen Strohhut in den Händen.

Wie lange hatte er wohl schon hinter ihm gestanden?

27

Niémans führte den Gesandten in den Besprechungs-
raum der Dienststelle – etwa dreißig Quadratmeter, der
Boden mit Linoleum ausgelegt, fahle Deckenbeleuchtung,
u-förmig angeordnete Schülerpulte ... Wohlwollende Neu-
tralität im Stil der französischen Verwaltung.

Jakob saß auf dem äußersten Rand seines Stuhls, hielt
den Hut auf den Knien und wirkte sehr brav. Der Polizist
erwartete ein deftiges Donnerwetter, doch der Mann blieb
sehr ruhig.

»Wir sind nicht zufrieden«, sagte er mit leiser Stimme.

Niémans nickte und ließ ihn weiterreden. Jakobs Vorwürfe
waren wie gehabt: der Skandal, nur Männer aus den Reihen
der Sinti und Roma in Gewahrsam genommen zu haben, das
Sakrileg, mit Schusswaffen in das Weingut eingedrungen zu
sein, das Risiko, die Lese zu verzögern ...

Es war die gleiche Kritik wie die von Schnitzler, nur in
sanften Tönen vorgetragen. Niémans bevorzugte allerdings
die handfesten Vorhaltungen des Staatsanwalts.

»Es tut mir leid«, sagte er schließlich, »wir hätten diskreter
vorgehen müssen.«

Jakob stimmte zu und war offenbar zufrieden, das zu hören. Doch Niémans war noch nicht fertig.

»Allerdings«, fuhr er fort, »muss ich Sie daran erinnern,
dass Sie sich der Gerichtsbarkeit unseres Landes nicht entzie-
hen können. Ihre Domäne, auch wenn sie sich in Geist und
Regeln unterscheidet, gehört zum französischen Staatsgebiet.
Im vorliegenden Fall genießen Sie keine diplomatische Im-
munität oder irgendetwas in der Art.«

Er hatte jede Silbe einzeln betont und benutzte absichtlich den Wortlaut des Code civil, des Bürgerlichen Gesetzbuchs.

»Aber was wirft man diesen Arbeitern vor?«, entrüstete sich der Täufer, wobei sich die Röte seiner Wangen um einige Grad steigerte.

Niémans nickte mitfühlend und gab vor, zu bedauern, was er nun erklären würde. »Dazu kann ich Ihnen nichts sagen. Aber ich muss Sie warnen: Samuel wurde ermordet.«

»Was?«

Jakobs Überraschung war gut gespielt. Der Polizist war sich sicher, dass Jakob die Ermittlungen aus nächster Nähe verfolgte. Er hätte nicht genau sagen können, auf welche Weise, aber die Gesandten hatten offenbar durchaus Möglichkeiten, die Außenwelt zu beobachten.

»Woher wissen Sie das?«

»Noch mal«, wiederholte Niémans, »ich kann Ihnen nichts zum Stand der Ermittlungen verraten. Aber Sie werden verstehen, dass wir unter diesen Bedingungen alle möglichen Hinweise überprüfen müssen.«

»Und einer dieser Männer hätte eine derartige Tat begehen sollen?«

Niémans hatte zwar keine Lust, zu viel preiszugeben, aber er musste dem Täufer schon einige Informationen geben, um ihn zu beruhigen.

»Wir gehen von einem Diebstahl aus«, resümierte er. »Eine Plünderung, die aus dem Ruder gelaufen ist.«

»Ein Diebstahl?«, wiederholte Jakob verwirrt. »Aber was hätte man stehlen sollen?«

»Fragmente des Gewölbes.«

»Aber die sind doch völlig wertlos!«

»Da wäre ich mir nicht so sicher. Wussten Sie, dass unter den sichtbaren Fresken weitere Gemälde verborgen sind?«

Niémans bluffte, aber angesichts eines hintertriebenen Heuchlers wie Jakob fand er das durchaus angemessen.

»Wer behauptet das? Diese Gerüchte hat es schon immer gegeben, aber sie wurden nie bewiesen.«

»Warum haben Sie Max Lehmann dann untersagt, die Gewölbe mit Strahlendiagnostik zu untersuchen?«

»Wir haben ihm überhaupt nichts untersagt! Es stand einfach nur nicht im Leistungsverzeichnis.«

»Möchten Sie nicht gern wissen, was sich darunter verbirgt?«

»Da ist nichts. Völlig absurd.«

Niémans lehnte sich über den Tisch und stützte sich auf seine Ellbogen. »Warum haben Sie die Trümmer der zusammengebrochenen Decke versteckt?«

»Wir haben überhaupt nichts versteckt!«

»Und wo sind sie?«

»Bei uns in der Diözese. Wir haben sie für die Dauer der Baumaßnahmen untergestellt.«

»Kann ich sie sehen?«

»Aber sicher. Kein Problem.«

»Haben Sie alle Einzelteile gefunden?«

»Aber … ja.«

»Und kein Stück wurde vermisst? Nichts wurde gestohlen?«

»Monsieur le Commissaire …«

»Mein Dienstgrad ist Commandant.«

»Monsieur le Commandant, ich habe keine Ahnung, wovon Sie reden, und, wenn ich das sagen darf, Ihre Untersuchung erscheint mir ziemlich konfus. Nicht einmal Ihr Ausgangspunkt macht Sinn: In der Domäne gibt es keine Gewalt.«

»Saint-Ambroise liegt nicht auf Ihrem Besitz.«

»Aber die Kapelle gehört uns. Im Übrigen geht es mir

nicht darum. Kein Mitglied unserer Gemeinschaft kann das Opfer einer Gewalttat geworden sein.«

»Warum nicht?«

»Wir pflegen keine Kontakte zur Außenwelt. Wir haben kein Geld und auch sonst nichts von Interesse in den Augen von … euch anderen. Wie kommen Sie übrigens darauf, dass Samuel nicht bei dem Einsturz gestorben ist?«

Der Polizist beobachtete, wie der kleine Mann auf seinem Stuhl hin und her rutschte. Mit seinem schwarzen Anzug, den Hosenträgern und dem Hut auf dem Schoß sah er aus wie eine Krippenfigur und passte so wenig hierher wie ein Mönch mit Tonsur, Mönchskutte und Skapulier in einen Techno-Club.

Ein kleiner Schock würde ihm nicht schaden. Mit wenigen Worten berichtete er über den Stein im Mund des Toten. Jakob riss die Augen auf. Ganz offensichtlich hatte er davon keine Ahnung gehabt.

»Erinnert Sie das an nichts?«, wollte Niémans wissen.

»Aber … nein.«

»Vielleicht ein Ritus, der mit Ihrem Glauben zu tun hat?«

»Ganz sicher nicht. Sie verwechseln Religion mit Aberglauben.«

Das letzte Wort hatte er voller Abscheu ausgesprochen. Fast schon entrüstet. Aber Niémans sah keinen Unterschied dazwischen, Brot zu brechen oder die Stirn eines Gläubigen zu ölen und einem Leichnam einen Stein in den Mund zu stecken. Irgendwer hatte einmal gesagt – er wusste nur nicht mehr, wer: »Wenn Sie im Theater sind, und alle glauben es, sind Sie in der Kirche.«

Jakob sprach jetzt über das Leben der Gesandten, das auf der Bibel und den von den ersten Täufern aufgestellten Regeln basierte. Phrasendrescherei.

Der Commandant war weit herumgekommen und hatte Hunderte von Lügnern, Blendern und Mythen kennengelernt. Er wusste, er spürte, dass Jakob log, aber sein Motiv konnte er nicht erraten.

»Wann haben Sie vor, unsere Saisonarbeiter freizulassen?«, erkundigte sich der Glaubensmann zu guter Letzt.

»Das entscheiden wir je nach Stand der Ermittlungen.«

»Ich habe dem Staatsanwalt klargemacht, dass …«

»Die Weinlese nicht darunter leiden sollte. Das habe ich sehr wohl verstanden.«

Jakob stand auf, fand sein Lächeln wieder und schien bereit, seinen Platz in einer Krippenausstellung wieder einzunehmen.

»Die Zeit drängt«, sagte er in entschuldigendem Tonfall.

Niémans begleitete ihn bis zur Tür der Gendarmerie und schaute ihm nach. Vielleicht hatte es in Saint-Ambroise eine Plünderung gegeben. Vielleicht waren verborgene Malereien der Grund für die ganze Geschichte … Aber Jakob hatte damit nichts zu tun.

Hingegen war sich Niémans ziemlich sicher, dass sich die rituelle Inszenierung gegen ihn und die anderen Gesandten richtete.

Das Telefon in seiner Tasche vibrierte in einer Synchronizität, die Carl Gustav Jung gefallen hätte.

Der Polizist schaute auf seinen Bildschirm: kein Name.

Aber die Nummer erkannte er sofort.

28

Was sollte dieser Überfall auf die Domäne?«

»Ich hatte keine andere Wahl.«

»Was heißt das? Was ist los?«

Ivana gab sich offen feindselig, aber Niémans war so froh, ihre Stimme zu hören, dass er sie nicht in die Schranken wies. Er stellte sich vor, wie sie sich irgendwo im Unterholz versteckte und ihr Prepaid-Telefon umklammerte. Das Bild schmerzte ihn.

Schnell fing er sich wieder und fasste den Fortschritt der Ermittlungen zusammen.

»Und da fällt Ihnen nichts Besseres ein, als ein paar Typen mit Dreck am Stecken in Gewahrsam zu nehmen?«

»Im Moment konzentriere ich mich auf die Ganoven in der näheren Umgebung. Macht doch Sinn, oder?«

»Ich verbringe meine ganzen Tage mit diesen Saisonarbeitern. Ich kann Ihnen versichern, dass es unter ihnen weder Kunstliebhaber gibt noch Leute mit auch nur einem Minimum an Religionskultur. Wenn es wirklich Mord war, dann muss es mit den Riten der Gesandten zu tun haben.«

Niémans lächelte: Er war der gleichen Ansicht. Trotzdem spielte das Wandbild bei alledem eine Rolle – das sagte ihm sein Bauchgefühl.

»Ich habe übrigens heute Nachmittag Ihr Alter Ego gesehen«, fuhr Ivana fort.

»Wen?«

»Die Gendarmin mit den dicken Titten.«

Die Bemerkung verletzte Niémans, ohne dass er hätte sagen können, warum.

»Berichte mir lieber, was du herausgefunden hast.«

Ivana schilderte ihm in kurzen, knappen Sätzen ihre Eindrücke von der Gemeinschaft. Enttäuscht musste sie zugeben, dass sie nichts entdeckt hatte.

»Ist das alles?«, murrte er.

»Ich habe mich mit einem Mädchen angefreundet. Aber ich brauche Zeit.«

»Genau die hast du aber nicht.«

»Es ist eine Geheimgesellschaft. Mit Gewalt kann man sich da nicht durchsetzen. Ihr Überfall war schon ein Fehler. Aber da gibt es noch etwas anderes.«

Sie begann, ihm eine merkwürdige Geschichte über Getuschel in der Nacht zu erzählen.

»Die Rede war von einer Bestie. *Das Biest.*«

»Und was hat das zu bedeuten?«

»Keine Ahnung, aber … ich habe ihre Anwesenheit selbst gespürt. Die Anwesenheit der Bestie …«

Niémans sagte sich, dass er Ivana so schnell wie möglich da herausholen sollte – sie schien sich von der dunklen Seite dieser Farce verführen zu lassen.

»Ich habe eine Aufgabe für dich«, fuhr er fort, um wieder auf ernsthaftere Dinge zu sprechen zu kommen. »Die Gesandten haben den Schutt des eingestürzten Gewölbes auf ihrem Gelände eingelagert. Ein gewisser Jakob hat mir zwar versichert, dass wir die Trümmer sehen dürfen, aber ich bin mir ziemlich sicher, dass er uns einen Bären aufbinden wird.«

»Und weiter?«

»Finde sie. Sie müssen irgendwo auf dem Anwesen sein. Ich vermute, dass diese Trümmerstücke einer der Schlüssel zu diesem Fall sind.«

»Wenn ich sie finde, was soll ich dann damit machen?«

Immer noch dieser spöttische, fast schon provokante Ton.

Mit Ivana zu sprechen wärmte ihm das Herz, aber gleichzeitig entstand tief in seinem Innern eine Leere.

»Zumindest wissen wir dann, wo sie sind, und können einen Durchsuchungsbefehl beantragen.«

»Das scheint allmählich zur Gewohnheit zu werden.«

»Finde das Fresko, Ivana. So schnell wie möglich. Du ersparst uns damit wertvolle Zeit.«

»Ivana!«, sagte er, bevor sie auflegen konnte.

»Was denn?«

»Pass auf dich auf. Wir bewegen uns da auf sehr unsicherem Terrain.«

Sie kicherte, aber das Lachen schien ihr in der Kehle stecken zu bleiben.

»Wem sagen Sie das?«

29

Hallo, aufwachen!«
Marcel lag auf einer Bank neben einem der Esstische, um wie üblich seine Tüte zu rauchen, war aber mit dem Joint im Mund eingeschlafen. Wie jeden Abend zerfetzten Flamencoklänge die Nacht. An diesem Tag vielleicht mit einem zusätzlichen Hauch von Tragik im Andenken an die eingelochten Brüder.

Ivana schüttelte Marcels Schultern. Keine Reaktion. Der Joint glomm wie ein Nachtlicht weiter zwischen seinen Zähnen.

»Wach auf!«

Sie sprach zwar leise, riss aber heftig an seinem Ärmel. Marcel stank nach Alkohol. Sie fragte sich, wo er ihn besorgt haben könnte, denn paradoxerweise waren Wein und auch sonstiger Alkohol für die Saisonarbeiter verboten.

»Marcel, verdammt noch mal!«

Endlich öffnete der Kerl ein Auge.

»Willst du 'nen Zug?«, fragte er und reichte ihr seine Tüte.

»Ich brauche deine Hilfe.«

»Verpiss dich.«

Ivana kramte in ihrer Tasche und drückte Marcel hundert Euro in die Hand – sie hatte sich vorsichtshalber etwas Bargeld in die Schuhe gesteckt.

Das Gefühl der Geldscheine in seiner Hand weckte die Aufmerksamkeit des Saisonarbeiters.

»Worum geht's?«, fragte er und richtete sich auf.

Ivana setzte sich neben ihn und erklärte ihm die Lage: Sie

hatten nur diese eine Nacht, um die Trümmer von Saint-Ambroise zu finden und Fotos zu machen.

Mit gesenktem Kopf zog Marcel wieder an seinem Joint. Er antwortete nicht, hatte vielleicht nicht einmal zugehört.

»Wieso ist dir das nicht alles scheißegal?«, fragte er schließlich.

»Meine Sache.«

»Bist du wirklich Journalistin?«

»Willst du mir nun helfen oder nicht?«

Er hatte das Geld bereits eingesteckt, aber der Kopf sank ihm wieder auf die Brust.

»Gibt nur eine Lösung für dein Problem«, nuschelte der zugedröhnte Kerl.

»Sprich ein bisschen deutlicher.«

»Ich glaub, ich weiß, wo sie die Trümmer hingebracht haben.«

»Ja?«

»Sie nennen es ›das Lager‹. 'n paar Schuppen, wo sie allen möglichen Krempel abstellen.«

»Und wo ist das?«

»Ungefähr 'n Kilometer, aber dazu muss man in die Domäne reinmarschieren, in die Diözese.«

»Und das heißt?«

»Das heißt, dass ich keine Lust hab, dabei erwischt zu werden.«

»Gehen wir.«

Marcel sackte schon wieder in sich zusammen. Ivana packte ihn am Kragen und richtete ihn mit Gewalt auf.

»Noch mal Hundert, wenn wir die Steine gefunden haben.«

Der Bekiffte drückte seine Kappe tiefer ins Gesicht – vermutlich hatte er eine Glatze, denn abends ersetzte er seinen Strohhut sofort durch eine Baseballkappe.

Schwankend setzte er sich auf seinen dürren Beinen in Bewegung. Ivana schauderte bei dem Gedanken, die Diözese mit diesem Typ zu betreten.

Sie mussten sich zwischen Bäumen verstecken, um die Wachen der Gesandten zu täuschen, und zur Zaunlücke hinaufsteigen, wo sie schließlich auf dem Hauptweg wieder auftauchten.

»Dürfen wir hier langgehen?«

»Klar, wir sind ja nicht im Gulag. Das Schlimmste, was passieren kann, ist, dass wir rausgeschmissen werden. Wir werden's überleben. Die Lese ist fast vorbei.«

Ivana antwortete nicht. Sie war inzwischen ziemlich fertig. Das Unterholz, in dem sie ihr Prepaid-Telefon versteckt hatte, war fast einen Kilometer entfernt, und sie hatte sowohl den Hin- als auch den Rückweg im Dauerlauf zurückgelegt. Dabei musste sie eine Art Weide überqueren, wo sie dem Wind und den Krähen ausgeliefert gewesen war. Das Telefon hatte sie mitgenommen, damit sie Niémans nach ihrem nächtlichen Ausflug wieder anrufen konnte. Das bedeutete aber, dass sie den Weg vor Sonnenaufgang noch einmal würde zurücklegen müssen, denn auf keinen Fall konnte sie einen ganzen Arbeitstag mit einem Telefon in der Tasche herumspazieren.

Die Nacht war klar und gletscherblau, und die Sterne durchbohrten den Himmel wie die Einschläge einer Automatikwaffe. Irgendwie sah es künstlich aus und erinnerte sie an die Kulissen des berühmten alten Pariser Kinos Grand Rex, die sie als kleines Mädchen immer besonders fasziniert hatten, oder an die lebenden Krippen, in denen sie mit ihrem hellen Teint jedes Mal die Rolle der Heiligen Jungfrau aufgehalst bekam.

Marcel wankte vorwärts, und Ivana fragte sich, ob er nicht wieder eingeschlafen war. Ein Schlafwandler als Partner, na toll. Ihre Nerven lagen blank. Ihre Müdigkeit hätte sie eigentlich erschlaffen lassen müssen, aber sie fühlte sich im Gegenteil bis zum Äußersten angespannt. Bereit, beim ersten Alarmzeichen auszuflippen.

Immer wieder drehte sie sich um, weil sie Scheinwerfer oder Schritte erwartete. Ihr einziger Trost war, dass sie sich bei Gefahr in die Büsche werfen konnten. Ihr Hinterteil hatte sich an Brombeeren und Brennnesseln schon ziemlich gewöhnt.

»Ist es noch weit?«

»Nein, wir sind schon drin in der Diözese.«

Ivana hatte keine Veränderung in der Umgebung bemerkt, auch keine Zäune. Dieses Gebiet innerhalb des Territoriums hatte wohl vor allem einen symbolischen Wert. Irgendwo, das wusste sie, drängten sich die Höfe der Gesandten in der Kälte. Der Hauptweg war nach wie vor völlig leer.

Je länger sie gingen, desto entspannter fühlte sie sich. Ihre Gedanken wurden klarer. Allerdings dachte sie weder über die dürftigen Enthüllungen von Niémans nach noch über ihre eigenen unbestimmten Hypothesen.

Nein. Sie beschäftigte sich mit Rachels Wundertherapie. Ein kleines Fußbad und schon hatte sie sich im Zustand der Gnade wiedergefunden, fast schon verbunden mit den Engeln.

»Sind wir jetzt bald da, oder was?«, fragte sie. Die Ruhe ihres Spaziergangs verwirrte sie.

»Schon gut, da drüben ist es«, flüsterte der wache Schläfer.

30

Das Lager war eine kleine Ansammlung von Scheunen im Stil der Gesandten. Überlieferungen zufolge waren sie in der Lage, einen solchen Schuppen an einem einzigen Tag zu erbauen. Die beiden Eindringlinge gingen auf den Vorbau des größten dieser Gebäude zu, ohne einer einzigen Wache zu begegnen.

Marcel warf prüfende Blicke über seine Schulter und öffnete vorsichtig das Doppeltor. Die Tatsache, dass er in die Diözese eingedrungen war, hatte ihn endgültig wach werden lassen. Im Inneren ähnelte der Raum der Scheune, in die Rachel Ivana am Vortag geführt hatte. Durch Dachluken schien das Mondlicht herein und überzog den Boden mit Puderzucker. Verstreute Heureste schimmerten wie Glimmer. Über ihren Köpfen kreuzten sich Balken, die eine in der Dunkelheit unsichtbare Decke stützten. Entlang der Wände reihten sich mehrere Stallboxen aneinander, Pferde aber waren nicht da. Nur der Geruch von Pferdeäpfeln hing in der Luft.

»Da.«

Marcel zeigte nach links: Auf einem Teppich aus gemähtem Gras waren Steine wie ein Puzzle angeordnet. Der Montenegriner hatte richtig vermutet: Die Fragmente des Gewölbes waren hier sorgfältig gesammelt worden. Jedes Teilstück trug eine Nummer, sodass sie an Ort und Stelle problemlos wieder zusammengesetzt werden konnten.

Ivana nahm alles genau in Augenschein – niemand war zu sehen –, holte die mitgebrachte Taschenlampe hervor und richtete den Strahl auf das Fresko.

»Bist du wahnsinnig? Mach das sofort aus.«

»Leuchte mir«, antwortete sie und drückte Marcel die Lampe in die Hand.

Sie kramte ihr Handy hervor.

»Ein Telefon hast du auch?«

»Halt's Maul.«

Sie machte mehrere Fotos von Motiven, die sie bereits in der Akte gesehen hatte. Sie waren vor dem Einsturz fotografiert worden. Eine halb liegende Jungfrau Maria, gemalt mit naiven, etwas unbeholfenen Linien. Links davon badeten zwei bärtige Männer – zweifellos Figuren aus der Bibel, aber Ivana hatte zu wenig Ahnung, um sie zu identifizieren – ein Baby, das so stämmig war wie ein Herkules vom Jahrmarkt. In der rechten und linken Ecke flogen Heilige oder Engel, die sie ebenfalls nicht erkannte.

»Wir müssen hier verschwinden«, drängte Marcel ungeduldig.

»Ich bin gleich fertig.«

Während sie fotografierte, musste Ivana daran denken, dass Niémans tatsächlich recht gehabt hatte. Die Gesandten hatten nicht nur die Trümmerstücke aufbewahrt, sondern das Fresko auch sofort wieder zusammengesetzt, als ob dieses stark beschädigte Bild eine geheime Macht oder den Geist einer Gottheit enthielte ...

Die Hypothese eines Diebstahls hingegen hielt nicht stand, denn das Fresko war vollständig. Die Decke der Kapelle war wohl einfach nur eingestürzt, und die Gesandten hatten alles komplett eingesammelt.

»Scheiße, mach voran!« Marcel starrte zum Eingang, als erwartete er eine Legion von mit Mistgabeln und Hacken bewaffneten Täufern.

Ivana ließ Telefon und Lampe in ihren Taschen verschwinden und überließ die Scheune wieder der Dunkelheit. Die beiden Eindringlinge strebten gerade zum Ausgang, als einer der Türflügel aufgestoßen wurde. Marcel packte Ivana an der Schulter und zog sie in eine der Stallboxen.

Schritte. Worte. Widerhall. Unwillkürlich fuhr Ivana mit der Hand an ihren Gürtel. Doch da war nichts. Sie musste ihre Rolle als eingeschleuste Spionin durchhalten. Nackt und unbewaffnet angesichts des Feindes.

An die Wand der Box gekauert reckte sie den Hals vor und versuchte, etwas zu sehen. Marcel hingegen lag auf dem Boden und war drauf und dran, sich unter dem Stroh zu vergraben.

Das, was Ivana sah, bestätigte eine ihrer tiefsten Überzeugungen: Ganz gleich, wo man sich auf dieser Erde befindet – die Gewalt ist da, immer auf der Lauer und jederzeit bereit aufzutauchen.

Drei Gesandte hatten die Scheune betreten. In den Händen hielten sie Maschinengewehre und Handfeuerwaffen, die ihre angeblich so friedliche Welt Lügen straften. Ivana war keine Waffenexpertin, aber die Maschinenpistolen UMP 9 mm und Glock 17 mit Lasermodulen erkannte sie ohne Probleme.

Mit *Ordnung* und *Gelassenheit* hatte das nichts mehr zu tun. Es sei denn, Ordnung und Gelassenheit erforderten eine solche Artillerie. Die drei Männer schlichen leise an den Wänden entlang. Ob sie etwas gehört hatten? Ivana glaubte eher an eine Routinestreife.

Mit ihren Bärten, Strohhüten und schwarzen Anzügen erinnerten sie an Siedler in Israel, jene tiefreligiösen Männer mit Schläfenlocken, die mitten in der Wüste ungeniert Uzi-Maschinenpistolen und AK-47-Sturmgewehre schwangen.

»Ivana!«, flüsterte Marcel. »Hier lang!«

Die Polizistin drehte sich um. Im hinteren Teil der Stallbox zeigte ihr der Saisonarbeiter eine Art große Katzenklappe, durchaus geeignet, um zwei unerwünschte Personen durchzulassen …

Ivana warf einen letzten Blick auf den am nächsten stehenden Wachmann – die rote Lichtspur seiner Glock zerschnitt die Dunkelheit wie ein Laserstrahl einen schwarzen Diamanten. Es war verblüffend und gleichzeitig seltsam beruhigend: Plötzlich hatte sie das Gefühl, sich auf vertrautem Terrain zu bewegen. Abgang ekstatische Pazifisten. Auftritt kriminelle Sektierer, bewaffnet wie die Davidianer im texanischen Waco.

»Mach schon!«

Marcel hielt ihr die Klappe auf, und Ivana schlüpfte auf Knien durch die Öffnung. Durch ihre Jogginghose hindurch spürte sie die Feuchtigkeit des Strohs oder, noch schlimmer, von Pferdeäpfeln. Aber jetzt war es nicht an der Zeit, pingelig zu sein.

Sie glitt nach draußen und spürte Marcels Atem unmittelbar hinter sich. Als sie aufstand, fiel die Lukenklappe geräuschvoll zu.

Unmöglich, dass die Gesandten den Lärm nicht gehört hatten.

Ohne sich abzusprechen, rannten Ivana und Marcel einfach los. Es war dunkel, und sie hatten keine Ahnung, wohin sie liefen, aber nichts konnte schlimmer sein als das, wovor sie flohen.

31

Sie beschlossen, sich zu trennen, denn nur so hatten sie eine Überlebenschance. Marcel ließ Ivana keine Wahl, was die Richtung anging: Er wandte sich nach links und verschmolz mit der Dunkelheit. Sie machte sich querfeldein in entgegengesetzter Richtung auf den Weg und geriet bald in ein wenig einladendes Dickicht. Sie tauchte in eine Wand aus Dornengestrüpp, zerfetzte sich beim Durchqueren die Klamotten und rannte, bis sie ein besser bekanntes Gebiet erreichte: die Weinberge.

Für ein paar Sekunden hielt sie inne, um Luft zu holen. Vom Rennen war ihr heiß geworden, doch das war nur oberflächlich. Unter der Haut war ihr so kalt, dass ihre Knochen wie Eiszapfen hätten zerspringen können. Der Tonmergelboden ringsum hatte die Farbe von Eisen, und die Pflanzentriebe kringelten sich wie NATO-Draht.

Sie hatte keine Ahnung, wo sie sich befand, denn ihr Orientierungssinn war nicht stärker entwickelt als ihre Vorliebe für Fleisch. Plötzlich vertrieb etwas ihr Bestreben, kurz innezuhalten und nachzudenken: Auf der Straße näherten sich Lichter. Die Gesandten tasteten das Dickicht mit Xenon-Leuchten ab – die Wachleute hatten augenscheinlich keinerlei Probleme mit moderner Technik.

Ivana drehte sich auf dem Absatz um und begann, tief gebückt zwischen den Rebstöcken hindurchzurennen. Zwischen zwei Atemzügen bemühte sie sich, ihre Gedanken zu ordnen, um zumindest einen Zipfel Logik zu erhaschen. Wie war sie nur in einen solchen Schlamassel geraten? Wie war aus einer friedlichen Gemeinschaft ein Kommando geworden, das bereit war, auf sie zu schießen, weil sie in einer ihrer Scheunen herumgeschnüffelt hatte?

Sie erreichte das Ende des Wingerts. Hinter Büschen und einigen Bäumen kamen wieder Reben. Nichts kam ihr bekannt vor, und sie fand weder Zeichen noch Orientierungspunkte, nach denen sie sich hätte richten können. Erneut drehte sie sich um. Bläuliche Lichtkegel streiften langsam durch die kristallklare Luft. Zwar hatte sie ihre Verfolger offenbar abgeschüttelt, aber sie bewegten sich immer noch in ihre Richtung.

Sie durchquerte den kleinen Hain und lief wieder los. Die Erde unter ihren Füßen war hart wie Eis. Zumindest hinterließ sie so keine Fußabdrücke ... *Komm schon, altes Mädchen, du hast eine Chance* ... Bald geriet sie wieder außer Atem. Auch ihre Kräfte verließen sie. Tief in ihrer Lunge spürte sie etwas wie ein Glutnest, das ihre anderen Organe angriff – ihr schien, als brutzelte ihr eigenes Gewebe wie Weihrauch in den Tiefen ihrer Brust.

Sie ließ sich auf die Knie fallen. Lieber Gott. Die Szene erinnerte sie an die Verfolgungsjagden während ihrer Jugend in den Vorstädten, als sie dabei war, langsam am Junk zu krepieren. Es war, als schöpfte man nach und nach Blut aus einem Becken. Und trotzdem musste sie wieder rennen, wenn die Spezialkräfte auftauchten, sich in Kellern verstecken, wenn sie ihren Dealer nicht bezahlen konnte und in Parkhäusern die Luft anhalten, wenn ein Haufen Kapuzen-Ganoven ein bisschen Spaß mit ihrem Arsch haben wollten ...

Plötzlich tastete ein Strahl fünfzig Meter rechts von ihr über die Reben. Gut war, dass sie die Weinberge offenbar aufs Geratewohl durchsuchten – sie hatten sie nicht gesehen. Aber schlecht war, dass sie näher kamen.

Mit einem Mal hatte sie eine brillante Idee, oder zumindest

glaubte sie das. Sie musste an einen Ort gehen, wo bestimmt niemand nach ihr suchen würde: zurück auf die Straße, die sie verlassen hatte. Die Gesandten würden wohl kaum davon ausgehen, dass sie den gleichen Weg ein zweites Mal benutzen würde.

Leise, sehr leise drehte sie sich um, wobei sie auch das geringste Knacken vermied, und machte sich wieder auf den Weg zurück durch die Reben. Immer noch bückte sie sich tief. Froststarre, bereifte Blätter peitschten ihre Ohren. Sie nahm sich weder die Zeit, noch wollte sie das Risiko eingehen, sich umzuschauen, aber sie war ziemlich überzeugt, dass sich ihre Verfolger in die entgegengesetzte Richtung entfernten.

Als sie schließlich die Straße erreichte, begann sie zu rennen. Natürlich nicht auf die Scheune zu – immerhin – sondern in die andere Richtung, zum Lager der Saisonarbeiter. Sie dachte an Marcel. Wohin mochte er gegangen sein?

Bald fand sie in ihren Rhythmus und atmete regelmäßiger. Für eine Polizistin war sie nicht sportlich genug. Ganz und gar nicht, wenn sie ehrlich war. Aber indem sie sich von der Scheune entfernte, wo die Trümmer lagerten, entfernte sie sich auch von ihrer Angst, und ihr Körper gewann eine gewisse Stabilität zurück.

Auf dem Asphalt waren ihre Nikes zu hören, *tap-tap-tap*, ein trockenes und gleichzeitig ersticktes Geräusch, wie der Schnabel eines Nachtvogels. Solange sie dieses Tempo beibehalten konnte, hatte sie eine Chance zu entkommen. Sie fühlte sich absolut allein – es war kalt, es war hart – aber sie pfiff wenigstens nicht mehr auf dem letzten Loch. Kein bisschen.

Gerade genoss sie ihre siegreichen Überlegungen, als ein helles weißes Licht hinter ihr aufleuchtete. Es traf sie so heftig wie eine Kugel zwischen die Schulterblätter. Wie benommen vor Überraschung, Angst und Entmutigung geriet Ivana ins Taumeln, behielt aber ihren Schwung bei und rannte weiter, als ob sie tatsächlich hoffte, das Auto hinter sich abhängen zu können.

Ihre Kehle brannte. Sie schnappte nach Luft wie ein Fisch an Land, mit flatternden Kiemen, Bauch nach oben, eine Qual aus silbernen Schuppen.

Schließlich blieb sie stehen, ließ besiegt den Oberkörper nach vorn sacken und stützte die Hände auf die Knie. Sie war kurz davor, ihre Eingeweide auf den Schotter der Straße zu kotzen – im Lichthof der Scheinwerfer konnte sie sich das Ergebnis bereits vorstellen, bluttriefend und glänzend wie Mollusken auf dem Deck eines Schiffes.

»Was machst du denn hier?«

Ivana hob den Kopf und sah ein offenes Beifahrerfenster, das von einer schwarzen Karosserie umgeben war. Weiter hinten in diesem auffälligen Rahmen saß Rachel am Steuer – das in ihren kleinen Händen aussah wie ein Wagenrad.

Ivana brachte keine Antwort zustande. Sie japste immer noch nach Luft, brauchte Sauerstoff und Kälte, um wieder einigermaßen zu Atem zu kommen. Sie betrachtete das riesige Gefährt, das Rachel steuerte: Es war ein landwirtschaftliches Fahrzeug, irgendetwas zwischen Geländewagen und Mähdrescher.

»Steigst du nun ein, oder was?«

Ohne zu antworten, öffnete Ivana die Tür und warf sich hinein.

»Fahr los.«

32

Beide Frauen befanden sich nicht da, wo sie hingehörten.

Wieso lenkte Rachel mitten in der Nacht dieses Ungetüm durch die Weinberge? Und sie selbst, wieso rannte sie völlig verdreckt auf einer einsamen Straße herum?

Rachels Erklärung war kurz. Die Weinlese war eine nie endende Arbeit. Tagsüber wurden die Trauben geerntet, abends gepresst, und nachts füllte man den Most in Tanks. Bei den Gesandten wurde rund um die Uhr gearbeitet.

Die Täuferin rechtfertigte sich aus reiner Höflichkeit: Sie war hier zu Hause und niemandem Rechenschaft schuldig.

Bei Ivana lag die Sache etwas anders.

»Und du«, begann die Gesandte, »was machst du hier um diese Uhrzeit?«

Ivana starrte auf die Straße und knetete ihre Hände. Sie schlotterte ununterbrochen – die Heizung in diesem Gefährt wurde offenbar nicht benutzt. Sie spürte, wie ihre durchnässte Kleidung kalt an ihrer Haut klebte, obwohl sie vor Anstrengung, Angst und Adrenalin innerlich immer noch kochte.

»Ich habe dich angelogen«, gab sie schließlich zu. »Ich bin Journalistin.«

Rachel wirkte keineswegs schockiert. Sie hatte eine recht ausgefallene Art zu fahren: Mit um das Lenkrad geklammerten Händen lehnte sie sich zur Windschutzscheibe, als ob die Straße ihr etwas zuflüstern würde.

»Es tut mir leid«, fügte Ivana hinzu.

Rachel schwieg. Die Stille war unerträglich. Ivana hatte das Gefühl, als würden ihre Nerven einer nach dem anderen zerreißen, wie Klaviersaiten, die man mit einer Zange durchknipste.

Plötzlich warf Rachel ihr einen schelmischen Blick zu. »Darf ich wenigstens wissen, wonach du suchst?«

»Nach nichts Besonderem. Meine Zeitung bezahlt mich für diese Reportage, und ich hatte die Idee, mich hier, sagen wir mal, einzuschleusen.«

Rachel fragte nicht einmal nach dem Namen des Blattes. Die übliche Verachtung gegenüber allem Weltlichen.

»Hast du etwas Interessantes gefunden, worüber du berichten kannst?«

Aus Keckheit wurde Sarkasmus. Im Grunde bewies diese so süße, gleichzeitig kindliche und jahrhundertealte Stimme eine ungezügelte Überheblichkeit. Den Dünkel der universellen Vergebung. Die Herablassung des Guten gegenüber dem Bösen, der Gerechten gegenüber den Fehlgeleiteten ... Ivana kannte so etwas aus dem Katechismusunterricht und aus einigen Pflegefamilien. Es nervte sie ungemein.

Zwar war die Versuchung groß, Rachel die Geschichte des Freskos und der bewaffneten Wachen zu erzählen, aber Ivana spürte, dass sie wie bisher weitermachen und die nicht allzu pfiffige Journalistin mimen sollte.

»Ich schreibe keinen investigativen Bericht, sondern will versuchen, in eure Kultur und eure Spiritualität einzutauchen.«

»Von wegen. Du willst unser Geheimnis herausfinden.«

»Gibt es denn eins?«

Rachel lachte hell auf. Es klang wie Glas, das zwischen zu kräftigen Fingern zerbricht.

»Ich wollte dich nur ein bisschen aufs Glatteis führen. Zugegeben, das war nicht besonders nett von mir. Nein, es gibt kein Geheimnis. Gab es noch nie. Aber seit fünfhundert

Jahren seid ihr überzeugt, dass wir etwas verheimlichen. Seltsam, wie schwer es euch fällt, unsere Einfachheit zu akzeptieren.«

Am Ende eines jeden Satzes hätte sie flüstern können: »Aber das macht nichts.« Und, mit noch leiserer Stimme: »Ihr versteht nie etwas, aber wir nehmen es euch nicht übel.«

»Und wo warst du heute Nacht?«, fuhr die Gesandte fort.

Ivana antwortete nicht. Die bläuliche Straße vor ihnen erinnerte an Negative von Fotos, die man früher für Abzüge benutzte. Auch die weißen Leitlinien schienen alles umzukehren, Weiß statt Schwarz, Schwarz statt Weiß.

Ihrem Polizistinnen-Instinkt folgend beschloss sie, genau in diesem Moment die Wahrheit zu sagen. Ihre Quote an Täuschungen hatte sie längst überschritten.

»Ich habe nach dem Wandbild gesucht.«

»Nach welchem Wandbild?«

»Diese Wandmalerei, die eingestürzt ist und Samuel getötet hat.«

Rachel zeigte sich überrascht.

»Und … hast du es gefunden?«

Die Wahrheit, eine andere Wahl gab es nicht. »Es befindet sich im Lager.«

»Woher kennst du das Lager?«

»Ich habe davon gehört. Von den Saisonarbeitern.«

»Von wem?«

»Keine Ahnung. Ich kenne die Namen der Leute nicht.«

»Warum interessierst du dich für diese Trümmer?«

»Weil ich es merkwürdig finde, dass ihr sie aus der Kapelle geholt und versteckt habt.«

»Wir haben sie nur geschützt untergebracht, das ist alles.«

Aus ihrem Mund klang die Erklärung durchaus logisch. Aber mit Macht drängte sich Ivana das Bild der bewaffneten

Wachmänner auf. Wertlose Mauerreste bewacht man nicht mit Gewehren.

Plötzlich fiel ihr ein, dass sie ihr Mobiltelefon noch in der Tasche hatte. Und nicht einmal im Flugmodus. Sie wurde blass vor Angst bei dem Gedanken, dass es vielleicht klingeln könnte.

Rachel fuhr nun langsamer. Ivana sah die langen Zelte, die Tische, die Zäune … Sie hätte die junge Gesandte küssen mögen. Sie war wieder zu Hause.

Neugierig betrachtete sie Rachels glattes Gesicht, das trotz der nächtlichen Stunde so frisch war wie Morgentau. Allzu gern hätte sie noch die eine oder andere Frage riskiert, aber es war wohl besser, nicht zu übertreiben. *Lass es gut sein.*

Als sie die Tür öffnete, zögerte sie kurz. »Wirst du mich verraten?«

»Das entspräche nicht den Gepflogenheiten unserer Gemeinschaft. Versuch jetzt, dich ein wenig auszuruhen. Wir sehen uns morgen früh bei der Arbeit.«

Ivana ging auf das Lager zu. Gesandte bewachten es, aber sie schienen weder bewaffnet noch aggressiv zu sein. Ohne Fragen zu stellen, ließen sie sie passieren, denn sie hatten sie aus einem Geländewagen der Domäne aussteigen sehen. Sie schwankte leicht und spürte, wie ihre Müdigkeit die Erdanziehung verstärkte.

Genau genommen gab es drei Möglichkeiten.

Entweder war Rachel das Unschuldslamm, das zu sein sie vorgab. In diesem Fall wusste sie tatsächlich nichts, würde sie aber verraten. Denn Lügen, auch durch das Verschweigen von Tatsachen, entsprachen ebenfalls nicht den Gepflogenheiten der Gemeinschaft.

Oder aber sie wusste über alles Bescheid – kannte das Geheimnis des Freskos, wusste von der bewaffneten Miliz und vielleicht von noch viel schlimmeren Dingen – in diesem Fall würde sie ihre kleine Geschichte eilig denen erzählen, die für die Sicherheit des Anwesens verantwortlich waren.

Die dritte Möglichkeit war … Nein, bei näherer Betrachtung gab es keine weitere Möglichkeit.

Ihre Tarnung war aufgeflogen.

Sie hätte sofort die Beine in die Hand nehmen und von hier verschwinden müssen.

Aber ihre Matratze erschien ihr die viel bessere Idee.

II
Das Blut

33

Max Lehmann hatte Wort gehalten.

Als Niémans um acht Uhr morgens in Saint-Ambroise ankam, war der Restaurator bereits mit seinem Team vor Ort. Der Polizist hatte Desnos gebeten, einen »Antrag auf Untersuchung durch einen Experten« vorzubereiten, um die Rechnung so schnell wie möglich begleichen zu können.

Der Mann mit dem Schnauzbart stand bereits oben auf dem Gerüst. Als er seinen Auftraggeber entdeckte, kletterte er mit der Grazie einer Spinne an den Gerüststreben entlang nach unten. Sein zufriedenes Gesicht zeigte, dass es keiner langen Erklärungen bedurfte.

»Sie haben etwas gefunden?«

»Kann man wohl sagen«, antwortete Lehmann und ging zu einem improvisierten Arbeitsplatz aus vier Computern, die mit durchsichtigen Planen abgedeckt waren. »Tatsächlich haben wir schon gestern Abend angefangen. Für derart dicke Schichten braucht das Röntgengerät viel Zeit, und dann muss das Ergebnis noch digitalisiert werden.«

Niémans' Blick hing an den Bildschirmen, auf denen Schwarz-Weiß-Bilder flackerten. Zweifellos hatte Lehmann unter den Fresken aus dem 18. Jahrhundert verborgene Malereien entdeckt.

»Sehen Sie«, fügte der Restaurator hinzu und steckte seine langen Hände in die Taschen. »Ich muss schon sagen, das ist ziemlich spektakulär.«

Wie geblendet betrachtete Niémans die Bilder. Zunächst einmal war ihr Aussehen recht auffällig, was an der Technik des radiologischen Verfahrens lag. Die neu aufgefundenen

Fresken erschienen in geisterhaftem Blau und wie in einen blassen, bröckeligen Felsen gemeißelt.

Ihr Stil hatte nichts mit der grobschlächtigen Ausführung der Oberflächenmalereien zu tun. Tatsächlich wirkten die Figuren aus akademischer Sicht nicht unbedingt gelungener, aber ihre Deformationen schienen – typisch für die Ausdruckskraft des Mittelalters – so gewollt. Sie waren Zurschaustellungen und hatten eine Ausstrahlung: Sie übersetzten Seelenzustände.

»Wie Sie sehen, konnten wir im linken Gewölbe vier in Kreuzform dargestellte Szenen aus dem Neuen Testament oder aus der allegorischen Tradition des Spätmittelalters freilegen. Die erste Szene stellt die vier apokalyptischen Reiter dar …«

Männer ritten auf Tieren aus Nebel oder einer Art lodernder Wellen. Einer der Männer trug einen flammenförmigen Heiligenschein, das Gesicht eines anderen war ein nackter, verbeulter Totenschädel … Leuchtend wie Sturmlaternen schienen die Reiter aus einer qualvollen Finsternis hervorzubrechen.

»Die zweite Szene auf der linken Seite der Kreuzstruktur zeigt den heiligen Georg, der den Drachen tötet.«

Der Kampf war beeindruckend: Auf seinem Pferd schien der Heilige bereit, sich in einem schwarzen Lichtblitz aufzulösen. In der Tiefe des düsteren Scheins brachte er mit seinem Schwert eine krampfende Gestalt zur Strecke, die zu seinen Füßen in den letzten Zügen lag.

»Die dritte ist ein Totentanz … Ein im 15. Jahrhundert geradezu klassisches Bild, weil die französische Bevölkerung durch den Hundertjährigen Krieg und die Schwarze Pest dramatisch dezimiert wurde.«

Eine Frau saß am Spinnrad und spann Wolle, ein verrottender Leichnam stand hinter ihr und hielt den Rocken. Die

Bedeutung lag auf der Hand: Am Ende jeder Arbeit wartete der Tod.

Schon die Botschaft war erschreckend, aber ihre Ausführung noch schlimmer. Die Spinnerin und der Leichnam hatten beide die gleichen weißlichen Augen von Außerirdischen.

»Die letzte Sequenz ist eine Beweinung Christi. Auch hier finden wir die gleichen geisterhaften Gesichter, das gleiche strahlende Licht …«

Niémans kannte sich so weit aus, dass er die schmerzensreiche Jungfrau, den Apostel Johannes, Josef von Arimathäa und Nikodemus um den gemarterten Christus herum identifizieren konnte … Sie alle hatten die Köpfe verstörter Bergleute, die einer Schlagwetterexplosion entkommen waren.

Die Themen waren zwar unterschiedlich, aber die Fresken stammten mit Sicherheit alle aus der gleichen Hand. In den Motiven drückte sich in einheitlichem Stil große Angst und eine heimgesuchte Seele aus.

Das war es also, was unter den belanglosen Gemälden in Saint-Ambroise verborgen lag, zumindest in den Gewölben, die noch intakt waren: der Glaube als Spuk, als Folter und als Reue.

»Könnten Sie das auch mit den Fragmenten des eingestürzten Gewölbes machen?«, fragte Niémans.

»Sie meinen, sie röntgen?«

»Richtig.«

»Wir müssten sie zunächst wieder zusammensetzen und …«

»Geht es, oder geht es nicht?«

»Klar. Kein Problem.«

Niémans hatte zwar noch keine Nachricht von Ivana, aber seine Assistentin würde das zerstörte Wandbild finden, da war er sich ganz sicher.

»Was halten Sie davon?«, wollte er mit Blick auf die Bilder wissen, die auf den Bildschirmen flimmerten.

»Es ist einzigartig«, sagte Lehmann im Ton eines aufgewühlten Astronauten, der allein in seinem Raumschiff den Planeten Erde bewunderte. »Nur selten hat man das Glück …«

»Ich meine den Stil dieser Fresken. Können Sie sie datieren?«

Lehmann verschränkte die Arme, ehe er sich mit einer etwas theatralischen Geste des Nachdenkens ans Kinn fasste.

»Ich bin zwiegespalten. Die dargestellten Szenen und auch der allgemeine Stil verweisen auf das 15. Jahrhundert, aber einige Sachverhalte passen nicht.«

»Zum Beispiel?«

»In den vergangenen sechshundert Jahren wurde die Kapelle mehrfach umgebaut oder renoviert, was bedeutet, dass auch an den Gewölben gearbeitet wurde. Ich bezweifle, dass die damaligen Restauratoren in der Lage waren, diese Werke jedes Mal wiederherzustellen.«

Niémans erinnerte sich an den Saal des Prado in Madrid, der Francisco Goyas *Pinturas negras* gewidmet war. Nicht gesagt wurde, dass diese Gemälde Fälschungen waren. Zumindest stammten sie nicht von Goyas Hand. Der Künstler hatte die Originale auf die Wände seines Hauses gemalt, daher war es unmöglich, sie auf eine Leinwand zu übertragen. Es war das gleiche Problem wie bei diesen Fresken: Wie sollte man sie von einem Untergrund ablösen und auf einem anderen wieder anbringen?

»Könnten sie kopiert worden sein?«

»Natürlich. Nur gäbe es bei einem solchen Fall Unterschiede in der Ausführung. Diese Malereien sind aber sehr einheitlich. Zu sehr sogar.«

»Erklären Sie mir das.«

»Man kann genau erkennen, dass alle Sequenzen von ein und demselben Menschen gemalt wurden und damit sozusagen in einem Zug. Sie müssen daher seit ihrer Entstehung unversehrt geblieben sein, was ein echtes Rätsel ist.«

Immer noch betrachtete Niémans die Szenen, die wie mit Ruß beschmiert wirkten und nur von zu großen Augen beleuchtet wurden, die wie Irrlichter in der tiefen Dunkelheit schwebten. Seine ursprüngliche Idee kehrte mit Macht zurück: Diese Bilder bargen ein Geheimnis, eine Botschaft.

»Auch bei den Themen sehe ich Probleme«, fuhr Lehmann fort. »Alle sind sie im 15. Jahrhundert nicht selten, aber sie werden eigentlich nie zusammen dargestellt, vor allem nicht in einer Kapelle. Die vier Apokalyptischen Reiter und die Beweinung Christi stammen aus dem Neuen Testament. Der heilige Georg als Drachentöter ist inspiriert von der *Legenda Aurea* des Jacobus de Voragine. Und was den Totentanz betrifft, so ist er ein fast heidnisches Motiv. Ein memento mori als Warnung.«

»Was leiten Sie daraus ab?«

»Nichts, außer dass diese offensichtliche Unordnung einzigartig ist. Es sei denn, dass man darin irgendeinen geheimen Zusammenhang sehen sollte. Ich weiß es nicht.«

Niémans hatte bereits beschlossen, die Wandgemälde einem Theologen vorzulegen, der darin vielleicht einen Subtext, eine unterschwellige Bedeutung erkennen könnte.

»Und dann ist da noch die Ausführung«, fuhr der Restaurator fort. »Es finden sich die charakteristischen Merkmale der Kunst des Spätmittelalters, aber …«

»Aber?«

»Auch eine moderne Pinselführung ist zu erkennen, der Ausdruck einer … außergewöhnlichen Persönlichkeit. Ich wüsste kein Werk aus dieser Zeit, das diese Handschrift trägt.

So unwahrscheinlich es auch klingen mag, dieser Künstler hat wahrscheinlich nur dieses eine elsässische Gewölbe gestaltet.«

Die letzte Feststellung überraschte Niémans keineswegs. Beispiele von Künstlern, die eine zeitlose Sprache verwendeten, gab es in der Kunstgeschichte zuhauf. Zum Beispiel war El Greco im 16. Jahrhundert erstaunlich modern, und auch heute genügt ein Blick auf seine Bilder, die im Grunde keiner bestimmten Epoche angehören, um sie zu identifizieren.

»Um die Fresken genau zu datieren, müsste man eine chemische Analyse durchführen.«

»Worauf warten Sie noch?«

»Auf die Erlaubnis der Eigentümer der Kapelle.«

»Ich gebe sie Ihnen. Wir haben Sie als Experten beauftragt, das sollten Sie nicht vergessen.«

»Aber dazu gehört, Proben von der Oberfläche abzukratzen!«

»Kein Problem.«

»Aber es ist unmöglich, ohne …«

»Ich werde es den Gesandten erklären. Machen Sie sich darüber keine Gedanken.«

»Damit wird es aber noch teurer«, knurrte Lehmann.

»Hören Sie auf damit. Wie lange werden Sie brauchen?«

»Sagen wir vierundzwanzig Stunden.«

»Fangen Sie sofort an. Sobald Sie etwas wissen, rufen Sie mich an.«

Niémans drehte sich um und wollte zum Team der Kriminaltechniker hinübergehen, als Desnos mit energischen Schritten auf ihn zukam.

»Sie haben etwas gefunden.«

»Nämlich?«

»Einen Fußabdruck.«

34

Am Gerüst entlang gingen sie zu dem Bereich in der Nähe des Portals, wo die Kriminaltechniker ihre letzten Arbeiten durchführten. Der aufgeregte Bluestar-Fan Julien Petit hatte den Fund höchstpersönlich gemacht.

Der junge Mann erinnerte sich noch an die Lektion vom Vortag und gab sich entsprechend hochnäsig.

»Wir haben einen kompletten Abdruck und Teile eines weiteren.«

Niémans griff nach dem iPad, auf dem fluoreszierende Spuren deutlich das Muster einer Sohle zeigten. Offensichtlich war jemand in die Blutlache getreten, und die chemische Lösung hatte die Spur eines seiner Schritte sichtbar gemacht.

Der Polizist betrachtete das Igluzelt, unter dem der Entwickler versprüht worden war. Leider kam es nicht infrage, auf allen vieren darunterzukriechen, um nachzusehen.

»Was hältst du davon?«, fragte er und reichte Desnos das Tablet.

»Der Abdruck könnte von Gott weiß wem sein.«

»In einer Blutlache?«

»Die weggewischt wurde«, erläuterte Petit. »Überall auf dem Boden waren Spuren von Reinigungsmitteln.«

»Also«, fuhr Desnos fort, »hätte jeder x-Beliebige hier rumlatschen können.«

Niémans genoss es, ihnen eine kleine Demonstration im Stil eines Sherlock Holmes bieten zu können.

»Eben nicht. Nachdem die Leiche gefunden wurde, haben nur die Gesandten und die Gendarmen die Kapelle betreten.«

»Ja und?«

Er zeigte auf den Bildschirm und wies auf die scharfen Kanten der Sohlen hin, die durch das Produkt sichtbar geworden waren.

»Das sind Sportschuhe. Die Gesandten tragen immer die gleichen Treter, die übrigens so gut wie identisch mit denen der Gendarmen sind. Diese Abdrücke hier hat in dieser Nacht ein Eindringling hinterlassen.«

»Sollen wir die Schuhe unserer Verdächtigen, die wir in Gewahrsam haben, überprüfen?«

Die hatte Niémans fast vergessen.

»Ja, aber ihr müsst auch zur Domäne und die Umkleideräume aller Saisonarbeiter filzen.«

»Warum die Saisonarbeiter?«

»Weil sie zum Zeitpunkt des Geschehens bereits vor Ort waren. Und weil sie die Einzigen sind, die abends andere Schuhe tragen.«

Desnos nickte stumm.

Jetzt hieß es, sich zu beeilen. Niémans war im Begriff zu gehen, als er sich noch einmal umwandte.

»Ist das Blut deiner Meinung nach vor oder nach dem Einsturz geflossen?«, fragte er Petit.

»Vorher, ohne jeden Zweifel. Die Gerinnung hatte bereits eingesetzt, ehe der Staub kam.«

Damit schien das einfachste Szenario bestätigt: Ein Eindringling war von Samuel überrascht worden. Es hatte einen Kampf gegeben, und dann war das Gewölbe eingestürzt, entweder durch Sabotage oder weil der Dieb bereits Stücke aus dem Fresko gelöst hatte, um ein Fragment mitzunehmen …

Niémans hatte von einer großen esoterischen Ermittlung geträumt, von mystischen Geheimnissen und undenkbaren Herausforderungen, und nun musste er sich mit einem Raubüberfall, einer Schlägerei und einem Turnschuh, Entschuldigung, einem Sneaker als direktem Beweis begnügen. Der Berg kreißte, würde aber nur einen Mäusekötel gebären.

Trotzdem: Nein. Immerhin waren da noch der Stein im Mund und das Fresko, das die Gesandten schützten. Er durfte nichts überstürzen. Vielleicht war das Szenario von Kunstraub und Totschlag nur wieder ein weiterer Nebelschleier, ebenso wie die Hypothese vom einfachen Arbeitsunfall.

Er klatschte in die Hände. »Komm, wir fahren zurück zur Domäne und veranstalten eine schöne Razzia nach allen Regeln der Kunst«, rief er Desnos zu.

»Aber …«

»Aber was?«

»Nichts.«

Niémans lachte. »Der Job läuft wieder.«

35

M arcel war verschwunden.
Nach zwei Stunden Schlaf, um ihre Batterien wieder
einigermaßen aufzuladen, war Ivana noch vor dem allgemeinen Weckruf aufgestanden und hatte in einem der Module
in der Nähe der Zelte geduscht. Es waren sechs vorgefer-
tigte PVC-Duschkabinen, die aussahen, als würden sie beim
kleinsten Windstoß sofort davonfliegen.

Dann hatte sie auf das Frühstück gewartet, nicht weil sie
essen wollte, sondern um ihren Kumpel zu treffen und sich
leise mit ihm auszutauschen. Aber Marcel war nicht wieder
aufgetaucht.

Sie hatte sich in das Zelt der Männer gewagt und sich bei
anderen Saisonarbeitern erkundigt: Seit dem Vortag hatte niemand mehr den Kerl gesehen. Sie hatte jedoch nicht gewagt,
intensiver nachzuhaken, denn zwischen den Saisonarbeitern
liefen immer wieder Täufer herum. Besonders beunruhigend
fand sie, dass keine Tagestracht im Zelt der Männer übrig geblieben war, als hätten die Gesandten im Voraus gewusst, dass
Marcel beim Morgenappell nicht erscheinen würde.

Trotz allem stieg sie auf den Lastwagen und kauerte sich,
bestürmt von widersprüchlichen Gedanken, in eine Ecke. Ob
die Wachleute ihn geschnappt hatten? Vielleicht war er in ein
Loch gefallen und hatte sich ein Bein gebrochen? Oder er war
entkommen, hatte in Panik seine Tasche gepackt und sich
klammheimlich davongemacht?

Als sie es leid war, die vielen unbeantworteten Fragen immer wieder durchzugehen, ging sie zu ihrem eigenen, ebenfalls ziemlich prekären Fall über. War sie gesehen worden?

Hatte man sie erkannt? Hatte Rachel geredet? Was riskierte sie? Die vielen Fragen bereiteten ihr Kopfschmerzen; ihr war, als ob ein Vogelschwarm an ihrem Gehirn pickte.

Zu diesem Chaos kam noch die Sorge wegen des Mobiltelefons in ihrer Tasche. Sie hatte weder die Zeit noch eine Möglichkeit gefunden, Niémans anzurufen, und nun fürchtete sie, dass sie durchsucht werden könnte. Obwohl es eigentlich keinen Grund dafür gab. Sie hatte den Flugmodus eingeschaltet, und es war noch etwas Akkulaufzeit übrig.

Sie musste unbedingt Kontakt zu Niémans aufnehmen. Ihm alles berichten: von dem zusammengesetzten Fresko, den bewaffneten Wachen, dem Verschwinden ihres Komplizen. Aber natürlich wollte sie sich nicht verraten. Auch wenn nur noch eine winzige Chance bestand, dass ihre Tarnung noch nicht aufgeflogen war, versuchte sie, fest daran zu glauben. Ihr blieben noch zwei Tage Zeit zum Sondieren, Suchen, Recherchieren – und sie hatte vor, das Beste aus dieser Galgenfrist zu machen.

Nun schnitt sie also Trauben, als ob nichts geschehen wäre. Die Sonne sandte ein viel zu weißes Licht aus. Der strahlend blaue Himmel schien wie gefroren. Er schimmerte in einer kristallklaren Reinheit, die in den Augen schmerzte.

Ein Stück weiter unten rackerten sich Saisonarbeiter und Gesandte ab. Die Kälte schien die Landschaft zu verhärten, und jede Farbe wirkte so kräftig, dass sie fast die Intensität einer Glasmalerei erreichte. Es sah aus, als wären die Schultern der Arbeiter und die Blätter mit Kupferdraht umrahmt, und goldene Lichtblitze schimmerten durch Haare und Bärte.

Ivana beugte sich über die Rebstöcke. Sie schwitzte in ihrer schwarzen Strumpfhose und der Nonnenkutte. Der Kragen juckte, und die Schere war gefährlich scharf für ihre Finger. Sie musste an Rachel denken. Sie hatte die junge Täuferin seit der Nacht nicht mehr gesehen. Hatte die Gesandte sie verraten? War sie gerade dabei, Jakob und seiner Bande alles zu berichten? Es war Mittag, und Ivana fühlte sich unendlich allein.

Und plötzlich geschah das Gegenteil von allem, was sie sich hatte vorstellen können.

In einiger Entfernung tauchten die Transporter der Gendarmen wieder auf. Die Dächer der Wagen schimmerten wie Spiegel über den Weinbergen. Mit vor Aufregung trockener Kehle fürchtete Ivana eine Wiederholung dessen, was am Vortag geschehen war: Massenverhaftung, Waffen, Uniformen. Niémans war offenbar nur noch die Möglichkeit geblieben, jeden Morgen die Kavallerie zusammenzutreiben und alles zu verhaften, was sich bewegte.

Ivana beobachtete, wie die Beamten aus ihrem Kastenwagen kullerten wie Pakete mit Schmutzwäsche, bemerkte jedoch sofort ein entscheidendes Detail: Sie waren unbewaffnet und hatten weder Sturmgewehre noch Pistolen mitgebracht. Bestimmt wollten sie die Gesandten nicht noch einmal kränken. Beim nächsten Mal würden sie vielleicht Blumen mitbringen. Aber was um alles in der Welt hatten sie vor?

Um sie herum kamen Antworten. Vernehmlich geflüsterte Vermutungen, wie das Rascheln von Weinblättern. Angeblich beschlagnahmten die Gendarmen alle Ausweise. Die DNA eines jeden Saisonarbeiters solle festgestellt werden. In der Kapelle würde man die Ereignisse nachstellen … Gerüchte, sonst nichts.

Und doch ging etwas Ernstes vor sich, das spürte sie. Auch ohne Waffen bewies der entschlossene Blick in den Gesichtern der Gendarmen, dass man Indizien gefunden hatte. Sie suchten nach jemandem oder etwas ganz Bestimmtem.

Ivana stellte sich auf die Zehenspitzen. Niémans war nirgends zu sehen. Als sie sich wieder umdrehte, bemerkte sie die Gesandten in ihrer üblichen Stellung: mit hängenden Armen und offenem Mund. Sicher würden sie gleich wieder anfangen zu beten … Doch dieses Mal erkannte sie das leise Glimmen von Wut in den Augen der Täufer, obwohl Jahrhunderte der Ordnung und des Gehorsams sie gelehrt hatten, den Mund zu halten.

Ein neues Gerücht begann die Runde zu machen: Die Gendarmen hatten die Spinde der Saisonarbeiter geöffnet und jedes Paar Schuhe fotografiert, das sie finden konnten. Es klang nach einem Scherz, aber Ivana wusste instinktiv, dass es stimmte. Die Blutspuren hatten anscheinend etwas preisgegeben. Die nicht sehr aufregende Hypothese eines aus dem Ruder gelaufenen Kampfes hatte sich offenbar bestätigt, und es waren Fußspuren gefunden worden.

Ivana fühlte sich unbehaglich. Trotz ihrer Müdigkeit war sie sehr nervös, und in der Nähe ihrer Kollegen von der Polizei überkam sie ein zwiespältiges Gefühl. Am liebsten hätte sie alles fallen lassen, sich zu den Uniformierten gesellt, ihren Dienstausweis geholt und wäre auf die andere Seite gewechselt.

Mehr als hundert Meter entfernt erschien plötzlich Niémans wie im Theater, zwischen zwei Laubvorhängen. Es sah aus, als würde er herumbrüllen – also alles wie gehabt. Er zappelte wie wild, belferte, machte große Gesten und fuchtelte mit den Armen. Ivana beugte sich vor und versuchte, wenigstens einige Worte zu erhaschen. *No way*. Windböen rissen sie systematisch mit sich.

Sie betrachtete ihn von oben bis unten und wurde von einer Welle der Zärtlichkeit an der Kehle gepackt. Niémans war einen Kopf größer als seine Männer und zwei Köpfe höher als die Reben. Mit seiner Lehrerbrille und seinem Legionärshaarschnitt erinnerte er an einen leicht angeschlagenen Militärausbilder.

Ivana begann zu zittern. Tränen liefen ihr über die Wangen – war es die Müdigkeit? Die Kälte? Oder gar die Sorge um Marcel? Mit einem Mal wurde ihr bewusst, dass die Saisonarbeiter sich ständig umblickten. Offenbar wurde jemand gesucht. Ein Name machte die Runde. Sogar die Gesandten zeigten eine gewisse Neugier.

Die allgemeine Unruhe packte auch Ivana. Wie hypnotisiert beobachtete sie die Szenerie. Kupferfarbene Trauben, Lesehelfer in Schwarz und Weiß, Gendarmen in Blau – *Möge der Bessere gewinnen …*

Eine Erinnerung durchzuckte sie. Sie spürte in ihrem Blut die gleiche dumpfe Erregung wie damals am Meer, als sie ins Sommercamp gefahren war und der Bus an den Stränden des Atlantiks angehalten hatte.

Es war ein Kribbeln, eine Ungeduld, verschwommen und doch elektrisierend.

In wenigen Sekunden, da war sie sich ganz sicher, würde etwas Entscheidendes passieren …

36

Paul Paride, zweiundvierzig Jahre alt, eingestellt am 2. November 2019.

Entlarvt durch seine Nike Shox R4.

Niémans hatte auf dem Weg zur Domäne ein paar Telefonate geführt und den Schuh identifiziert. Das Profil des Abdrucks ließ keinen Zweifel: Es handelte sich um ein Modell aus den 2000er-Jahren, das derzeit ein großes Comeback feierte. Das behauptete zumindest der Vertriebler, mit dem er gesprochen hatte.

Die Gendarmen hatten die Spinde der Saisonarbeiter aufgebrochen. Niémans hätte zwar die Schlüssel anfordern können, aber er zog es vor, alles kaputt zu machen. Es war die eitle Befriedigung eines ganz gewöhnlichen Polizisten, der mit dem Segen der Republik zerstören durfte, ohne jemanden um Erlaubnis zu fragen.

Als einziges Zugeständnis an die Täufer hatten die Gendarmen ihre Waffen in den Transportern gelassen. Lediglich Niémans hatte seine Glock im Holster behalten. Immerhin.

Anschließend waren sie in die Weinberge gefahren. Alles, was noch zu tun blieb, war, Paride zu überraschen und ihn unauffällig mitzunehmen. Der Commandant hatte klare Anweisungen gegeben: ein Gendarm pro Rebenreihe, der sich langsam vorwärtsbewegte und die Identität jedes Saisonarbeiters überprüfte. Ohne Geschrei, ohne Brutalität. Eine reine Routinekontrolle …

Aber der Schaden war angerichtet: Falls Paul Paride noch nicht begriffen hatte, dass er das Ziel der Aktion war, musste er taub und blind sein, oder er war längst abgehauen.

Im Gegensatz zu Niémans' Annahme zählten die Gesandten ihre Lesehelfer nicht ständig durch. Jedem stand frei, über Nacht zu verschwinden oder die Arbeit an den Nagel zu hängen.

Also hatte Desnos Unterlagen gewälzt: Im Melderegister der Region war kein Paul Paride zu finden. Die einzigen Träger dieses Namens in den Registern waren tot und begraben, einer in der Gegend von Le Vigan, im Departement Gard, der andere in Angers, im Departement Maine-et-Loire. Damit war zumindest bewiesen, dass der Betreffende nicht ganz ehrlich gewesen war.

Dann ging plötzlich alles so schnell, dass niemand Zeit hatte, zu reagieren.

Niémans stand auf dem Weg, der an den Weinberg grenzte. In einer der Rebreihen zu seiner Rechten sprang ein Saisonarbeiter auf, versetzte dem Gendarmen, der ihn nach seinem Ausweis gefragt hatte, einen Stoß und sprintete zwischen den Rebstöcken hindurch, wobei er über die auf dem Boden abgestellten Kiepen sprang.

Der Beamte versuchte, ihm zu folgen, geriet aber ins Stolpern. Er rappelte sich wieder auf, stieß dabei aber mit einer Saisonarbeiterin zusammen. In der Zwischenzeit bog der Fliehende schräg ab und erreichte eine Parzelle, wo die Gesandten ernteten. Auf die brauchte man nicht zu zählen – sie würden den Verdächtigen weder festhalten noch sonst in irgendeiner Weise tätig werden.

Ohne nachzudenken, rannte Niémans hinter dem Fliehenden her und zog gleichzeitig seine Waffe. Paride hatte bereits die Mitte der nächsten Parzelle erreicht und war nur noch wenige Hundert Meter von der übernächsten entfernt. An deren Ende befand sich ein Wäldchen, wo er im Unterholz verschwinden konnte.

Niémans überlegte zunächst, einen Schuss in die Luft abzugeben, doch dann dachte er an die Konsequenzen: Ein weiteres Mal hätten sie den heiligen Raum der Domäne verletzt, die Regeln gebrochen und den Glauben der Gesandten missachtet …

Hinter sich hörte er Gendarmen, die ihn bei seiner Verfolgungsjagd ablösen wollten.

Ohne zu wissen, warum, wurde er langsamer. »Haltet euch da raus!«, rief er ihnen zu.

Die Männer blieben verblüfft stehen. »Komplett durchgedreht, dieser Pariser«, mochten sie wohl denken. Niémans startete wieder durch. Zu seiner Linken eilten ihm weitere Beamte zu Hilfe, doch sie schienen zwischen Saisonarbeitern, Reben und Laub nicht vorwärtszukommen.

Der Flüchtende tauchte in den nächsten Weinberg ab. Niémans folgte ihm, konnte jedoch das Tempo nicht halten. Seine Brust brannte, von seiner Kehle ganz zu schweigen. Was seine Beine betraf, so fürchtete er, dass seine Muskeln endgültig nachgeben und ihn im vollen Sprint im Stich lassen könnten.

»Aus dem Weg!«, japste er. »Verdammt, weg da!«

Mit teils gelassenen, teils dummen Gesichtern zogen sich die Gesandten zurück. Sie hatten ganz sicher nicht die Absicht, sich einzumischen und genossen vielleicht sogar insgeheim den Verdruss des atemlosen Polizisten …

Er versuchte noch einmal zu beschleunigen, aber er hatte eine Schwelle erreicht, hinter der nur noch der Herzinfarkt wartete. Oder zumindest ein Sturz. Es war wie in einem Albtraum: Je schneller er rannte, desto weiter entfernte er sich von dem Flüchtenden.

Doch dann geschah ein Wunder.

Der Mann stürzte, und zwar hart. Eine Frau in Gesandten-Tracht, offenbar etwas schlauer als die anderen, war in seinen Weg gegrätscht und hatte ihn im vollen Schwung zu Fall gebracht.

Besser noch: Sie hatte seinen linken Arm gepackt, umgedreht und saß nun mit ihrem ganzen Gewicht auf seinem Rücken. Es war ein absolut regelkonformer Waki Gatame, eine unter Judo-Fans ziemlich bekannte Bodenfixierung.

Niémans kannte nur eine Saisonkraft, die zu einer solchen Leistung fähig war.

»Niémans«, hauchte Ivana, »dieses Arschloch darf keinen Kontakt mehr zu den Gesandten haben. Sonst bin ich tot.«

37

Paul Paride hieß in Wirklichkeit Alain Ibert, war zweiundvierzig Jahre alt und hatte weder ein Einkommen noch einen festen Wohnsitz. Er war gewalttätig, ein Dieb und ständig in Bedrängnis – ein Streuner der modernen Welt.

Gleich nach ihrer Rückkehr zum Revier hatte Desnos eine Anfrage zu seinen Fingerabdrücken durchgegeben. Der Mann hatte bereits mehrere Gefängnisstrafen verbüßt, und zwar nicht zu knapp. Mehrfach war er wegen Taschendiebstählen, Körperverletzung und Einbrüchen verurteilt worden und hatte insgesamt mindestens sechs Jahre gesessen.

»Warum Paride?«

»Wegen *Paride ed Elena*.«

»Was ist das?«

»Eine Oper von Christoph Willibald Gluck.«

Also wirklich. Ein Kirchenräuber, mehrfach verurteilt und obendrein Musikliebhaber. Das Verhör fing ja gut an ...

Niémans gönnte sich ein paar Sekunden, um den Kerl zu begutachten. Nach Gothic-Art tiefschwarz gefärbtes Haar mit Mittelscheitel, käseweißes Gesicht. Ängstliche Züge, Augen wie bläuliche, flüssige Perlen, pockennarbige Wangen, eine imposante Hakennase. Nicht gerade ein Gesicht für eine Titelseite. Eher das eines Tankstellenbesitzers in einem Horrorfilm.

Er saß mit verdrehten Unterarmen an dem im Boden verschraubten Tisch. Sein Blick war benommen wie der eines Alkoholikers, vielleicht aber auch ekstatisch, als hätte er eine Offenbarung gehabt.

»Ich habe Sie vorhin gehört«, begann er.

Niémans hatte gerade noch Zeit gehabt, ein paar Worte mit Ivana zu wechseln, um ihr die neue Richtung der Ermittlungen zu erklären. Im Gegenzug hatte sie ihm eine schier unglaubliche Geschichte erzählt, deren Höhepunkte das rekonstruierte Fresko am Boden einer Scheune im sogenannten Lager, mit HK UMP 9 mm bewaffnete Wachmänner und eine Verfolgungsjagd durch die Diözese waren …

Paride hatte trotz Nase im Matsch jedes Wort mitbekommen.

»Mit diesem Wandgemälde hab ich absolut nichts zu tun.«

»Sie wussten also nicht, dass sich unter den freigelegten Fresken ältere Gemälde befinden?«

»Nein. Und wenn, wäre es mir scheißegal gewesen.«

Niémans kreuzte seine Finger auf dem Tisch. Auf der Tischplatte gab es weder eine Akte noch eine Kaffeetasse. Nirgends war eine Kamera zu sehen, und an der Wand hing auch kein Zwei-Wege-Spiegel, wie man sie in Filmen sieht. Vor ihm lag nur sein Mobiltelefon, mit dem er das Verhör aufzeichnete.

»In Ordnung, Paul. Oder soll ich Sie lieber Alain nennen?«

»Eigentlich heiße ich Peter.«

»Sieh mal einer an.«

»Das war mein Name, als ich noch selbst ein Gesandter war.«

Das allerdings war ein Knüller. Paul Paride alias Alain Ibert hatte also in der Gemeinschaft gelebt.

»Nun, Peter«, fuhr Niémans versöhnlich fort, »Sie wissen sicher, was auf Sie zukommt. Am besten wäre es also, mir alles zu erzählen. Eine Mitarbeit würde bei einem Urteil auf jeden Fall berücksichtigt.«

»Ich habe Samuel nicht getötet.«

»Und Sie haben auch nicht das Gewölbe zum Einsturz gebracht?«

Der Mann hob, offenbar aufrichtig überrascht, die Augenbrauen. »Wie hätte ich das anstellen sollen? Wie schon gesagt, diese Bilder sind mir scheißegal.«

»Peter, ich höre Ihnen zu. Erzählen Sie mir einfach alles.«

Der Verdächtige hatte einen elsässischen Akzent. Diese gute alte schwerfällige Aussprache, die Niémans' Kindheit geprägt hatte. Er sprach mit monotoner Stimme, ohne die geringste Dynamik, eine schnarrende Sprechweise, die einen schnell müde machen konnte.

Aber sein Lebenslauf war den Umweg wert.

Geboren wurde er 1976 im Departement Haut-Rhin. Keine weiteren Angaben. Das war aber nicht weiter schlimm, denn die Gendarmen hatten seinen Stammbaum längst ausfindig gemacht. Originell an seiner Geschichte war, dass die Gesandten diesen Heimzögling, dessen Eltern wer weiß wohin verschwunden waren, im Alter von fünfzehn Jahren adoptiert hatten. Er war bei der Weinlese aufgefallen und von der Gemeinschaft aufgenommen worden.

Seit Beginn der Ermittlungen hatte Niémans noch nie von einem ähnlichen Fall gehört.

Die Unstimmigkeiten begannen, als Peter 1997 eine Gesandte namens Myriam heiraten wollte. Die Diözese erteilte ihm eine Abfuhr.

»Weil Sie nicht zur Gemeinschaft gehörten?«

»Weil ich nicht krank genug war.«

»Was soll das heißen?«

Peter beugte sich vor, um seine Enthüllung zu unterstreichen. »Diese Typen heiraten schon seit Jahrhunderten nur untereinander, kapiert? Sie haben jede Menge Krankheiten. Ich war zu gesund für sie.«

Dieses Problem hatte Niémans schon von Anfang an beschäftigt. Die Domäne bildete ein sogenanntes Isolat, einen Ort, an dem inzestuöse Beziehungen oft genetisch bedingte Störungen zur Folge haben. Die sexuellen Kontakte zwischen Blutsverwandten dürften zu einer deutlichen Häufung von schweren angeborenen Krankheiten geführt haben. Wer kümmerte sich um die Kranken? Und wo waren sie?

Durchaus möglich, dass die Erkrankungen für diese Fanatiker vielleicht zu den sichtbaren Zeichen ihrer »Authentizität« geworden waren wie für manche aristokratischen Familien, die stolz auf ihre Isolation sind und aufgrund ihrer Weigerung aussterben, sich »anzupassen«, also woanders das zu suchen, was ihnen schmerzlich fehlt: frische Gene.

Dabei fiel ihm ein, dass die Gesandten auch Bluttransfusionen aus der Welt der Weltlichen ablehnten. Auf keinen Fall wollten sie sich mit »denen« mischen.

»Wie ging es weiter?«

»Sie haben mich davongejagt. Myriam hat einen anderen geheiratet.«

»Und Sie?«

»Ich hab Mist gebaut. Herumgegammelt. Irgendwie hab ich es nicht geschafft, woanders Fuß zu fassen ...« Er saß mit hoch erhobenem Kopf und verächtlichem Blick sehr gerade auf seinem Stuhl und hatte zu seiner düsteren Überheblichkeit eines Ganoven, von Gott Verlassenen und Versagers zurückgefunden.

»Warum sind Sie dieses Jahr wieder zurückgekommen?«

»Weil Myriam vor ein paar Monaten gestorben ist.«

»Woran?«

»Keine Ahnung. Die Gesandten verheimlichen grundsätzlich ihre Krankheiten.«

Ein Fall von Rache also. Seit zwanzig Jahren trieb dieser

Mensch orientierungslos dahin und wollte mit den Gesandten abrechnen, nachdem sie seine Herzallerliebste nicht mehr als Geisel hielten. Das alles klang logisch.

»Wie haben Sie es fertiggebracht, eingestellt zu werden?«

»Ich habe mich einfach als Saisonarbeiter vorgestellt.«

»Hat Sie niemand erkannt?«

»Die Leute, die mich eingestellt haben, waren zu meiner Zeit nicht mal geboren.«

»Und die Alten?«

»Interessieren sich nicht für die Saisonarbeiter.«

»Was war Ihr Plan?«

»Ich wollte mit Samuel reden.«

»Warum mit ihm?«

»Weil er Myriam geheiratet hat.«

»Wollten Sie ihn töten?«

Peter sprang auf. »Natürlich nicht!«

»Was dann?«

Er zog den Kopf zwischen die Schultern. Mit seiner schwarzen, flügelartigen Frisur und seiner Hakennase erinnerte er an einen großen Vogel, eine Art Geier auf einem Ast.

»Wir haben uns gestritten.«

»Worüber?«

»Ich wollte mich der Gemeinschaft wieder anschließen. Er hat abgelehnt und behauptet, dass man die Entscheidung des Herrn nicht rückgängig machen könne ...« Fast flennend wiederholte er: »Von wegen Entscheidung des Herrn ...«

»Und weiter?«

»Muss ich Ihnen vielleicht eine Zeichnung machen oder was? Es wurde lauter, und dann haben wir uns geprügelt.«

»Samuel hat sich geprügelt?«

»Wenn du eine geknallt kriegst, wehrst du dich. Ganz automatisch.«

Endlich eine Feststellung, die Sinn machte. Trotzdem war diese Geschichte noch uninteressanter als das Szenario des Kunstraubs.

»Und am Ende«, vollendete Niémans, der längst genug hatte, »haben Sie zu hart zugeschlagen, Samuel ist gestorben und …«

»Nein! Als ich abgehauen bin, hat er noch gelebt! Er war sogar bei Bewusstsein! Ich schwör's bei Gott!«

Durch sein umherschweifendes Leben hatte er seine Manieren verloren: Die Gesandten schworen nicht.

»Und Sie haben nicht die Gewölbe zum Einsturz gebracht?«

»Auf so eine Idee wäre ich nie gekommen!«

Tatsächlich besaß dieser Depp ganz bestimmt nicht die Fähigkeit, das Gerüst zu sabotieren.

»Wie erklären Sie sich dann, dass das Gewölbe eingestürzt ist?«

Paride zuckte die Schultern, ähnlich wie Sarkozy, und senkte seinen Blick auf den Linoleumboden. »*Sie* haben das Gerüst beschädigt.«

»Wer ›sie‹?«

»Die Gesandten.«

Paul Paride hatte mehr Fantasie als gedacht.

Niémans verschränkte die Arme auf dem Tisch. Solche kleinen Wendungen in einem Verhör gefielen ihm.

»Warum hätten sie ihn töten wollen?«

»Ich weiß es nicht. Aber hinter ihrer scheinbaren Harmonie gibt es oft Konflikte. Sie haben ihn getötet und es wie einen Unfall aussehen lassen.«

Niémans glaubte keine Sekunde daran, dass die Täufer Samuel ausgeschaltet hatten. Stattdessen war ihm eine andere Idee gekommen, plausibel zwar, allerdings kompliziert.

Weder Paride noch die Gesandten hatten Samuel getötet. Aber als die Täufer die Leiche entdeckten, reagierten sie instinktiv und schlugen die Gewölbesteine heraus, um so einen Unfall vorzutäuschen. Sie wollten keine Ermittlungen auf ihrem Territorium – und vor allem wollten sie nicht, dass irgendjemand dachte, auch bei ihnen könne es Gewalt geben.

»Als Sie abgehauen sind«, fuhr Niémans fort, »wie ging es Samuel da?«

»Er war zwar angeschlagen, aber er stand noch aufrecht.«

»Sie gehen also davon aus, dass er erst danach getötet wurde?«

»Eine andere Erklärung gibt es nicht.«

»Und wenn Ihr Schlag tödlich gewesen wäre? Wenn er zum Beispiel eine Hirnblutung verursacht hätte oder so?«

Peter schaute Niémans an. Seine chemisch blauen Augen zeigten ein gewisses Unbehagen.

»Unmöglich. Wir haben nur ein paar Kinnhaken ausgetauscht!«

Niémans wusste, dass man auch an einem Stupser sterben konnte, wenn er einen lebenswichtigen Punkt traf, aber er musste zustimmen: Die Auseinandersetzung war vermutlich nicht wirklich heftig gewesen.

»Als Sie von Samuels Tod erfahren haben, warum sind Sie da nicht abgehauen?«

»Um keinen Verdacht zu erregen.«

»Schlauer Schachzug, Peter.«

»Ich dachte, der Schwindel der Täufer würde funktionieren.«

»Und heute? Warum sind Sie heute weggelaufen?«

»Mit meinem Vorstrafenregister? Mir war klar, dass ich für Jahre in den Knast wandern würde.«

Es war noch zu früh, um die Geschichte von Paul Paride

hundertprozentig zu glauben, aber im Grund war sie stimmig. Nun hatte Niémans zwar das Blut, den Schuh und einen Verdächtigen, aber immer noch keinen Mörder.

Also gut. Sie würden die Aussage des Clowns aufnehmen und sich später um die Details kümmern – aber er würde keine weitere Sekunde mit diesem Verstoßenen vergeuden, der in großen Schwierigkeiten war.

»Und das, was wir in seinem Mund gefunden haben?«, fragte er trotzdem noch.

»Keinen Schimmer, wovon Sie reden.«

»In Samuels Mund befand sich ein Stein.«

»Ja und? Kein Wunder bei dem, was er abbekommen hat, oder?«

»Der Stein wurde definitiv vor dem Einsturz des Gewölbes hineingelegt.«

Paul-Alain-Peter blieb die Antwort schuldig. Er war raus. Komplett außen vor – davon war Niémans überzeugt.

In diesem Moment vibrierte sein Telefon. Ewig diese Synchronizität ... Aber vielleicht würden die Ermittlungen nun wirklich in Fahrt kommen.

Eine Textnachricht von Desnos: *KOMMEN SIE. ES EILT.*

38

Ein wahrer Geschwindigkeitsrekord.

Vor dem Verhör von Paride hatte Niémans Desnos angewiesen, Max Lehmann samt seiner Ausrüstung abzuholen und mit einem Trupp Gendarmen und einem Team von Kriminaltechnikern zum sogenannten Lager zu fahren, um das rekonstruierte Fresko zu röntgen. Desnos hatte einen IVECO-Kastenwagen vollgetankt und war zur angegebenen Scheune gefahren, wobei sie fröhlich die verbotenen Bereiche der Domäne durchquert hatte.

Dieser Besuch war ihr drittes Eindringen innerhalb von achtundvierzig Stunden, und er war gravierender als die vorherigen: Dieses Mal nämlich stießen sie in die Diözese vor, ins Herz der Gemeinschaft. Allerdings brauchten sie nicht länger um Erlaubnis zu bitten. Das Gebiet galt inzwischen als Gegenstand einer engeren Ermittlung, bei der die festgesetzte Verfolgungsfrist den Ermittlern alle Rechte gab. Die Täufer konnten sich immer noch bei Schnitzler beschweren.

In weniger als einer Stunde hatte Lehmann es geschafft, die Trümmer des Freskos radiografisch zu erfassen. Ungeduldig wartete Niémans darauf, den anderen Teil des verborgenen Diptychons zu entdecken.

Er hatte Desnos gebeten, ihn abzuholen, um sie unterwegs über den Fall Paride und seine Hypothese eines möglichen anderen Attentäters zu informieren.

Es war siebzehn Uhr, und die Sonne ging bereits unter.

»Die Theorie hält nicht stand«, bemerkte die Gendarmin am Ende des Berichts.

»Wie das Gewölbe der Kapelle, meinst du?«

Sie ging auf das Wortspiel nicht ein. Beim Fahren drückte sie ihre Brüste gegen das Lenkrad, aufrecht und ernst.

»Wenn wir die Existenz eines anderen Täters in dieser Geschichte zulassen, warum sollte er nicht auch derjenige sein, der das Gewölbe zum Einsturz gebracht hat?«

»Weil er kein Interesse daran hatte, sein Opfer zu verstecken. Dieser Leichnam war seine Botschaft.«

»Okay. Aber wenn die Gesandten so sehr darauf bedacht waren, diesen Mord als Unfall zu vertuschen, warum haben sie dann den Stein in seinem Mund gelassen?«

»Ganz einfach: weil sie ihn nicht gesehen haben.«

Gerade als die Sonne verschwand, entstand Stille im Wagen. Die lange Herbstnacht begann, und hier im Elsass spürte man bereits die Vorboten winterlicher Grausamkeit.

Vor dem Lager wartete neben den Gendarmen, die Lehmann und sein Team begleitet hatten, eine Delegation von Gesandten. Vorzeigbare Exemplare, ohne Automatikgewehre oder Handfeuerwaffen.

Dieses Detail hatte Niémans Desnos verschwiegen, denn sonst wäre er gezwungen gewesen, seine Quellen preiszugeben. Trotzdem musste seine Information über die Bruchstücke irgendwoher kommen.

»Woher wussten Sie übrigens, dass das Fresko hier versteckt war?«, erkundigte sich seine Assistentin, als sie den Motor abstellte.

»Persönliche Quellen.«

»Will heißen?«

»Lass gut sein.«

Niémans wusste, dass es nicht schadete, noch ein wenig zu warten. Sie gingen zur Scheune. Er hatte den Mantelkragen hochgestellt. Mal war ihm heiß, mal kalt – er wusste es nicht so genau.

Auf der Schwelle wandte er sich an Desnos. »Es gibt da etwas, das mir sehr helfen würde.«

»Ich höre?«

»Fahr zurück zum Revier und schreib den Bericht über das Verhör von Paride. Ich schicke dir die Aufnahme.«

»Was? Aber ich dachte, dass …«

»Ich weiß, was du denkst, aber wir müssen nicht beide hierbleiben. Schnitzler wird einen Bericht erwarten, und das bedeutet ein schriftliches Protokoll. Die Anhörung von Paride dürfte ihn für ein paar Stunden zufriedenstellen. Wir kommen nur Schritt für Schritt voran, tut mir leid.«

Wutentbrannt stürmte Desnos auf den Megane zu. Kaum hatte Niémans die Scheune betreten, als Lehmann ihm in einem weißen Kittel und mit glänzenden Augen entgegenkam.

»Es ist unglaublich!«

»Zeigen Sie es mir.«

»Wirklich unglaublich.«

Niémans machte sich nicht mal die Mühe, sich genauer in dem riesigen, anscheinend leeren Raum mit den schwarzen Boxen umzuschauen, die nach Scheiße stanken. Nach trockener Scheiße, als hätten Wetter und Kälte sie verdaut.

Die Projektoren der Kriminaltechniker warfen ein gleißendes Licht auf das Fresko. Niémans musste an den Monolithen aus *2001: Odyssee im Weltraum* denken, nur dass hier die mineralische Masse in Stücken lag. Rings um die Trümmer arbeiteten Techniker mit einer komplizierten Maschine, die an die Instrumente von Vermessungsingenieuren erinnerte.

»Hier entlang«, sagte Lehmann.

Der Restaurator hatte seine Computer bereits auf Böcken aufgebaut. Wie beim letzten Mal zeigten die Bildschirme Schwarz-Weiß-Bilder in einem bläulichen Lichtschleier.

»Es war der gleiche Künstler, der die beiden Gewölbe bemalt hat«, verkündete Lehmann. »Ein einziger Künstler, von dem die gesamte Decke der Kirche stammt. Alle Proportionen stimmen, ein bisschen wie in der Sixtinischen Kapelle von Michelangelo.«

Was sie allerdings auf den Bildschirmen sahen, hatte nichts mit den kraftvollen Riesenfiguren des toskanischen Meisters zu tun. Wiederum zeigte es die Gewalt des ersten Freskos, allerdings noch viel drastischer. Verschlungene Körper, schmerzverzerrte Gesichter, verstrahlte Landschaften: biblische Szenen, die zu einem schieren Albtraum geworden waren.

Schwarzes Zahnfleisch, ausfallende Haare, geschmolzene Augen. Das Ganze erinnerte an die entsetzlichen Fotos der Brandopfer von Hiroshima.

»Der Künstler hat hier die Merkmale seines Stils noch zugespitzt. Und dieses Gewimmel … Wir sind nicht weit entfernt von den höllischen Visionen Bruegels des Älteren und seinem Gemälde *Der Triumph des Todes*. Die fratzenhaften Gesichter, die Liebe zum Detail … In diesem Sinne nähern wir uns eher dem 15. oder 16. Jahrhundert.«

»Was stellen diese Szenen dar?«

»Ich bin mir nicht sicher … Auch sie sind wieder in Kreuzform angeordnet. Das obere Bild ist kein Problem, es zeigt Adam und Eva …«

Ein hohlwangiges Paar stand am Fuß des Baums der Erkenntnis, ausgezehrte Gestalten, geschwärzt vom Feuer der Sonne. Für den Künstler schien das irdische Paradies nicht gerade ein Ort der Fröhlichkeit zu sein.

»Auf der linken Seite sehen wir den Turmbau zu Babel, Sinnbild für den Absturz des menschlichen Ehrgeizes und die Zersplitterung der Menschheit, weil man nicht mehr der gleichen Sprache mächtig war …«

Der Maler hatte Steine und Gestalten zu einer Art Hybridpyramide zusammengefügt, halb mineralisch, halb menschlich, um das Chaos innerhalb der Gemeinschaft auszudrücken.

»Aber bin ich mir nicht sicher, was die nächsten beiden Darstellungen zeigen … Der alte Mann, der den jungen anfleht, könnte Isaak sein, der Jakob segnet, oder Hiob, der eines seiner Kinder verliert, oder auch Abraham, der bereit ist, seinen Sohn zu opfern – es ist schwer zu sagen …«

Niémans fragte sich, ob die Auswahl der Themen wirklich wichtig war. Vorerst hypnotisierte ihn der Ausdruck der Figuren, ihr ekstatischer Blick und ihre Knochen, die kurz davor waren, die Haut zu perforieren …

Lehmann zeigte auf den letzten Bildschirm. Seine Finger waren halb geöffnet, als ob er einen unsichtbaren Apfel in der Hand hielte.

»Die schlafende Frau am unteren Ende des Kreuzes könnte mehrere alttestamentarische Gestalten darstellen. Das muss ich noch recherchieren.«

Niémans hätte eher vermutet, dass besagte Frau im Sterben lag: Ihr gedrungener Körper und ihre kurzen Arme schienen in einer Lache aus schwarzem Blut auf dem Boden zu liegen – vielleicht war es auch ein großer Brandfleck. *Die Verstrahlten von Saint-Ambroise wäre eine gute Schlagzeile für die Lokalzeitungen.*

Lehmann schnalzte mit der Zunge. »Das ist ein ganz außergewöhnlicher Fund. Dieses Kirchlein wird zu unserer Sixtinischen Kapelle werden!«

Das allerdings bezweifelte Niémans: Die Gesandten würden niemals zulassen, dass die Existenz dieser Fresken öffentlich gemacht würde, geschweige denn, dass man sich an den darüberliegenden Gemälden zu schaffen machte. Diese Szenen waren dazu verdammt, unter Gips begraben zu bleiben und nur von wenigen Fachleuten unter Röntgenstrahlen betrachtet zu werden.

»Ich möchte Sie bitten, vorläufig Stillschweigen zu bewahren«, sagte er. »Der Fund dieser Bilder unterliegt während der laufenden Ermittlungen der Schweigepflicht.«

»Aber ja … Natürlich.«

Lehmann sah sich wahrscheinlich schon in Magazinen, die berichteten, wie er diese Schätze ausgegraben hatte. Und zwar im Rahmen mit einer kriminalistischen Untersuchung!

Niémans fragte sich derweil, ob die Gesandten Bescheid wussten. Hatten sie ebenfalls die Idee gehabt, Röntgenstrahlen zu verwenden? Oder wurden diese Bilder vielleicht in alten Texten erwähnt?

Um Zeit zu gewinnen, machte er mit seinem iPhone Fotos von den Bildschirmen.

»Glauben Sie, dass die Gesandten selbst das Gerüst von Saint-Ambroise sabotiert haben könnten?«, fragte er, als ihm seine neue Hypothese wieder einfiel. »Wären sie technisch dazu in der Lage?«

»Wie kommen Sie darauf?«

»Antworten Sie bitte.«

»Klar. Sie haben den Ruf, eine Scheune an einem einzigen Tag bauen zu können. Also, eine Handvoll Stahlröhren … Woran denken Sie? An einen Versicherungsbetrug?«

»Capitaine Stéphane Desnos wird Kontakt mit Ihnen aufnehmen«, wich Niémans aus. »Geben Sie ihr die Röntgenbilder.«

»Halten Sie mich auf dem Laufenden?«

»Selbstverständlich«, erklärte Niémans mit einem Lächeln, das eher auf das Gegenteil schließen ließ.

»Ich muss darauf bestehen, denn diese Entdeckung ist wirklich … fantastisch. Für die Kunstgeschichte ist es …«

»Haben Sie Fortschritte hinsichtlich der Datierung der ersten Bilder gemacht?«

»Wir sind noch dabei. Die Analyse beruht auf chemischen Reaktionen, Sie müssen also noch etwas Geduld haben.«

»Wie lange noch?«

»Noch ein paar Stunden.«

»Rufen Sie mich an, sobald Sie mehr wissen. Und sehen Sie zu, dass Sie die Gestalten in den letzten beiden Szenen identifizieren.«

Der Restaurator ließ seine langen Hände in die Taschen seines weißen Mantels gleiten wie ein Messerwerfer, der seine Klingen wieder in die Scheide steckt.

»Was ist mit den Gesandten? Ich brauche ihr Einverständnis, um hier zu arbeiten und …«

»Im Augenblick sind Sie ein im Auftrag der Staatsanwaltschaft angeforderter Experte und können das gesamte Anwesen als Tatort betrachten. Ist das für Sie in Ordnung?«

Lehmann schluckte, beließ es aber dabei.

Auf dem Weg zum Auto griff Niémans zu seinem Telefon. Es war an der Zeit, diese Albträume einem Spezialisten für biblische Ikonografie zu zeigen.

39

I ch habe mich für dich umgehört.«
»Ich habe dich um nichts gebeten.«

»Dein Freund ist heute Morgen fortgegangen«, sagte Rachel.

»Welcher Freund?«

»Marcel Petrovic. Er hat sich auszahlen lassen und sich sehr früh auf den Weg gemacht. Ich kann dir seine Gehaltsabrechnung zeigen, wenn du willst, obwohl ...«

»Unmöglich.«

»Was ist unmöglich?«

Rachel hatte das Wort in einem aggressiven, geradezu schneidenden Ton wiederholt.

Sie saßen auf dem Heimweg von der Lese auf einem der Lastwagen der Gesandten. Es war ein ganz besonderer Tag gewesen, an dem ein Saisonarbeiter vor den erstaunten Augen aller anderen verhaftet worden war. Ein Tag, der später endete als üblich. Schon nahm die Nacht das Land langsam in Besitz.

»Er wäre nie gegangen, ohne sich von mir zu verabschieden.

»Es war sehr früh. Du hast bestimmt noch geschlafen.«

Ivana schwankte zwischen zwei Möglichkeiten: Entweder hatte man Rachel ein Märchen erzählt, und sie glaubte daran, oder sie war Komplizin bei dieser Lüge und von der Gemeinschaft beauftragt worden, sie zu beschwichtigen.

Ivana beobachtete die anderen Gesandten auf der Ladefläche. Diese Leute hatten ohnehin schon wenig Sinn für Humor, aber an diesem Abend stellten sie ihren eigenen Rekord an Schwermut ein. Offenbar hatten die jüngsten Ereignisse sie einigermaßen traumatisiert. Nach Samuels Tod und der Razzia am Abend zuvor wurde es allmählich ein bisschen viel.

Während Rachel weiter flüsternd auf sie einredete, drehte sich Ivana eine Zigarette, um ihre Hände zu beschäftigen. Sie hörte nur die Geräusche des Windes und des Motors. Die anderen Gesandten hatten sich derart abgeschottet, dass es ihr vorkam, als wären Rachel und sie die einzigen Passagiere. Außerdem erkannte Ivana das Privileg, dass Rachel sie trotz ihrer Eskapade eingeladen hatte, auf einen der Wagen der Gesandten zu steigen. Aber vielleicht hatte sie das auch getan, um sie in eine Falle zu locken.

»War Marcel in dieser Nacht bei dir?«, fragte Rachel.

»Ja.«

»Warum?«

»Ich habe ihn dafür bezahlt, dass er mir bei der Suche nach den Fragmenten hilft.«

Rachel schüttelte bestürzt den Kopf.

»Wonach habt ihr gesucht? Wieso ist dieser Schutt so wichtig?«

Ivana zündete ihre Zigarette an. »Das sollte ich dich fragen. Ich glaube, dieses Fresko ist für euch von großer Bedeutung.«

»Von Bedeutung? Aber wir haben doch nur beschlossen, diese Kapelle zu renovieren. Wessen genau verdächtigst du uns?«

Ivana antwortete nicht, sondern genoss den herben Geschmack des Tabaks. Langsam gewöhnten sich ihre Augen an die Dunkelheit. Sie unterschied die unzähligen Reihen der Reben, das Unterholz, die Hänge ... Wie die Gitterstäbe eines zu großen Gefängnisses. Würde sie hier je wieder herauskommen?

»Ich glaube, du fantasierst dir da etwas zusammen, um einen interessanten Artikel zu schreiben«, fuhr Rachel fort. »Aber du hast die Situation nicht verstanden. Wir haben gerade einen der Unsrigen verloren. Also deine Geschichten über diese Wandmalereien ...«

In der Dämmerung erspähte Ivana Gestalten, die langsam eine Lichtung überquerten, offenbar gleichgültig gegenüber dem allmählichen Hereinbrechen der Nacht und dem damit verbundenen eisigen Wind.

»Was machen die da?«

Die Gesandten arbeiteten emsig, trugen Arme voller Rebschnitt und schoben mit Laub und seltsamerweise auch mit Kleidung bepackte Schubkarren. Trotz der Kälte hatten sie ihre Jacken abgelegt und trugen nur schwarze Anzugwesten. Ihre weißen Hemdsärmel leuchteten in der Dunkelheit.

Rachel lächelte. »Morgen Abend ist die Lese beendet«, erklärte sie mit neuem Schwung in der Stimme. »Wir verbrennen die ganze Nacht hindurch bis zum Morgen den Abfall aus den Reben, die abgeschnittenen Triebe, die verfaulten Trauben und alles, was bei der Ernte verwendet wurde. Also auch unsere Kleidung, unsere Schuhe und unser Werkzeug ...«

»Wozu?«, fragte Ivana, die spürte, wie sie allmählich bis auf die Knochen von der Kälte durchdrungen wurde.

»Im Johannesevangelium sagt Jesus Christus: ›Wer nicht in mir bleibt, der wird weggeworfen wie eine Rebe und verdorrt, und man sammelt die Reben und wirft sie ins Feuer, und sie verbrennen.‹ Christus ist unsere Ernte, verstehst du? Alles, was nicht mehr nützlich ist, wird verbrannt. Am nächsten Tag werden die Weinberge mit der Asche bedeckt. Erst dann können wir Gott für diese Weinlese danken und für die des nächsten Jahres beten. Wir nennen es den ›Tag der Asche‹.«

Ivana hatte nicht mehr das geringste bisschen Energie, um

diese merkwürdigen Vorstellungen zu beurteilen. Einige der Gesandten knieten bereits auf dem Boden oder beugten sich über ihre Schubkarren und schichteten auf den Lichtungen große Scheiterhaufen auf. Je länger sie sie beobachtete, desto dichter schienen die Schatten um sie herum zu werden. Als würden sie allmählich kleiner, bis sie sich schließlich in der Dunkelheit auflösten. Schon bald sah Ivana nur noch die weißen Hemdsärmel, wie Kerzen im Chor einer Kirche.

»Dieses Jahr ist außergewöhnlich«, betonte Rachel. »Ich hoffe, das Feuer verschlingt alles. Alle Dramen, die sich abgespielt haben, die Schlacke, die unsere Welt verschmutzt hat, und die Parasiten, die sich bei uns eingeschlichen haben und Geschichten erfinden, um uns nicht existente Geheimnisse zu entreißen …«

Ivana warf ihr einen Blick zu.

»Du meinst … solche wie ich?«

»Genau. Solche wie du.«

40

Das Gemeindesekretariat befand sich in der Rue de la Fecht Nummer 6, gleich neben Notre-Dame de Brason. Die Kirche war imposant für eine Stadt dieser Größe. Wie die meisten Gebäude in der Gegend bestand sie aus rosafarbenem Sandstein und war ein typisches Beispiel für den neoklassizistischen Stil mit von der griechisch-römischen Antike inspirierten Säulen, Giebeln und Kreuzgängen.

Niémans stieg aus dem Auto und ging auf die Kirche zu. Er fühlte sich seltsam getröstet. Da drinnen würde er seinen Gott wiederfinden, den Gott, den man ihm in seiner Kindheit aufgedrängt hatte, der für ihn jedoch beruhigende Tugenden bewahrt hatte. Wie um dieses Gefühl zu verstärken, begannen die Glocken zu läuten.

Über den Dächern, entlang der Wände und unter den Türschwellen schien sich Spiritualität auszubreiten. Plötzlich bekam die Welt wieder eine Ordnung, eine universelle Logik. Es war die Logik seiner Kindheit, bevölkert mit Bildern, Skulpturen und in Gold und Purpur gekleideten Geistlichen …

Tief im Inneren verursachte ihm die bescheidene, aber strenge Berufung der Gesandten ein gewisses Unbehagen: Er empfand diesen unsichtbaren, gesichts- und grenzenlosen Gott als erdrückend, und die Unerbittlichkeit dieser Christen hatte etwas Unmenschliches. Der Glaube, der ihm damals verkauft worden war, hatte mit dieser fanatischen Unnachgiebigkeit nichts zu tun. Sein Glaube war der des guten alten Spießers gewesen, der sonntags seine Sünden der Woche büßte, indem er mit geschlossenen Augen die Hostie entgegennahm und einen Geldschein in die Kollekte warf.

An die rechte Seite der Kirche lehnte sich ein massives Backsteingebäude, das aus dem 19. Jahrhundert zu stammen schien. Auf einem Messingschild stand: *Katholische Kirchengemeinde Notre-Dame de Brason.* Niémans klingelte und wartete.

Bei einer Recherche im Internet hatte er herausgefunden, dass einer der besten Spezialisten für christliche Ikonografie im Elsass niemand anders als ausgerechnet der hiesige Gemeindepfarrer Kosynski war. Glück musste man haben.

Endlich wurde die Tür geöffnet. Ein nichtssagender Mensch begrüßte ihn. Vermutlich ein Ehrenamtlicher. Kein Glaube ohne Hingabe, kein Kampf ohne Nörgler. Niémans bat darum, den Pfarrer sehen zu dürfen, ohne sich näher zu erklären oder gar seinen Ausweis zu zeigen. Kein Problem. Verfügbarkeit gehörte offenbar zum Service.

Sie gingen durch ein Büro, wo kleine Hände mit großen Registern arbeiteten. Dunkelgoldenes Holz, Schimmelgeruch, der Parkettboden knarrte. Man musste wirklich den ernsthaften Wunsch haben, zu heiraten oder sein Kind taufen zu lassen, um es zu wagen, diesen Dornröschenschlaf zu stören.

Kosynski trat im Priesterornat auf ihn zu. Weiße Albe, grünes Messgewand, smaragdfarbene Stola. Offensichtlich war er im Begriff, eine Messe zu feiern. Er hatte einen schwerfälligen Gang, sein Gesicht war zerdrückt wie das eines Boxers, und sein dicker Hals drohte das Kollar zu sprengen. Der Priester war jenseits der fünfzig und bot eine seltsame Mischung aus Feierlichkeit und sportlicher Kraft.

»Ich komme gerade aus der Vesperandacht«, erklärte er lächelnd. »Meine Ministranten haben mich im Stich gelassen. Ein Basketballmatch. Dagegen komme ich nicht an ...«

Mit wenigen Sätzen hatte sich die wortkarge Bulldogge in einen liebenswerten Shar-Pei verwandelt. Seine Stimme, seine Gutmütigkeit, alles an ihm ließ Niémans dahinschmelzen.

»Was kann ich für Sie tun?«, fragte der Pfarrer und lächelte mit tausend Fältchen.

41

Kosynski nahm ihn mit in eine recht rustikal möblierte, kalte Sakristei. Strenge Linien, spärlich gewachstes Holz, kahle Wände und dieser ewige Geruch von Weihrauch, der wie ein leicht bitterer Hintergedanke über allem schwebte.

Niémans setzte sich an einen leeren Tisch unter eine nackte Glühbirne und beobachtete, wie der Geistliche seine priesterlichen Gewänder ablegte. Wirklich ein sympathischer Kerl. Mit der Figur eines Möbelpackers. Vor allem aber strahlte er Aufrichtigkeit aus. Die Wärme seiner Augen und sein wohlwollendes Lächeln hatten nichts mit der auftragsgemäßen Fürsorglichkeit zu tun, die Priester einem normalerweise anstatt echtem Mitgefühl andienen.

Der Commandant seinerseits hatte allerdings beschlossen, Kosynski anzulügen – es kam auf keinen Fall infrage, ihm die wahren Fakten darzulegen.

»Wir ermitteln gerade in einer Diebstahlsangelegenheit«, verkündete er.

»Ein Diebstahl? In Saint-Ambroise? Da gibt es doch nichts zu stehlen.«

Der Priester hängte sein Messgewand in eine Art normannischen Schrank.

»Da sind doch diese Wandmalereien.«

»Welche Wandmalereien? Die an der Decke? Die sind keinen Pfifferling wert. Wahrscheinlich hat sie damals irgendwer aus der Umgebung gemalt.«

»Ich meine die verborgenen Fresken. Die unter dem Gips und dem Verputz.«

Der Priester hob die Augenbrauen, antwortete aber nicht.

Er faltete seine Stola zusammen und zog Albe und Kollar aus. Darunter kam ein schwarzes T-Shirt mit dem Logo der Red Hot Chili Peppers zum Vorschein. Er hängte die Albe vorsichtig in den Schrank und schloss sanft die Tür. Seine gesamte Muskelmasse schien von seinen Fingerspitzen gebremst zu werden, während er diese behutsamen Bewegungen durchführte.

Endlich setzte er sich an das andere Ende des Tisches. Niémans fühlte sich, als ob sie sich zu einem großen Bankett verabredet hätten, dass man aber vergessen hatte, das Essen zu servieren.

»Tut mir leid, dass ich Sie enttäuschen muss, aber es gibt keine versteckten Fresken.«

»Was macht Sie da so sicher?«

»Wenn es sie gäbe, wären wir die Ersten, die davon erfahren hätten.«

»Von wem?«

»Von den Gesandten und ihren Bauingenieuren. Unsere Erzdiözese unterstützt sie bei der Finanzierung der Restaurierung der Kapelle.«

Niémans holte sein Handy heraus und suchte nach den Radiografien. »Sehen Sie sich das an.«

Kosynski beugte sich vor und griff nach dem Telefon.

»Herr im Himmel«, murmelte er, während er durch die Bilder scrollte. »Das ist unmöglich.«

Während Niémans die Fotos noch einmal aus dem Kopf Revue passieren ließ, stellte er fest, dass er sich mit diesen schwarzen Gesichtern, den aufgerissenen Augen und den weit offen stehenden Mündern noch keineswegs abgefunden hatte …

»Sie haben die Gewölbe geröntgt?«

»Das eine noch intakte und die Fragmente des anderen.«

Ein Schimmer von Verständnislosigkeit spiegelte sich in

den Augen des Pfarrers. »Aber … ich dachte, es wäre zusammengebrochen …«

»Die Gesandten haben es wieder zusammengesetzt. Sie scheinen großen Wert auf die Unversehrtheit des Bildes zu legen. Meiner Meinung nach verehren sie die Motive, die sich unter der oberen Schicht befinden.«

»Verehren? Was meinen Sie damit?«

»Noch weiß ich es nicht. Diese Darstellungen scheinen für sie von überragender Bedeutung zu sein. Ursprünglich und geheim. Aus diesem Grund hat man Sie auch nicht informiert. Und aus diesem Grund haben sie den Restauratoren auch immer verboten, sie zu röntgen.«

Der Priester wirkte skeptisch. Unwillkürlich kehrten seine Augen immer wieder zu den Bildern zurück, die in seiner Handfläche leuchteten.

»Bitte sehen Sie sich diese Bilder ganz genau an«, bat Niémans, »und sagen Sie mir, was sie Ihrer Meinung nach darstellen. Ich wende mich an Sie als Spezialisten für christliche Ikonografie.«

»Das war ich mal. In meiner Jugend.«

»Ich bin sicher, dass Ihr Gedächtnis völlig intakt ist.«

Kosynski hob das Telefon noch näher an sein Gesicht und untersuchte die Fotos ausgiebig. Das Licht des Displays legte eine weiße, blendende, unergründliche Maske über seine Züge.

»Es sind Szenen aus der Bibel, zumindest das meiste … hauptsächlich aus dem Alten Testament. Sehr kurios, denn die Anordnung ist recht ungewöhnlich und …«

»Das weiß ich bereits alles. Schauen Sie sich die beiden letzten Bilder an. Welche Textstellen sind das Ihrer Meinung nach?«

Der Priester wischte über die Bilder auf dem Touchscreen. »Ich würde sagen … Isaak segnet seinen Sohn Jakob.«

Lehmann hatte diese Szene aus der Genesis ebenfalls erwähnt.

»Und das andere Bild? Die schlafende Frau?«

Der Priester schien nachzudenken. Seine Augen füllten sich mit Tränen, doch das lag weniger an einer Gefühlsbewegung als vielmehr daran, dass Millionen von Flüssigkristallen offenbar seine Iris angriffen.

»Vielleicht Rachels Tod, aber ich bin mir nicht sicher.«

»Worum geht es in dieser Geschichte?«

»Um nichts Besonderes. Rachel war eine von Jakobs Frauen. Sie war zunächst unfruchtbar, gebar aber dann doch zwei Söhne. Bei der Geburt des zweiten, Benjamin, starb sie.«

»Ist das alles?«

»Eigentlich schon. Sie starb auf dem Weg nach Efrat. Das war ein anderer Name für Bethlehem. Ihr Grab ist zu einem heiligen Ort geworden.«

»Was können Sie mir zum Stil dieser Bilder sagen?«

»Sie sind ziemlich … beeindruckend. Viele Details erinnern an die letzten Jahrhunderte des Mittelalters, aber gleichzeitig …«

»Gleichzeitig?«

»Die Darstellung ist erschreckend modern und von ausgesprochen düsterer Einheitlichkeit.«

»Erinnert es Sie an andere Werke? An den Stil eines Malers? An eine Schule der Region?«

»Ehrlich gesagt, nein. Es ist verblüffend. Haben Sie sie den Gesandten gezeigt?«

»Nicht nötig. Meiner Meinung nach wissen sie schon lange davon. Und sie haben sie sehr sorgfältig versteckt.«

»Warum?«

Ohne zu antworten, nahm Niémans dem Geistlichen das Handy aus der Hand und stand auf.

»Geben Sie mir Ihre E-Mail-Adresse, dann schicke ich Ihnen die Bilder.«

Während Kosynski schrieb, wiederholte der Polizist: »Denken Sie bitte noch einmal genau nach. Diese Motive müssen eine besondere Bedeutung haben.«

Auch Kosynski stand nun auf – er reichte Niémans kaum bis zur Schulter. Dennoch hatte dieser das Gefühl, der Mann könnte ihn hochheben und quer durch den Raum schleudern.

»Ist das denn so wichtig?«

»Für die Gesandten offenbar schon, und ich will wissen, warum.«

»Sind Sie sicher, dass sie wirklich über die ganze Geschichte Bescheid wissen?

»Ohne jeden Zweifel. Und wenn Sie sich das nächste Mal an den Kosten für eine Baustelle beteiligen, suchen Sie sich lieber zuverlässigere Partner.«

Der Pfarrer nickte zerstreut. Das Gespräch schien ihn verwirrt zu haben – aber vielleicht waren es auch nur die Bilder, die er gerade gesehen hatte. Bilder, die sich im Kopf einnisteten und sich ins Gehirn brannten.

»*With the birds I'll share this lonely viewin'*«, flüsterte Niémans dem Pfarrer ins Ohr.

Dieses Zitat von den Red Hot Chili Peppers schien Kosynski endgültig fertigzumachen. Niémans warf ihm sein spezielles Raubtierlächeln zu und ging.

Draußen war es noch kälter geworden, als ob hohe, schwarze und eisige Wellen an den roten Mauern der Kirche leckten.

Kosynski hatte ihm nicht einmal ein Zehntel von dem erzählt, was er wusste. Aber das war nicht schlimm. Niémans hatte bereits eine andere Idee.

Es war an der Zeit, sich um Verstärkung zu kümmern.

42

Als er wieder im Auto saß, nahm sich Niémans einen Moment Zeit, das vertraute Aussehen des Fahrgastraums zu genießen. Hier herrschte das übliche Durcheinander. Das Funkgerät mit seinen verdrehten Drähten, Papierkram, die Verhörvordrucke … aber es gab auch einige Neuerungen: einen Bordcomputer, dessen Außenkameras Nummernschilder lasen, ein Radargerät, das die Geschwindigkeit eines Fahrzeugs feststellen konnte …

Vor allem der Geruch war ihm vertraut: der gute alte Mief von abgestandenem Essen und routinierter Langeweile. Die gesamte Tiefe menschlichen Räderwerks fand sich hier komprimiert unter dem Dach von Recht und Ordnung. Genau genommen sein ganzes Leben.

Niémans griff zum Telefon und wählte die Nummer der Abtei von Les Bruyères bei Épinal in Lothringen. Er war es jetzt leid. Es nervte, immer nur die äußere Hülle des Rätsels zu berühren. Es nervte, ständig um diesen Monolithen aus Schweigen und Düsternis zu kreisen. Es nervte, von einem Geheimnis ausgeschlossen zu sein, das mit leiser Stimme, mit Fauchen und Schlagschatten weitergegeben wurde.

Er musste gut zwanzig Klingelzeichen abwarten, bis jemand abnahm, was ein vernünftiger Durchschnitt war für einen Ort, wo jeder Telefonanruf als Angriff auf die Andacht einer Handvoll zurückgezogener Mönche gewertet wurde.

»Hallo?«

Die Stimme knallte wie ein Feuerwerkskörper.

»Ich möchte gern mit Eric Aperghis sprechen.«

»Hier gibt es niemanden dieses Namens.«

Er war immer wieder erstaunt, wie korrekt man sich ausdrückte in solchen Klöstern, deren Bewohner nur Steine unter anderen Steinen waren.

»In Ihrer Einrichtung nennt er sich Antoine«, seufzte Niémans.

»Unserem Orden gehört niemand dieses Namens an.«

»Er ist kein Mönch«, fuhr Niémans auf, »aber er zieht sich jeden Winter zu einer Klausur in die Abtei zurück. Er ist ein Laienbruder.«

Kurzes Schweigen. Sein Gesprächspartner wusste sehr wohl, von wem Niémans sprach, aber er wollte seinen Gast schützen.

»Pater«, beharrte der Polizist, »ich weiß genau, dass Eric bei Ihnen ist. Ich bin von der Kriminalpolizei, und ich rate Ihnen dringend, ihn ans Telefon zu holen.«

Immer noch diese Stille, die sich verklumpte wie Sand und Kies eines uralten Schwemmlandes.

»Das ist nicht möglich«, murmelte der Mönch schließlich. »Als er letzten Monat ankam, hat er ein Schweigegelübde abgelegt.«

Niémans unterdrückte ein Brüllen, das vielleicht auch ein Lachanfall war. Allmählich gingen sie ihm alle wirklich auf den Senkel.

»Geben Sie mir Ihre E-Mail-Adresse.«

»Aber …«

»Geben Sie sie mir, verdammt!«

Der Mann buchstabierte, während Niémans den Lautsprecher einschaltete, um die Adresse zu notieren.

Er hätte ihn natürlich auch bitten können, sie per SMS zu schicken, aber er wollte nicht riskieren, das Gespräch zu beenden, ohne sie erhalten zu haben.

»Ich schicke Ihnen gleich die Adresse des Gendarmeriepostens in Brason, im Departement Haut-Rhin«, sagte er. »Geben Sie sie an Eric weiter, und sagen Sie ihm, er soll seinen Arsch sofort dorthin bewegen. Sagen Sie ihm, dass Niémans ihn braucht. N-I-É-M-A-N-S, kapiert?«

»Aber …«

»Kein Aber. Wenn er morgen nicht da ist, komme ich ihn persönlich abholen, und glauben Sie mir, das dürfte einen ordentlichen Aufruhr in Ihrem Kloster geben.«

Er legte auf, ohne eine Antwort abzuwarten.

43

Während Niémans den Wagen startete, rief er Desnos an. Sie war für ihn zu einer Art Energydrink geworden. Ein guter Schluck von Zeit zu Zeit brachte ihn wieder in die Spur.

»Hast du die Verhörabschrift fertig?«, fragte er nach einigen freundlichen Begrüßungsworten.

»Ich bin doch nicht blöd.«

Die Gendarmin klang verärgert.

»Ist sie fertig oder nicht?«

»Natürlich, aber es bringt Ihnen nichts, mich aufs Abstellgleis zu schieben.«

»Hast du sie an Schnitzler geschickt?«

»Nun hören Sie mal gut zu, Niémans!«, fauchte sie in den Hörer. »Es ist Ihre Sache, wenn Sie unbedingt ein engstirniger Macho sein wollen. Es geht auch nur Sie etwas an, wenn Sie sich für den besten Polizisten Frankreichs halten und alle Uniformierten verachten. Aber dadurch, dass Sie alles höchstpersönlich erledigen wollen, bremsen Sie die Ermittlungen aus und kommen nicht vom Fleck.«

Niémans hatte das Gefühl, den Warnschuss ernst nehmen zu müssen. Wenn Desnos dermaßen auf die Barrikaden ging, musste sie wohl ein Ass im Ärmel haben.

»Glücklicherweise belasse ich es nicht bei Ihren dämlichen Aufträgen«, fuhr sie fort, ohne ihm Zeit für eine Antwort zu lassen. »Mir ist aufgefallen, dass wir vergessen haben, jemanden zu verhören, der ziemlich interessant sein könnte.«

»Und wer ist das?«

»Ibrahim Mollec. Manchmal assistiert er Patrick Zimmermann. Ein junger Arzt, der bei der Obduktion den Stein im Mund des Opfers gefunden hat.«

Er erinnerte sich an dieses Detail: den Stein, den der Gerichtsmediziner ohne seinen Assistenten vielleicht übersehen hätte.

»Hast du ihn angerufen?«

»Ich schicke Ihnen seine Nummer. Er ist Assistenzarzt in der gynäkologischen Chirurgie in Schiltigheim.«

»Hast du mit ihm gesprochen oder nicht?«

»Ja, und was er zu sagen hat, ist wirklich interessant.«

»Gib mir eine Zusammenfassung.«

»Sicher nicht. Es hat mehr Gewicht, wenn er selbst mit Ihnen spricht. So von Mann zu Mann.«

Die letzten Worte klangen betont ironisch. Offenbar hatte Stéphane etwas Wichtiges entdeckt.

Niémans legte auf und wählte die Nummer des Arztes. Noch immer stand er auf dem verlassenen Parkplatz neben der roten Kirche. Trotz der Wärme des Innenraums fühlte er sich von düsterer Trostlosigkeit umgeben. Ohne Sauerstoff in einem Ozean aus Einsamkeit.

Der Arzt hatte Bereitschaftsdienst. Niémans erwischte ihn zwischen zwei Entbindungen. Nach Zimmermann, einem Kinderarzt, jetzt also ein Assistenzarzt in der Geburtshilfe ... Die Rechtsmedizin im Elsass war außergewöhnlich flexibel.

»Ich habe Ihrer Kollegin doch schon alles gesagt.«

»Dann musst du es eben noch einmal wiederholen.«

»Wie kommen Sie dazu, mich zu duzen?«

Seine Stimme war jung und tief, aber sie hörte sich nach chronischem Stress an. Oder einem guten, altmodischen Hass auf Bullen.

»So oder so«, fuhr er fort, »werde ich Ihnen am Telefon

bestimmt nichts sagen. Woher weiß ich, dass Sie wirklich Polizist sind?«

Niémans lächelte: Dieser unfreundliche Anruf war Desnos' kleines Geschenk. Sie hatte gewusst, dass Mollec ihn in die Wüste schicken würde, und hatte sich bestimmt diebisch darüber gefreut. Aber der junge Mann war nicht der erste Widerspenstige, mit dem er zu tun hatte.

»Wir Bullen haben immer zwei Vorgehensmöglichkeiten«, erklärte er geduldig. »Den schnellen und den langsamen Weg. Am Telefon dauert es fünf Minuten, aber ich kann dich auch von den Gendarmen abholen lassen. Damit verbringst du mindestens eine Nacht auf dem Revier. Es liegt ganz bei dir …«

Stille, nur unterbrochen von trockenen Geräuschen und langen Echos. Der Arzt öffnete Türen, ging eine Treppe hinunter und durchquerte eine Halle. Schließlich stellte Niémans am Rauschen des Windes und dem Klacken eines Feuerzeugs fest, dass Mollec sein Ziel erreicht hatte.

Wenn man schon Zeit mit einem Bullen vergeudete, konnte man dabei ebenso gut eine paffen.

»Was wollen Sie wissen?«

»Ich rufe an wegen des Steins in …«

»Das war kein Stein.«

»Wie bitte?«

»Als ich das Ding aus Samuels Kehle gezogen habe, sah es zunächst aus wie ein Stück Sandstein oder so. Tatsächlich aber war es weiß vom Staub und sah nur mineralisch aus.«

»Und was genau war es?«

»Vermutlich Kohle. Oder Holzkohle. Es war sehr leicht.«

Nicht nur, dass ein solches Material unter den Trümmern nichts zu suchen hatte – Zimmermann hatte sich nicht einmal die Mühe gemacht, das Stück zu beschreiben. Ein wahrer Tiefpunkt.

»Warum hat Zimmermann dieses Detail nicht erwähnt?«

»Weil es ihm egal war. Er geht in den Ruhestand, und er ist kein Gerichtsmediziner.«

»Kannst du mir außerdem noch etwas über diese Autopsie sagen?«

»Nein. Abgesehen von diesem Stein war der Körper nur noch ein von mehreren Tonnen Schutt zermatschter Brei aus Fleisch und Knochen.«

»Danke, Ibrahim.«

Niémans wägte die neuen Informationen ab – er konnte das Stück Holzkohle fast in seiner Hand spüren. Der vom Mörder vollzogene Ritus schien noch eine andere Bedeutung zu bekommen: Er war von langer Hand geplant gewesen. In Saint-Ambroise gab es nirgends Kohle, Brandschiefer oder irgendeinen anderen fossilen Brennstoff. Der Mörder hatte dieses Material für seine Inszenierung mitgebracht.

Es sei denn, die Gesandten hatten dieses Ritual durchgeführt, ehe sie die Leiche unter den Trümmern begruben? Eher nicht. Je weiter Niémans vordrang, desto mehr tendierte er zu einem Szenario in drei Akten.

Der Kampf zwischen Paul Paride und Samuel.

Die Ermordung des Täufers durch einen Unbekannten.

Die Sabotage des Gerüsts durch die Gesandten.

Holzkohle.

Er hatte noch nicht die geringste Ahnung, was er mit dieser neuen Entwicklung anfangen sollte, aber er stellte unwillkürlich eine verworrene Verbindung zwischen der Holzkohle und den verkohlten Gesichtern in den verborgenen Fresken von Saint-Ambroise her.

Hatte die Kapelle nicht ein paar Jahrhunderte zuvor einmal gebrannt?

44

Nachdem sie sich unter dem Stacheldraht hindurchge-
quetscht hatte, war Ivana auf dem Weg ins Unterholz,
um – endlich – ihr Telefon wieder zu verstecken. Der Abend
war ganz normal verlaufen: Sie hatte geduscht, sich umgezo-
gen und war zum Essen gegangen, wo sie für vier gespachtelt
hatte. Einerseits, um die Müdigkeit zu bekämpfen, aber auch,
um eine unterschwellige Wut zu unterdrücken.

Rachels kleine Lektion steckte ihr noch immer in den
Knochen. Sie hatte sich die Allüren der jungen Frau gefallen
lassen und so tun müssen, als wäre sie das, was sie am meisten
hasste: eine Journalistin. Das Schlimmste aber war, dass sie
sich in einer Sackgasse befand. Die Gespräche mit Rachel
konnte sie jetzt knicken, und sie sah keine Chance, bis zum
Ende der Lese an einen der anderen Gesandten heranzukommen. Das Mädchen hatte wohl die Ältesten informiert, und
Jakob und Konsorten behielten Ivana nun im Auge. Es war
geradezu ein Wunder, dass sie sich heute Abend noch hatte
verdrücken können.

Während des Essens hatte sie mit niemandem gesprochen.
Sie dachte an Marcel. »Ein einziges Wesen fehlt, und alles
ist entvölkert«, hatte Lamartine gesagt. Oder war es Cha-
teaubriand gewesen? Wer auch immer. Ihr wurde klar, dass
Marcel nicht nur ein Begleiter in einer schwierigen Situation
gewesen war. Sie hatte in ihm einen Bruder im Unglück und
einen Außenseiter auf der Suche nach Orientierungspunkten
gesehen, der ebenso wie sie nur eine Richtung kannte: die
Flucht nach vorn.

Rachel musste gelogen haben. Marcel wäre am Tag nach

ihrer Verfolgungsjagd einfach so gegangen, ohne ihr ein Wort zu sagen? Sie hielt es für viel wahrscheinlicher, dass er von ihrem nächtlichen Ausflug nicht zurückgekehrt war. Hatten die Gesandten ihn abgefangen und irgendwo eingesperrt? Ivana glaubte nicht wirklich an diese Version – zwar hatte die Gemeinschaft einen ernst zu nehmenden Sicherheitsdienst, aber die Leute waren vor allem pazifistische Winzer. Es fiel Ivana schwer, sie sich als Folterer oder Entführer vorzustellen.

Vor allem gäbe es keinerlei Motiv für die Entführung von Marcel. Was könnte er Kompromittierendes entdeckt haben, was sie nicht ebenfalls gesehen hätte? Sie hatten lediglich ein Fresko gefunden, das auf dem Boden einer Scheune rekonstruiert worden war und das keinen besonderen Wert darstellte …

Sie erreichte die dunkle Linie der Bäume. Unter ihren Schritten knackte das bereifte Gras wie die Kruste einer Crème brûlée. Die leicht weiß überzuckerte Landschaft hatte sich verändert. Die Stämme, die Äste, die Büsche, alles schien von einem Eisblitz getroffen worden zu sein.

Ivana kletterte über Brombeerranken und schürfte sich die Haut an Ästen auf, doch das Ziel ihres Ausflugs war noch immer nicht in Sicht. Sie war kurz vor dem Verzweifeln, als sie endlich ihre Eiche sah. Schwarz wie eine Marmorsäule und an manchen Stellen von Flechten überwuchert, wirkte sie auf Ivana wie ein unverzichtbarer Orientierungspunkt, der die Nacht wieder ins Lot brachte.

Vorsichtig bewegte sie sich weiter vorwärts. Plötzlich schlug sie der Länge nach hin. Zweige knackten. »Scheiße!«, fluchte sie mit einem Nebelwölkchen vor dem Mund. Mühsam rappelte sie sich wieder auf und suchte nach dem Hindernis, über das sie gestolpert war.

Und da sah sie ihn.

Auf den moosigen Wurzeln lag eine Leiche. Das durch schreckliche Qualen verzerrte Gesicht schien im Nebel der Nacht wie losgelöst zu schweben.

Zitternd griff Ivana in die Tasche, nahm ihr Mobiltelefon, aktivierte die Taschenlampe und richtete den Strahl auf den Toten.

Marcel ... Keuchend bückte sie sich und suchte in einer lächerlichen Anwandlung nach seinem Puls, ehe sie ihm ins Gesicht leuchtete. Der weit geöffnete Mund war nur noch eine am Rand bereits mit Reif bedeckte Wunde. Seine Zähne waren nie die Stärke des Saisonarbeiters gewesen, aber Ivana erkannte, dass alle verbliebenen Zähne gezogen worden waren, und das nicht gerade zimperlich.

Sie atmete schwer. Kälte, Schock und Kummer trieben ihr die Tränen in die Augen. Wer hatte ihm das angetan? Und warum?

Als sie ihre Untersuchung fortsetzte, entdeckte sie, dass die Endglieder beider Mittelfinger abgeschnitten worden waren. Arme und Beine standen in unmöglichen Winkeln ab, und man hatte ihm sämtliche Knochen gebrochen.

Erst langsam wurde ihr klar, dass das Allerschlimmste die größte Wunde war: Man hatte ihn ausgeweidet, und als ob das noch nicht genug wäre, hatte man ihn mit seinem eigenen Darm erwürgt, einer gräulichen Schnur, die durch die Kälte verhärtet wie eine Schlinge um seinen Hals lag.

Ivana fiel auf die Knie. Schwarzer, feuchter Schutt schien über sie hereinzubrechen. Nach Luft ringend versank sie in einer Nacht, die kein Ende zu haben schien.

Und dann fiel ihr ganz allmählich noch etwas auf.

Der Leichnam lag nicht zufällig an dieser Stelle. Dieser gemarterte Körper war eine Botschaft – eine Botschaft an sie. Wer immer dies getan hatte, wusste ganz genau, dass sie mit

Marcel unter einer Decke gesteckt hatte. Er wusste auch, dass sie keine Saisonarbeiterin war. Er wusste, dass sie am Tag zuvor in dem Lager gewesen war. Und *last but not least* wusste er, dass sie ein Telefon am Fuß der Eiche versteckte.

Mit leeren Augen und ebensolchem Kopf setzte sie sich auf das tote Laub und den kalten Lehm und richtete ihren verstörten Blick auf dieses arme Wesen, dem alle Zukunft und Würde gestohlen worden war. Lange verharrte sie so. Sie spürte, wie die Feuchtigkeit ihre Kleidung durchdrang und nach und nach durchweichte. Sie empfand nicht einmal Angst davor, dass sie ihrerseits überrascht oder angegriffen werden könnte.

Irgendwann wachte sie aus ihrer Lethargie auf und griff nach dem Telefon, das sie hatte fallen lassen. Trotz ihrer tauben Finger schaffte sie es, die Taschenlampe auszuschalten und den Flugmodus zu deaktivieren.

Wunderbarerweise gab es tatsächlich ein Netz.

Die Akkuanzeige hatte nur noch einen Balken.

Ein Daumendruck, ein Klicken: Niémans …

»Hallo?«

Die heisere, vertraute, erhoffte Stimme. Mit wenigen atemlosen Worten schilderte Ivana ihm die Situation.

»Beruhige dich.«

Schluchzend erklärte sie ihm, dass alles ihre Schuld war, dass sie Marcel trotz seiner Einwände mitgenommen hatte, dass …

»Beruhige dich«, wiederholte er.

Aber sie wiederholte ihre Geschichte immer wieder, während sie mit der Zeit zu Atem und Rhythmus zurückfand: die Scheune, das Steinpuzzle, die Gesandten …

»Jetzt reicht es!«, rief Niémans. »Wo bist du jetzt?«

Ivana gab ihren Standort an. Außerhalb der Domäne

konnten die Gendarmen diskret eingreifen, ohne den Toren der Diözese ein weiteres Mal Gewalt anzutun.

»Ich komme mit ein paar Leuten. Du rührst dich nicht von der Stelle.«

»Nein.«

»Wieso nein?«

»Ich gehe wieder rein.«

»Kommt nicht infrage. Lass den Quatsch!«

»Solange sie mich nicht offiziell demaskieren, mache ich weiter.«

»Du hast mir doch gerade gesagt, dass du total aufgeschmissen bist und dass diese Leiche sozusagen dein Todesurteil darstellt.«

»Keine Ahnung. Ich weiß nicht, wer Marcel getötet hat. Ich weiß auch nicht, was genau sie wissen. Ich weiß nicht mal, ob es die Gesandten waren oder irgendwelche anderen Fanatiker …«

Ein kurzes Schweigen entstand. Vermutlich schätzte Niémans seine Chance ab, Ivana umzustimmen, doch die waren gleich null.

»Okay«, kapitulierte er. »Aber du behältst dein Telefon bei dir. Ich rufe an, sobald ich da bin.«

Sie wagte nicht abzulehnen. Die ganze Sache wurde viel zu riskant, um es weiterhin im Alleingang zu versuchen. Sie musste die Verbindung zu Niémans aufrechterhalten.

Außerdem hätte sie ohnehin nicht argumentieren können. Sie war kaum in der Lage, zu sprechen oder zu atmen. Panik hielt ihr ganzes Wesen umklammert. Sie fühlte sich wie erdrückt von ihrer Angst – ihr Herz war nur noch ein schwärzlicher Klumpen, nicht viel größer als ein Pfirsichkern.

»Wie lange brauchen Sie?«

»Höchstens eine halbe Stunde.«

»Und wie wollen Sie Ihren Fund erklären?«

Niémans lachte wild und verbittert auf. Draufgängerisch.

»Wer sollte mich danach fragen?«

45

Sag ihnen, sie sollen ihre Scheinwerfer und das Blaulicht ausschalten.«

Niémans wollte vorsichtig vorgehen, um Ivana nicht noch mehr zu gefährden. Außerdem wollte er die Gesandten überrumpeln. Bei der ersten Leiche hatte es zu viel Gemauschel gegeben. Bei der zweiten würde er die Sache deutlich beschleunigen, indem er diese Leute mit gesicherten Fakten konfrontierte.

Aber zunächst mussten die Örtlichkeiten erkundet werden …

Niémans und Desnos fuhren mit dem Megane voraus. Während der Fahrt griff die Gendarmin mit der linken Hand zum Funkgerät und übermittelte den Befehl. Sofort verschmolzen Transporter und Autos im Rückspiegel mit der Dunkelheit, als wären sie untergetaucht. Tarnkappenmodus.

Auch Desnos schaltete die Scheinwerfer aus. Nachdem sich seine Augen an die Dunkelheit gewöhnt hatten, sah Niémans ringsum die symmetrischen Rebreihen in den Weinbergen, die sich auf der Oberfläche der Nacht abzeichneten. Sie schienen in der Dunkelheit zu beben, bereit, sich endgültig über dem Nebel von allem zu lösen.

Ivanas Fund veranschaulichte den Ausbruch reiner und göttlicher Gewalt in unmittelbarer Umgebung der Diözese. Genau darauf hatte Niémans mit einer Mischung aus Angst und Ungeduld gewartet. Über dieser Domäne hatte schon immer der Geruch von Eisen und Verwesung geschwebt. Wie metallische Exkremente …

»Gleich sind wir da, Commandant«, sagte Desnos, als sie

jenseits der Zäune an den Zelten der Saisonarbeiter vorüberfuhren.

Die Gendarmin wirkte in ihrer Uniform ein wenig kurzatmig. Mit ihrem geschlossenen Anorakkragen bekam sie nur wenig Luft, und die kugelsichere Weste presste ihre Brust zusammen.

Mit leiser Stimme, wie bei einer Beichte, hatte Niémans ihr seinen Plan erläutert und dabei jede einzelne Silbe betont. »Den anderen sagen wir aber nichts«, endete er.

Nachdem sie das von Ivana beschriebene Unterholz passiert hatten, parkten sie entlang der Straße. Weder die Gesandten noch die Saisonarbeiter in ihrem Lager konnten sie dort sehen.

Der Polizist warf einen Blick in den Rückspiegel: Die Gendarmen sprangen aus dem Transporter und bemühten sich um Gleichgewicht. Ordnungshüter, die sich an ihre Sturmgewehre klammerten wie an eine Feuerleiter. Auch die Kriminaltechniker waren mitgekommen, Jungs aus Lyon, die nicht dazu kamen, wieder zu ihrer Dienststelle zurückzukehren, und die in ihren weißen Overalls aussahen wie im Schlafanzug.

Niémans und Desnos stiegen aus. Die Weinberge hatten sie hinter sich gelassen, hier bestand die Landschaft aus Ebenen und kleinen Hainen. Auch der Winterwind war mit von der Partie, aber niemand feierte ihn. Das Gras wogte wie auf dem Grund eines Meeres, Büsche schüttelten sich wie in Krämpfen, und Bäume erbebten auf ihren Wurzeln …

»Da drüben ist es«, sagte Niémans.

Desnos warf ihm einen schrägen Blick zu: Woher hatte er seine Informationen? Wer hatte ihn benachrichtigt? Um Fragen zu vermeiden, ging der Polizist voraus. Sie überquerten eine bucklige Weidefläche, die sich gegen den Nordwind stemmte. Aber vielleicht war es auch genau umgekehrt. Am

Ende des weitläufigen smaragdgrünen Vierecks erkannte man das Unterholz – oder, der Größe der Bäume nach zu urteilen, schon eher einen Wald.

Während Niémans vorwärtsstapfte, grübelte er. Ganz offensichtlich war Marcel nicht gefoltert worden, um ihm Informationen zu entlocken, sondern eher, um sich abzusichern, dass er nichts wusste. Man hatte ihm die Finger abgeschnitten, um ganz sicherzugehen, dass er wirklich nichts verstanden hatte. Und Ivana? Warum hatte man sich damit begnügt, ihr Angst einzujagen, ohne ihr irgendwelche Fragen zu stellen? Wussten die Gesandten, dass sie Polizistin war?

Am Waldrand blieben alle stehen. Ohne darüber nachzudenken und so, wie man vor dem Tauchen automatisch tief Luft holt, blickte Niémans hinauf zum Mond. Eine schmale Perlmuttsichel auf schwarzer Seide. Dann schaute er Desnos an: Sie hielt ihr Gewehr, wie man es ihr beigebracht hatte, den rechten Zeigefinger ausgestreckt am Lauf. Wahrscheinlich hatte sie die Waffe außer für Trainingszwecke oder Bewertungstests noch nie benutzt.

Niémans zog seine Glock und ließ eine Kugel in den Lauf steigen, um mit gutem Beispiel voranzugehen. Das Klicken von Verschlüssen antwortete ihm, und er erschauderte. *Doch noch nicht ganz tot, der Commandant …*

»Sobald wir in Deckung sind, können wir die Taschenlampen anmachen.«

Allen voraus tauchte er zwischen die Bäume. Irgendwelches Pflanzengewirr umklammerte seine Füße, zerkratzte seine Schultern, schlug ihm ins Gesicht. Er stellte sich Ivana ganz allein in diesem feindlichen Wald vor. Und angesichts der Leiche zudem noch unter Schock – eine Heldin der modernen Welt.

Die Vegetation war so dicht, dass sie fast eine Einheit gegen den Wind bildete und sie in gewisser Weise schützte. Aber der Strahl seiner Taschenlampe konnte das Dickicht nicht durchdringen. Niémans stapfte blind und immer langsamer vorwärts. Die anderen folgten im Gänsemarsch und hatten ebenfalls zu kämpfen. Fast wie bei einer Expedition durch Afrika, mit Soldaten und Trägern im tiefsten Dschungel …

Endlich erreichten sie die Lichtung. Und dort war auch die Eiche mit ihrem Flechtenmuster am Stamm und den frei liegenden Wurzeln, von der Ivana gesprochen hatte.

Alles war da: der Baum, die Umgebung, die markanten Verzweigungen.

Alles außer dem Wichtigsten: der Leiche.

46

Unmöglich.«

»Aber ich stehe direkt unter der Eiche. Hier liegt kein Toter.«

Ivanas Stimme klang atemlos. Zweifellos hatte sie sich irgendwo versteckt, um den Anruf anzunehmen.

»Glauben Sie mir überhaupt?«

»Was denkst du wohl? Die Botschaft galt dir, und zwar dir allein. Die Leiche ist ins Nirwana zurückgekehrt.«

»Werden Sie danach suchen?«

»Klar, aber ich bin nicht sehr optimistisch. Ich hole dich jetzt da raus. Die Party ist vorbei.«

»Auf gar keinen Fall.«

»Stell dich nicht dümmer, als du bist. Ich will dich nicht auch noch mit deinen Zähnen in der Tasche und deinen Eingeweiden um den Hals finden.«

»Wenn sie mich ausschalten wollten, hätten sie es schon längst getan. Ich habe noch einen Trumpf in der Hand.«

»Dazu ist es zu spät, und das weißt du genau: Sie haben den Toten hier hingelegt, weil sie wissen, wer du bist und was du tust. Sie wissen alles.«

Ein kurzes Schweigen, aber keine Tränen mehr. Niémans konnte fast hören, wie sich die Rädchen ihres Denkapparats mit der Geschwindigkeit eines Prozessors drehten.

»Werden Sie die Gesandten verhören?«

»Ohne Grund? Wenn wir bis zum Morgengrauen noch nichts gefunden haben, kehren wir zum Revier zurück und warten ab. Hast du eine Waffe?«

»Nein.«

»Wo genau bist du jetzt?«

»Vor dem Zelt. Zum Telefonieren bin ich rausgegangen.«

Niémans seufzte. »Geh wieder schlafen. Ich rufe dich an, wenn wir fertig sind.«

»Geht nicht.«

»Warum?«

»Mein Akku ist leer.«

Seine Uhr zeigte fast Mitternacht.

»Wir treffen uns um fünf Uhr früh in der Kapelle. Dort kannst du dein Telefon aufladen. Wir besprechen alles und treffen eine Entscheidung.«

»Okay.«

»Ivana ...«

»Was?«

»Ach nichts.«

Niémans legte auf, und ihm wurde bewusst, wie absurd die Situation war. Fünfzehn untätige, bis zu den Zähnen bewaffnete und angriffsbereite Männer mitten in der Nacht in einem Wald.

»Commandant, können Sie mir das bitte erklären?«

Desnos war ihm nachgegangen – er hatte sich zum Telefonieren von der Gruppe entfernt. Sie sprach leise, vielleicht, um ihn vor den anderen nicht zu demütigen. Diese lächerliche nächtliche Spritztour, die übertriebene Bewaffnung ... *und der Wind, Niémans, dieser Wind ...*

»Umgebung absperren und durchsuchen«, befahl er.

»Und was genau suchen wir? Immer noch eine Leiche?«

»Ja.«

»Und die Techniker?«

»Die sollen das Gelände rund um die Eiche durchkämmen, denn dort lag der Tote. Mit Sicherheit gibt es Spuren oder Fingerabdrücke.«

»Mit wem haben Sie telefoniert?«

Ohne zu antworten, steckte Niémans sein Telefon in die Tasche.

»Begleite mich zurück zum Wagen«, sagte er nach kurzem Zögern.

47

Jetzt ist es so weit, mein Freund.

Zurück beim Auto betrachtete er seine Partnerin. In ihren Parka gehüllt und mit einer schwarzen Sturmhaube über dem Gesicht sah sie aus wie ein Schneepflugfahrer. Und dann erklärte er ihr in einem Zug die Einschleusung von Ivana, das versteckte Telefon, die wenigen Informationen aus dem Inneren der Gemeinschaft und den möglichen Mord an einem Saisonarbeiter. Wie durch eine Wand aus Wind und Kälte hörte Desnos ihm zu und nickte nervös mit zusammengepressten Lippen. Sie nahm nicht nur die neuen Fakten zur Kenntnis, sondern auch die Tatsache, dass Niémans sie die ganze Zeit über an der Nase herumgeführt hatte.

»Wann hatten Sie vor, mich darüber zu informieren?«

Zunächst dachte er an eine Antwort, die irgendwie akzeptabel erscheinen könnte, doch dann besann er sich.

»Am Ende der Ermittlungen, wenn der Mörder hinter Schloss und Riegel säße …«

»In der Stunde des Triumphs, nicht wahr? Der Bulle, der schlauer ist als alle anderen?«

»Richtig. Das Team aus Paris, das alle um Nasenlänge schlägt«, ging er mit besonderer Bissigkeit und tiefer Verachtung für sich selbst und die Dummheit seines Stolzes noch einen Schritt weiter.

»Zum Teufel mit Ihnen«, fauchte sie, wandte sich ab und ging zurück in den Wald. Ihre Daunenjacke bauschte sich wie das Segel eines Schiffes.

»Stéphane!«, rief er und lief hinter ihr her.

Er packte sie am Arm. Ihr Blick fühlte sich an wie ein

Schlag ins Gesicht. Ihre Haut war vom Wind gerötet, aber vielleicht zeigten sich auch ihre Wut und ihre Enttäuschung auf diese Weise.

»Hör zu, das Einschleusen, das vergrabene Telefon und die heimlichen Anrufe waren ein Fehler. Glaub mir, ich bin der Erste, der den ganzen Mist bereut. Aber jetzt muss ich meine Kollegin so schnell wie möglich da rausholen und meine Schuld runterschlucken. Ich …«

»Ihre Geständnisse sind mir scheißegal.«

»Meinetwegen«, rief er, »aber immerhin haben wir zwei Tote. In einem Fall haben wir kaum ausreichend Beweise, um den Tod als Mord einzustufen. Im anderen Fall ist die Leiche verschwunden. Mittendrin in diesem Schlamassel habe ich eine Assistentin – die viel mehr ist als das, das muss ich dir sicher nicht genauer erklären –, die eine Amische in einer Gemeinde spielt, die, entschuldige bitte, immer mehr nach Tod stinkt. Ich brauche dich also.«

Schwankend wie zwei Matrosen auf dem Deck eines Schiffes standen sie einander gegenüber.

»Du und ich«, fuhr er fort, »wir werden Ivana zurückholen, und wir werden diese beiden verdammten Morde aufklären. Beweisen wir allen, dass ein Polizist und eine Gendarmin fantastisch zusammenarbeiten können.«

Desnos schien nachzudenken, aber Niémans wusste, dass sie sich bereits entschieden hatte. In Wirklichkeit hatte sie ihren Kurs nie geändert. Sie würde nicht loslassen, bevor alles aufgeklärt war. Niémans erkannte sofort, wenn jemand mit Leib und Seele Polizist war.

Desnos steckte ihre Hände in die Hosentaschen. Gemessen an der Feindseligkeit ihres Koppels bedeutete das einen Rückzug. Der Wind bauschte ihren Parka noch immer, und die Ärmel hatten ihr Volumen verdoppelt.

»Und wie geht es mit unserer Ermittlung jetzt weiter?«, fragte sie mit flatternden Augenlidern.

Niémans lachte herzhaft auf. »Keine Ahnung!«

48

W as wollen Sie hier?«
Sie waren zurück auf dem Revier, das mit all den vermummten Typen jetzt eher einer Berghütte ähnelte, wo alle nach ihren Schlafsäcken suchten.

Max Lehmann, der Restaurator von Mosaiken und Fresken mit seinem Schnurrbart und dem seidigen Blick, wartete in der Eingangshalle.

»Ich wollte Bericht erstatten«, antwortete er, sichtlich erschüttert von der Unfreundlichkeit des Polizisten.

Niémans hatte längst vergessen, was er von dem Mann verlangt hatte.

»Um diese Uhrzeit?«

»Ich dachte, es sei dringend. Es geht um die Datierung der Fresken …«

Sofort änderte Niémans seinen Ton und klopfte Lehmann freundschaftlich auf die Schulter. »Natürlich, entschuldigen Sie.« Er wandte sich an Desnos. »Kannst du uns einen Raum besorgen?«

Wenige Minuten später saßen sie in einem Büro im ersten Stockwerk. Die Räume in diesem Gebäude schienen untereinander austauschbar. Alle waren mit Metall und Plexiglas ausgestattet, mit Linoleum ausgelegt und mit naiven Propagandapostern dekoriert. Und wenn man die Botschaft dann immer noch nicht verstanden hatte, gab es noch die Deckenbeleuchtung, die dem Teint ein geisterhaftes Schlämmkreide-Weiß verlieh.

»Wir verfügen über Analysetools, die …«

»Ersparen Sie mir die technischen Details.«

Lehmann hob die Augenbrauen: Die Umgangsformen seines Gesprächspartners gefielen ihm nicht. Aber er fand sich damit ab und blätterte schnell durch die Seiten seines Ordners. Seine Finger waren so lang und so geschmeidig wie Pinsel.

Niémans sah Zahlen, Kurven und Gleichungen. Ihn beschäftigte eine verschwundene Leiche, eine andere mit einem Stein im Mund und seine kleine Slawin, die sich bei einer Killer-Sekte aufhielt. *Nicht die richtige Zeit für Mathe ...*

»Habe ich Ihnen von der Buon-Fresco-Technik erzählt?«, erkundigte sich Lehmann in lockerem Tonfall.

»Haben Sie mich nicht verstanden, Lehmann? Ich will nur Ihre Ergebnisse hören!«

Dieses Mal reagierte der Restaurator wirklich schockiert.

»Ich bitte um Verzeihung«, fügte Niémans mit ruhigerer Stimme hinzu. »Unsere Nerven liegen ganz schön blank. Möchten Sie einen Kaffee oder irgendwas anderes?«

Lehmann fegte den Vorschlag mit einer Handbewegung vom Tisch. »Sie wollen die Kurzversion?«, antwortete er knapp. »Also gut: Die versteckten Fresken wurden im 20. Jahrhundert gemalt.«

»Moment mal. Die Bilder unter den Gemälden aus dem 18. Jahrhundert?«

»So ist es.«

»Wie ist das möglich?«

»Gute Frage. Ist es nicht.«

Niémans legte seine Hände flach auf den Plastiktisch und blickte Desnos an. In ihren Augen las er die gleiche Fassungslosigkeit, das gleiche Unverständnis.

»Aber ich glaube, ich habe die Erklärung gefunden. Wir haben die Gelegenheit genutzt und auch die oberen Fresken datiert. Auch sie sind gefälscht.«

»Was meinen Sie mit ›gefälscht‹?«

»Wie schon gesagt: Die versteckten Bilder sind neu. Aber die sichtbaren Bilder ebenfalls.«

»Wollen Sie etwa damit sagen …«

Lehmann hob den Kopf mit der theatralischen Bewegung eines Dozenten. »Die Farbpigmente entsprechen in der Tat solchen, wie sie im 18. Jahrhundert verwendet wurden. Allerdings gibt es da eine winzige Unstimmigkeit. Unsere chemischen Analysen haben gezeigt …«

»Lehmann …«

»Schon gut. Diese Fresken sind das Werk eines Fälschers, dem es irgendwie gelungen ist, an Materialien der damaligen Zeit heranzukommen, um seine Nachahmung zu perfektionieren. Aber er hat dabei etwas übersehen. Das für die Zusammensetzung der Farbpigmente verwendete Blei stammt nämlich heutzutage nicht mehr wie im 18. Jahrhundert aus europäischen, sondern aus amerikanischen und österreichischen Minen.«

»Macht das einen Unterschied?«

»Oh ja. Bestimmte analytische Verfahren können zeigen, dass die modernen Farben nicht die gleiche isotopische Zusammensetzung und auch nicht die gleiche Anzahl von Spurenelementen haben.«

Niémans und Desnos waren unwillkürlich aufgestanden und hinter Lehmann getreten, um sich die Notizen des Spezialisten anzusehen, die plötzlich eine ganz andere Bedeutung bekamen. Die beiden sahen aus wie Piraten, die sich über eine Schatzkarte beugten.

»Ich schließe daraus«, fuhr Lehmann fort, »dass die beiden Fresken zur gleichen Zeit gemalt wurden. Höchstwahrscheinlich zu Beginn des 20. Jahrhunderts. Unser Hochstapler malte zuerst die biblischen Albtraumszenen, wobei er seinem

Stil und seiner Besessenheit freien Lauf ließ, während er aus irgendeinem unerfindlichen Grund die Malweise des Spätmittelalters anwendete. Dann bedeckte er die Bilder mit Kalk, Gips und Putz und malte die neuen Werke absichtlich unbeholfen darüber. Dabei hielt er sich an den Stil und die vermeintlichen Pigmente des 18. Jahrhunderts.«

Schweigen breitete sich aus. Niémans hatte sein Telefon hervorgeholt und sah sich die Bilder noch einmal genauer an. Zunächst die sichtbaren: harmlose Motive der Geburt Christi, der heilige Christophorus, die Vogelpredigt. Dann die darunter liegenden: Adam und Eva, der Turmbau zu Babel, die vier Apokalyptischen Reiter …

»Kennen Sie die Geschichte der Gesandten?«, fragte Lehmann.

»Immer besser, ja.«

»Zu Beginn des letzten Jahrhunderts tauchte eine merkwürdige Gestalt in ihrer Gemeinschaft auf.«

»Otto Lanz.«

»Ganz genau. Er war der einzige Außenstehende, der je von den Gesandten akzeptiert wurde.«

Niémans musste an Paul Paride denken, aber jetzt war nicht der richtige Zeitpunkt, diesen Parasiten zu erwähnen.

»Lanz war Maler«, fuhr der Restaurator fort. »Ich habe Fotos von seinen wenigen bekannten Werken gefunden. Es ist der gleiche halluzinatorische Stil, die Ausdruckskraft des Mittelalters, aber gestört durch die Dissonanzen des 20. Jahrhunderts.«

»Stimmen Ihre Daten mit seiner Zeit auf der Domäne überein?«

»Ja. Ungefähr die 1920er-Jahre.«

Niémans würde sich noch einmal mit der Geschichte von Otto Lanz beschäftigen müssen. Er erinnerte sich, dass der Mann großen Einfluss auf die Gemeinschaft gehabt hatte. Zweifellos hatte er eine Botschaft an der Decke von Saint-Ambroise hinterlassen. Mehr als eine Botschaft: einen Befehl, ein Credo …

»Die Gesandten haben die Kapelle zu Beginn des 20. Jahrhunderts erworben«, fuhr Lehmann fort. »Vermutlich hat sich Lanz dort eingeschlossen, seine Wahnvorstellungen gemalt und sie dann mit anderen Fresken getarnt. Warum er es so kompliziert machte? Das werden wir wohl nie erfahren.«

Niémans sagte sich, dass es seine Aufgabe war, die Beweggründe von Lanz zu erraten.

»Soll ich Ihnen den Ordner dalassen?«

»Ja natürlich.«

Lehmann faltete sich auseinander wie das Fernglas eines Freibeuters und ging zur Tür. Automatisch stand auch Niémans auf und begleitete ihn zurück in die Eingangshalle, während Desnos wortlos wieder zur Tagesordnung überging.

Nachdem der Künstler gefahren war, blieb Niémans auf dem Parkplatz stehen und ordnete seine Gedanken. Man musste nicht auf die Kunstakademie gegangen sein, um zu erraten, dass die wichtigen Gemälde die unteren waren: die vermeintlich mittelalterlichen Fresken, die mit Leidenschaft und Wahnsinn in die Gewölbe gemalt worden waren.

Sie mussten enträtselt werden. Dazu brauchte er einen Experten, einen Meister der katholischen Ikonografie. Als er diesen Punkt seiner endlosen Entschlüsse erreicht hatte, vibrierte sein Mobiltelefon.

Synchronizität, Niémans, Synchronizität …

49

S ofort erkannte er die sanfte Stimme des Einsiedlers. Das Phantom der Klöster ...

»Du geruhst also, die Versenkung zu verlassen?«

»Für dich tue ich doch alles.«

»Komm zu mir ins Elsass.«

»Hm, hm.«

»Wie schnell kannst du hier sein?«

Der Laienbruder antwortete nicht. Im Zeitraffer ließ Niémans die Szenen des seltsamen Schicksals von Eric Aperghis, alias Antoine Revue passieren.

Er hatte ihn während seiner Zeit beim Rauschgiftdezernat kennengelernt. Damals träumte er noch von Aufträgen, die mit Fäusten und Waffengewalt durchgeführt wurden. Stattdessen wurde er beauftragt, sich ins Milieu der Nachtschwärmer einzuschleusen und den Drogensüchtigen zu spielen, um an die neuen Vertriebswege von Acid, Ecstasy, Kokain, Ketamin und LSD heranzukommen.

Niémans musste vor allem nachts aktiv werden – ausgerechnet er, dessen Biorhythmus dem eines Sportlehrers glich. Er hatte sich in Bars, Clubs, besetzten Häusern, Unterschlüpfen und bei wilden Raves herumgetrieben, seine Trommelfelle von vielen Dezibel vergewaltigen lassen und sich auf Staatskosten Lines reingezogen oder sich betrunken. In dieser Umgebung hatten seine und Aperghis' Wege sich gekreuzt.

Eric war ein Junkie, lebte teils mondän, teils als Bettler von der Verschwendungssucht seiner Freunde und pendelte zwischen Perioden des Feierns und Abstürzen auf offener Straße hin und her. Niémans hatte ihn benutzt, um ein paar Dealer zu schnappen, und hatte ihn dafür mit psychoaktiven Substanzen bezahlt. Gleichgültig gegenüber allem ließ Aperghis sich treiben und war sich nicht zu schade, Trinkgelder von Kellnern in Clubs zu stehlen oder für einen Schuss jemandem einen zu blasen. Damals wartete er nur noch auf sein Ende und hatte dabei nur einen einzigen Trost: Er würde es nicht kommen sehen.

Doch dann geschah etwas ganz anderes: Die Chemie verhalf ihm zu einer Offenbarung wie dem heiligen Paulus auf der Straße nach Damaskus oder dem heiligen Augustinus im Garten von Mailand. Aperghis traf es unter dem Einfluss von Acid wie ein Blitz auf dem Boden der gefliesten Toiletten im Nachtclub Bains-Douches.

Als er wieder aufwachte, glaubte er an Gott. Nicht wie ein Sonntagskatholik oder der dilettantische Leser einer christlichen Tageszeitung. Von diesem Tag an war Gott der Sinn seines Lebens. Aperghis wurde Laienbruder und bot verschiedenen Orden seine Dienste an. Im Gegenzug halfen ihm die Mönche, sich von den Drogen zu befreien. Das passierte natürlich nicht innerhalb einer Woche, aber Aperghis war nicht mehr allein: Gott war mit ihm.

Am katholischen Institut in Paris absolvierte er ein Theologiestudium und wurde zum Spezialisten für die Apostelgeschichte. Innerhalb weniger Jahre brachte er es zum Experten für die historische und kritische Exegese des Neuen Testaments. Gleichzeitig vertiefte er seine Kenntnisse in der Geschichte der katholischen Ikonografie. Er arbeitete als Dozent am Theologicum, der theologischen Fakultät des katholischen Instituts von Paris, nahm aber bald seinen Abschied.

Lehraufträge interessierten ihn nicht. Lieber wollte er sich endgültig der Heiligen Schrift widmen, um Gott immer näher zu kommen. Es gab das Diesseits, es gab den Allerhöchsten, und irgendwo dazwischen einen Ex-Junkie mit einem verkohlten Gehirn.

»Wie schnell kannst du hier sein?«, wiederholte Niémans.

»Kommt drauf an.«

»Worauf?«

»Ich fahre immer per Anhalter.«

Niémans seufzte. »Ich schicke dir gleich morgen früh einen Gendarmen.«

Nachdem er aufgelegt hatte, wurde ihm mit einem Hauch von Panik klar, dass ihm tatsächlich nichts anderes übrig blieb, als zu warten. Und selbst das Warten machte keinen Sinn.

Der Tatort in dem Wäldchen würde keine Resultate bringen. Die Entzifferung der Wandmalereien würde erst beginnen, wenn Eric ankam. Die Ermittlungen zu Samuels Tod waren zu einem Ende gekommen – mit anderen Worten: im Sande verlaufen. Und eine Untersuchung zu Marcel konnte mangels Leiche nicht stattfinden.

Er drehte sich um und kehrte in die Gendarmerie zurück. Solange ohnehin nichts anderes zu tun blieb, konnte er zumindest lesen. Desnos besaß bestimmt eine Akte zu Otto Lanz, dem Propheten der Winzer des Blutes.

50

Die Akte existierte tatsächlich, und Desnos freute sich sogar, dass sich jemand dafür interessierte. Sie brachte ihm einen Stapel Papier in das kleine Zimmer in der ersten Etage, in dem sich Niémans wie eine Muräne in einer Felsspalte vergrub.

»Und du? Was machst du?«, fragte er, ohne ihr auch nur den geringsten Auftrag zu erteilen.

»Ich fahre zurück in das Wäldchen.«

»Irgendwelche Neuigkeiten? Haben sie was gefunden?«

Sie ging, ohne etwas zu sagen, denn die Antwort lag auf der Hand. Niémans schloss die Tür. Er lehnte es ab, sich entmutigen zu lassen. Zu dieser nächtlichen Stunde und in einem derartigen Vakuum war Niedergeschlagenheit der schlimmste Feind.

Er hatte um eine Thermoskanne mit Kaffee gebeten und machte sich an seine Lektüre.

Otto wird 1872 in Belfort geboren, als die Stadt nach mehr als hundert Tagen Belagerung gerade in preußische Hände gefallen war. Die Leichen sind kaum begraben, und die Ausdünstungen von Typhus schweben noch in der Luft. Er wächst mit sieben Geschwistern in einer von Widersprüchen zerrütteten Familie auf: Die fromme Mutter arbeitet als Näherin, der atheistische Vater ist Schmied. Und Alkoholiker. Der Mann verbringt seine Tage in seiner Schmiede, suhlt sich in seinem Hass auf die Preußen, säuft billigen Fusel und prügelt auf das auf 800 Grad erhitzte Eisen ein. Abends müssen dann Frau und Kinder als Amboss herhalten.

Otto verlässt die Schule sehr früh, weigert sich aber,

Schmied zu werden. Aus diesem Grund verletzt der Vater sein linkes Handgelenk mit einer glühenden Zange – Otto leidet sein ganzes Leben lang unter einer motorischen Behinderung.

Mit dreizehn Jahren flieht er auf die Straßen des Elsass und lebt von Diebstahl und Gelegenheitsarbeiten. Schließlich landet er als Lehrling in einer Druckerei in Sélestat. Dort beginnt er zu zeichnen. Sehr bald schon verdient er seinen Lebensunterhalt mit Porträts, Karikaturen, Landschaftsbildern. Er wandert weiter, erleidet Gewalt, sexuellen Missbrauch und Demütigungen, die er hinnimmt, weil er auf bessere Zeiten hofft. Er ist ein Block aus Wut – verkrüppelt und ausgehungert, aber virtuos.

In Brason erscheint ihm die Diözese als einzige Rettung.

Die Gesandten können ihm die Gunst, um die er bittet, nicht verweigern: Er will sich taufen lassen und sich Gott ganz anvertrauen. Es ist ein bewusster, freiwilliger und überlegter Akt, also genau das, was die Gesandten predigen. Er wird getauft und bleibt in der Diözese. Er ist ein guter Schmied – das Handwerk, das ihm sein Vater durch Schläge beigebracht hat –, und er ist ein guter Mensch, der sich dank der Lehre des Herrn von seinen Sünden und seinem Zorn reingewaschen hat.

Er liest die Bibel. Er liest das *Buch der Märtyrer*. Er erfährt von den Massakern, Folterungen und dem Ertränken der Gesandten. Seine Wut kehrt zurück, nimmt aber eine besondere Form an, so wie Eisen durch Feuer geläutert wird. Er gelobt, die Gesandten zu beschützen und sie vor Laster und Gewalt zu bewahren.

Das Zeichnen gibt er auf, um sich juristischen Arbeiten zu widmen. Er interessiert sich für die Besitzurkunden der Domäne, die er von einem Notar im Grundbuch registrieren lässt, gründet eine Genossenschaft, die, genau wie die anderen Weingüter der Region, den Status eines Privatunternehmens erhält – tatsächlich wickelt er die Weltlichen um den Finger, damit sich die Gesandten nie wieder die Hände schmutzig machen müssen.

In der Diözese gehen die Meinungen auseinander. Lanz gehört nicht wirklich zu ihnen, verstößt immer wieder gegen »Ordnung und Gehorsam« und lebt zwar innerhalb der Gemeinschaft, aber abseits – sein Blut ist fremd. Für einige ist er ein Sünder, ein Ausgestoßener, ein Sakrileg. Andere hingegen betrachten ihn als Werkzeug der Vorsehung. Zu Beginn des neuen Jahrhunderts, als sich Chaos und Konflikte abzeichnen, spielt Lanz die Rolle eines Schutzschildes für die Gemeinschaft.

Der Erste Weltkrieg beweist, wie wichtig er geworden ist. Die Gesandten weigern sich, Dienst an der Waffe zu leisten. Sie werden verfolgt und erschossen. Otto nutzt die allgemeine Unordnung für einen klugen Schachzug aus. Das Elsass gehörte ja zu dieser Zeit zum Deutschen Reich. Lanz überzeugt die deutschen Behörden von der Nützlichkeit der Gesandten als Nachhut: Lazarett, Nachrichtenübermittlung, Feldküche ... Alles ist möglich, solange sie keine Waffe berühren müssen. Die mit dem Gemetzel in den Schützengräben beschäftigten deutschen Generäle akzeptieren – die Gesandten entkommen den Kämpfen.

Am Ende des Krieges wird das Elsass wieder französisch, und die Täufer kehren in ihre Weinberge zurück. Je erfolgreicher sich der Weinbau gestaltet, desto mehr wächst Ottos Status innerhalb der Gemeinschaft. Er wird zum Erzbischof der Diözese, was außergewöhnlich ist, weil er nicht zur Gemeinschaft im eigentlichen Sinne gehört.

Alle sind ihm dankbar für das Gedeihen der Weinberge, deren gute Bewirtschaftung die Unabhängigkeit der Diözese sichert. Außerdem hat Lanz eine weitere Gefahr vorhergesehen: Touristen. Er sorgt für Zäune und Wächter, die das Privateigentum schützen. Neugierige werden vom Land der Gesandten ferngehalten.

Auch während der Besatzungszeit schützt Otto Lanz die Gesandten durch seine Intelligenz. Er beherrscht sowohl Deutsch als auch Französisch und bringt es fertig, die Nazi-Besatzer dank der Weinproduktion des Gutes in Schach zu halten – die deutschen Generäle sind geradezu verrückt nach dem sehr süßen Wein und respektieren daher die Gesandten und ihr Know-how.

In den letzten Jahren seines Lebens – er stirbt 1957 an Darmkrebs – wird Lanz zum absoluten Mentor der Gesandten. Er predigt, er führt seine Leute an, er kommentiert die Heilige Schrift. Als keuscher Asket heiratet er nie – er ist ein Fremder und darf sein Blut nicht mit dem der Täufer vermischen. Das führt jedoch dazu, dass man ihn als überlegene, ja geradezu ätherische Natur ansieht, die dem Herrn noch näher ist als die in ihren Körpern und Begierden gefangenen Gesandten.

Niémans unterbrach seine Lektüre. Ein Wahnsinnstyp, ohne Zweifel. Aber was hatte dieser Mann mit den laufenden Ermittlungen zu tun? Niémans stellte sich vor, wie sich Lanz nachts nach Saint-Ambroise zurückzog, um seine Fresken zu malen. Ob er dort eine Weisung hinterlassen hatte? Vielleicht die wichtigste seiner Herrschaft?

Als Otto Lanz starb, gab es weder eine Zeremonie noch eine Feier. Er wurde nicht einmal auf dem Friedhof der Gesandten begraben. Stille – und vielleicht sogar Vergessen – schlossen sich um den »Eindringling«. Obwohl er nie zugelassen oder integriert war, hatte er den Gesandten das Überleben in der modernen Welt ermöglicht. Und sein Testament befand sich in der Kapelle …

Niémans war beeindruckt von Desnos' Recherchen. Bestimmt hatte sie Stunden in den Bibliotheken des Elsass verbracht und die Archive der in Europa noch existierenden Gesandtenzentren durchkämmen müssen.

Was leider fehlte, war ein Bild des Mannes. Die Gesandten lehnten jede bildliche Darstellung ab, insbesondere Porträts, weil sie die Gefahr eines Personenkults bargen. Lanz war vermutlich nie fotografiert worden.

Niémans steckte die Hände in die Taschen – er las nun schon seit mehreren Stunden, hatte seinen Mantel aber immer noch nicht abgelegt. Schließlich versuchte er, Desnos anzurufen. Keine Antwort. Wahrscheinlich hatten die Gendarmen noch immer nichts gefunden.

Der Polizist zermarterte sich das Hirn, wie er den kommenden Morgen angehen sollte. Eine Razzia bei den Täufern? Die Diözese nach Automatikwaffen durchsuchen? Unter den Betten nach Marcels Leiche fahnden? All das würde nichts bringen und das Schweigen der Gesandten nur noch vertiefen.

Was also?

Er schaute auf seine Uhr und sprang auf, als er feststellte, dass es schon vier Uhr fünfundvierzig am Morgen war. In fünfzehn Minuten sollte er Ivana in der Kapelle Saint-Ambroise treffen. Er verließ sein Büro. Die Akte ließ er offen liegen.

Vielleicht würde ihn die kleine Slawin inspirieren.

51

Ein Theater. Diese leere Kapelle, deren Boden von den noch nicht wieder verpackten, viel zu weißen Scheinwerfern der Forensiker beleuchtet wurde, war die Bühne. Die Planen, die an den Gerüsten hingen, bildeten die Vorhänge. Und die verstreuten, blassen und reglosen Polizisten waren die Schauspieler. Alles schien bereit für ein Theaterstück von Pirandello.

»Konntest du entkommen?«, fragte er statt einer Begrüßung.

»Langsam wird es zur Gewohnheit. Haben Sie eine Batterie?«

Niémans reichte ihr seine Powerbank. Sofort steckte sie ihr Telefon ein. Für eine Sekunde hatte Niémans den Eindruck, dass sie sich selbst auflud. Dieses Bild gefiel ihm.

»Gibt es etwas Neues?«

»Nein.«

»Warum sollte ich dann kommen? Jedes Mal, wenn ich durch den verdammten Zaun krieche, riskiere ich Kopf und Kragen!«

Niémans trat näher an sie heran. Trotz ihrer alten Klamotten, trotz der durchgemachten Nacht, trotz der Toten und aller Bedrohungen verströmte Ivana immer den gleichen Duft. Es war kein Parfüm, sondern eine Mischung aus Lavendel und Babymilch. Etwas Pflanzliches und gleichzeitig Kindliches, ein absoluter Gegensatz zu dem, was sie wirklich war, nämlich 43 Kilo feindselige Kraft, die mit ihrer Waffe unter dem Kopfkissen schlief – Ergebnis ihrer Herumtreiberei auf der Straße.

Er fasste seine Hypothese vom Ablauf in drei Teilen noch einmal zusammen. Der Kampf mit Paul Paride. Der von dem Kohlenmann begangene Mord. Der Einsturz des Gewölbes, verursacht durch die Gesandten, die damit die kriminelle Natur von Samuels Tod zu verbergen versuchten.

»Übertreiben Sie nicht ein bisschen?«

Als Antwort zeigte er ihr die Röntgenbilder der versteckten Wandmalereien und erzählte er die Geschichte von Otto Lanz, dem Mentor der Täufer, der seine Nächte damit verbrachte, die Gewölbe von Saint-Ambroise auszumalen. Dort musste das Geheimnis liegen.

»Ich verstehe überhaupt nichts mehr«, sagte Ivana. »Einerseits behaupten Sie, dass diese Fresken für die Gesandten eine große Bedeutung haben, andererseits haben sie aber nicht gezögert, eine davon zu zerstören.«

»Ganz genau. Den Tod dieses Mannes zu vertuschen war ihnen noch wichtiger. Langsam fange ich an zu glauben, dass sie etwas anderes verbergen wollten als das Verbrechen an Samuel.«

»Und was?«

»Das werde ich noch herausfinden.«

Unwillkürlich blickte Ivana zu den Fenstern hinauf, deren Buntverglasung durch Planen ersetzt worden war. Man konnte nicht nach draußen sehen.

»Wie spät ist es?«

»Viertel vor sechs.«

»Ich muss zurück.«

»Nichts da. Das ist das andere, was ich dir sagen wollte: Du fährst mit mir zurück.«

Ivanas Stimme klang plötzlich unglaublich müde. »Darüber haben wir bereits gesprochen.«

Niémans wollte sich auf gar keinen Fall aufregen. Damit

durfte man Ivana nicht kommen. Die Projektoren warfen harte Schatten auf die staubigen Steinfliesen.

»Du bist bei der Gemeinschaft sozusagen auf Bewährung, Kleine. Hast du das verstanden? Sie werden dich umlegen, wenn sie es für richtig halten, und wir können nichts dagegen tun …«

»Die Weinlese ist vorbei. Ich spüre, dass bald etwas passiert.«

»Nämlich?«

»Ich weiß es nicht. Sie wollen alles verbrennen, was von der Lese übrig ist – Rebentriebe, Werkzeuge, Kleidung. Die letzte Nacht soll ein riesiges Inferno werden. Und am nächsten Tag wollen sie unter einem Ascheregen beten.«

»Na toll. Und?«

Ivana zog sich ein Stück zurück und lehnte sich an den im hinteren Teil des Chors vorläufig untergebrachten Altar aus Stein, als wollte sie ihrer Schlussfolgerung eine Grundlage verleihen:

»Der Mörder wird in diesem Moment aus dem Wald kommen, da bin ich mir ganz sicher. Sie sind nicht der Einzige, der einen Instinkt hat. Ich …« Ivana wandte sich zum Altar und brach ab.

»Was ist?«, fragte Niémans.

Ohne zu antworten, deutete die Polizistin auf die rechte Seite des Steinaltars. Niémans brauchte nur eine Sekunde, um zu erkennen, was sie ihm zeigte: Zwei Füße in den Galoschen der Gesandten ragten unter dem Sandstein hervor. Es sah fast aus wie ein Cartoon.

Niémans warf Ivana ein Paar Nitrilhandschuhe zu, ehe er seine eigenen anzog. Zusammen beugten sie sich über den Toten. Zwischen dem Altar und der Wand war gerade genug Platz für eine Leiche – und eine solche steckte dort. Genauer gesagt handelte es sich um die Überreste eines Mannes, den die beiden Polizisten kannten: Jakob höchstpersönlich.

»Hilf mir«, befahl Niémans.

Ivana rührte sich nicht, als wäre sie in Schockstarre.

»Hilf mir, verdammt noch mal!«

Sie trat zu Niémans, der sich bemühte, den Altar von der Wand wegzudrücken. Schließlich drehte sich der Felsblock um 45 Grad. Das Knirschen klang nach entweihtem Heiligtum. Der Polizist holte einen der Scheinwerfer und beleuchtete den makabren Bereich.

Jetzt sahen sie klarer.

Mit dem bloßen Auge war keine tödliche Wunde zu erkennen. Aber Weste und Hemd waren offen, und auf der nackten Brust standen die Buchstaben MLK.

Nicht nachdenken, befahl sich Niémans, ehe er sich hinunterbeugte und die Kiefer des toten Mannes öffnete. In seinem Mund fand er einen Stein, den er in seiner Hand wog: leicht, gräulich, geriffelt. Es war kein Stein, sondern ein Stück Holzkohle.

Niémans setzte die Untersuchung fort. Vorsichtig hob er den Kopf des Toten an. Seine Finger wanderten zum Nacken, wo er eine offene Wunde in Höhe der Halswirbelsäule ertastete. Jakob war mit einem stumpfen Gegenstand erschlagen worden, wahrscheinlich mit einem großen Stein …

Niémans richtete sich auf und griff nach seinem Telefon.

Ein Toter ist nie eine gute Nachricht. Aber dieser hier würde es ihm gestatten, noch einmal von vorn anzufangen. Die Leiche war ein neues Steinchen in dem Mosaik, das der Mörder zusammensetzte.

52

Drei Stunden waren vergangen. Ivana befand sich fast an der gleichen Stelle wie am frühen Morgen, nur auf der anderen Seite der Abtrennung.

Saint-Ambroise, die Sandsteinmauern, die blinden Fenster, der Leichnam. Und jetzt auch die Gesandten, die Saisonarbeiter, die Journalisten … Alle hatten sich hinter dem Flatterband versammelt und wurden von den Gendarmen in Schach gehalten.

Zusammen mit den anderen stand sie da und blickte auf die Tür der kleinen Kirche, aus der Jakob gleich starr wie ein Klotz herausgetragen würde. Seltsam dabei war die Stille. Die Gesandten sprachen kein Wort – wahrscheinlich beteten sie in ihren Herzen. Auch die Saisonarbeiter schienen verstummt zu sein, ebenso wie die Journalisten, die sonst meist redseliger waren, mit ihren Mikrofonen und aufgestellten Kameras.

Die Totenwache für Jakob hatte begonnen.

Ivana musste sich nicht besonders anstrengen, um den erstarrten Eiszapfen zu geben. Seit der Entdeckung der Leiche befand sie sich sozusagen im Ausnahmezustand. Sie hatte sich zurück ins Lager geschlichen, war in ihr eiskaltes Bett geschlüpft, hatte zusammengerollt in die Nacht gestarrt, die zurückzustarren schien, und auf die Morgendämmerung gewartet.

Ehe sie sich trennten, hatte Niémans ihr noch einmal dringend nahegelegt, dass sie in ihre offizielle Rolle als Polizistin zurückkehren müsse. Der neuerliche Mord würde alle aufschrecken. Aus einer Art selbstmörderischem Impuls heraus bestand sie jedoch darauf, bis zur letzten Minute der Weinlese weiter undercover in der Gemeinschaft zu bleiben.

Sie wollte Reaktionen beobachten, Fragen stellen, vielleicht ein Detail entdecken … Der Streiterei müde hatte Niémans sie gehen lassen, sie aber erneut ermahnt, vorsichtig zu sein.

Die Nachricht verbreitete sich gegen sieben Uhr, als die Saisonarbeiter gerade die Duschen verließen. Jakob war ermordet worden! Die skandalträchtigen Worte waren durch das Lager geglitten wie eine Schlange zwischen Farnen, und hatten, wenn nicht Panik, so doch zumindest eine ernsthafte Unschlüssigkeit verursacht. Die Lastwagen waren nicht gekommen, um sie abzuholen. Die Zeit für den Aufbruch in die Reben war längst verstrichen. Die zur Aufsicht eingeteilten Gesandten wirkten zum ersten Mal völlig verloren.

Schließlich waren alle nach Saint-Ambroise gelaufen, um zu sehen, was dort vor sich ging. Der einsetzende Regen durchweichte ihre Kleidung, ließ alle in ihrer Hilflosigkeit versinken und verlangsamte nach und nach jede Bewegung.

Nun wurde vor Kälte zitternd abgewartet – nur Ivana kam allmählich wieder zu sich und genoss die tolle Selbstdarstellung von Niémans. Bei Marcel hatte er nichts ausrichten können, bei Jakob würde er bestimmt nicht versagen. Gendarmen, Forensiker, Bestatter … Alle diese Uniformen hoben sich mit einer gewissen Anmut vor den regenglänzenden Wänden der Kirche und dem zuckenden Blaulicht ab. Nicht übel.

Von Zeit zu Zeit drehte Ivana sich um und stellte sich auf die Zehenspitzen. Sie suchte nach Rachel, konnte sie aber nirgends entdecken. War sie in der Domäne geblieben? Hatte sie ein Auto genommen? Ivana hätte gerne mit ihr geredet und sie getröstet. Stur blieb sie dabei, die junge Frau für ein zerbrechliches kleines Ding zu halten, obwohl Rachel über eine unfehlbare Kraft verfügte: ihren Glauben.

Ivana fiel ein Vorfall 2006 in Pennsylvania ein. Ein Verrückter war in eine Amish-Schule eingedrungen und hatte acht kleine Mädchen getötet, ehe er seinem Leben selbst ein Ende setzte. Die Amischen waren zu seiner Beerdigung gegangen, um ihre Vergebung zu beweisen, und hatten zusammengelegt, um die Witwe des Mörders finanziell zu unterstützen.

Und Niémans? Bestimmt hielt er sich in der Kapelle auf, um sich mit Politikern oder irgendwelchen Beamten zu beratschlagen. Ivana selbst zog ihren Standort vor. In diesem schwammigen, fast organischen Schweigen fühlte sie sich deutlich wohler – inmitten dieser Armee, die niemals verlor, weil sie keinen Sieg anstrebte.

Irgendwann erschien Niémans' neue Assistentin, die Gendarmin mit den gut gepolsterten Stoßdämpfern, auf der Schwelle der Kirche. In ihrem Anorak sah sie aus wie ein Michelin-Männchen, und ohne wirklich zu wissen, warum, freute sich Ivana darüber. Erst mit einer gewissen Verzögerung wurde ihr klar, dass sie vom ersten Augenblick an eifersüchtig auf diese große Brust gewesen war, weil sie ihren Niémans kannte.

In diesem Moment erwiderte Desnos, die sich beobachtet fühlte, ihren Blick. In ihren feuchten Augen unter dichten, nassen Wimpern blitzte ein komplizenhaftes Schimmern auf. Kein Zweifel, sie wusste Bescheid. Um die Operation Marcel zu legitimieren, hatte Niémans offenbar keine andere Wahl gehabt, als seine Quelle preiszugeben.

Unwillkürlich schenkte Ivana ihr ein flüchtiges Lächeln, das wie ein Echo zu ihr zurückkehrte. Durch den Regenvorhang hindurch erwärmte dieser stumme Austausch ihr Herz.

Sie hatte eine Verbündete, und in Zeiten wie diesen war das durchaus kein Luxus.

Die Gendarmin verschwand und patschte mit ihren plumpen Militärschuhen durch die Pfützen. Die Erde um die Mauern verwandelte sich allmählich in Morast, und man fragte sich bereits, ob die Fahrzeuge überhaupt noch durchkommen würden.

Aber dann geschah etwas anderes, etwas völlig Unerwartetes.

Aus dem Portal von Saint-Ambroise trat Rachel höchstpersönlich, triefnass wie ein Wischmopp und schmächtig wie eine Voodoo-Puppe. Ihr Kleid klebte an ihr wie eine zweite schwarze und lackierte Haut. Ihr Gesicht war verzerrt wie geschmolzener Zucker. Dicke Tränen kullerten über ihre Wangen und blieben selbst im strömenden Regen bestehen.

Ivana tat das Herz weh. Spontan wandte sie sich an den neben ihr stehenden Gesandten, einen Koloss mit rotem Kraushaar, dessen Hutrand tropfte wie eine Mozzarella-Scheibe mit Olivenöl.

»Was macht sie hier?«, rief sie. Sofort verbesserte sie sich. »Rachel. Warum war sie in der Kapelle?«

»Der Tote war ihr Mann«, antwortete der Mann, ohne sie anzusehen.

»Ihr Ehemann? Jakob?«

Der Riese würdigte sie keiner Antwort. Die Gesandten redeten nicht viel. Und gar nicht zu reden war sogar noch besser.

Ivana verspürte ein Schwindelgefühl. Der Regen lief in Rinnsalen an ihren Schultern herunter. Um sie herum äußerte sich die Aufregung in Spritzern, Rauschen und Plätschern.

Wie hatte sie das übersehen können? Jakob, der Verwalter der Gemeinschaft. Und bei allem Respekt für die Gesandten: Er war einer der Verantwortlichen gewesen. Jakob, der bestimmt dreißig Jahre älter gewesen war als die kleine Rachel ... Ohne es sich erklären zu können, empfand sie die Nachricht als von großer Bedeutung. Als entscheidende Wendung in der Geschichte – aber aus welchem Grund?

Rachel hatte sie nicht gesehen. Tatsächlich schien sie überhaupt nichts zu sehen. Mit hoch erhobenem Kopf bewegte sie sich stoisch geradeaus. Ihr Gang wirkte unsicher. Bedrängt von den Gendarmen und ausgebremst durch das allgegenwärtige Gewusel schritt sie vorwärts wie eine Schlafwandlerin. Ivana wollte gerade unter dem Flatterband hindurchtauchen, um sie zu begleiten, als die Bestatter Jakobs Leiche herausbrachten.

Unter den Regentropfen begann der Leichensack zu knattern wie eine Kalaschnikow. Rachel stieß einen herzzerreißenden Schrei aus und warf sich über die Bahre. Ivana hatte schon Dutzende solcher Szenen gesehen. Immer waren sie schwer zu ertragen, aber dieses Mal war sie wirklich erschüttert. Diese zweiundzwanzigjährige Frau, Mutter von drei Kindern, die glaubte, in einem neuen Eden zu leben, hatte ihren Mann durch die schlimmste Gewalt verloren ...

Rachel klammerte sich an die Leiche. Ihre Nägel gruben sich in den Stoff, als ob sie ihn zerreißen wollte. Sie schrie nicht mehr und weinte auch nicht mehr, sondern stöhnte wie ein sterbendes Tier.

Die Gendarmen bemühten sich, sie zu bändigen. Im allgemeinen Handgemenge rutschte die Leiche in eine Pfütze. Der Leichensack ging auf – vermutlich war der Reißverschluss schlecht geschlossen worden –, und Jakobs linker Arm schoss heraus und klatschte auf die schwarze Wasserfläche.

Bei dem, was Ivana dann sah, blieb ihr der Schrei im Halse stecken.

Endlich ein Anhaltspunkt. Und nicht irgendeiner – etwas, das die Karten völlig neu mischen würde.

53

Deine Geschichte ergibt keinen Sinn.«
»Ich kann dir leider keine andere anbieten.«

Niémans hatte Schnitzler schon lange nicht mehr gesehen, aber sein früherer Schulkamerad war ohne allzu große Schäden gealtert. Der Elsässer hatte schon immer gut ausgesehen. Groß und elegant, trug er jetzt silbriges Haar zu einem seidigen Bart. Er ähnelte dem schicken grauen Modell, das in allen guten Sitcoms zu sehen ist – als Richter oder Anwalt, klug und verführerisch, immer bereit, den Mörder zu verwirren oder die Gerichtsschreiberin zu betören.

Sie begegneten einander, als hätten sie sich am Vortag das letzte Mal gesehen. Keine Gefühlsduseleien, keine Umarmungen, kein »Wie lange ist das jetzt her?«. Es gab Dringenderes zu tun, als die Vergangenheit aufleben zu lassen: sich zum Beispiel um eine Gegenwart zu kümmern, in der sich die Leichen stapelten.

Niémans hatte Schnitzler unter dem eingestürzten Dach und den triefenden Plastikplanen erklärt, wie er die Dinge sah. Staub und Feuchtigkeit vermittelten den Eindruck, als hätten die Bauarbeiten wieder begonnen – über allem hing der gute alte Geruch von frischem Zement.

»Lass uns verschwinden«, schlug Schnitzler vor.

Zu viele Menschen, zu viele Augen, zu viele Ohren. Sie gingen um das Gebäude herum und nahmen einen Weg, der durch Bäume einigermaßen geschützt war. Im Frühjahr war es hier wahrscheinlich wirklich hübsch, aber im November verknoteten sich die schwarzen Äste wie Stacheldraht und es war, als würde man ein Hochsicherheitsgefängnis betreten.

Wortlos gingen sie einige Zeit lang nebeneinanderher. Niémans hatte eine düstere Miene aufgesetzt, aber nur, weil es gerade so passte. In Wirklichkeit erfreute ihn dieser Regen. Nichts konnte ihn mehr begeistern als ein schöner Regenschauer. Die Luft war erfüllt vom Duft von Wiedergeburt, von großer Wäsche …

»Jedenfalls bestätigt dieser neue Mord meine Hypothese«, erklärte er.

»Logisch. Du warst schon immer der Beste.«

Niémans ging auf die Ironie der Bemerkung nicht ein.

»Ich will damit sagen, dass die Gesandten die Decke nicht nur zum Einsturz gebracht haben, um die kriminelle Natur von Samuels Tod zu verbergen, sondern auch, um die Buchstaben *MLK* zu verstecken, die wohl auch diese Leiche trug.«

»Aber du weißt nicht, was es bedeutet.«

Schnitzler war für diese Art von Verbrechen nicht geeignet. Vielmehr war er dazu geschaffen, einen guten, kleinen Gerechtigkeitswein zu produzieren, altväterlich und unbedeutend. Nichts im Vergleich zu dem Wahnsinn, der über die Domäne hereingebrochen war.

»Also gut, ganz konkret«, fuhr er fort, »was kann ich den Medien sagen?«

»Scheiß auf die Medien.«

»Eine ausgesprochen geistreiche Antwort.«

»Sag einfach so wenig wie möglich und lass mich meine Arbeit machen.«

Der Beamte antwortete nicht. Niémans ließ ihn vorgehen und entdeckte in seiner Erscheinung etwas wieder, das ihm schon früher immer aufgefallen war. Der Mann erschien irgendwie verwachsen. Er hatte lange Frauenbeine, ein wenig dick und x-förmig, eine zerbrechliche, androgyne Gestalt und einen unbeholfenen Gang.

»Und ich dachte, du würdest das in zwei Tagen abwickeln«, sagte der Staatsanwalt über seine Schulter.

»Als du mich angerufen hast, warst du dir nicht mal sicher, ob es sich um einen Mord handelte. Aber seitdem ist alles noch schlimmer geworden.«

Schnitzler murmelte etwas Unverständliches. Soweit sich Niémans erinnern konnte, war er nicht der Typ, der auf Ideen kam, und wenn er einmal eine hatte, war sie nicht gut.

»Dieser Typ, der sich mit Samuel geprügelt hat ...«, begann er in besorgtem Ton.

»Paul Paride?«

»Genau der. Den solltest du mir frisch halten. Wenn wir nichts Neues finden, können wir ihn immer noch den Journalisten zum Fraß vorwerfen. Um Zeit zu sparen.«

Der Elsässer war wirklich neben der Spur. Aber Niémans sah sich nicht in der Lage, ihn wieder einzuordnen. Zumal er Marcels Tod bisher nicht erwähnt hatte, um die Sache nicht noch komplizierter zu machen. Ganz zu schweigen von der genialen Idee, Ivana einzuschleusen.

Von der Spitze der Anhöhe hatten sie einen Überblick über die Kirche, viele Pfützen und eine Menge Schaulustige. Obwohl Jakobs Leiche längst weggebracht worden war, standen die Gesandten und Saisonarbeiter immer noch vor der Kapelle und warteten auf wer weiß was.

»Schau dir bloß diese Idioten an«, murmelte Schnitzler und starrte auf die Journalisten, die hinter der Absperrung von einem Bein auf das andere traten. »Sie lassen einfach nicht locker ... Aber nicht nur sie! Die Abgeordneten, der Präfekt, die Jungs vom Ministerium, alle rufen ununterbrochen an ...«

»Wie schon gesagt, ich tue mein Bestes.«

»Aber bitte nicht zu viel.«

»Was meinst du?«

Schnitzler drehte sich zu Niémans um. Aus der Nähe erkannte man dann doch einige Falten und andere Spuren der Zeit. Er sah aus wie ein gepuderter alter Marquis.

»Lass sie ihre Weinlese beenden. Ein schlechtes Jahr für ihren Gewürztraminer wäre katastrophal.«

»Noch katastrophaler als zwei Leichen?«

»Nerv mich nicht. Hier spielt sich das ganze Jahr innerhalb weniger Tage ab. Wenn es hinausgezögert wird oder wenn man sich nicht millimetergenau an das Protokoll hält, sind die Trauben ruiniert.«

»Ich glaub, ich spinne!«

Der Beamte richtete seinen Anzug. Seltsamerweise schienen die Wassertropfen nicht in sein schönes graues Haar einzudringen: Seine Frisur war wie das Federkleid einer Gans, kompakt und geölt.

»Ich vertraue dir«, schloss er und zog seine Krawatte zurecht. »Die Gesandten sind ziemliche Nervensägen, aber sie sind auch großartige Winzer, und im Tal dreht sich, wie du weißt, alles um den Wein.«

»Sogar deine Karriere.«

Schnitzler lachte auf und ging zu den Journalisten, um ihnen ein paar wohlinspirierte Worte zu sagen. Worte, die man in den Mittagsnachrichten hören würde.

Niémans hingegen wandte sich der Kapelle zu. Der Regen hatte nachgelassen, die Tropfen wurden seltener, leichter, und der Wind wehte sie davon. Eine Art Regentraum, kristallin und gegenstandslos.

Gleichzeitig kehrte der Duft von feuchter Rinde und nassem Laub wie eine zweite Welle zurück. Niémans atmete tief ein. Dieser Regen, dieser neue Mord … Wie sollte ihn das nicht berauschen? Dieser Tag war ein Neuanfang.

Stéphane Desnos tauchte vor der Kapelle auf.

»Die Techniker haben nichts gefunden«, verkündete sie. »Weder eine Spur noch den kleinsten Abdruck.«

Blitzartig sah Niémans die eingeklemmte Leiche von Jakob hinter dem steinernen Altar vor sich – mit nackter, gebrandmarkter Brust und zertrümmertem Schädel. Sofort kippte seine Stimmung.

»Keine Spuren auf dem Boden? Kein Blut?«

Desnos rückte ihren Gürtel zurecht. »Die Forensiker glauben, dass der Mörder eine der Kunststofffolien benutzt hat. Er könnte ein Profi sein.«

»Oder einfach jemand, der ein bisschen weniger dämlich ist als die anderen. Was ist mit der unmittelbaren Umgebung der Kapelle?«

»Nichts.«

»Auf dem Boden? Im Schlamm? Keine Fußabdrücke? Keine Reifenspuren?«

»Wie schon gesagt: nichts.«

»Was ist mit dem Stein?«

»Welchem Stein?«

»Mit dem man ihm den Schädel eingeschlagen hat.«

»Wurde auch nicht gefunden.«

Desnos schien nur widerwillig zu antworten. Ihre Gesichtszüge waren angespannt, fast verformt, als hätte sie gerade angewidert einen Kern ausgespuckt. Niémans verstand sie: Für ihre erste richtige Ermittlung hatte sie den Jackpot geknackt.

»Was sagt der Gerichtsmediziner über den Todeszeitpunkt?«

»Es gibt keinen Gerichtsmediziner.«

»Wie bitte?«

»Zimmermann ist in Colmar und ...«

»Hören Sie auf mit diesem Nichtsnutz. Ich will einen anderen Arzt.«

»Er ist der Einzige, der für die Autopsie zur Verfügung steht und …«

»Suchen Sie einen anderen. Gibt es Zeugen?«

»Wir verhören die Gesandten, aber soweit wir das beurteilen können …«

Sie beendete ihren Satz nicht. Es lag auf der Hand, dass die Gesandten auf die Unauffindbarkeit des Mörders mit ihrem Schweigen antworten würden. Dieses Schweigen, in dem sie von Anfang an feststeckten …

»Hier hast du die Schlüssel des Lastwagens«, sagte Niémans. »Du riegelst den Tatort ab und holst alles raus, was möglich ist …«

Desnos nickte. Bei der Arbeit nach Maßgabe des Gendarmerie-Handbuchs und mit regelkonformen Vorgängen schien sie sich wohler zu fühlen. »Zunächst werden wir das Gebiet in immer weiteren Kreisen durchsuchen. Nach der Schneckenmethode.«

»Die Bezeichnung inspiriert mich nicht gerade.«

»Ich bitte Sie …«, konterte sie etwas verkniffen.

Er deutete auf die schwarz-weiße, immer noch teilnahmslos wirkende Menge mit den kreidigen, nassen Gesichtern und den rötlichen Bärten.

»Am besten fängst du damit an, diese Heuchler davonzujagen. Sie trampeln nämlich auf deinem Tatort herum.«

Sie reichte ihm einen Personalausweis. »Jakobs Witwe möchte mit Ihnen sprechen.«

»Das trifft sich gut, das möchte ich nämlich auch.«

54

Als er sie sah, musste er an Debussy denken. Nicht an seine Musik, sondern an die Titel seiner Klavierstücke. *La Fille aux cheveux de lin* – Das Mädchen mit den Flachshaaren, *La Cathédrale engloutie* – Die versunkene Kathedrale, *Jardins sous la pluie* – Gärten im Regen… Die junge Frau namens Rachel Koenig regte geradezu zu dieser Art von poetischer Träumerei an.

Zerbrechlich wie ein gerupfter Vogel stand sie in ihren durchnässten Kleidern vor ihm. Ihre Haube klebte auf dem kastanienbraunen Haar. Sie reichte ihm kaum bis zur Schulter, hatte aber einen wunderbar langen Hals. Ihr runder Kopf sah aus wie ein kleiner Mond, und ihre hellen, wässrigen Augen schienen voller Leichtigkeit in dieser durchweichten Welt zu schweben.

»Guten Tag, Madame«, begrüßte Niémans sie steif, ehe er sich vorstellte. »Würden Sie mir bitte folgen?«

Rachel rührte sich nicht. Niémans nutzte die Gelegenheit, sie weiter zu beobachten. Ihre Jugendlichkeit – wie sollte man sagen? – überwältigte ihn fast. Laut ihren Papieren war sie zweiundzwanzig Jahre alt, aber diese Zahl erschien ihm als reine Abstraktion. So, wie eine Partitur keine Vorstellung von den Gefühlen vermittelt, die die gespielte Musik hervorruft.

»Ich bitte Sie, Madame.«

Sie auf die Wache zu bringen kam nicht infrage, aber der Megane war ein ausgezeichneter Ersatz. Als er auf das Auto zuging, fiel ihm wieder der Schriftzug ins Auge: *GENDARMERIE – UNSER ENGAGEMENT, IHRE SICHERHEIT*. Diese Aufschrift sollte man wirklich ändern.

Endlich atmete sie durch und folgte ihm.

Er öffnete die hintere Tür und bedeutete ihr einzusteigen. Diese Frau hatte nicht nur ihren unbeirrbaren Glauben, sie profitierte auch von der Blindheit der Jugend.

Die Idee gefiel ihm. Man mag denken, dass die Jahre einen bereichern und stärker werden lassen. Doch genau das Gegenteil ist der Fall. Das Alter trocknet einen aus und lässt einen schrumpfen. Die Erfahrung lässt die Willenskraft verkümmern und Träume verrotten. Die Jugend weiß nichts, glaubt an alles und verachtet die Alten – und genau aus diesem Grund ist sie großartig.

»Zunächst«, begann er und setzte sich neben sie, »möchte ich Ihnen mein Beileid aussprechen. Ich …«

»Dauert es lange?«

Sie saß sehr aufrecht auf dem Rücksitz. Ihre Hände lagen auf ihren Knien. Ihr Profil zeichnete sich vor dem regennassen Fenster ab. Die geschwungene Linie ihrer Stirn, die Einbuchtung auf Augenhöhe, die verschmitzte, spitzbübische Nase, die zu einem geistesabwesenden Schmollmund geschürzten Lippen. Wahrlich nicht alltäglich.

»Nur wenige Minuten«, beruhigte er sie.

Entgegen jeder Erwartung kramte sie Tabak und Zigarettenpapier aus einer feuchten Hülle. Für einen kurzen Moment dachte er, sie würde sich eine Tüte bauen. Aber nein: Es war hausgemachter Feinschnitt, vermutlich zwischen Rebstöcken angebaut.

»Ich muss wieder an die Arbeit. Heute ist der letzte Tag der Weinlese.«

Sie wirkte nicht kalt, sondern eher abwesend.

»Wann haben Sie Ihren Mann das letzte Mal gesehen?«

»Gestern Abend. Er hat uns in unserem Haus in der Diözese besucht.«

»Sie leben nicht zusammen?«

»Doch, aber im Moment hat er … Ich meine, hatte er viel zu tun. Er hat in der Genossenschaft geschlafen.«

Sie zündete ihre Zigarette an. Ein seltsamer Geruch verbreitete sich im Wagen. Der Duft von Wald und Pilzesammeln, zwar belebend und frisch, aber auch mit der Ausdünstung von Verwesung. Etwas, das mit der Intimität von Erde, der Süße von Moos und der Fäulnis des Todes zu tun hatte.

»Warum hat er Sie besucht?«

Rachel schien plötzlich aufzufallen, dass sie den Innenraum des Autos einräucherte. Sie suchte nach dem Knopf, um die Scheibe zu öffnen, doch der Mechanismus funktionierte nicht. Niémans wagte nicht, ihr zu erklären, dass die hinteren Fenster eines solchen Fahrzeugs immer fest verschlossen sind.

Wortlos reckte er sich, klemmte sich zwischen die beiden Vordersitze und schaffte es, den zentralen Bedienknopf zu erreichen. Als das Fenster endlich aufging, umwehte sie ein Hauch frischer Luft. Rachel schloss die Augen, als genösse sie ein unerwartetes Vergnügen.

»Er wollte unsere Kinder sehen«, sagte sie, nachdem sie einen Zug genommen und den Rauch langsam ausgeatmet hatte.

»Wie viele Kinder haben Sie?«

»Drei.«

Rachel lächelte. Ein verträumtes Lächeln.

»Und dann?«

»Gegen einundzwanzig Uhr dreißig ist er zurück in die Kellerei gegangen, um die Arbeiten an den Tanks zu überwachen. Sie nickte mehrmals, als ob sie ihren Worten mehr Gewicht verleihen wollte. Die Weinlese hat ihn Tag und Nacht beschäftigt.«

»Hat er Ihnen gesagt, dass er in die Kapelle gehen wollte?«

»Nein.«

»Hatte er einen Grund, dorthin zu gehen?«

»Nein.«

Niémans ließ ein paar Sekunden verstreichen: Er wollte sie schonen, musste aber auch seine Arbeit machen.

»Hatte Jakob irgendwelche Feinde?«, fragte er ganz offen.

Rachel gluckste kurz, beugte sich in ihrem Sitz vor und streckte die Hand mit der Zigarette aus dem Vorderfenster. Es war eine Geste überraschender Entspanntheit, fast schon träge.

»In der Domäne kennen wir weder Freunde noch Feinde. Das sind für unsere Gemeinschaft fremde Begriffe.«

»Aber draußen wurde er nie mit Problemen konfrontiert?«

»Jakob hat die Domäne nicht verlassen.«

»Auch nicht, wenn es um die Vermarktung Ihres Weins ging? Mir wurde gesagt, dass Ihr Mann die Schnittstelle zwischen der Gemeinschaft und der Außenwelt darstellte.«

Rachel hielt ihren Arm noch immer nach draußen und überließ ihre Zigarette und ihre Haut dem Regenschauer. Seltsamerweise hatte sie ihre Ärmel hochgekrempelt. Niémans bemerkte ein Muttermal auf ihrem linken Unterarm. Eine Art Salamander, etwas, das an Hexen erinnerte und überhaupt nicht zu ihr passte.

»Die Leute sind zu ihm gekommen«, antwortete sie. »Und hierherzukommen bedeutet, unsere Regeln zu akzeptieren. Wussten Sie, dass Geld auf der Domäne nichts wert ist?«

Niémans nickte, aber er kannte die Menschen und wusste, dass kein Gott ihre innerste Natur ändern konnte. Im Gegenteil, Religion steigerte sowohl menschliche Leidenschaften als auch charakterliche Mängel und die Laster des Körpers …

»Wie würden Sie seine Persönlichkeit beschreiben?«

Ohne ihre Position zu verändern, wandte sie ihm den Kopf

zu. Ihre Augen leuchteten auf ganz besondere Art. Alles Licht des Regens schien in ihnen konzentriert zu sein.

»Er war ein sehr zufriedener Mensch.«

»Zufrieden womit? Seiner Familie? Seiner Arbeit?«

Die junge Frau zog ihren Arm zurück in den Innenraum. Ihre erloschene Zigarette steckte sie in die Schürzentasche.

»Mit unserem Herrn«, murmelte sie und kehrte zu ihrer ursprünglichen, kerzengeraden Haltung zurück. Ihr ganzes Wesen verströmte Frieden und Gelassenheit.

Niémans hakte nicht weiter nach. Jetzt war nicht der Augenblick, das Bild zu trüben – außerdem gab es nicht den geringsten Vorwurf gegen Jakob.

»Hat er Ihnen von den verborgenen Fresken in Saint-Ambroise erzählt?«

»Nein.«

»Aber die Renovierungsarbeiten waren ihm sehr wichtig, nicht wahr?«

»Natürlich. Wie für uns alle.«

»Warum?«

Sie warf ihm einen blassblauen Blick zu, und er hatte den Eindruck, mit reinstem Wasser besprüht zu werden.

»Warum was?«

»Warum wollen Sie die Kapelle unbedingt renovieren?«

»Sie hat uns beherbergt, als ...«

Mit einer Geste gebot er ihr Einhalt und bedauerte bereits, dass er die Frage gestellt hatte. Sie würde ihm ohnehin nur die offizielle Version anvertrauen.

»Sagen Ihnen die Buchstaben MLK etwas?«

»Nein.«

»Und ein Ritual, bei dem ein Stein in den Mund eines Verstorbenen gelegt wird?«

Rachel schien zu frösteln. Erneut schaute sie ihn an.

»Wurde in Jakobs Mund ein Stein gefunden?«

Der Polizist wich aus. »Zumindest beim ersten Opfer.«

»Samuel ...«

Sie hatte seinen Namen geflüstert, als erinnerte sie sich plötzlich daran, dass Jakob nicht der erste Tote war. Irgendwo gab es eine Liste, und diese Liste war ein Frevel gegenüber Gott.

»Sagt Ihnen das etwas?«, bohrte Niémans nach.

»Nein«, sagte Rachel und blickte nach draußen.

Offenbar hatte er eine rote Linie überschritten. Er wusste nicht, warum, aber die junge Frau würde kein weiteres Wort zu der Sache sagen.

»Ich muss zurück an die Arbeit«, kam es von ihr wie eine Bestätigung.

»Ich lasse Sie hinbringen.«

Rachel hatte bereits die Tür geöffnet.

»Nein. Ich fahre mit den anderen auf dem Lastwagen.«

Niémans blieb keine Zeit, darauf zu bestehen: Sie hatte die Tür zugeschlagen und lief hinaus in den Regen. Er sah ihrer zierlichen, davonhastenden Gestalt nach, die durch die Tropfen am Fenster verzerrt wurde.

»Du«, flüsterte er in den Innenraum des Autos, der immer noch nach ihrem seltsamen Tabak roch, »du steckst bis zum Hals in diesem Schlamassel.«

Falls die Gesandten den Schuldigen vor ihm erwischen würden, wäre es eine junge Frau wie sie oder sogar Rachel selbst, die den Stab über ihm brechen würde. »Denn der Tod ist der Sünde Sold«, hatte Desnos aus dem Brief des Paulus an die Römer zitiert.

Auch wenn Rachel jünger aussah, als sie war, wog sie schwer, sehr schwer. In ihr vereinigten sich das Gewicht biblischer Ruinen, von Relikten aus alten Zeiten und der Gebote des Alten Testaments. Unter ihrer Schönheit und Jugend war sie ein Fossil, das nichts und niemand von seinem Weg abbringen konnte.

Niémans stieg aus dem Wagen und bekam eine Regenbö ins Gesicht. Die Umgebung der Kirche leerte sich allmählich. Die Journalisten waren verschwunden, und Gesandte und Saisonarbeiter hatten sich ebenfalls damit abgefunden, wieder an die Arbeit zu gehen. Niémans war noch keine drei Schritte gegangen, als Desnos wieder auftauchte.

»Die Leiche ist jetzt in Brason. Die Obduktion wird gleich durchgeführt.«

»Sag mir jetzt nicht, dass es wieder Zimmermann ist, der ...«

»Er war der einzig Verfügbare, und der Staatsanwalt hat ihn bestätigt ...«

Niémans war kurz davor, seiner Wut nachzugeben, doch er beherrschte sich. Jetzt war nicht der Moment, um die Feindseligkeiten wieder aufflammen zu lassen. Schließlich hatten sie erst ein paar Stunden zuvor Frieden geschlossen.

»Der Kerl hat uns schon viel wertvolle Zeit gekostet«, murmelte er dann aber doch. »Wenn wir gewusst hätten, dass der Stein ...«

Unter den Nachzüglern bemerkte Niémans Ivana, die sie heimlich beobachtete.

»Gut«, räumte er ein. »Du machst hier weiter.«

»Die Sache läuft.«

»Ich gehe noch einmal zum Pfarrer von Brason, um seine Meinung über die Inschrift MLK zu hören. Ich bin überzeugt, dass diese Buchstaben irgendwie mit der Bibel zusammenhängen. Vielleicht ist es sogar Althebräisch.«

»Warum?«

»Im Hebräischen wurden ursprünglich keine Vokale geschrieben.« Er schenkte ihr ein Lächeln. »Siehst du, man kann ein alter Macho sein und trotzdem über eine gewisse Allgemeinbildung verfügen.«

Er wies auf die Gendarmen und Kriminaltechniker, die im trüben Licht des Regentages mit dem Buschwerk verschmolzen. »Wie funktioniert deine Schneckenmethode?«

Desnos wurde puterrot.

»Das war ein Witz«, lächelte er. »Nach dem Priester gehen wir beide zur Krankenstation und statten Zimmermann einen Besuch ab.«

»Warum muss ich mitgehen?«

»Um mich davon abzuhalten, ihm die Fresse zu polieren.«

»Manchmal frage ich mich, wie alt Sie geistig sind.«

Er antwortete nicht: Ivana hatte ein diskretes Zeichen in Richtung des Wäldchens hinter der Kapelle gemacht, zu jener Stelle, wo Schnitzler und er sich zu ihrer kleinen Verschwörung getroffen hatten.

Niémans nickte. Ein Treffen am helllichten Tag mit ihrem Vorgesetzten, obwohl es ringsum von Gesandten und Gendarmen wimmelte?

Als Eingeschleuste wagte sie wirklich eine Menge.

55

Vom Waldpfad aus wandte sich Niémans nach links in einen Hain, der noch nicht durchsucht worden war. Er schlüpfte zwischen zwei Bäumen hindurch, als wollte er sich zum Pinkeln absondern, und lief dann auf einem Gemisch aus Rinde und toten Blättern den Hang hinunter. Er war sicher, dass Ivana unten auf ihn wartete.

Gerade ging er auf eine kleine Lichtung zu, als es hinter seinem Rücken knackte. Leiser, als bei ihm selbst ... Tatsächlich folgte Ivana ihm. Ganz kurz erinnerte sie ihn an Rachel. In dieser Kleidung sahen sie aus wie zwei Seiten ein und derselben Medaille.

»Glückwunsch zu dem Super-Auftrieb«, sagte sie atemlos.

»Ich hatte nichts damit zu tun. Die Information ist durchgesickert – keine Ahnung, wie. Vermutlich ein Gendarm.«

»Bei den Gesandten fing das Gerede schon um sieben Uhr morgens an. Alle haben ihre Scheren fallen lassen und sind zur Kapelle gelaufen. Wie weit sind Sie?«

»Das Standardprogramm habe ich den Gendarmen anvertraut.«

»Ich glaube nicht, dass die üblichen Methoden hier etwas bringen.«

»Man kann nie wissen. Und du? Hast du etwas?«

Mit ungerührter Miene gab Ivana einen echten Knüller zum Besten: Die junge Frau, mit der sie sich angefreundet hatte, war niemand anders als Rachel Koenig.

»Unglaublich, dass mir das nicht aufgefallen ist«, fügte sie hinzu.

»Ich kenne andere Worte für solche Fehler.«

»Vergessen Sie's. Dieses Mädchen ist eine ganz gewöhnliche Gesandte, die nicht über den Rand ihrer Bibel hinausblicken kann. Durch sie habe ich nur versucht, die Gemeinschaft besser kennenzulernen. Ich hatte nicht vor, persönliche Schicksale zu ergründen.«

Aber vermutlich hatte Ivana sie falsch eingeschätzt. Rachel war kein Standardmodell, das spürte Niémans. Ihr Glauben war zu einer gefährlichen Glut geworden. Er hatte viele Terroristen kennengelernt, und bei der jungen Gesandten fand sich genau deren Mischung aus mystischer Verblendung und bösartiger Gerissenheit.

»Was weiß sie über dich? Sag mir bloß nicht, dass du ihr reinen Wein eingeschenkt hast?«

Ivana antwortete nicht. Der Hauch ihres Atems nahm vor dem Hintergrund von Flechten und Gestrüpp einen grünlichen Farbton an und schien ständig in Bewegung zu sein.

»Nein«, sagte sie schließlich, »aber es war Rachel, die mich nach meinem Besuch in der Scheune gerettet hat. Ohne sie wäre es mir vielleicht ergangen wie Marcel.«

»Was hast du ihr gesagt?«

»Dass ich Journalistin bin und über ihre Gemeinde recherchieren will.«

Das war zwar das geringere Übel, aber Rachel hatte sich vielleicht nicht täuschen lassen. Die Scharade musste wirklich ein Ende finden. Doch Niémans wagte nicht, Ivana zu befehlen, ihre Saisonarbeiterinnen-Tracht endgültig abzulegen.

Der Regen hatte inzwischen aufgehört. Vom Boden stieg Nebel auf, eine Art leichter Atem, der nach totem Laub und Exkrementen roch.

»Wolltest du mich deshalb sehen?«

»Nicht nur. Mir ist heute Morgen noch etwas anderes klar geworden.«

Ihre grünen Augen suchten die von Niémans. Dieser Blick traf ihn mitten ins Herz. Wie so oft musste er an die Murmeln seiner Kindheit denken. Jene schimmernden, durchsichtigen Perlen, die im Innern einer einfachen Glaskugel die Komplexität eines ganzen Universums boten. Unwillkürlich hörte er plötzlich das Klirren der Klicker in seinem Federmäppchen.

»Jakob und Rachel waren nicht nur Mann und Frau. Sie waren auch Bruder und Schwester.«

»Was erzählst du da?«

»Sie haben das gleiche Muttermal auf dem linken Unterarm.«

Sofort fiel Niémans der seltsame sepiafarbene Salamander ein, der sich von Rachels blasser Haut abhob.

»Sie können es überprüfen. Jakob hat genau das Gleiche. Wenn sie nicht Bruder und Schwester sind, dann sind sie Vater und Tochter.«

Von Anfang an hatte Niémans in dieser Hinsicht etwas Verdächtiges vermutet. Und er hatte die seltsame Geschichte von Paul Paride nicht vergessen, diesem Fremdling, der aus der inzestuösen Gemeinschaft verdrängt worden war.

Konnte man die Gesandten mit dem Vorwurf der Inzucht packen? Unmöglich. Sie kontrollierten ihren Zivilstand selbst und gaben nur Informationen ihrer Wahl an das Rathaus von Brason weiter. Außerhalb der Domäne wusste niemand, wer wer war. Trotzdem war die Information Gold wert: als Grundlage für einen Schachzug, der zum richtigen Zeitpunkt ausgeführt werden musste.

»Wie machen wir jetzt weiter?«, erkundigte sich Ivana.

»Wir müssen die Bedeutung der Initialen auf Jakobs Brust und der Holzkohle herausfinden.«

»Wollen Sie wieder mit Knarren in der Domäne auftauchen?«

»Logisch. Und alle Mitglieder verhören.«

»Man wird Ihnen nicht antworten. Und sie werden nicht mit ihrer Arbeit aufhören. Bis zum Ende der Lese sind es nur noch wenige Stunden. Lassen Sie sie abschließen!«

Mit Sicherheit hatten die Gesandten sich längst untereinander abgesprochen. Aber es stimmte: Nur Ivana wäre noch in der Lage, Rachel oder den anderen die Würmer aus der Nase zu ziehen. Wer konnte das wissen? Durch Kummer und Tränen weichte ihr Wille ja vielleicht auf wie Plakate im Regen …

Niémans zog seine Glock aus dem Holster und reichte sie ihr. »Nimm wenigstens die.«

»Sind Sie noch ganz dicht?«

»Ich lasse dich nicht ohne Waffe dorthin zurückkehren.«

»Das wäre eine echte Kriegserklärung.«

»Ich fürchte, der Konflikt ist bereits in vollem Gang.«

Mit einer gewissen Zärtlichkeit griff sie nach seinem Arm. »Überlassen Sie das mir, Niémans. Bleiben Sie draußen, und vertrauen Sie mir.«

Beunruhigt befreite sich der Polizist aus ihrem Griff. Gewalt fürchtete er nicht, er hatte Angst vor Sanftmut. Vor allem vor der von Ivana. Jedes Mal, wenn sie ihn berührte oder auch nur streifte, gefährdete sie das Kartenhaus, das er mühevoll aufgebaut hatte. Die schlechten Entscheidungen, an denen er festgehalten hatte, die falschen Vorsätze, die ihn wie einen harten Kerl aussehen ließen und ihm jede Sentimentalität absprachen.

Von wegen. Ivanas Zärtlichkeit erweckte mit einer einzigen Liebkosung sämtliche versäumten Rendezvous seines Lebens. Die Frau, die er nie gehabt hatte, die Kinder, die er sich erhofft hatte, die Zuneigung, die er nie von jemandem hatte annehmen können …

»Wir bleiben in Verbindung. Ich rufe dich an.«

»Lieber nicht. Zu gefährlich.«

»Du nervst.« Er schaute auf die Uhr. »Wir treffen uns hier um sieben. Und frag die Kleine gründlich aus, sie kennt einen Großteil der Wahrheit.«

»Sie können sich auf mich verlassen.«

Ein beunruhigter Zug glitt über ihr Gesicht, von dem man ihre Gefühle so klar ablesen konnte wie von einem weißen Blatt Papier. Ihre zarte Haut war wie eine dünne, empfindliche Membran, die im Licht, und noch mehr im Schatten, jede Regung erkennen ließ.

»Wie auch immer«, fügte er hinzu, um sie zu beruhigen, »ich lasse das Anwesen jedenfalls überwachen.«

»Ich brauche keinen Schutz!«

»Nicht deinetwegen, sondern wegen der Gesandten. Irgendein Killer hat beschlossen, dieser Gemeinschaft den Kopf abzuschlagen, und er wird jetzt sicher nicht aufhören, das kannst du mir glauben.«

Ein flüchtiges Lächeln irrlichterte über Ivanas Lippen.

Ihr Vertrauen schien wiederhergestellt. Von Marcels Mörder mit dem Tod bedroht, eingeklemmt zwischen zwei Leichen und im Griff einer fanatischen Gemeinschaft, wirkte sie plötzlich sorglos, ja fast leichtsinnig.

Niémans kannte diese Droge: Die kleine Slawin war schlicht süchtig nach der Ermittlung, nach diesem Rausch, aus den Toten und der Gewalt die Wahrheit herauszuquetschen. Auch ihn überfiel diese Trunkenheit, doch er wurde davon eher schwermütig.

»Troll dich«, riet er ihr augenzwinkernd. »Und pass bloß auf, dass du nicht auch noch einen Stein auf den Kopf bekommst.«

56

Ivana rannte los, und es gelang ihr, einen der letzten Lastwagen zu erwischen, welche die Nachzügler in den Weinberg brachten. Ein gewöhnlicher Viehtransporter voller zutiefst schockierter Saisonarbeiter. Es war übrigens einigermaßen überraschend, dass sie nicht sofort die Flucht ergriffen hatten, aber die Weinlese würde an diesem Abend beendet, den Lohn aber gäbe es erst am nächsten Tag.

Nach ihnen die Sintflut …

Die Erntehelfer schwiegen. Alle ließen sich auf den Sitzbänken durchrütteln. Sie hatten sich damit abgefunden, noch einen weiteren Nachmittag Trauben zu ernten, die ihnen jetzt nur noch Angst einjagten.

Das Wetter hatte sich gründlich verändert. Nach dem Waschen ging es ans Trocknen. Ein unangenehmer Wind durchdrang die Kleidung – wenn das so weiterging, würden sie sich noch alle eine ordentliche Erkältung holen. Aber niemand schlug vor, erst nach Hause zu gehen, um sich umzuziehen oder aufzuwärmen. Alle hatten es eilig, die Sache hinter sich zu bringen.

Der Lkw hielt an. Die Hilfskräfte sprangen hinunter und schnappten sich eine Kiepe und eine Schere … Andere waren schon längst wieder bei der Arbeit. Saisonarbeiter und Gesandte mühten sich gebückt, frierend und konzentriert zwischen den gelben Blättern ab. Sie arbeiteten hart, als ob nichts passiert wäre, und beeilten sich sogar, um die Verspätung wieder aufzuholen.

Ivana reckte den Hals: Sie wollte ihre Mission gründlich erfüllen und sich daher unter die Täufer mischen. Plötzlich entdeckte sie überrascht etwas, das sie für schier unmöglich gehalten hätte.

Unter den Frauen mit ihren weißen Hauben befand sich auch Rachel, die gewissenhaft weiterarbeitete. Ohne zu zögern, stieg Ivana trotz der Vorgaben der Gesandten zwischen den Reben bergauf. Der Wind schien sie vorwärtszuschieben, sie geradezu zu ermutigen. Mit ihm wehten der ekelhafte Geruch überreifer Trauben und der stechende Gestank des Todes über die Reben.

Als sie bei Rachel angekommen war, schob sie die Lesehelfer beiseite, die sie von ihr trennten, ohne sich auch nur die Mühe zu machen, sich zu entschuldigen.

Sie stellte sich neben ihre Freundin und machte sich an die Arbeit. Zwar hatte sie eine Menge mitleidiger Phrasen und tröstlicher Worte vorbereitet, aber alles, was ihr einfiel, war: »Warum hast du es mir nicht gesagt?«

Rachel blickte nicht von ihren Trauben auf. »Was denn?«

»Dass Jakob dein Mann war.«

Mit gesenkten Augenlidern reihte die junge Frau mechanisch ihre Gesten aneinander. *Klick-Klick-Klick* … Als sie ihren Rebstock abgeerntet hatte, wandte sie sich an Ivana. Ihre Iris war so grau geworden, als wären die Klippen des Himmels in ihre Augen eingedrungen.

»Es geht dir um deinen Artikel, nicht wahr? Hättest du gern mein Leben im Detail kennengelernt? Du kannst dich glücklich schätzen, die Witwe des Opfers, ein echter Knüller!«

Plötzlich sank Rachels Gesicht in sich zusammen wie heißes Wachs. Ihre Schönheit zerfiel unter ihrem Kummer zu einer weichen, triefenden, reizlosen Maske.

Ivana legte ihr liebevoll einen Arm um die Schultern und nahm sie fest bei der Taille.

»Ich bring dich nach Hause. Du kannst jetzt nicht arbeiten.«

Rachel ließ sie gewähren. Die anderen Gesandten wichen zur Seite. In ihren Augen erkannte Ivana einen verhaltenen Vorwurf, eine dumpfe Missbilligung. Rachel hatte versagt und sich schwach gezeigt, und jetzt wurde ihr auch noch von einer Weltlichen geholfen.

Sie erreichten einen Geländewagen, der in der Nähe der Lichtung geparkt war, auf der Jakob immer das Morgengebet gesprochen hatte. Ivana wollte gerade die Tür öffnen, als Rachel erschöpft auf der Trittstufe des Fahrzeugs zusammenbrach und einen ausgewachsenen, echten, geradezu vorschriftsmäßigen Weinkrampf bekam.

Minuten vergingen. Ivana wagte nicht einzugreifen. Während Rachel langsam wieder zu Atem kam, ging ihr eine Idee durch den Kopf – wahrlich die Idee eines Bullenschweins. Nun, wo die Feindin am Boden lag, war es an der Zeit, einige Informationen aus ihr herauszupressen.

»Ich habe vorhin Jakobs Leiche gesehen«, sagte sie.

Rachel reagierte nicht. Mit angezogenen Knien kauerte sie auf dem Trittbrett und lehnte sich an die Tür. Mit nach innen gedrehten Füßen und ihren Galoschen im roten Schlamm bot sie das perfekte Bild eines verwundeten Tieres – hier unten weniger als nichts wert, aber souverän im Himmelreich.

»Auf seinem Unterarm war ein Muttermal.«

Rachel lächelte und nickte. Ihr Lächeln war sowohl zynisch als auch grimmig.

Brutal krempelte Ivana den Ärmel der Täuferin auf. Ein identischer Fleck kam zum Vorschein.

»Ihr wart Bruder und Schwester, richtig?«

Ohne zu antworten, betrachtete Rachel das Mal auf ihrer Haut. Abrupt löste sie sich von Ivana und stand auf.

»Gott ist mit uns«, flüsterte sie mit verträumter Stimme. »Er hat uns diesen Wind geschickt, damit alles trocknet und heute Abend verbrannt werden kann.«

»Oder war Jakob dein Vater?«

»Nur Asche kann uns retten …«, wisperte Rachel. »Und nach dem Feuer beginnt eine neue Zeit.«

Ivana hätte sie ohrfeigen mögen. Aber stattdessen griff sie wieder nach ihrem Arm und sagte mit bebenden Lippen: »Antworte!«

Rachel machte sich los und starrte Ivana an, als versuchte sie, ihre intellektuelle Fähigkeit – oder ihre körperliche Kraft – einzuschätzen, noch mehr zu ertragen. Dann öffnete sie die Autotür.

»Du fährst. Ich will dir etwas zeigen.«

57

Zunächst fuhren sie an der Schule vorbei, um Rachels Töchter abzuholen: Esther, acht Jahre, und Marie, fünf Jahre alt. Zwei Symbole der Reinheit mit Augen wie ungeläutertes Silber, die aussahen wie die ihrer Mutter in einer schattigeren Variante.

Ivana verstand nicht, was vor sich ging.

Während Rachel mit der Lehrerin redete, versuchte sie, die kleinen Mädchen in ein Gespräch zu verwickeln, hatte jedoch keinen Erfolg. Aber das war nicht weiter schlimm, denn immerhin befand sie sich im Herzen der Diözese, wo normalerweise kein Weltlicher jemals hinkam. Und sie war offiziell dazu aufgefordert worden – keine Heimlichkeiten wie mit Marcel.

Sie stand auf dem Pausengelände, einer schlichten, sehr kurz gemähten Wiese. Um sie herum brodelte fröhliches, lautstarkes Leben. Ausgelassen, mit glänzenden Augen und vor Kälte glühenden Wangen jagten sich die Kinder gegenseitig oder kletterten auf die Absperrungen, um daran zu schaukeln.

»In Ordnung. Wir können los.«

Im Auto sprach Rachel kein Wort mehr. Sie weinte auch nicht. Ab und zu wies sie mit einer Geste die Fahrtrichtung an. Ivana hoffte, dass die junge Gesandte ihr vielleicht einen verborgenen Ort zeigen wollte oder vorhatte, ein Geheimnis zu lüften oder sich von einer schrecklichen Wahrheit zu befreien …

So fuhren sie mehrere Kilometer – die Diözese war größer, als sie gedacht hatte. Was die Landschaft anging, so steuerten sie durch vertrautes Terrain: immer noch Weinberge, immer noch sanft gewölbte Hügelrücken zwischen dem Laub. An einigen Stellen, auf den Lichtungen, gingen einige Gesandte inzwischen einer anderen Tätigkeit nach: Sie schoben Schubkarren voller Äste, zerrten Holzbündel hinter sich her, schleppten Berge von Kleidung.

»Was machen die da?«

»Ich habe dir doch schon erklärt, dass sie die Scheiterhaufen vorbereiten.«

Ivana bemerkte weitere Männer, die an der Straße entlanggingen. Ihre Gesichter waren schwarz verschmiert, die Ärmel schmutzig, und ihre hellen Hüte hatten auch ganz schön etwas abbekommen. Sie trugen schwere Leinensäcke.

»Was ist mit denen?«

»Sie bringen Holzkohle, um die Feuer schneller in Gang zu bekommen.«

Wie hatten Niémans und sie das übersehen können? Die Domäne würde sich in ein riesiges Inferno verwandeln. Natürlich symbolisierte die Holzkohle in Samuels und Jakobs Mund ein Autodafé. Der Mörder verwies auf den Tag der Asche. Aber warum?

»Wohin fahren wir, Mama?«, wollte eines der kleinen Mädchen auf dem Rücksitz wissen.

»Wir gehen Jean besuchen.«

Die Mädchen jauchzten vor Freude – dieser Tag, an dem man sie zugunsten eines geheimnisvollen Ausflugs aus der Schule geholt hatte, gefiel ihnen.

»Wer ist Jean?«, fragte Ivana.

Rachel hielt ihren Blick auf den Weg geheftet, der inzwischen zu einem schlammigen Pfad voller Schlaglöcher und roter Pfützen geworden war.

»Ihr Bruder«, antwortete sie lakonisch.

»Wie alt ist er?«

»Sieben.«

»Und … wo ist er?«

»Bei den anderen!«, riefen die kleinen Mädchen.

Sie sprachen im halb amüsierten, halb ängstlichen Ton von Kindern, die ein Geheimnis verrieten.

»Welche anderen?«, erkundigte sich Ivana und schaute sie im Rückspiegel an.

Die Mädchen begannen zu kichern, aber Rachel drehte sich um und warf ihnen einen strafenden Blick zu. Sofort waren die Kinder still.

»Welche anderen?«, drängte Ivana.

»Hab Geduld.«

58

In der Ebene kamen zwei längliche Gebäude in L-Form in Sicht. Sie waren aus Backstein erbaut, hatten Schieferdächer und ähnelten in keiner Weise den scheunenähnlichen Holzhäusern der Gesandten. Alle Fensterläden waren geschlossen, wodurch das Ganze wie verbarrikadiert wirkte. Unwillkürlich musste Ivana an die drei kleinen Schweinchen und das Steinhaus des schlauesten denken.

»Hier kannst du parken«, erklärte Rachel.

Beim Manövrieren fiel Ivana etwas auf: Bei den Fahrzeugen, die schon hier standen, handelte es sich weder um die üblichen Lieferwagen noch die auf *Ordnung* und *Gelassenheit* zugelassenen Landmaschinen. Es waren Kleintransporter ohne besondere Erkennungszeichen, die an Krankenwagen oder Lieferfahrzeuge erinnerten.

Sie stiegen aus und gingen schweigend los. Die kleinen Mädchen liefen voraus, hielten sich an den Händen und hüpften fröhlich. Überraschenderweise war der Eingang – eine Schiebetür, die offenbar aus gebürstetem Metall bestand – mit einem Zahlencode gesichert, was in diesem Umfeld, das für sich in Anspruch nahm, alles Moderne zu verbannen, irgendwie nicht passte.

Ohne zu zögern, tippte Rachel den Code ein. Jetzt wirkte sie überhaupt nicht mehr wie das unschuldige, von der Außenwelt unberührte Lamm und schon gar nicht wie eine verzweifelte Witwe. Die Sicherheit ihrer Gesten und die Entschlossenheit ihres Blicks verrieten eine moderne, mit der Technik vertraute Frau.

Die Tür glitt auf und gab den Blick auf einen gleißend hellen, mit Bänken ausgestatteten Windfang frei. Die Mädchen, die sich hier offenbar gut auskannten, zogen ihre Schuhe aus. Ivana begann zu verstehen. Die Deckenleuchten, die weißen Wände, der makellose Boden und vor allem der Geruch – eine Mischung aus Reinigungsmitteln und Medikamenten: Sie befanden sich in einem Krankenhaus.

»Zieh deine Schuhe aus und die hier an. Und dann diesen Kittel.«

Rachel zeigte auf eine Art Crocs und einen blauen Papierkittel. Ivana gehorchte und versuchte, sich nicht in den Schößen und Bändern ihres Kittels zu verheddern. In ihrem Kopf drehte sich alles. Dieser Übergang von einer Welt in eine ganz andere kam zu schnell, zu brutal und vor allem völlig unerklärlich …

Mutter und Töchter Koenig waren schon fertig und bereit, den Korridor zu betreten, der sich hinter einer doppelten Glastür öffnete. Wieder ein Code. Die Helligkeit, die von den Wänden und dem Boden reflektierte, vermittelte einen Eindruck von Schwerelosigkeit, als ob Decke und Boden einander ersetzen könnten, ohne das Gleichgewicht auch nur ansatzweise zu stören.

Vor allem die Stille bedrückte Ivana. Nach den Tagen, die sie in der rauschenden, singenden Natur verbracht hatte, verursachte ihr diese Abwesenheit von Geräuschen beinahe Ohrenschmerzen. Schlimmer noch, von irgendwoher war ein ganz leichtes Surren zu hören. In einer derart keimfreien Umgebung arbeitete man gern mit Überdruckbelüftung, um Staub und Partikel fernzuhalten.

Bei jedem Schritt erkannte Ivana das Ausmaß der Lüge. Die Domäne, und noch mehr die Diözese, waren berühmt dafür, angeblich die Zeit angehalten und ihre Weinherstellung als alte Handwerkskunst bewahrt zu haben. Ausgerechnet hier jedoch existierte eine solch absolut futuristische Anlage.

Der nächste Code, eine weitere Doppeltür.

Der Raum, den sie nun betraten, hatte die Größe einer Scheune, aber die hellen Wände waren gepolstert und der Boden mit weichem Linoleum ausgelegt. Von der Decke kam immer noch das gleiche helle, allenfalls leicht gedämpfte Licht.

Auf dem Boden lagen Spielsachen. An den Wänden standen Betten, Infusionsständer, kleine Medizinschränke und ergonomische Möbel für Behinderte.

Und überall waren Kinder.

Sie hockten auf dem Boden, lagen auf Tragen, saßen in Rollstühlen. Alle waren deformiert und behindert. Es waren etwa dreißig, und sie schienen jenseits der Zeit und jenseits des menschlichen Bewusstseins zu schweben. Einige wirkten abgestumpft, andere vergnügt, wieder andere seltsam konzentriert oder in einem Zustand sinnloser Unruhe, wie ein kaputter Mechanismus.

Ivana, die immer zu empfindlich war, wenn es um Kinder ging, musste sich zwingen, sie auf eine geradezu klinische Weise zu beobachten. Als würde sie Beweisstücke begutachten. Ein gutes Drittel zeigte alle Symptome von Trisomie 21: runder Kopf, weit auseinanderstehende Augen, flache Nase. Andere hatten schlimme Missbildungen: Turmschädel, verkümmerte Nasen, extrem schiefe Zähne oder trübe, aus den Höhlen tretende Augen.

Ohne es auch nur zu bemerken, weinte Ivana sanfte, langsame, warme Tränen. Bei diesen Unglücklichen erkannte sie die Reinheit, die sie irrtümlich den Gesandten zugeschrieben hatte. Die einzigen unschuldigen Wesen in der Diözese waren diese Kinder. Und sie waren nicht hübsch anzuschauen. Alle trugen weiße Kittel aus dickem, grobem Stoff im Stil der Gesandten und sahen aus wie verirrte Gespenster, die einen Ort heimsuchten, ohne zu wissen, wo sie sich befanden.

»Jean!«

Die kleinen Mädchen hatten ihren Bruder entdeckt, der auf einem Bett lag. Ein sehr magerer Junge mit schwerem Kopf. Sein Kinn ruhte auf der Brust.

Unmöglich, bei seinem Anblick nicht an ein Reptil zu denken. Stark hervortretende Augen, eine so gut wie nicht existente Nase, wulstige Lippen. Und etwas Verzerrtes, das seine Gesichtszüge wie Gummi dehnte. Ein Leguan-Gesicht mit Dauerlächeln.

Die Schwestern des Jungen sprangen auf ihn zu und umarmten das reglose Kind. Die Monstrosität seines Aussehens schien sie nicht zu stören. Sie umarmten ihn, kuschelten sich an ihn und hüpften auf seinem Bett herum. Die Krankenschwestern, ebenfalls in weißen Kitteln, ließen es geschehen.

Die Krankheit war hier also weder ein Fluch noch ein Problem. Sie gehörte einfach zum Leben und war göttlicher Wille, den es zu respektieren und zu würdigen galt. Ivana erinnerte sich an ein Zitat aus dem Matthäusevangelium, das in diesem Zusammenhang einfach zu verstehen war: »Selig sind, die da geistlich arm sind; denn ihrer ist das Himmelreich.«

Sie wagte sich nicht in die Nähe von Jean und den kleinen Mädchen. Andersartigkeit, welcher Art auch immer, hatte ihr immer Unbehagen bereitet. Und jetzt und hier fühlte sie sich unfähig zu der kleinsten Geste, aus Furcht, diese Art von Harmonie zu brechen, die wohl oder übel zwischen diesen anormalen Wesen herrschte.

»Verstehst du es jetzt?«, fragte Rachel und drehte sich zu ihr um.

»Nein, eigentlich nicht.«

»Dann komm mit. Ich werde es dir erklären.«

59

W eißt du, was ein Isolat ist?«
»Eine isolierte Population, in der häufig Inzest vor-
kommt, richtig?«, antwortete Ivana.

»Genau. Menschen wie wir.«

Die beiden Frauen saßen in einem anderen Flur auf an der
Wand befestigten Sitzen, wie man sie aus Krankenhäusern
kennt.

»Seit vierhundert Jahren pflanzen wir uns nur untereinander fort.«

Die Täuferin saß auf der Stuhlkante, ihr zugewandt, die
Hände im Schoß gefaltet, in einer schulmeisterlichen und
geduldigen Haltung, als ob sie mit einer etwas Zurückgeblie-
benen spräche. Ziemlich passend angesichts der Umgebung.

»Das bedeutet, dass unsere genetische Veranlagung im
Lauf der Generationen so ähnlich geworden ist, dass wir alle
Brüder und Schwestern sind.«

Sie krempelte ihren Ärmel hoch und entblößte ihr Muttermal.

»Diesen Fleck haben wir alle. Er ist unser Zeichen. Das
Zeichen Gottes.«

»Und?«, fragte Ivana trocken.

»Die schlechten Gene müssen sich entwickeln und sterben, in ihrem – sagen wir mal – abgeschirmten Bereich, damit
der gesunde Samen der Auserwählten aufgehen kann. Erin-
nere dich nur an das Gleichnis von der guten Saat und dem
Unkraut im Matthäusevangelium.«

»Dann sind diese Kinder mit anderen Worten also Unkraut?«

»Aber nein. Sie sind unsere Brüder, unsere Schwestern, unsere Kinder. Wir müssen sie lieben und pflegen. Aber Gott hat für sie einen anderen Weg gewählt.«

Rachel war nicht mehr traurig oder resigniert, sondern in einer Art Hochstimmung, die über sie hinauswuchs.

»Jakob pflegte zu sagen, dass sie der Preis sind, den wir für unsere Reinheit bezahlen müssen.«

»Eure Reinheit?«

»Wir gehen unseren eigenen Weg, Ivana. Mit jeder Generation werden wir reiner und entfernen uns immer weiter von den anderen Menschen.«

Sie schloss die Augen. Die Polizistin befürchtete, sie könnte in Trance fallen.

»›Schauet die Lilien auf dem Felde, wie sie wachsen!‹«, murmelte sie leise, ja fast sinnlich. »›Sie arbeiten nicht, auch spinnen sie nicht. Ich sage euch, dass auch Salomo in aller seiner Herrlichkeit nicht bekleidet gewesen ist als derselben eins.‹«

Sie öffnete die Augen wieder. Leidenschaft rötete ihre Lidränder.

»Bald werden wir nur noch ein einziges Wesen sein, verstehst du?« Die Worte zitterten auf ihren Lippen. »Ein einzigartiges Wesen, ein vollkommen ergebenes Geschöpf Gottes, mit identischer DNA. Unser schönstes Gebet, Ivana, ist unser Körper.«

Bei Zeugenvernehmungen hatte die Polizistin bereits ähnliche Entgleisungen zu hören bekommen, bei denen der Verdächtige komplett abdrehte. In einem solchen Fall war es wichtig, zu konkreten Fragen zurückzukehren:

»Finanziert ihr dieses Krankenhaus mit den Einnahmen aus dem Wein?«

»Ja.«

»Wer sind die Ärzte, die euch behandeln?«

»Bereitest du deinen Artikel vor? Willst du dir Notizen machen?«

Ivana wusste nicht, was sie antworten sollte – es sei denn, ihr ins Gesicht zu fauchen: »Ich bin Polizistin, Herzchen. Keine Ahnung, was eure Tricksereien vor Gericht wert sind, aber wir können sicher etwas finden, um euch für ein paar Jahre einzulochen.«

Aber Rachel ließ ihr keine Zeit, eine gemäßigtere Antwort zu formulieren.

»Komm mit«, befahl sie und stand auf. »Unser Rundgang ist noch nicht beendet.«

Sie gingen zu einer Tür am Ende des Flurs. Mit ihren Crocs und Papierkitteln produzierten sie Geräusche wie ein hölzernes *Tock-Tock* und das Rascheln von Zeitungspapier.

Ivana tastete nach dem Mobiltelefon in ihrer Tasche. *Ich muss Niémans unbedingt warnen …* Aber die Täuferin öffnete mit einem weiteren Code die Tür. Ein weißer Blitz schoss hervor, heftiger noch als die vorherigen. Rachel schob die Polizistin darauf zu.

Ivana war so geblendet, dass sie einige Sekunden brauchte, um sich zurechtzufinden: Sie stand in einem Raum von etwa zwanzig Quadratmetern, in dem Fläschchen, Gläser und Medikamente aufbewahrt wurden. Was die Behälter enthielten, war nicht wirklich klar, aber vielleicht wollte sie es lieber auch gar nicht wissen.

Rachel drehte sich um und verschränkte die Arme mit der Geste eines wütenden Kindes.

»Deshalb bist du doch hier, oder?«

Ivana schirmte ihre Augen ab, um Rachel sehen zu können, die sich in der Vergänglichkeit des Raums aufzulösen schien.

»Was meinst du?«

»Um den Mörder von Samuel und Jakob zu finden. Deshalb bist du hier, richtig?

Ivana versuchte zu antworten, aber ihre Zunge klebte trocken und geschwollen an ihrem Gaumen.

»Was … wovon redest du?«

Zwei Männer sprangen hervor und packten sie an den Armen. Sie schienen sie in den Boden pressen zu wollen. Ivana fühlte, wie ihre Knie ganz weich wurden.

»Was glaubst du wohl?«, fügte Rachel hinzu. »Dass ich deine Lügen geschluckt habe? Saisonarbeiterin? Journalistin? Du Ärmste … Aber du trägst deine Polizeimarke geradezu im Gesicht …«

Das Licht wurde immer blendender. Wie ein lebendiger, vibrierender Widerschein, der Ivanas Augen wie Spiegelscherben verletzte.

»Auch Marcel hat nicht an deine Märchen geglaubt, aber mehr wusste er auch nicht. Sonst hätte er sicher geredet.«

»Hast du … Warst du es, die ihn gefoltert hat?«

»Bei uns spielt es keine Rolle, wer das Werkzeug hält. Wir sind alle eins.«

»Ihr seid degenerierte Fanatiker!«, explodierte Ivana.

Rachel nickte. Ein schmutziges kleines Lächeln haftete auf ihren Lippen.

»Wir mischen uns nicht in eure Welt ein, also hört endlich auf, euch in unsere einzumischen. Es war ein schrecklicher Fehler, dass ihr euch dem Fresko genähert habt.«

»Warum?«, schrie Ivana.

»Unsere Berufung ist unsichtbar, und das muss auch so bleiben.«

Ivana versuchte, sich von den beiden Hünen zu befreien.

Doch das erwies sich als unmöglich: Die Finger der Männer gruben sich wie Zangen in ihre Arme.

»Warum hat Otto Lanz dann diese Fresken gemalt?«

Ivana bluffte, doch die Wirkung übertraf ihre Erwartungen. Hass verhärtete Rachels Gesicht. Seit ihrer Ankunft im Krankenhaus war sie um zehn Jahre gealtert. Ihre Schädelknochen schienen ihre Haut zu durchdringen. Unter dem zarten Fleisch der Jugend bildete sich eine Maske aus Elfenbein und Tod.

»Nicht das Gemalte ist wichtig, sondern das, was nicht gemalt ist. Ihr werdet unser Geheimnis nie erfahren.«

Nun war Ivana an der Reihe zu lächeln: Für sie war die Sache erledigt, daran bestand kein Zweifel. Aber Niémans würde die verdammten Tricks dieser Leute entschlüsseln. Er würde die Wahrheit von ihnen herunterreißen wie einen Skalp von einem Schädel.

Sie versuchte ein letztes Ehrengefecht, indem sie an Rachels Vernunft appellierte.

»Das Wichtigste ist doch, den Mörder zu entlarven – denjenigen, der eure Brüder auf dem Gewissen hat«, sagte sie mit ruhigerer Stimme. »Dafür braucht ihr die Polizei. Wir führen den gleichen Kampf.«

»Wir brauchen niemanden. Wir werden den Mörder schon finden, das kannst du mir glauben. Aber alles zu seiner Zeit. Zuerst müssen wir die Ernte beenden und uns auf den Tag der Asche vorbereiten.«

Ivana gingen die Argumente aus. Ihre Gedanken zerschmolzen unter dem Licht, und in ihrem Kopf breitete sich Panik aus.

Rachel steckte eine Hand in ihre Schürzentasche. »Du hast mich noch gar nicht gefragt, wer die Krankenschwestern sind, die sich um unsere Kinder kümmern. Das machen wir selbst, Herzchen, wir wechseln uns ab. Wir haben alle eine medizinische Fortbildung gemacht.«

Plötzlich hielt sie eine Spritze in der Hand, deren Nadel im gleißenden Deckenlicht nicht zu erkennen war.

Ivana versuchte, etwas zu sagen, doch die Worte blieben ihr im Hals stecken.

»Wir säen und wir ernten. Aber wir können auch zerstören.«

»Was ist das?«, gelang es Ivana zu fragen.

Rachel drückte auf den Kolben und erzeugte im hellen Licht eine funkelnde Perle.

»›Jeder, der sich deinem Befehl widersetzt und nicht auf deine Worte hört in allem, was du uns befiehlst, soll getötet werden‹, sagt die Bibel.«

»WAS IST DAS?«

Ein Lichttropfen glitt an der Nadel hinunter, ehe sie in Ivanas Halsschlagader eindrang.

III
Das Feuer

60

Niémans hatte Kosynski in der Kirche Notre-Dame in Brason nicht angetroffen. Der Pfarrer war nach Colmar gefahren, um an einem Diözesantreffen teilzunehmen. Sofort hatte er sich wieder ans Steuer gesetzt, war jedoch erneut zu spät gekommen: Das Meeting war vorbei und Kosynski nach Gérardmer weitergefahren, wo in der Kirche Saint-Barthélémy eine Taufe auf ihn wartete.

Auch dorthin war Niémans ihm gefolgt. Er hätte den Geistlichen zwar anrufen und ihm die Fotos von Jakobs Leiche schicken können, aber er wollte sein Gesicht sehen, wenn er die eingeritzten Buchstaben auf der Brust des Gesandten entdeckte. Manchmal sagt ein Gesichtsausdruck mehr aus als eine lange Erklärung …

In der Kirche Saint-Barthélémy hatte die Taufe bereits begonnen, und es gab keine Möglichkeit, die Andacht zu unterbrechen. Wie ein diskretes und andächtiges Gemeindemitglied setzte sich Niémans auf eine der Bänke.

Das Gotteshaus war beeindruckend. Neun aufeinander folgende Betonbögen erinnerten an einen Tunnel unter einem Berg. Im Hintergrund stellte eine riesige Kreuzigungsgruppe aus rotem Kupfer einen stilisierten Christus dar. Niémans fühlte sich nicht wohl damit. Die Ausstattung von Kirchen war ihm schon immer an die Nieren gegangen, aber wenn diese Ästhetik zu moderner Kunst tendierte, wurde es noch schlimmer.

Doch jetzt konzentrierte er sich auf die Architektur, um nicht nachdenken zu müssen. Weder über die Ermittlung noch über Ivana. Unterwegs hatte er sich trotzdem die Zeit genommen, Desnos anzurufen, um sie zu bitten, einen ihrer Leute ins Rathaus zu schicken. Er wollte die komplette Ahnenfolge der Gesandten. Er wollte wissen, wer wer war, wer wen geheiratet hatte und wer das Kind von wem war … Selbst wenn die Täufer ihre Personendaten fälschten, würde sicher etwas dabei herauskommen.

Außerdem hatte er die Gendarmin beauftragt, die Sozialversicherungen dieser Witzbolde zu überprüfen. Zwar konnte er sie sich kaum mit Krankenversicherungskarte vorstellen, aber ein Krankenhausaufenthalt hinterließ immer administrative Spuren.

Genetik. Inzest. Krankheiten. Es musste da einen geheimen Zusammenhang geben, der aber nicht greifbar war …

Jacques Lacan hatte einmal gesagt, dass Sigmund Freud zwar keinen unbekannten Kontinent entdeckt habe, wohl aber das System, das es ermöglichte, dessen Sprache zu verstehen. Er war nicht Christoph Kolumbus. Er war wie Champollion, der die Hieroglyphen des Steins von Rosette entziffert hatte.

Angesichts der Indizien im laufenden Fall fühlte sich Niémans ganz ähnlich. Es machte keinen Sinn, nur einzelne Punkte zu analysieren. Wie bei den Hieroglyphen kam ihre Bedeutung nur neben den anderen zum Vorschein, eingeordnet an ihrem richtigen Platz. Doch vorerst hatte Niémans seinen Stein von Rosette noch nicht gefunden.

»Commandant?«

Er zuckte zusammen. Die Kirche hatte sich geleert, und Kosynski stand in einem grünen, goldbestickten Messgewand vor ihm. Niémans war so in seine Gedanken vertieft gewesen, dass er nichts bemerkt hatte.

»Was machen Sie hier?«

Der Polizist erhob sich. Er fühlte sich zerknittert wie ein Penner, der irgendwo im Kirchenschiff geschlafen hatte.

»Ich muss Ihnen etwas zeigen.«

»Ich habe im Radio gehört, dass es einen weiteren Toten gibt.«

Niémans zog sein Telefon aus der Tasche und suchte nach den Bildern.

»Nein«, unterbrach ihn der Geistliche. »Nicht hier. Dieser Raum ist heilig, und gleich findet noch eine weitere Taufe statt.«

»Es dauert nicht lange.«

Kosynski blickte zum Portal, wo sich bereits eine neue Schar sonntäglich gekleideter Besucher sammelte, und ging durch den Mittelgang auf den Altar zu.

»Folgen Sie mir bitte.«

Sie wandten sich nach rechts, und Kosynski schob Niémans in einen Beichtstuhl aus dunklem Holz. Kaum saß Niémans – eher klemmte er – in seiner Loge, als der Priester auf der anderen Seite das Trenngitter öffnete.

»Zeigen Sie her.«

Niémans zögerte – er hatte seit mindestens vierzig Jahren keinen Beichtstuhl mehr betreten. Aber der Raum eignete sich perfekt für ihr Gespräch.

»Beeilen Sie sich.«

Der Polizist hielt sein Smartphone durch die Luke. Das erste Foto zeigte Jakobs Leiche auf dem Rücken, so, wie Ivana und er sie entdeckt hatten. Die Buchstaben MLK auf seiner Brust waren deutlich zu erkennen.

Als ersten Reflex schürzte der Geistliche angeekelt die Lippen und offenbarte sein rosafarbenes Zahnfleisch.

»Mein Gott, ist das Jakob?«

»Sagen Ihnen diese Initialen etwas?«

»Ja natürlich.«

»Was meinen Sie mit natürlich?«

Eigentlich hatte er mit der Frage geblufft, aber entgegen

allen Erwartungen biss der Pfarrer an. Kosynski zog sich ins Halbdunkel zurück. Der Beichtstuhl knarrte. Es roch nach Holz, Feuchtigkeit und Bohnerwachs.

»Diese Buchstaben beruhen auf einer westsemitischen Wurzel, die ›herrschen‹, ›König sein‹ bedeutet«, erklärte der Kirchenmann. »Ohne die Vokale oder den Kontext kann man nicht viel mehr sagen, aber auf den ersten Blick könnte es sich entweder auf einen König beziehen, auf Hebräisch *melek*, oder eine Gottheit bezeichnen.«

»Welche?«

»Keine Ahnung.«

»Mehr können Sie mir dazu nicht sagen?«

»Leider nein.«

»Welche Verbindung würden Sie zu den Fresken herstellen, die ich Ihnen gestern gezeigt habe?«

»Ich weiß es nicht genau. Wie bereits gesagt, diese Buchstaben könnten ein Hinweis auf eine Episode des Alten Testaments sein.«

»Eine von denen, die in den Gewölben dargestellt sind?«

»Nein. Nicht wirklich … Ich bin kein Spezialist für semitische Sprachen.«

»Können Sie dazu etwas herausfinden?«

»Äh … ja, sicher.«

Kosynski wischte sich die Stirn. Zwar war es kalt im Beichtstuhl, aber er schien eine Hitzewallung zu haben. Er würde keine Nachforschungen anstellen, das wusste Niémans. Oder höchstens, um seiner Hierarchie Bericht zu erstatten, aber sicher nicht den Gendarmen.

Es war der Priester, der erneut das Wort ergriff – nur das Licht des Displays beleuchtete sie von unten.

»Was geschieht nur in unserem Tal? Haben Sie schon irgendwelche Spuren?«

Niémans antwortete nicht. Er hatte das unbestimmte Gefühl, dass Kosynski die Wahrheit sagte. Er wusste nicht, woran es lag, aber die drei Buchstaben erweckten alte Ängste in ihm. Eine alttestamentarische Plage? Ein Zorn Gottes? »Das Biest«, wie Ivana es genannt hatte?

Plötzlich empfand Niémans Mitleid mit Kosynski. Eigentlich gab es keinen Grund, den Priester in seine Albträume hineinzuziehen. Bald würde Aperghis kommen und ihn von dem Schock befreien.

Erstens, weil er mit der Hölle vertraut war.

Zweitens, weil er Niémans zu Dank verpflichtet war.

»In Ordnung, Hochwürden, ich rufe Sie an.«

Er steckte sein Telefon ein und verließ erleichtert den Beichtstuhl. Ihm war, als würde er aus einem der Drahtkäfige klettern, mit denen Bergleute in die Minen hinabfuhren.

61

Wie sah es auf dem Weg nach Brason um sechzehn Uhr mit der Helligkeit aus?

Im Laufe des Tages war sie von einer mühsamen Morgendämmerung direkt in ein resigniertes Zwielicht übergegangen. Jetzt wurde es ganz langsam dunkel, wie in Monumentalfilmen, wo Erdbeben in Zeitlupe gezeigt werden, um sie dramatischer aussehen zu lassen.

Der eisengraue Nebel über der Landschaft stieg höher. Die Straße und die umliegenden Felder sahen aus, als ob irgendwo stählerne Erde abgeschliffen würde und dabei bläuliche, magnetische Späne produzierte.

Niémans fuhr mit Bleifuß, wie er es immer tat, und kam in jeder Kurve fast von der Straße ab. Er genoss diese Geschwindigkeit aus zwei Gründen. Erstens, weil er gerne schnell fuhr. Zweitens, weil er das körperliche Empfinden hatte, durch das Überschreiten von Geschwindigkeitsbegrenzungen, das Überfahren von Stoppschildern und Ampeln und die Übertretung so ziemlich jeder Verkehrsregel auf der für seine Begriffe richtigen Seite des Lebens zu stehen. Die heutige Zeit, die nur noch aus Vorsorge für alle Eventualitäten zu bestehen schien, fand er zum Kotzen.

Was hatte man davon, nie etwas zu wagen? Niémans kannte nur einen ernsthaften Gegner: die Langeweile.

Er grübelte noch über diesen Macho-Schwachsinn nach, als Desnos, die er inzwischen abgeholt hatte, ihn bat: »Könnten Sie etwas langsamer fahren?«

Er nahm den Fuß vom Gaspedal wie ein Mörder, der plötzlich den Griff um den Hals seines Opfers lockert.

Er gestand sich ein, dass die Aussicht, diesen Idioten Zimmermann wiederzusehen und dabei mit dessen Inkompetenz konfrontiert zu werden, die Spannung erhöhte. Dabei hoffte er, dass der Arzt dieses Mal die Ärmel hochkrempeln und seine Arbeit wirklich gründlich erledigen würde.

Desnos' Mobiltelefon meldete sich. Sie konnte erst nach dem sechsten Klingeln antworten, denn das Gerät steckte irgendwo zwischen ihrem Anorak, ihrem Gürtel, ihrer Waffe und ihrer Taschenlampe.

Es folgte ein von sybillinischem »mmm-mmm« und »okay« unterbrochenes Gespräch. Unmöglich, zu erraten, worum es ging.

»Was ist passiert?«, erkundigte sich Niémans, nachdem sie aufgelegt hatte.

»Das war der Kollege, der sich um Genealogie der Gesandten kümmert.«

»Und?«

»Nichts. Laut den Rathausmitarbeitern haben die Gesandten separate Personenstandsakten, die wenig aussagekräftig sind. Sie melden nur, was sie wollen, und die meisten von ihnen tragen den gleichen Nachnamen.«

Niémans hatte diese Antwort zwar erwartet, aber er hoffte immer noch auf ein Schlupfloch oder eine Schwachstelle im System der Täufer.

»Auf den Formularen des Standesamts müssen die Namen der Eltern vermerkt sein, das ist Vorschrift. Außerdem sind da noch die medizinischen Unterlagen, die …«

»Sie scheinen es immer noch nicht zu verstehen. Alles spielt sich innerhalb der Diözese ab. Die Frauen gebären dort ihre Kinder ohne medizinische Hilfe, wie vor zweitausend Jahren. Es gibt keine Vor- oder Nachsorge, keine Ultraschalluntersuchungen, nichts.«

»Was ist mit der Krankenversicherung?«

»Das Gleiche. Offiziell ist keiner von ihnen jemals ärztlich behandelt worden. Sie haben noch nie einen einzigen Euro zurückerstattet bekommen.«

»Unmöglich. Zweifellos bekommen auch Gesandte Krebs oder erleiden einen Herzinfarkt, wie jeder andere auch. Außerdem häufen sich bei ihnen aufgrund der Inzucht bestimmte rezessive Erbkrankheiten.«

»Falls es so ist«, antwortete die Gendarmin, »dann müssen sie ihre eigenen Ärzte haben. Wir sind gleich da.«

Der Parkplatz war noch immer gähnend leer. Sie parkten und stiegen aus. Eiskalte Windböen fuhren über den Boden und leckten die Pfützen auf, als würde man Teppiche zusammenrollen.

Die Krankenhausgebäude bildeten ein Bollwerk gegen den Wind. In der Dunkelheit wirkten die Backsteinbauten wie mit geronnenem Blut bemalt. Nicht ein einziges Fenster war hell.

Sie stemmten sich gegen den Wind und gingen auf das Tor zu. Desnos' Anorak blähte sich wie ein Kitesurf-Segel, Niémans' schwarzer Mantel knatterte wie eine Piratenflagge. Zwei, die sich gesucht und gefunden hatten.

Durchgepustet betraten sie den Innenhof mit seinen offenen Galerien. Immer noch sah es hier aus wie die Mischung aus einem still gelegten Schwimmbad aus den 1930er-Jahren und einer Miniaturausgabe des neoklassizistischen Museums Palais de Tokyo. Wie beim ersten Mal gingen sie an der linken Galerieseite entlang bis zu einer geschlossenen Tür. Desnos stieß sie auf. Eine Treppe führte nach unten.

»Es ist im Keller«, sagte sie.

»Woher weißt du das?«

»Zimmermann hat es mir erklärt. Leichen werden da unten obduziert.«

Sie fanden einen Lichtschalter und stiegen hinunter. Die Arbeit von Gerichtsmedizinern ist zwar immer eher ruhig, aber dieser Abend brach alle Rekorde der Stille. Im Untergeschoss erreichten sie einem Betongang, in dem Rohre und Kabel unter der Decke hingen. Mülltonnen und ungenutzte Fahrtragen standen herum. An einem solchen Ort konnte man sich wirklich nur mit Toten beschäftigen.

Am Ende des Flurs drang ein Lichtstrahl unter einer Tür hindurch. Desnos klopfte. Keine Antwort. Niémans drückte die Klinke.

Als sie den Raum betraten, begriffen sie nicht sofort. Zumindest Niémans als Kriminalbeamter mit mehr als dreißig Jahren Berufserfahrung begriff nicht. Was also Desnos anging ...

Im hinteren Teil eines komplett mit weißen Kacheln gefliesten Raums leuchteten gleißende Operationslampen wie monströse Fliegenaugen.

Darunter zwei Untersuchungstische.

Auf den Tischen zwei Leichen.

Die erste war ihnen bereits vertraut: Jakob, leicht erkennbar, eine nackte, weiße, von Bart, Haaren und Schamhaar rötlich gerahmte Masse.

Aber auch die zweite Leiche kannten sie: Zimmermann. Zwar war er bekleidet, aber Kittel und Hemd waren über seiner bluttriefenden Brust weit geöffnet.

Man musste nicht vom Baum der Erkenntnis genascht haben, um zu erraten, was dort geschrieben stand.

Die Ermittler traten lautlos näher, ohne auch nur daran zu denken, ihre Waffen zu ziehen. Seltsamerweise fühlten sie sich weder ängstlich noch überrascht, sondern eher wie mitgerissen von einem Strom aus Albträumen, dem sie keinen Widerstand entgegensetzen konnten.

»Der Mörder hat einen Sinn für Ordnung«, flüsterte Desnos.

Tatsächlich wirkten die beiden auf ihren Edelstahltischen liegenden und von grellen Lampen hell angestrahlten Leichen auf Niémans wie eine esoterische Zeremonie oder eine zeitgenössische Kunstinstallation.

»Ich tippe eher auf Sinn für Humor.«

62

Es war der erste Schwall, der sie aufweckte. Besser gesagt, die erste Welle ...

Mit halb geöffneten Lidern entdeckte sie ihr eigenes Spiegelbild auf einer Chromoberfläche, verzerrt und geradezu obszön. Immer noch trug sie ihre Tracht und lag zusammengekrümmt auf dem Boden. Füße und Handgelenke waren mit silbernem Gaffer-Tape gefesselt, ein Klebestreifen haftete auf ihrem Mund. Ganz und gar nicht in der handwerklichen Tradition der Gesandten.

Sie befand sich in einem Edelstahltank, einer Art kreisrundem Wasserturm, der sie von allen Seiten mit seiner gleichzeitig viel zu nahen, aber schier grenzenlosen, schimmernden Wand umschloss. Wahrscheinlich einer der Tanks im Weinkeller der Diözese.

Sie wusste nicht, was Rachel ihr gespritzt hatte, aber sie verspürte eine heftige Übelkeit und einen bitteren Geschmack hinten in der Kehle. Ihr Verstand brachte keine zwei zusammenhängenden Gedanken zustande. Hinzu kamen heftige Kopfschmerzen, die jeden Versuch logischen Denkens im Keim erstickten.

Trotzdem versuchte sie, ihre Situation zu analysieren. Der Tank schien einen Durchmesser von zwei bis drei Metern zu haben und war vollkommen dicht. Würde sie ersticken? Sie drehte sich leicht nach oben, um die Höhe abzuschätzen – mindestens zehn Meter. Wie groß mochte das Fassungsvermögen eines solchen Behälters sein? Zehntausend Liter? Fünfzigtausend Liter? Und vor allem: Liter wovon? Wie auch immer, im Moment war noch Platz für Sauerstoff ...

Was sie nicht verstand, war das Licht – woher kam es? Mühsam gelang es ihr, hoch oben eine Luke zu erkennen, die offen war. Sicher hatte man die Lampen im Raum angelassen, denn der eindringende Lichtstrahl genügte, um das Innere des ganzen Tanks zu beleuchten.

Plötzlich platschte ein weiterer Schwall auf sie herunter. Sie blickte nach unten. Eine braune, schaumige Flüssigkeit mit goldenen Reflexen drang in den Tank ein. *Komm schon, Ivana, ein bisschen mehr Vorstellungskraft.* Es war ausgepresster Traubensaft, der sich aus der Öffnung einer Pumpe ergoss. Den ruckartigen Rhythmus des Motors konnte sie wahrnehmen.

Panik ertränkte ihre Gedanken. Der Strahl kam nun kontinuierlich. Die Ernte des Tages floss über ihren gefesselten Körper.

Das, was noch wenige Minuten zuvor bebende Pfützen gewesen waren, wurde nun zu schlammigen Tümpeln, die sich um den Flüssigkeitsstrom schlossen und zum Sturm auf ihren mit Panzerband gefesselten Körper ansetzten. Der Saft – er wurde »Most« genannt, wie sie sich erinnerte – umhüllte sie, der gelbliche Schaum kroch in die Falten ihrer Kleidung.

Denk nach, um Himmels willen. Der Most hatte inzwischen ihre Kniebeugen erreicht, kroch ihr in den Nacken, benetzte die Brust ... Sie lag zusammengerollt auf der Seite und begann sich zu fragen, ob das wirklich die beste Stellung war. Wenn sie sich auf den Rücken legte, könnte sie vielleicht ...

Ein klebriger Schwall spritzte ihr ins Gesicht.

Eigentlich war es fast komisch. Sie würde in Traubenmost ertrinken – sie, die Wein nie gemocht hatte.

63

Hast du Kinder?«

Sie saßen in der offenen Galerie der Terrasse auf den Stufen, die zum Pool führten, und warteten auf die Einsatzkräfte. Unten im Keller durften sie nichts berühren und wollten auch nicht bei den Leichen bleiben. Außerdem brauchten sie dringend etwas frische Luft.

Desnos antwortete nicht sofort. Die Frage hallte in dem langen, mit Keramik ausgekleideten Hohlraum nach.

»Ja, zwei. Warum?«

»Nur so. Hast du ein Foto?«

Die Gendarmin warf ihm einen verwirrten Blick zu.

»Äh … ja«, murmelte sie schließlich.

Sie stand auf und kramte in ihrem Parka. Als sie so vor Niémans stand, kam sie ihm plötzlich ungeheuer beeindruckend vor. Angesichts der geometrischen Dekorationen aus den 1930er-Jahren musste er an die bronzene Athene der Fontaine de la Porte Dorée denken, eine Göttin ohne Schnörkel und Verzierungen.

Desnos reichte ihm ihr Telefon.

Nichts ist uninteressanter als die Kinder anderer Leute. Trotzdem verweilte Niémans bei den beiden Kleinen, die er kaum zu unterscheiden vermochte. Er betrachtete die Bilder und beglückwünschte sich dafür, dass er bei dieser Kollegin nichts probiert hatte und sich auch nicht zu einem sterilen Anbaggern verstiegen hatte, wie es alle Männer taten, sobald sie ein Paar Brüste sahen – und die damit einen primären, primitiven, tief verwurzelten Instinkt dem Aufbau eines Lebens entgegensetzten.

»Und Sie?«, wollte Desnos wissen, als er ihr das Telefon zurückgab.

»Ich? Weder Frau noch Kinder.«

Er wartete ein paar Sekunden – zweifellos eine Auswirkung des Dekors und vor allem der beiden Leichen unter ihren Füßen –, ehe er hinzufügte: »Ich bin allein. Allein mit meinem Job.«

»Und mit Ihren Erinnerungen.«

»Nicht mal das. Das Gedächtnis funktioniert in meinem Alter nicht mehr so toll.«

Desnos vergrub die Hände in ihren Taschen. Die Kälte nagelte sie so fest an den Boden wie die Säulen auf dem Vorplatz.

»Immerhin ist doch da die kleine Rothaarige. Sie ist deutlich mehr als eine Assistentin, nicht wahr?«

Er nickte mit bis zur Nase hochgeschlagenem Kragen. »Ihr Dienstgrad ist allerdings nicht im Beamtenstatus aufgelistet.«

Desnos lächelte mit einer rührenden Spontaneität und wirkte dabei gleichzeitig mitfühlend und zufrieden.

Sie verstummten für eine Weile – es war wie auf einem unbekannten Planeten, dessen Bevölkerung durch einen Virus ausgelöscht worden war und nur diese Architektur aus Blöcken und Hohlräumen, Ziegeln und Keramik zurückgelassen hatte …

»Was halten Sie davon?«

Desnos' Frage ließ Niémans zusammenzucken.

»Wovon?«

Sie antwortete nicht, was ein klarer Hinweis auf die beiden Leichen im Keller war.

»Ich fürchte, ich habe mich von Anfang an in Zimmermann getäuscht. Ich habe ihn für einen Idioten gehalten, aber der einzige Idiot hier bin ich. Er war ein Komplize der Gesandten.«

»Was noch?«

»Beim ersten Mal hat er den Stein nicht gefunden, weil er ihn nicht finden wollte. Die Gesandten hofften wahrscheinlich, dass nur *ein* Mord geschehen würde und sie die Botschaft des Mörders vertuschen könnten.«

»Welche Botschaft?«

»MLK und die Holzkohle.«

Hieroglyphen und immer noch kein Stein von Rosette in Sicht …

Laut listete er die Bruchstücke auf, die er bereits zusammensetzen konnte:

»Als wir ihn das erste Mal besucht haben, packte Zimmermann seine Koffer. In Wirklichkeit wollte er fliehen. Er hatte die Nachricht verstanden. Wie die anderen vermutlich auch.«

»Warum ist er dann nicht gegangen?«

»Weil ihm dazu keine Zeit mehr blieb, denn er musste zunächst seine Spuren verwischen: die Krankenakten der Gesandten. Er war derjenige, der sie behandelte, hier in dieser halb verlassenen Klinik. Die Täufer zahlten schwarz, und das war's. Deshalb hat die Sozialversicherung auch nie Wind davon bekommen.«

Desnos drehte sich um und baute sich vor Niémans auf. Ihre Statur und ihre üppige schwarze Gestalt erinnerten ihn immer noch an eine beeindruckende Skulptur.

»Und was hätte er im Fall Jakob getan?«

»Er hätte geredet. Zunächst, weil ihm keine andere Wahl geblieben wäre. Und zweitens, weil er der Nächste auf der Liste war.«

»Aber … warum hat es der Mörder auf diese Leute abgesehen?«

Niémans stand auf. Während er sprach, nahm sein Gedankenmodell Gestalt an und schien stärker zu werden, als er ursprünglich gedacht hätte.

»Er rächt sich. Samuel, Jakob und Zimmermann haben etwas Schreckliches getan, und der Mörder hat sie bestraft. Wenn wir rausfinden, was sie getan haben, wissen wir den Namen des Mörders.«

»Halten Sie die Liste der Verdächtigen unter den Gesandten für lang?«

»Keine Ahnung, aber ich bin sicher, dass das Wandbild uns helfen kann, dieses Chaos zu entwirren.«

»Sie sind ja geradezu fixiert auf dieses Fresko. Ich sehe einfach nicht …«

»Ich habe einen Spezialisten kommen lassen und setze meine ganzen Hoffnungen jetzt auf ihn.«

»Der Typ, den Sie haben abholen lassen?«

»Genau der.«

»Einer meiner Leute hat ihn hergebracht. Angeblich ist er … wie soll ich sagen … etwas speziell.«

Niémans lächelte im Schutz der Nacht. »Ja, das kann man so ausdrücken.«

Er dachte an Ivana. Er hatte sie nicht erreichen können, um sie zu informieren, dass es einen weiteren Mord gegeben hatte. Aber es war gerade einmal siebzehn Uhr. In zwei Stunden würde er sie in Saint-Ambroise treffen. Und dieses Mal würde er sich auf keine Diskussion einlassen, sondern sie zurückholen, selbst wenn er sie dafür in den Kofferraum des Mégane sperren müsste.

»Haben Sie die Verletzungen auf Zimmermanns Brust bemerkt?«

»Was ist damit?«?

»Sie sehen genauso aus wie die von Jakob.«

Vierundzwanzig Stunden früher hätte Niémans ihr eine

Abfuhr erteilt, aber inzwischen konnte er ihre Fähigkeiten einschätzen. Und vor allem hatte er sie besser kennengelernt: Wenn sie zu sprechen wagte, dann weil sie etwas Konkretes zu sagen hatte.

»Die Striche auf dem Fleisch sind doppelt. Es ist nicht nur eine Einkerbung, sondern zwei. Ich denke, sie stammen von einer Rebschere, die entweder nicht richtig geschlossen war oder deren Spitzen nicht mehr symmetrisch sind.«

»Glaubst du, es macht Sinn, bei den Gesandten nach einer Rebschere zu suchen?«

»Sicher nicht. Die Gesandten haben Tausende davon, und keine kann einer bestimmten Person zugeordnet werden. Aber vielleicht ist es ein weiteres Teil des Puzzles. Der Mörder weist uns auf die Weinlese hin. Etwas, das zu den Initialen, der Holzkohle und dem Wandbild passt.«

Niémans legte ihr die Hände auf die Schultern und lächelte sie an. »Du und ich, wir haben die gleiche Wellenlänge, und …«

Weiter kam er nicht. Das Einsatzkommando war im Anmarsch. Sirenen jaulten durch die Nacht wie eine Mischung aus düsterem Stöhnen und hochmütiger Gleichgültigkeit.

Allmählich wird das zum Running Gag, dachte er, als er erneut den Wahlspruch der Gendarmen auf den Autotüren sah.

64

Wo ist er?«, fragte Niémans bei seiner Ankunft am Gendarmerieposten.

»Wir haben ihn in ein Büro in der ersten Etage gebracht«, erklärte der Beamte, der Eric Aperghis abgeholt hatte. »Der Mann ist wirklich ein Phänomen. Wussten Sie, dass er barfuß läuft? Und dieser Geruch …«

Niémans hätte eine ganze Menge Geschichten über Aperghis zum Besten geben können, und zwar durchaus recht deftige, aber er begnügte sich mit einem Nicken und ging die Treppe hinauf. Desnos hatte er am Tatort zurückgelassen: Sie kam allmählich ganz gut klar.

Der Laienbruder saß still auf seinem Stuhl und wartete. Ohne Kaffee und ohne ein Glas Wasser. Er hatte nicht einmal seinen Mantel abgelegt – na ja, das Ding, das ihn umhüllte. Er war sich selbst treu geblieben und sah aus wie ein uralter Einsiedler, der sich auf dem Gipfel eines Berges versteckte, so unempfindlich gegenüber dem Schmerz wie auch gegenüber den Schlangen und Skorpionen um ihn herum.

Er hatte sich nicht verändert. So dünn, dass man seine Knochen zählen konnte, grau wie ein Mopp, der seit Ewigkeiten nicht mehr mit Wasser in Berührung gekommen war, mit schwarzen Fingernägeln, knorrigen Händen und einem vor Schmutz starrenden Bart … Äußerlich sah er aus wie ein Penner, bis auf die Tatsache, dass seine edlen Gesichtszüge ihn auf den ersten Blick dem Lager der Einsiedler, Asketen und ätherischen Mystiker zuordneten.

Die Symmetrie seiner Augenbrauen, die Harmonie seiner Augen, die Eleganz seiner Nase und seines Mundes – das alles war vorhanden, allerdings verwüstet durch Drogen, Entzug, Fasten, Selbstkasteiung und Ekstasen. Seine Schönheit wollte bewundert werden wie eine antike Ruine.

Tatsächlich war der größte Teil seines Gesichts verborgen. Die Stirn wurde von einer schwarzen Pelzmütze verdeckt, die an den Schtreimel orthodoxer Juden erinnerte. Ein Bart überwucherte das Kinn bis hinauf zu den Wangenknochen und erinnerte entfernt an die grauen Lianen im Wald von Angkor.

»Wie geht's, Eric?«

»Gut.«

»War die Fahrt angenehm?«

»In einem Wagen der Gendarmerie.«

Niémans lächelte und schüttelte ihm die Hand. Erics knochige Finger waren mit Ringen geschmückt, die aus den Wüsten des Orients oder den Handelskontoren Asiens zu stammen schienen.

»Warum hast du mich angerufen? Deinetwegen habe ich mein Schweigegelübde gebrochen.«

»Ich habe auch eine Menge Gelübde gebrochen, um deinen Arsch zu retten.«

»Ich höre.«

Ohne lange Vorrede präsentierte Niémans die ganze Geschichte. Die Morde. Die Zeichen. Die Gesandten. Er sprach schnell, sehr schnell. Er wusste, dass das einsame Leben Erics alias Antoines lebhaften Geist in keiner Weise beeinträchtigt hatte.

»Dir passieren immer die kompliziertesten Sachen«, meinte der Besucher schließlich.

Niémans hatte durchaus nicht den Eindruck, dass das Leben des Einsiedlers, eines Überlebenden unzähliger Überdosen, Kasteiungen und barfüßigen Pilgerfahrten, der Inbegriff von Einfachheit wäre, aber sei's drum.

»Die Gesandten sind eine ausgesprochen interessante religiöse Gruppierung«, begann Antoine.

Vier Morde in weniger als einer Woche waren in der Tat nicht gerade alltäglich, aber er meinte etwas anderes: Er würde eine Fülle von Informationen, die sozusagen nur ihm bekannt waren, erhalten. Der Anachoret wusste gleichsam um die Geheimnisse Gottes. In Sachen Religion und heiliger Texte könnten keine Bibliothek und kein Computer die Verbindungen herstellen, zu denen er in Sekundenschnelle fähig war.

»Viele religiöse Gruppen arbeiten für ihr Seelenheil. Sie treten in die Fußstapfen Gottes, indem sie ein untadeliges Leben führen.«

»Genau das tun die Gesandten auch.«

»Aber nicht nur das. Sie sind außerdem der Meinung, dass ihr Fleisch gerettet wurde.«

»Ich verstehe nicht ganz.«

»Man könnte meinen, sie nennen sich ›Gesandte‹, weil sie mit ihrer Strenge ein Beispiel geben wollen. Aber das ist nur die unbedeutendere Seite ihrer Mission. Sie sind Gesandte im physikalischen Sinn des Wortes. Ihre Botschaft ist ihr Körper.«

»Könntest du das etwas deutlicher ausdrücken?«

»Im 16. Jahrhundert hat die Taufe sie körperlich verwandelt. Die Gnade Gottes kam wie ein Strahl auf sie herab. Sie wurden gerettet, erbten dafür aber eine Pflicht: die Erschaffung einer neuen und reinen Nachkommenschaft. Eine Art *reboot* des biblischen Adam.«

Der Polizist musste sich konzentrieren, denn Antoine pflegte sich nicht zu wiederholen.

»Sie beschlossen, sich zu reproduzieren, und zwar wörtlich. Über Generationen hinweg wollten sie ein einziges Wesen werden. Klone, wenn du so willst.«

»Sie praktizieren also Inzest, um immer wieder die gleiche DNA zu erhalten?«

»Ganz genau. Die Technik ist unter Züchtern gut bekannt. Wenn man beispielsweise eine bestimmte Qualität innerhalb einer Pferderasse entwickeln möchte, ist es immer noch der beste Weg, die Stute mit ihrem Fohlen zu kreuzen.«

»Aber diese Art Verbindung führt doch zu Fehlbildungen und Krankheiten.«

»Schon, aber die, die übrig bleiben, haben eine geläuterte DNA.«

»Inzest ist gesetzlich verboten.«

»In deinen Gesetzen. Den Gesandten ist das egal. Tatsächlich weiß bei ihnen niemand, wer wer ist. Ihre Personendaten bleiben geheim, und ihre DNA ist sich so ähnlich, dass Inzest ihre natürliche Art der Fortpflanzung ist.«

Niémans musste diese geheime Genealogie unbedingt in die Hände bekommen. Ein verformter Baum, dessen Äste so krumm nach hinten wuchsen, dass sie sich verknoteten. Das musste das Motiv des Mörders sein, da war er sich sicher.

»Woher weißt du das alles?«

»Es genügt, sich ein bisschen auszukennen. Die Informationen sind frei zugänglich. Jemand hat das alles im letzten Jahrhundert systematisiert.«

»Otto Lanz?«

Der Name war Niémans in den Sinn gekommen, ohne dass er darüber nachgedacht hatte.

»Dieser Mann war nicht nur ihr Messias, sondern auch ihr Dämon. Er hat sie ermutigt, sich noch intensiver miteinander zu vereinigen. Der Inzest wurde zur allgemeinen Regel.«

In einem einzigen Gespräch mit diesem himmlischen Landstreicher hatte Niémans mehr über die Täufer erfahren als seit seiner Ankunft in Brason. Damit hätte er anfangen sollen.

Jetzt aber war es zunächst einmal wichtig, zu den Fakten zurückzukehren.

»Diese Beziehungen unter Blutsverwandten müssen unweigerlich rezessive Erbkrankheiten und Missbildungen hervorgebracht haben. Was weißt du darüber?«

»Nichts. Diese Dinge handhaben sie äußerst diskret.«

»Wir gehen davon aus, dass wir ihren behandelnden Arzt identifiziert haben.«

»In dieser Hinsicht hast du mein volles Vertrauen.«

»Dieser Arzt war das bisher letzte Opfer des Mörders.«

Niémans hatte gehofft, seinen Gesprächspartner aufrütteln und ihm den kriminellen Charakter der Geschichte vor Augen führen zu können, doch ebenso gut hätte er versuchen können, den Ölberg zu erschüttern.

»Die Morde müssen mit diesen genetischen Krankheiten zusammenhängen«, betonte er.

»Inwiefern?«

»Wir suchen noch, aber du kannst mir helfen.«

»Ich bin weder Polizist noch Arzt. Sag mir lieber, was genau du von mir erwartest.«

»Sagen dir die Initialen MLK etwas?«

Antoine berichtete ungefähr das Gleiche wie Kosynski. Etwas über westsemitische Wurzeln und Konsonanten, die »König« oder »König sein« bedeuten konnten, aber Vokale benötigten, damit der Sinn deutlicher würde.

»Am besten wäre es«, schloss der Eremit, »wenn wir einen Kontext zu diesem Zitat hätten.«

»Und was ist mit der Holzkohle?«, erkundigte sich Niémans enttäuscht.

»Keine Ahnung, wovon du sprichst.«

Niémans erkannte, dass er dieses Detail in der Eile übersprungen hatte.

»Wird irgendwo in der Bibel Kohle erwähnt?«

»Kohle kann eine Strafe Gottes sein.«

»Will heißen?«

»Im Buch der Psalmen steht geschrieben: ›Der Herr prüft den Gerechten; seine Seele hasst den Gottlosen und die gerne freveln. … Er möge feurige Kohlen über sie schütten; er möge sie stürzen in Gruben, dass sie nicht mehr aufstehen.‹«

»Das ist alles?«

»Das ist alles.«

»Es handelt sich also nicht um etwas mit einer symbolischen Bedeutung?«

»Nein, eigentlich nicht.«

»Gibt es eine Stelle in der Bibel, die sich auf einen Stein im Mund bezieht?«

»Nein.«

Niémans entschied sich daraufhin, Antoine die Fotos von den Leichen vorzulegen.

»Was kannst du mir dazu sagen?«

Antoine hatte eine besondere Körperhaltung. Eine Art, den Kopf leicht zurückgelehnt zu halten und einen auf diese Weise ganz natürlich zu überragen. Ein Fürst der Armut, der Irrfahrten und des Gebets.

Die zerquetschten Überreste von Samuel. Jakobs geritzter Torso. Die beiden nebeneinanderliegenden Leichname des Gesandten und des Gerichtsmediziners in der Leichenhalle von Brason. Antoine schien wenig beeindruckt. Mit geschmeidiger Hand blätterte er durch die Bilder, während seine Ringe bei jeder Bewegung auf den Tisch klimperten.

»Wie schon gesagt, ich bin weder Polizist noch Arzt. Was willst du?«

Niémans öffnete den Ordner mit den Bildern aus den Gewölben von Saint-Ambroise.

Zunächst die sichtbaren Fresken.

»Banale Illustrationen von Szenen aus dem Neuen Testament«, kommentierte Antoine. »Ich würde sagen, aus dem 18. Jahrhundert. Völlig uninteressant.«

Dann legte Niémans ihm die versteckten Malereien vor.

Sofort geschah ein kleines Wunder. Als Lehmann die Gesichter der Verdammten gesehen hatte, war er sichtlich erschrocken. Niémans selbst und Desnos hatten ähnlich reagiert. Antoine jedoch schien weder schockiert noch überrascht. Eher erfreut. Die ekstatischen Bilder gefielen ihm. Und passten sogar wie angegossen zu ihm. Hier schien er sich auf vertrautem Terrain zu bewegen.

»Röntgenbilder?«

»Von Gemälden unter den sichtbaren Bildern, ja.«

»Dann sind die aus dem 18. Jahrhundert gefälscht.«

»Woher weißt du das?«

»Weil diese Bilder von Otto Lanz sind.«

Niémans lächelte. Auf jeden Fall hatte es sich gelohnt, den Einsiedler aus seiner Muschel des Schweigens zu locken.

»Hast du sie schon mal gesehen?«

»Nein. Aber ich kenne andere Arbeiten von ihm.«

Irgendwo konnte man sich also Gemälde von Otto Lanz ansehen. Niémans hatte nicht ausreichend recherchiert, und jetzt war es zu spät. Aber zumindest hatte er nun diesen Quell des Wissens zur Hand. Einen Quell mit klarem Wasser mitten in der Wüste.

»Er hat hier den Stil des Spätmittelalters nachgeahmt«, fuhr der Laienbruder fort. »Aber Körper und Gesichter sind charakteristisch für seine Arbeit. Daran gibt es keinen Zweifel.«

Niémans legte seine Hände flach auf die Abzüge.

»Ich glaube, dass Lanz in diesen Fresken eine Botschaft

versteckt hat, und ich vermute, dass dieses Geheimnis das Motiv für die Morde ist, oder uns zumindest helfen kann, die Motive des Mörders zu verstehen. Ich möchte dich bitten, die verborgene Bedeutung dieser Szenen zu entschlüsseln.«

Antoine nahm die Bilder und heftete sie in der richtigen Reihenfolge in den Ordner.

»Kann man dieses Büro abschließen? Ich möchte nicht gestört werden.«

65

Zum wiederholten Mal schaute Niémans auf die Uhr: 19.20 Uhr, und immer noch keine Ivana. Hatte sie länger in den Weinbergen bleiben müssen? Oder hatten die Saisonarbeiter zusammen das Ende der Weinlese begossen? Oder war sie bei Rachel, tröstete sie und versuchte, ihr noch ein paar Hinweise zu entlocken?

All diese Möglichkeiten gingen ihm durch den Kopf – nur nicht die wahrscheinlichste: Sie war entlarvt und eingesperrt worden. Oder schlimmer. In der eisigen Nacht lief er auf der Schwelle von Saint-Ambroise hin und her und fluchte.

Herr im Himmel! Wenn ihr etwas zustieße, könnte er sich das nie verzeihen. Sie in diese Klapsmühle zurückgehen zu lassen, wo es schon vier Leichen gegeben hatte, war schon kein Berufsfehler mehr, sondern völlige Idiotie.

Der Form halber rief er noch einmal ihre Nummer an. Keine Antwort. Die beiden Male, die er versucht hatte, sie zu erreichen, bedauerte er jetzt. Wenn er davon ausging, dass sich Ivana in den Händen der Gesandten befand, hätten die Mistkerle nämlich seine eigene Nummer sehen können. Vielleicht kannten sie sogar eine Handhabe, sie zu identifizieren.

Zitternd legte er wieder auf. Die Umgebung wirkte ausgesprochen unheimlich. Die Techniker und die Gendarmen hatten sich aus der Kapelle zurückgezogen, wie Grabräuber einen geschändeten Schrein verlassen.

Abergläubisch weigerte er sich, zu seinem Auto zurückzugehen, um sich aufzuwärmen. Es wäre ihm wie die Bestätigung vorgekommen, dass Ivana nicht mehr kommen würde, und damit hätte er sie der Nacht und dem Tod überlassen.

Er hob das Absperrband an und betrat die Kapelle. Doch auch dort fand er keinen Trost. Im Gegenteil. Das Innere kam ihm vor wie ein ruhender Block des Schreckens, der nur darauf wartete, geweckt zu werden.

Plötzlich vibrierte sein Handy. Niémans zuckte zusammen, als wäre gerade eine Giftschlange aus den Trümmern gesprungen.

Es war nur Desnos.

»Wir haben Ihre Leiche gefunden«, erklärte sie ohne Einleitung.

»Welche Leiche?«

»Diesen Kerl da. Marcel. Der Typ, von dem Ihre eingeschleuste Agentin erzählt hat.«

Der Begriff schmerzte ihn: Ivana war schließlich keine Agentin. Und eingeschleust war sie eigentlich auch nie gewesen.

»Wo?«

»In der Lauchenbachrunz, ein Stück flussabwärts. Das ist ein Bach, der …«

»Kenne ich.«

»Ach ja?«

»Bist du dort?«

»Ich bin auf dem Weg. Soll ich Ihnen die Koordinaten schicken?«

»Ich sagte doch, dass ich mich da auskenne.«

»Wo sind Sie?«

»An der Kapelle. Bin aber schon so gut wie unterwegs.«

Hastig sprintete er zu seinem Auto. Diese Entdeckung war wie eine Fallgrube, die sich unter seinen Füßen öffnete. Es gab also tatsächlich einen Toten mit abgeschnittenen Fingern und schlimm zugerichtetem Zahnfleisch, den man mit seinem eigenen Darm erdrosselt hatte. Was bedeutete, dass Ivana in der Falle einer Gemeinschaft fanatischer Mörder saß, deren Mitglieder selbst Angst vor der Rückkehr der »Bestie« hatten. *Dem Biest.*

Er musste sie so schnell wie möglich da herausholen, ehe diese Geistesgestörten sie zur Rechenschaft zogen. Gleichzeitig zögerte er. Noch in dieser Nacht mit Gewalt in die Diözese einzudringen, würde jede Chance zunichtemachen. Auch die von Ivana. Und sie würden die Wahrheit niemals erfahren.

Er entschied sich für eine letzte Frist und fuhr zum Fundort der Leiche, in der Hoffnung, dass sich Ivana bis dahin doch noch melden würde …

Er kannte die Lauchenbachrunz, einer der Bäche, die in den knapp tausend Meter über dem Meeresspiegel gelegenen Stausee Lac de la Lauch fließen. Die Gesandten hatten die Leiche ihres Opfers dort oben versteckt, fast dreißig Kilometer von der Domäne entfernt. Wahrscheinlich hatten sie darauf gehofft, dass der Schnee die Überreste bis zum nächsten Frühjahr bedecken würde.

Mit Höchstgeschwindigkeit raste er an den Weinbergen vorbei und nahm die D430 durch das Tal von Guebwiller, die zum Skigebiet Markstein hinaufführte. Die Tannen links und rechts der Straße bildeten zwei undurchdringliche Mauern. Auf den Bergflanken lag bereits der erste Schnee, der im Mondlicht perlmuttfarben schimmerte.

Die Kurven wanden sich immer weiter bergauf. Von Zeit zu Zeit warf Niémans einen Blick zum Beifahrerfenster, in dem er sein eigenes Spiegelbild sah: blass, gespenstisch und zerfetzt von den vereinzelten, bläulichen Schneeflecken. Auch die Bäume waren mit von der Partie und fuhren über seine Gesichtszüge wie wilde Pinselstriche.

Der Glaube der Gesandten würde sie ins Verderben stürzen. Sie hätten besser daran getan, die Leiche auf ihrem Land zu verstecken, dort hätte sie niemand je gefunden. Aber dieser Tote war für sie ein Sakrileg. Ein verwesender Weltlicher …

Niémans war sich der Konsistenz seiner Gedanken nicht wirklich sicher, aber je weiter die Katastrophe fortschritt, desto mehr fühlte er sich wie zu Hause. *Tod und Gewalt auf jeder Etage, mein Lieber, und immer die gleiche Einbahnstraße in die Hölle.*

Irgendwann wich die schwarz-weiße Landschaft eisblauen Blitzen. Vertraute Blitze, die er schon vor Haussmann-Gebäuden, verfallenen Lagerhäusern, verlassenen Docks und in düsteren Wäldern gesehen hatte … Das zuckende Blaulicht der Gendarmen schraffierte die Landstraße und stahl ihr mit jeder Umdrehung ein wenig mehr Substanz.

Männer sicherten das Gelände ab und umspannten die Tannen mit Absperrband, als wären es riesige Spargel. An diesen November würden sich die Jungs sicher noch lange erinnern.

Niémans parkte an der Straße, fünfzig Meter oberhalb der Fundstelle, und musste seinen Ausweis vorzeigen – vor Ort waren ziemlich viele neue Gesichter. Zwischen den Bäumen hindurch machte er sich auf den Weg hinunter zum Flüsschen. Der Wald war in Aufruhr, denn der Wind hatte noch nicht nachgelassen, und auch der Wildbach toste wie eine seismische Welle.

Am Ufer wartete Desnos auf ihn. Um sie herum standen Gendarmen und die Angestellten eines Bestattungsunternehmens, die nichts berührt hatten. Großartige Szenerie. Nach dem Blau der Blinklichter kehrte nun wieder die wahre Natur der Dunkelheit zurück. Die Farbe von Flaschenböden breitete sich zwischen Felsen und Bäumen aus wie eine geheimnisvolle Tinte – schwer, langsam und samtig.

Die Leiche lag auf dem Rücken. Die Strömung hatte sie

zwischen Grasbüscheln und moosigen Kieselsteinen an das Ufer gepresst. Während der Kopf in einer felsigen Vertiefung feststeckte, bewegte sich der restliche Körper ununterbrochen mit den Strudeln, wobei sich die Eingeweide im Wasser ausbreiteten.

Niémans betrachtete das vom stundenlangen Aufenthalt im Wasser bereits geschwollene Gesicht. Die Gesandten hatten den Toten wahrscheinlich weiter oben auf der Bergflanke versteckt, aber er war zum Bach hinuntergerutscht. Niémans ging auf die Knie und griff in den eisigen Wellen nach den Händen der Leiche: Die Fingerglieder fehlten. Er schob die Lippen zurück: Die Zähne fehlten ebenfalls.

Er richtete sich auf und blickte über das Flüsschen. Einige Gendarmen durchsuchten bereits die Umgebung. Unwillkürlich musste er an die Schneckenhausmethode von Desnos denken, aber jetzt war nicht die richtige Zeit für Scherze.

Er entfernte sich einige Schritte von der Gruppe und knickte mit den Füßen zwischen den Steinen um. Ivana. Für Marcel, den er nicht gekannt hatte, empfand er nicht viel, aber bei dem Gedanken an seine kleine Slawin, die diesen Schweinen ausgeliefert war, wurde ihm fast übel. Würde man auch sie im Fluss finden?

Hinter ihm rollten Kieselsteine zu Tal und landeten im Wasser: Desnos war zu ihm getreten. In den Tiefen seines Gehirns explodierte Marcels Martyrium. Eine von einer Glühbirne beheizte Scheune. Die Gesandten, ernst wie Päpste, spielten mit Zangen und Rebscheren …

»Wie viele Gruppen hast du kommen lassen?«

»Drei. Wenn wir mehr wollen, müssen wir mit Schnitzler reden.

»Nimm alle mit. Wir fahren zur Diözese.«

»Wozu?«

»Wir müssen Ivana finden.«

»Wen?«

»Meine Assistentin. Sie ist verschwunden.«

»Aber ... was ist mit Marcel?«

»Scheiß auf Marcel! Die Lebenden haben Vorrang. Hast du das nicht auf der Gendarmerieschule gelernt?«

66

Ivana hätte gedacht, dass sich der Tank schneller füllen würde. Vielleicht war es aber auch nur ihre Zeitwahrnehmung, die sich verändert hatte.

Auf jeden Fall lebte sie noch. Es war ihr gelungen, ihre Fesseln zu lösen – kein allzu großer Sieg – und war aufgestanden, um das Ertrinken zu verzögern. Dabei war sie mehrmals zusammengebrochen. Offenbar wirkte die Substanz der Gesandten mit Verzögerung. Jedenfalls war sie jeweils für ein paar Sekunden oder auch einige Minuten eingeschlafen, lange genug, um mit Most im Mund zu erwachen.

Jetzt reichte ihr die Flüssigkeit bis zur Hüfte. Ihre Beine wurden eiskalt, und sie geriet erneut ins Dösen, erwachte aber sofort wieder, richtete sich auf und lehnte sich an die Wand.

Vor Müdigkeit oder Verzweiflung hatte sie schon längst keine Kraft mehr, sich aufzuregen. Stoisch und fatalistisch bemühte sie sich immerhin noch ansatzweise, einen Ausweg zu finden. Der Most stieg immer weiter, während die Pumpe auf der anderen Seite der Wand ihren eindringlichen Rhythmus skandierte. Natürlich hatte Ivana nach einer Falltür gesucht, einem Ausweg in ihrer Reichweite. Sie hatte nichts gefunden außer dem Ventilloch, dessen Konturen fest verschraubt waren, und der Luke ganz oben, die unzugänglich war.

Als sie spürte, wie die Flüssigkeit sie langsam anhob, fiel ihr schließlich eine ganz einfache Lösung ein. Sie musste schwimmen oder sich zumindest treiben lassen, bis der Pegel die Luke erreichte und sie durch die Öffnung schlüpfen konnte.

Allerdings war der Most so dick – eher eine Art goldener Schlamm – dass ihr Schwimmbewegungen schwerfielen. Auf diese Weise würde sie schnell ermüden und auf den Grund sinken.

Rückenschwimmen! Sie musste sich auf dem Rücken treiben lassen.

Ihre Kurse in Physik und Chemie fielen ihr wieder ein: »Im Süßwasser hat der Mensch keinen Auftrieb, weil er in dieser Flüssigkeit schwerer ist als sein Volumen, im salzigen Meerwasser jedoch wird er weniger schwer als sein Volumen.«

Mehrmals versuchte sie, ihre Beine aus dem Most zu befreien, um sie an der Oberfläche auszustrecken, aber jedes Mal sank sie nur tiefer ein. Die gequetschten Trauben sogen an ihren Hüften und saugten sie ein.

Es klappte nicht! In einem letzten sehr langsamen, sehr vorsichtigen Versuch gelang es ihr jedoch, sich schräg zu stellen, und dieses Mal bestand kein Zweifel: Sie begann zu schweben. Eine weitere Anstrengung, und sie lag komplett horizontal, die Arme kreuzweise ausgebreitet.

Minuten vergingen. Bloß nicht mehr bewegen, sich leicht machen, ausgebreitet wie ein Seestern. Sie schloss die Augen, und Hoffnung stieg in ihr auf: In diesem Tempo würde sie in etwa zehn Minuten die Oberseite des Tanks erreichen und könnte nach der Kante der Luke greifen. Gewonnen hatte sie allerdings noch nicht. Beim kleinsten Zucken würde sie wieder nach unten sinken. Sie musste ihre ganze Willenskraft aufbringen, um sich zu entspannen, um die instabile Dichte, die sie emporhob, für sich zu nutzen.

Alle Gedanken schienen wie ein Blutsturz durch Mund, Nase und Ohren aus ihrem Schädel herauszufließen. Sie fand keine Möglichkeit, auch nur die einfachste Idee zurückzuhalten, was sie fast als angenehm empfand. Zumindest war es berauschend. Wie damals, als sie noch Drogen genommen hatte. Diese plötzliche Schwerelosigkeit des Seins …

Immer weiter ging es nach oben.

In weniger als einer Minute müsste sie nur noch den Arm ausstrecken, um die Kante der Luke zu fassen zu bekommen. Dann würde sie hinaufklettern und sich aus dieser Todesfalle befreien.

Doch plötzlich ging es nicht mehr weiter.

Die Pumpe hörte auf zu arbeiten, der Pegel des Mosts veränderte sich nicht mehr.

Wie vom Donner gerührt starrte Ivana auf die Öffnung, die plötzlich unerreichbar schien. Die Gesandten schienen ihre Tanks nicht vollständig zu füllen, sondern ließen etwa einen Meter Raum zwischen der Oberkante des Tanks und dem Most. Vermutlich wegen irgendeines physikalischen Phänomens, das Ivana nicht kannte.

Ohne nachzudenken, richtete sie sich auf und versuchte, sich hinaufzuziehen. Doch ihr einziger Erfolg bestand darin, bis zum Hals einzusinken. Hustend und spuckend gelang es ihr, wieder in die Waagerechte zu kommen, wobei sie verzweifelt mit den Armen paddelte. Sie hinterließ klebrige Spuren in der Flüssigkeit und drehte sich in dem eisigen Brei, ohne sich allerdings mehr als ein paar Zentimeter aufrichten zu können.

Mit einer Verrenkung versuchte sie, sich erneut hochzuziehen, sank jedoch nur noch weiter zurück. Nein! Sie weigerte sich unterzugehen. Bis zu den Lippen in den Most getaucht, bäumte sie sich wieder auf und krümmte sich, um die Oberfläche zu erreichen und es noch einmal zu versuchen. Sie wollte schreien, doch der Most drang ihr in den Mund.

Strampelnd in der Flüssigkeit und an die Edelstahlwand gepresst, hangelte sie sich nach oben, verdrehte sich, verrenkte sich. Aber nichts half: Sie sank immer wieder zurück. Sie würde ertrinken und konnte nichts dagegen tun.

Die Luke entfernte sich immer weiter …

Nein: Mit einem letzten Schwung voller Verzweiflung schaffte sie es, mit einer Hand den Rand zu ergreifen. Mit einem Schrei befreite sie ihren anderen Arm aus dem Most und griff mit beiden Händen nach der Öffnung.

Sie war gerettet.

67

Niémans raste durch die Nacht zurück zur Wache.

Seine Befehle hatten gelautet: Durchsuchung der Diözese, Verhör sämtlicher Gesandten, eine gründliche Suche nach Ivana bei den Saisonarbeitern und jedem, der vorbeikam, inklusive Fotos zur Unterstützung. Das Versteckspiel war endgültig vorbei. Eine Polizeibeamtin war verschwunden, und sie zu finden hatte oberste Priorität. Alle würden sich den Kopf über den kleinen Rotschopf zerbrechen müssen. Niémans war dankbar für jede Information, ganz gleich wie unbedeutend sie wäre.

Sie würden das Anwesen auf den Kopf stellen und diese Dachse im Sonntagsstaat und deren Erntelehrlinge ordentlich aufmischen, indem sie ihnen mit Haft oder Anzeige drohen. Sie würden Hunde auf die Weinberge loslassen, die Weinlager leeren und die kleinste Traube überprüfen. Sie würden alle Bewohner des Anwesens aus dem Bett scheuchen, auch die Kinder und die Alten. Jeder sollte begreifen, dass die Zeit der Maskerade vorüber war und dass die Gesandten auf ihrem Land keine Rechte mehr hatten. Und was ihren Grand Cru 2018 betraf, so konnten sie sich den gern in den A… stecken.

Doch das alles war nur so dahingesagt. Um eine Operation dieser Größenordnung durchzuführen, verlängerte Verfolgungsfrist hin oder her, brauchten sie den Segen des Staatsanwalts. Und tatsächlich war Schnitzler gekommen. Niémans lief ihm gleich bei seiner Ankunft auf der Wache in die Arme.

Sie schlossen sich in Desnos' Büro ein, und Niémans musste Bilanz ziehen – oder besser gesagt die Rechnung offenlegen: drei Leichen an einem Tag. Wer bietet mehr? In diesem Zusammenhang versuchte der Polizist zu erklären, dass es offenbar zwei Arten von Mördern gab, nämlich den Holzkohle-Killer und die anderen.

»Die anderen?«

»Die Gesandten selbst.«

»Warum sollten sie den Saisonarbeiter getötet haben?«

Niémans ging nicht auf die Frage ein und verzichtete darauf, noch einmal das »große Geheimnis« der Gemeinschaft – von dem er übrigens keine Ahnung hatte – ins Feld zu führen. Ebenso wagte er nicht, den Eremiten im ersten Stock zu erwähnen, der ihm den Schlüssel zum Rätsel liefern sollte.

Das problematischste Eingeständnis aber war das Einschleusen von Ivana Bogdanovic, einer zweiunddreißigjährigen Polizeibeamtin mit bedingter Erfahrung. Eine Ermittlerin, die gerade in der Höhle des Löwen verschwunden war …

»Wie konntest du mir das antun?«, brüllte Schnitzler.

»In Anbetracht der Situation war es die beste Methode.«

»Eine Kollegin einschleusen, ohne es mir gegenüber auch nur mit einem Wort zu erwähnen? Ohne überhaupt irgendwem etwas zu sagen? Hast du geraucht, oder was?«

»Aber gerade darin liegt doch der Sinn des Einschleusens«, versuchte Niémans ihn zu besänftigen. »Das Geheimnis …«

Schnitzler stand auf. Sein Anzug war zerknittert und fleckig. Niémans sah das als ziemlich schlechtes Zeichen: Der Staatsanwalt war so aufgebracht, dass er sogar die Kleiderordnung vergessen hatte.

»Nein, mein Lieber. Du scheinst dich mit zunehmendem Alter immer weniger an die Regeln zu halten. So was kann man nicht ohne die Rückendeckung seines Vorgesetzten durchziehen.«

»Als du mich angefordert hast, wusste noch niemand, ob es sich überhaupt um einen Mord handelte. Und es blieben nur noch wenige Tage Weinlese. Hätte ich dich eingeweiht, hätten wir nach Vorschrift vorgehen müssen und noch mehr Zeit vergeudet.«

»Und jetzt ist deine Assistentin verschwunden.«

»Sie ist nicht verschwunden«, begehrte Niémans auf. »Sie ist nicht zu unserem Treffen erschienen.«

»Und du kannst sie nicht erreichen, oder?«

»Sie geht nicht ans Telefon. Aber auch das muss nichts bedeuten, denn Smartphones sind in der Domäne verboten.«

Schnitzler setzte sich wieder und vergrub den Kopf in den Händen. »Ich drehe allmählich durch.«

Niémans hatte mit einem Mal die Nase voll: Er verschwendete hier nur seine Zeit damit, sich wie Schütze Arsch für angebliche Fehler zu rechtfertigen.

»Bestätigst du meine Befehle oder nicht?«, fragte er klipp und klar.

»Haben wir denn eine Wahl?«

»Wir müssen Ivana finden.«

Der Staatsanwalt machte eine desillusionierte Geste. »Sieh zu, wie du klarkommst.« Plötzlich jedoch schien er aufzuwachen und richtete sich auf seinem Stuhl auf. »Und die Ermittlungen? Muss ich dich daran erinnern, dass es im Grunde um vier Tötungsdelikte geht und nicht um das beunruhigende Verschwinden einer Person?«

»Ich bin da an einer Sache dran«, bluffte Niémans.

»Was für eine Sache?«

»Gib mir Zeit bis zum Morgengrauen.«

Schnitzler nickte träge. Er war besiegt – ein freundlicher Einfaltspinsel am Ende seiner Kräfte.

»Ich gebe morgen früh eine Pressekonferenz ...«, murmelte er. »Bis dahin solltest du mir etwas Konkretes liefern.«

»Du kannst dich auf mich verlassen.«

Niémans ging, ohne sich umzudrehen oder die Tür hinter sich zuzuschlagen.

Der Parkplatz war kalt und silbern wie eine Eisplatte.

Der Polizist hatte sich die Schlüssel für das schnellste Auto des Reviers besorgt, einen Renault Mégane III RS, der dem schnellen Einsatzteam gehörte. Eine 265-PS-Maschine, die in 6,3 Sekunden auf 100 km/h beschleunigte und 260 km/h erreichte. Genau das, was er brauchte, um durch die Domäne zu brausen und die Suche zu überwachen.

Die Nacht war farblos. Weißes Gras, pigmentlose Tannen, alles erschien blass, geblendet und erschreckt von den voll aufgeblendeten Scheinwerfern des Mégane. Niémans folgte nicht der Straße, er stürzte sich in dieses fahle Loch, das ihn auf die andere Seite der Nacht brachte, wo Einheiten der Gendarmerie den Ameisenhaufen der Gesandten durchwühlen und ihnen ihre Gefangene entreißen würden.

Unvermittelt wurde er sich einer Veränderung der Landschaft bewusst. Er schaltete auf Standlicht um. Die Umgebung nahm wieder ihre dunkle Realität an, eine dichte Schwärze, die sich langsam zu Sepia veränderte. Die Wälder, die Ebenen und die Reben schienen zu rosten und ockerfarben zu werden. Eine geheimnisvolle Korrosion war am Werk und verwandelte Bronze in Kupfer und Tinte in Blut …

Niémans fuhr, ohne abzubremsen, weiter. Äste bebten, Stämme leuchteten, Schatten zitterten. Der Himmel wurde golden, rötliche Glutnester leuchteten am Fuße der Reben auf. Alles nahm die weiche, intime Farbe der Lampen an, die Kinder aus Orangenschalen basteln.

Er begriff.

Die Feuer.

Die Gesandten hatten ihre Feier begonnen und zündeten überall auf ihren Parzellen Scheiterhaufen an. Funken wirbelten, und die Büsche im Unterholz wurden zu bernstein-getränkten Schwämmen. Die ganze Landschaft schien unter einer Kuppel aus goldenem Harz zu liegen.

Niémans unterdrückte einen Fluch. Wie hatte man sie damit anfangen lassen können? Ganz gleich, was auf diesem verdammten Anwesen passierte, die Regeln schienen unumstößlich zu sein. Sogar, wenn dadurch belastende Beweise und Indizien vernichtet wurden.

Wieder warf er einen Blick zum Beifahrerfenster: Sein Gesicht erschien wie zerlegt von den Funken, die durch die Nacht wirbelten. Eine Fratze aus Glasfasern, auf der Angst und Verzweiflung zu lesen waren.

Als er wieder auf die Straße kam, blieb ihm gerade noch Zeit für eine Vollbremsung. Die Räder des Mégane blockierten, und der Wagen drehte sich auf dem Asphalt.

Eine Gestalt versperrte ihm den Weg. Eine Frau, die vor Nässe triefte und im letzten Moment dem Ertrinken entkommen zu sein schien. Sie schwankte, die Falten ihres Kleides klebten an ihr, und ihr Gesicht und die Haare tropften …

Niémans schaltete das Abblendlicht ein und schaute genauer hin.

Wie lange brauchte man, um sich auf ein Wunder einzulassen?

Jedenfalls waren es weder seine Augen noch sein Gehirn, die das Mirakel analysierten, sondern sein Herz, sein Instinkt oder eine andere Form der Wahrnehmung, deren Namen er nicht kannte.

Das Wesen, das dort wie zurückgespült von den Wellen eines Albtraums auf der Straße taumelte, war niemand anders als Ivana.

68

Sie kannten die Namen, sie kannten die Taten, und sie kannten die immer schwieriger werdenden Umstände. Und doch lehnte es Ivana ab, Rachel und ihre Bande verhaften zu lassen – und sie hatte recht damit. Denn ein solches Vorgehen würde die Ermittlungen abrupt beenden, und sie würden den Mörder, der die Gesandten bedrohte, niemals identifizieren. Alles, was sie bekämen, wäre ein »mea culpa« wegen der versuchten Tötung von Ivana Bogdanovic und – vielleicht – ein Geständnis wegen des Mordes an dem Saisonarbeiter Marcel.

Und das wäre es dann.

Der Mörder von Samuel, Jakob und Zimmermann würde in der Versenkung verschwinden, ohne dass Niémans und Ivana jemals sein Motiv herausfinden könnten.

Ein Mörder jagte Fanatiker, die sich ihrerseits nicht scheuten, Gewalt anzuwenden. Angesichts dieser düsteren Aussichten waren sich die beiden einig: Es galt, das Geheimnis der Gemeinschaft zu lüften, ganz gleich, ob es im Fresko, in der Vergangenheit der Sekte oder in den Machenschaften eines geprellten Arztes verborgen lag.

Zunächst einmal aber duschte die junge Slawin, und Niémans dachte nach. Nicht über die Ermittlung: über Ivana.

Um Haaresbreite hätte er sie verloren und war dadurch, ohne es auch nur zu bemerken, wieder in seine Leere zurückgeglitten. In jenen Tod, den er bereits kannte und der ihm in Guernon in einem Flussbett den Garaus gemacht hatte.

Man konnte die Sache aber von zwei Seiten betrachten.

Einerseits beschützte er Ivana. Das erste Mal hatte er sie

gerettet, nachdem sie ihren Drecksack von Freund getötet hatte, um ihn daran zu hindern, ihrem gemeinsamen Sohn, der damals vier war, eine Heroinspritze zu verabreichen. Das zweite Mal rettete er sie, indem er sie zu einem Entzug zwang und darauf bestand, dass sie ihr Abitur machte, ehe er sie nach Cannes-Écluse auf die Schule für den gehobenen Polizeidienst schickte. Und schließlich hatte er sie vor der Langeweile gerettet, die auf der Polizeiwache von Versailles an ihr nagte, indem er ihr vorschlug, mit ihm zusammenzuarbeiten.

Soweit die Fakten.

Aber es gab auch die Kehrseite der Medaille.

Indem er all das für Ivana tat, hatte Niémans sich selbst gerettet.

Nachdem er aus der Hölle zurückgekehrt war – der Hölle der Verbrecher, aber auch seinem eigenen, intimen und unzulässigen Inferno, das von ebenso viel Gewalt gezeichnet war wie die Hölle, die zu bekämpfen er vorgab –, hatte er mit Ivana seinen Weg und den Sinn seines Daseins gefunden. Allein dadurch, dass sie in seinem Leben aufgetaucht war, hatte sie ihn aus dem Abgrund gezogen. Sie war es, die ihn neu geboren hatte.

Er saß auf dem Flur der Wache und lächelte vor sich hin, gerührt vom Rauschen der Dusche, die hinter der Tür der Umkleidekabinen lief. Er stellte sich seinen Schützling vor, eine kleine Marmorstatue im Stil von Degas, wie sie die von der Maische hinterlassenen Flecken abwusch und zu ihrem ursprünglichen Weiß zurückkehrte. Er war glücklich.

Endlich hatte er sie wieder an seiner Seite, und sie würden gemeinsam an vorderster Front kämpfen. Die Gefahr hatte die Seiten gewechselt. Nun waren sie es, die »die Terroristen terrorisieren« würden, wie der gute alte Pasqua gesagt hatte.

Ein zurückgekehrter Polizist, flink mit der Waffe, und ein junges, mit Körnern aufgezogenes Küken.

»Ich bin fertig.«

Er blickte auf. Sie stand vor ihm in Klamotten, die man ihr auf der Wache besorgt hatte. Vergessene oder beschlagnahmte Stücke, vielleicht sogar die eines Selbstmörders. Eine rote Trainingsjacke mit drei weißen Streifen auf den Schultern, eine schwarze Jogginghose und aerodynamische, aber bis auf die Nähte abgenutzte Sportschuhe. Die Sachen hatten ungefähr ihre Größe und passten zu ihrem markanten Gesicht mit den von der heißen Dusche leuchtenden Wangen.

»Gehen wir?«, fragte sie ungeduldig und griff nach dem Holster, das er ihr reichte.

Sie lud die Sig Sauer SP 2022, die Niémans für sie besorgt hatte, und steckte sie ein – er hoffte sehr, dass sie die Waffe wenigstens gesichert hatte.

Als er sie so betrachtete, verspürte er einen Anflug von Angst. Sie sah aus wie eine entsicherte Granate, bereit zu explodieren. Ihr Kumpel war ermordet worden. Man hatte versucht, sie mit Hektolitern von Traubensaft zu ertränken. Außerdem war sie auf eine sehr persönliche Art belogen worden. Man hatte sie verraten und das herabgewürdigt, was sie sich von den Gesandten erhofft hatte: ein wenig Frieden für ihre gequälte Seele. Jetzt waren es nur noch Rachegelüste, die sie auf den Beinen hielten.

Niémans hatte keine Ahnung, wie es weitergehen sollte, traute sich aber nicht, ihr das zu sagen. Es war Mitternacht, und sie befanden sich in der Tiefe eines Abgrunds – in einem Vulkankrater, in dem alles brannte. Sie hatten vier Tote zu beklagen, eine fanatische junge Frau stand an der Spitze einer Todesschwadron, außerdem gab es einen Mörder, der sich an den Gesandten rächen wollte und der aktiv von denjenigen gesucht wurde, die er bedrohte. Und all dies geschah ohne ihr Zutun, sozusagen direkt vor ihrer Nase.

Das wollte er der kleinen Furie gerade erklären, als Desnos ihn mit ihrem Anruf rettete. »Ich bin im Rathaus von Brason.«

Niémans konnte sich nicht mehr erinnern, womit er sie beauftragt hatte.

»Und weshalb?«

»Ich folge der Spur von Zimmermann.«

»Suchst du seinen Ehevertrag?«

»Ich glaube, ich habe die Wahrheit entdeckt.«

»Und wie sieht die aus?«

»Kommen Sie her. Ich würde es Ihnen lieber zeigen, das ist einfacher.«

69

Das Rathaus war zwar nur einen Steinwurf entfernt, aber sie nahmen trotzdem das Auto: Ivana konnte sich kaum noch auf den Beinen halten. Zwar waren weder eine Klage noch ein Vorwurf wegen der Tortur im Maischetank über ihre Lippen gekommen, aber ihr Körper gehorchte ihr offensichtlich nicht mehr.

Die Nacht in den Straßen von Brason schmeckte verbrannt, und durch die Luft flogen Ascheflocken. Der rote Himmel über den Dächern ließ keinen Zweifel: An den Hängen des Tals brannten jede Menge Feuer.

Niémans fuhr langsam und hörte Ivana zu, die mit tonloser Stimme von den letzten Stunden berichtete. Vor allem sprach sie von einem seltsamen Krankenhaus innerhalb der Diözese, in dem die beeinträchtigten Kinder der Gemeinde behandelt wurden, und von denen gab es ihrer Meinung nach ziemlich viele.

Der Polizist hörte aufmerksam zu. Ihre Entdeckungen bestätigten seine Hypothesen – und auch die Erklärungen von Antoine. Indem sie Ehen nur innerhalb der Gemeinde zuließen, entwickelten die Gesandten eine Art reine Rasse, produzierten aber auch Generationen von kranken und behinderten Kindern. Wer kümmerte sich um all diese kleinen Menschen?

Natürlich Patrick Zimmermann, auch wenn Ivana diesen Namen unter den Anhängern des Inzests nie gehört hatte.

Die Archive des Rathauses von Brason hielten keine Überraschungen bereit. Zumindest was die Ausstattung anging.

Wie immer lagen die Räume im Keller, waren grob verputzt, hatten verstaubte Deckenleuchten und Regalreihen, die sich unter Tausenden vollgestopfter Akten bogen. Zumindest hatten nicht alle Ordner die gleiche Farbe. Offenbar hatte man im Lauf der Jahre nach dem gegriffen, was man gerade in die Finger bekam: mal Rot, mal Blau, mal Grün, alle Farben waren dabei, und das in keiner bestimmten Reihenfolge.

Selbst in dieser Welt aus Papier lauerte der Geruch der Feuer wie eine Bedrohung.

Niémans und Ivana streiften durch die Gänge. Erpicht darauf, eilig wieder in sein Bett zu kriechen, hatte ihnen der Wachmann die Schlüssel überlassen. Stéphane Desnos wartete am anderen Ende des Raumes, in einer Ecke, in der nur ein langer Tisch stand. Sie hielt sich zwischen Aktenstapeln auf und schien sich auf bestimmte Dokumente zu konzentrieren.

Niémans hatte sie schon eine Weile nicht mehr bei Licht gesehen. Ihm fiel ihre extreme Röte auf, als hätte die Gendarmin eine Taschenlampe verschluckt. Vielleicht war es die Nachwirkung der Kälte, die Folge von Stress – oder es lag an der Aufregung, dass sie etwas Wichtiges gefunden hatte.

Mit wenigen Worten stellte Niémans die Frauen einander vor. Eigentlich hatte er einen Zweikampf der Amazonen erwartet, doch er irrte sich. Die beiden verstanden sich mit einem einzigen Blick und besiegelten ihr Einvernehmen in völliger Solidarität – das musste der alte Macho sich erst einmal reinziehen.

Niémans konnte nicht umhin, den Kontrast zu bemerken. Nicht etwa den zwischen den zwei Frauen, sondern zwischen Ivana und ihm auf der einen Seite und Desnos auf der anderen. Die Gendarmin hatte ihre Jacke ausgezogen und arbeitete in einem dicken blauen Pullover. Ihr gegenüber sahen

Niémans und Ivana aus wie zwei räudige Hunde. Er war mit Asche bedeckt, und Ivana hätte in dieser Jacke und der Hose, die nicht zueinanderpassten, ein Ganove aus einer Vorstadtsiedlung sein können.

»Was hast du gefunden?«

Desnos trat beiseite und wies auf die auf dem Tisch aufgereihten Dokumente.

»Schauen Sie selbst.«

»Ich habe keine Zeit für Rätsel.«

Desnos seufzte. »Es handelt sich um Sterbeurkunden, alle unterschrieben von Patrick Zimmermann.«

»Na und?«, fragte Niémans und trat näher.

»Die meisten sind Kinder unter dreizehn Jahren. Kinder aus der Gemeinde.«

Ivana war schneller als Niémans und griff nach einem der Dokumente. »Zweifellos die Kinder, von denen ich Ihnen erzählt habe.

Desnos warf ihnen einen fragenden Blick zu, und Niémans machte seiner Assistentin ein Zeichen, die Umstände zu erklären. Mit wenigen Worten erzählte Ivana von ihrem Besuch im geheimen Krankenhaus der Diözese und dem Problem mit den rezessiven Krankheiten.

Niémans blätterte in den Urkunden: Fast alle Nachnamen klangen deutsch.

»Wenn diese Kinder krank waren«, meinte er, »ist es doch kein Wunder, dass sie nicht lange lebten. Außerdem bestätigt es nur, dass Zimmermann ihr ›Hausarzt‹ war.«

»Mag sein. Aber schauen Sie sich die Sterbedaten an.«

Nach dem fünften Dokument hatte er es begriffen.

»Sie sterben immer im November«, sagte Desnos. »Zimmermann hat diese Kinder nicht nur behandelt, er hat sie euthanasiert.«

Niémans betrachtete die Gendarmin, die zur Mater dolorosa wurde. Tränen strömten ihr aus den Augen und tropften wie Perlen auf ihren Pullover. Sie schien nicht darauf zu achten, sondern überließ sich ihrem Schmerz.

Die Gesandten entledigten sich also ihres Mülls. Während sie die genetische Verfeinerung ihrer Rasse betrieben, entfernten sie die schlechten Ableger, die Abfallprodukte ihrer inzestuösen Verbindungen.

Aber warum tötete man die Kinder nicht bei der Geburt? Die Frauen kamen in der Diözese nieder. Keine gesetzliche Behörde überwachte ihre »Zucht«. Sicher wäre es ein Leichtes gewesen, einen hilfsbereiten Menschen zu finden, der die Drecksarbeit erledigte. Einen Mistkerl wie Patrick Zimmermann …

Aber nein, sie warteten darauf, dass die Kinder wuchsen und reiften. Außerdem gingen sie das Risiko ein, sie immer am gleichen Tag zu entsorgen. Aber warum?

Niémans schluckte – er kam nicht darauf. Sein Gehirn war wie eine ausschließlich von Insekten und giftigen Spinnentieren bevölkerte Wüste.

»Es muss mit der Weinlese zu tun haben«, mischte sich Ivana ein. Zerbrechlich und entschlossen schien sie sich inzwischen wieder aufgerappelt zu haben. »Zum Ende der Ernte«, erklärte sie, »sortieren sie die schlechten und unbrauchbaren Trauben aus. Das Gleiche tun sie mit ihrem Nachwuchs. Sie schneiden die kranken und sterilen Triebe ab, um wieder von vorn zu beginnen, reiner und verfeinert. Das beste Produkt der Gesandten sind ihre Kinder.«

Ivana hatte gerade einen Volltreffer gelandet – aber wie immer gab es nicht den geringsten Beweis. Wenn sie diese Art Anschuldigung erhoben, würden sie mit Sicherheit einen Reinfall erleben. Kinder, die jedes Jahr um die gleiche Zeit starben? Die Gesandten würden eine Erklärung finden, unterstützt von einem toten Arzt, der alles Mögliche geäußert haben konnte.

Wieder einmal fühlte sich Niémans wie ein stotternder, abgewürgter Motor. Jedes Mal, wenn ein wichtiges Detail auftauchte, jedes Mal, wenn der Motor wieder ansprang, blieb er mangels Kraftstoff oder Energie sofort wieder stehen.

Aber trotz dieser Flaute kamen sie dem Mörder immer näher.

Hier wurden Kinder umgebracht.

Und das war ein verdammt gutes Motiv.

Vielleicht wollten einige Eltern das Spiel der Eugenik nicht mehr mitspielen und hatten beschlossen, die Handwerker des Bösen zu eliminieren.

In diesem Moment klingelte Desnos' Telefon. Sie nahm den Anruf an, bewahrte aber Schweigen. Ihr gerötetes Gesicht blieb ausdruckslos. Nach einigen Sekunden reichte sie den Hörer an Niémans weiter.

»Es ist für Sie.«

»Für mich?«

Er brauchte nur den Bruchteil einer Sekunde, um die Stimme zu erkennen.

»Ich habe den Code gefunden, den du gesucht hast«, verkündete Aperghis.

»Was meinst du?«

»Das, was sich hinter den Wandmalereien verbirgt.«

70

Die Täufer mögen keine Darstellungen. Sie sind gegen Bilder. Gott ist unaussprechlich, Gott ist unsichtbar.«

Ivana betrachtete den Mann, der nur Niémans ansprach und sie und Desnos vollkommen ignorierte. Wieder einmal ein als Mönch verkleideter Frauenfeind – oder umgekehrt. Sie war sich nicht einmal sicher, ob er mit seiner Pelzmütze und dem Sadhu-Bart zu irgendeinem Orden gehörte.

»Diese Sache mit den Fresken passt daher nicht zu ihrem Kultus. Ganz und gar nicht. Also habe ich mich mit dem beschäftigt, was sie wirklich interessiert: mit dem Unsichtbaren.«

Eric Aperghis, der auch Antoine genannt wurde, schien seine Stimme ganz von selbst, ohne Anstrengung oder Wärme, sprechen zu lassen. Ivana konnte ihre Augen nicht von seinen Händen abwenden. Seine Nägel waren so schwarz, als hätte er Kohlen geschippt. Zugleich erinnerten seine zahlreichen Ringe an einen Marktstand in Goa.

»Wichtig ist hier nicht, was Otto Lanz gemalt hat, sondern was er nicht gemalt hat.« Er hatte vier Fotos wie ein Kreuz vor sich hingelegt und in der Mitte einen großen Raum freigelassen. »Ich habe mich hauptsächlich mit den versteckten Bildern des eingestürzten Gewölbes beschäftigt. Das hat dich am meisten interessiert, wenn ich dich richtig verstanden habe.«

»Genau«, sagt Niémans, um zu signalisieren, dass er ganz Ohr war.

»Lanz hat sein Geheimnis nicht nur unter den gefälschten Gemälden verborgen, sondern es überdies auch in seinem ursprünglichen Fresko versteckt.«

»Das musst du mir genauer erklären.«

»Die vier Motive stellen Szenen aus der Genesis dar, dem ersten Buch des Alten Testaments. Aber warum hielt er sich an dieses Werk und nicht an das Buch Hiob oder an Szenen aus dem Neuen Testament? Hierin liegt bereits die erste Botschaft. Oder zumindest das erste Element eines Systems.«

Mit seinem gekrümmten Zeigefinger wies Antoine auf das oberste Bild im Kreuz.

»Diese Darstellung verweist auf das zweite Kapitel der Genesis: Adam und Eva.«

Ivana spürte die beinahe feindselige Ungeduld von Niémans. Er sandte negative Wellen durch den ganzen Raum. Im Moment erklärte ihnen der Asket noch gar nichts.

»Auf der linken Kreuzseite hat Lanz den Turmbau zu Babel abgebildet, was Kapitel elf der Genesis entspricht.«

Niemand machte sich die Mühe, das Bild genauer zu betrachten.

»Gegenüber«, fuhr Aperghis fort, »sehen wir Kapitel siebenundzwanzig des Buches: die Geschichte der Rivalität zwischen Jakob und seinem Bruder. Und schließlich finden wir unten die Darstellung von Rachels Tod, erzählt in Kapitel fünfunddreißig.«

»Ist das etwa alles, was du herausgefunden hast?«, explodierte Niémans plötzlich. »Dinge, die wir schon längst wussten?«

»Nur Geduld.«

Wieder fuhr Antoine mit den Fingern über die Röntgenbilder, als legte er Tarotkarten. »Die Auswahl der Episoden ist nicht logisch. Einige dieser Szenen, wie zum Beispiel Rachels Tod, werden sehr selten in Kirchen dargestellt. Und ich kenne kein anderes Beispiel auf der Welt, wo diese vier Gemälde an einer Wand oder in einem Gewölbe versammelt sind.«

»Ja und?«

»Die Botschaft liegt woanders. Die Botschaft steckt in den Zahlen.«

»In welchen Zahlen?«

Ivana zitterte. Dieser verkalkte Weihnachtsmann war fündig geworden. Genau das hatte Rachel gesagt: »Nicht das Gemalte ist wichtig, sondern das, was nicht gemalt ist. Ihr werdet unser Geheimnis nie erfahren.«

»Genesis Kapitel drei, dann elf, dann das siebenundzwanzigste und schließlich das fünfunddreißigste Kapitel. Zwischen den Episoden liegen immer Achterschritte.«

»Hat die Zahl Acht eine Bedeutung?«

»Nicht die geringste.«

»Eric, verdammt noch mal!«

Der Laienbruder hob beschwichtigend den Arm. Er war wie eine Sanduhr, deren Sandkörner gemächlich durch den Hals fließen.

»Hör genau zu«, befahl er. »Noch einmal: Die fraglichen Szenen finden in jedem achten Kapitel statt, beginnend mit dem Ursprung des Menschen. Jedes Kind hätte bemerkt, dass das Intervall zwischen dem zweiten und dritten Bild nicht acht, sondern sechzehn Kapitel beträgt.«

»Und weiter?«

»Ein Kapitel fehlt. Ein Schritt, der zum System gehört, den Otto Lanz aber nicht dargestellt hat.«

»UND?«

Antoine tippte mit dem Zeigefinger in den leeren Raum in der Mitte des Kreuzes.

»Das fehlende Bild im Zentrum des Freskos entspricht dem Kapitel neunzehn der Genesis.«

»Um was geht es da?«

»Um die Zerstörung von Sodom und Gomorrha.«

»Was könnte das mit den Gesandten zu tun haben?«

»Der erste Teil der Geschichte nichts, aber das, was dann folgt ...«

Niémans beugte sich vor und stützte die Handflächen flach auf dem Tisch. Ivana kannte diese Geste: Normalerweise wollte er sich so daran hindern, dem Verdächtigen eine zu knallen.

»Spuck's aus, verdammt noch mal!«

Ohne dass man es hätte ahnen können, erhob sich Antoine plötzlich und blieb still, mit gesenktem Kopf und auf der Brust gefalteten Händen stehen, als würde er beten.

»Der Rest von Kapitel neunzehn ist die Geschichte von Lot.«

Und wieder folgte eine Episode aus dem Alten Testament.

»Lot«, fuhr Aperghis fort, »war Abrahams Neffe. Mit seiner Frau lebte er in Sodom. Eines Tages beherbergte er zwei von Gott gesandte Engel. Abends wollten die Leute aus der Stadt die Besucher sehen, vermutlich, um sie zu vergewaltigen. Lot trat dazwischen und bot den Männern sogar seine beiden Töchter zum Tausch an. Aber die Männer ließen nicht locker. Daraufhin schlug Gott sie mit Blindheit und warnte Lot, dass er Feuer und Schwefel auf Sodom und die Nachbarstadt Gomorrha regnen lassen würde. Lot hatte gerade noch genug Zeit, mit seinen Töchtern und seiner Frau aus der Stadt zu fliehen. Unglücklicherweise drehte sich die Frau um, um auf die brennende Stadt zu sehen, und wurde in eine Salzsäule verwandelt ...« Antoine wanderte durch den Raum und schwenkte seinen Zeigefinger, als wollte er jemanden anklagen. »Auf die Sünden von Sodom und auf Gottes Strafe dafür zu schauen, war streng verboten. Alles war nun die Angelegenheit des Herrn.«

Niémans trat einen Schritt auf ihn zu, zweifellos um ihn am Kragen zu schütteln.

»Noch ein wenig Geduld, Niémans«, sagte der Laienbruder ruhig. »Lot flüchtete mit seinen beiden Töchtern in eine Höhle. Weil die Töchter sich Sorgen machten, in der Wüste keine Ehemänner zu finden und somit keine Nachkommen zu haben, machten sie ihren Vater eines Abends betrunken und vereinigten sich mit ihm. Aus dieser inzestuösen Verbindung entstanden zwei Völker, die Moabiter und die Ammoniter.«

Niémans ließ seine Faust auf den Tisch krachen. Ivana und Desnos zuckten zusammen.

»Warum sollte uns das interessieren?«

Antoine lächelte. »Völker, die durch Inzest entstanden – erinnert dich das nicht an etwas?«

Niémans baute sich vor dem Asketen auf. »Wir wissen, dass die Gesandten Inzest praktizieren, und zwar schon seit Jahrhunderten. Es ist ekelhaft, es ist schmutzig, es ist alles, was du willst, aber es ist zu alt, um ein Mordmotiv zu sein, verstehst du?«

»Lass mich einfach ausreden. Lot ist eine Art Vorbild für sie. Genauer gesagt denke ich, dass sich die Gesandten mit einem der beiden Völker identifizieren, die von Lots Töchtern abstammen, und zwar mit den Ammonitern. Auf jeden Fall ist es dieses Beispiel, das Otto Lanz ihnen durch das … nicht gemalte Fresko zeigen wollte.«

»Warum gerade die Ammoniter?«

»Weil sie eine bestimmte Gottheit verehrten: den Moloch. Im Hebräischen wird der Name dieser Gottheit MLK geschrieben.«

Ivana erbebte: Das war es. Das war es wirklich.

»Moloch«, fragte Niémans, »ist das der, dem Kinder geopfert wurden?«

»Ganz genau.«

Ivana fiel etwas ein. »Sagt die Bibel, wie die Kinder geopfert wurden?«

»Durch Feuer.«

71

Auf dem Parkplatz der Gendarmerie gab Niémans seine Anweisungen. Alle umliegenden Feuerwachen für den Notfall mobilisieren, sowohl die von Brason als auch die von Guebwiller und Colmar. Alle Scheiterhaufen löschen und jeden Brandherd genau untersuchen, um die Leichen zu finden und diejenigen zu retten, die noch gerettet werden können. Anschließend die Scheusale in den finstersten Kerker werfen, bis der Tod sie auslöschte.

Im Geruch des immer dichter werdenden Rauchs blickten sich die Gendarmen ungläubig an. Doch jetzt blieb keine Zeit für Erklärungen, daran erinnerte sie der Ascheregen, der auf sie herunterfiel.

Während die Einsatzkräfte zu den Fahrzeugen und Transportern rannten, packte Ivana Niémans am Arm.

»Mir ist gerade etwas eingefallen.«

»Nämlich?«

»Heute Abend habe ich gesehen, wie die Gesandten mit Säcken voller Holzkohle über die Felder liefen, um die Scheiterhaufen zu entzünden. Damit haben wir auch die Bedeutung des Fragments im Mund. Es ist ein Hinweis, den der Mörder hinterlassen hat, um über die Art der Opferung aufzuklären.«

»Konntest du nicht früher aufwachen?«

Sie antwortete ihm mit einem geisterhaften Lächeln. »Entschuldigen Sie, Niémans, aber ich habe noch Traubensaft im Gehirn.«

Er nahm sich die Zeit, sie genau zu betrachten, und es war wie ein Blick in den Spiegel. Beide hatten sie in ihrem verdammten Bullenleben schon viel gesehen, er noch mehr als sie, aber ihre Toleranzschwelle war jetzt überschritten.

»Komm, wir nehmen den Megane.«

»Nein.«

»Was ist denn noch?«

Immer noch wirbelte Asche um sie herum.

»Ich hab eine andere Idee. Lassen Sie mich nur machen.«

Niémans öffnete den Mund, verschluckte sich aber an den Rückständen des Feuers. Der bittere Geschmack von unverbranntem Kohlenstoff in seiner Kehle hinderte ihn daran, etwas zu sagen. Innerhalb weniger Sekunden war Ivanas Gesicht so schwarz geworden wie das eines altmodischen Bergmanns. Er selbst sah vermutlich ähnlich aus.

»Für wen hältst du dich?«, schaffte er es zu fragen.

»Für eine Polizistin, die diese Nacht beinahe gestorben wäre. Eine Polizistin, die seit fünf Tagen mitten in dieser Scheiße steckt und sich rund um die Uhr diese Geistesgestörten reingezogen hat. Ich halte mich für Ihre Teamkollegin, die ihren Job getan und jetzt das Recht hat, eine persönliche Spur zu verfolgen.«

»Du nervst ganz schön«, knurrte er und lief auf den Megane zu.

Die Asche hatte endlich den Slogan der Gendarmerie überdeckt: »*UNSER ENGAGEMENT …*«

Reumütig drehte er sich um, um Ivana zuzuwinken oder ihr zumindest ein Lächeln zu schenken.

Sie war verschwunden.

Ivana hatte sich ihr Mobiltelefon zurückgeholt. Während sie mit der einen Hand lenkte, hielt sie in der anderen das Gerät und spürte, dass sie sich wieder als Ganzes fühlte. Der Bildschirm zeigte ihr den Weg zu dem verschlafenen Krankenhaus in Brason.

Desnos hatte ihr ein Fahrzeug geliehen. Sie hatte auch kurz ihre Fragen beantwortet. Während Antoines Enthüllungen war Ivana ein Gedanke gekommen: In der Unterkunft von Patrick Zimmermann würde sich vermutlich der Name des Täufer-Mörders finden. Oder zumindest Hinweise, die es gestatten würden, ihn zu ermitteln.

Sie konzentrierte sich auf die Straße und beobachtete die zischenden Partikel, die von ihren Scheinwerfern wie Schmetterlinge angezogen zu werden schienen. Der Nachthimmel färbte sich rosa, lila und violett wie albtraumhaftes Nordlicht.

Niémans würde diesen Bränden mit seinen Gendarmen und Feuerwehrleuten ein Ende setzen, darüber machte sie sich keine Sorgen. Allerdings würde dieser Aufwand nichts nützen. Ihr Mentor hatte nämlich das Wichtigste vergessen: In dieser Nacht würde man keine Kinder verbrennen. Der Mörder hatte Samuel, Jakob und Zimmermann eliminiert, um die Opferung zu verhindern.

Es fiel ihr nicht allzu schwer, sich das Profil des oder der Verdächtigen vorzustellen: eine Familie von Gesandten, die beschlossen hatte, die mörderische Spirale zu stoppen, weil ihr Kind in diesem Jahr auf der schwarzen Liste stand. Diese Verwandten hatten auf die radikalste Art und Weise gehandelt – sie hatten die unmittelbaren Erben von Otto Lanz beseitigt und sich von der heidnischen Aschezeremonie abgewandt.

Am Stadtrand erreichte Ivana das Krankenhaus von Brason, eine Gruppe brutalistischer Gebäude, Blöcke, die wie alte blutige Plakate auf den roten Himmel geklebt schienen.

Als sie aus dem Auto stieg, stellte sie fest, dass ihr der Geruch von verbranntem Gras und Holz bis zu ihrem Ziel gefolgt war. Winzige Glutpartikel wie Feuerinsekten klammerten sich an ihre Kleidung und bissen in den Stoff. Als wollte sie Mücken loswerden, fuchtelte Ivana nervös mit den Armen und setzte sich im Laufschritt zur Veranda des Hauptgebäudes in Bewegung.

Sie durchquerte eine Halle, deren Wände mit beigen Keramikfliesen ausgekleidet waren, zog den Plan aus der Tasche, den Desnos für sie skizziert hatte, und erreichte den Innenhof, der, wie die Gendarmin es ihr beschrieben hatte, aussah wie ein verlassenes Schwimmbad mit Säulengängen.

Die linke Galerie. Ivana hatte den Eindruck, durch einen vergessenen Tempel, eine uralte Stätte zu streifen, die einem heidnischen Gott gewidmet war und einen mit geheimen Kräften ausgestatteten Offizianten beherbergte. Otto Lanz war der Erste dieser mysteriösen Wächter gewesen. Auf ihn folgte eine Reihe zwielichtiger Ärzte, die schweigend die verlangten Opfer brachten, bis hin zu Patrick Zimmermann.

Am Ende der Galerie führte eine Tür zu einer Treppe. Nach kurzem Zögern ging sie weiter. Die Brandgerüche weigerten sich, ihr zu folgen, aber fast sofort wurden sie durch einen neuen Geruch ersetzt: Formaldehyd, das Parfüm der Toten.

Eine weitere Tür am Ende des Flurs war mit Absperrband

gesichert. Ivana streifte Untersuchungshandschuhe aus Nitril über – ebenfalls ein Geschenk von Desnos – drückte die Klinke, knipste ihre Taschenlampe an und trat ein.

In einem grauen, gefliesten Raum mit Feuchtigkeitsflecken und Rissen in den Ecken standen zwei Untersuchungstische aus Edelstahl. Ein lukenartiges Fenster gab den Blick auf die Feuer draußen frei und wirkte wie ein grell orangefarbener Aufkleber.

Ivana ließ ihren Lichtstrahl über den unheimlichen Ort gleiten und merkte, dass sie zitterte wie Espenlaub. Trotz ihrer Entschlossenheit hatte sie fürchterliche Angst. Ihre Beine zitterten so sehr, dass sie sich auf einen der Rolltische stützen musste, um nicht zu fallen. Die dort vergessenen Instrumente klirrten. Es waren Werkzeuge, mit denen man Fleisch zerschnitt und Knochen zersägte …

Hier also hatten die Gesandten unschuldige Kinder hingebracht, die nichts ahnten und sich vielleicht über den Ausflug freuten. Opfer, die man auf diese Untersuchungstische legte und ihnen eine tödliche Injektion – oder ein Narkosemittel – verabreichte. Sie betete mit aller Kraft, dass es eine schnelle Euthanasie gewesen war, denn sie vermutete, dass der Wahnsinn der Gesandten sie dazu trieb, lebende Kinder zu opfern.

Ihr war zum Kotzen. Hier ging es nicht mehr um einen oder mehrere Morde, sondern um einen wahrhaftigen Genozid, um das genau geplante Auslöschen einer bestimmten Gruppe menschlicher Wesen.

Sie suchte nach einer Tür, doch einen anderen Ausgang gab es nicht. Also kehrte sie in den Flur zurück und erkannte, dass es nach links weiterging. Ihre Furcht wurde stärker. Wovor genau hatte sie Angst? Schließlich waren alle tot. Zumindest das Trio der Anführer. Was die anderen anging, so waren sie im Moment wohl dabei, ihre Scheiterhaufen zu schüren oder sich in den Weinbergen gegen Feuerwehrleute und Polizisten zu wehren.

Umgekippte Stühle versperrten den Flur. Sie kletterte darüber hinweg, kam an einer alten Toilette vorbei, dann an einem weiteren Raum auf der linken Seite, der wohl nur als Abstellkammer diente, und schließlich an einem dritten, der in einen gefliesten Saal ohne Möbel und Fenster mündete.

Schließlich entdeckte sie rechts eine Tür. Vielleicht war es die richtige, denn sie war verschlossen. Metallenes Türblatt und somit keine Chance, es zu zertrümmern. Zumal sie wegen dieser blöden Stühle nicht genügend Anlauf nehmen konnte. Sie zog ihre Pistole und zielte auf das Schloss, und zwar möglichst weit entfernt vom Rahmen, um Querschläger zu vermeiden.

Ein einziger Schuss sprengte Bolzen und Schließhaken. Es roch nach heißem Metall. Sie stieß die Tür auf und wusste, dass sie gefunden hatte, wonach sie suchte. Ein gekacheltes Labor von etwa vier Quadratmetern. An der hinteren Wand eine Luke, die noch kleiner war als die im Raum mit den Toten. In der Mitte des Zimmerchens stand ein Labortisch und links davon ein kleiner, schräg gestellter Schreibtisch aus lackiertem Holz.

Hinter dem Schreibtisch befanden sich mit Gittertüren geschützte Bücherregale, unmittelbar daneben eine Vitrine mit einer Sammlung chirurgischer Instrumente aus vergangenen Jahrhunderten: Skalpelle, Zangen, Scheren …

Das für Ivana Interessanteste aber befand sich auf der rechten Seite des Labortischs: Ein Kühlschrank, wie man ihn in Supermärkten findet, nahm die gesamte Länge der Wand ein. In den Regalen standen Phiolen, Fläschchen und Gläser, deren Inhalt bereits zu verderben begann.

Zweifellos hatte sie die Produkte gefunden, die Zimmermann den kranken Kindern injizierte, um sie zu narkotisieren oder zu töten. Genau danach hatte sie gesucht. Sie hoffte, einen Hinweis zu entdecken, der ihr die Namen der Kinder verraten würde, die in dieser Nacht hätten sterben sollen.

Sie trat näher. Föten, Organe, faseriges Gewebe, aber auch chemische Ausfällungen, die zum Tod führen konnten. Sie öffnete die Glastüren. Im gleichen Moment wusste sie: »Der Kreis hat sich geschlossen«. *Das Biest*. Das Biest befand sich direkt vor ihr. Es hatte kein vor Zähnen strotzendes Maul, wie sie es sich vorgestellt hatte. Und auch keinen mit seidigem Haar bedeckten Körper. Es war viel mächtiger. Es bewegte sich in den Köpfen der Gesandten und übernahm jeden Tag ihre Führung. Es drückte der Entwicklung der Gemeinschaft seinen Stempel auf.

Und dann fand sie, wonach sie suchte. Es waren drei mit Korken verschlossene und mit einem Etikett versehene Reagenzgläser, wie in jedem Krankenhaus üblich. Der Name des Medikaments, *Thiopental*, war deutlich lesbar, ebenso seine Zusammensetzung – Pentothal R, Thiopental R – sowie die Dosierung und das Verfallsdatum.

Auf jedem Etikett stand handschriftlich eingetragen ein Vorname. Die ersten beiden sagten ihr nichts, doch der letzte sprang ihr sofort in die Augen: JEAN.

Jean, der Sohn von Rachel und Jakob, das reglose Kind, das sie auf der Krankenstation gesehen hatte, ehe man auch ihr ein Beruhigungsmittel injizierte.

Die Mörderin war Rachel.

Sie hatte den Bischof Samuel, den Verwalter Jakob und den Henker Zimmermann ausgeschaltet. Sie, die behauptet hatte, ihre Gemeinschaft zu verteidigen und sich zur reinsten Harmonie weiterzuentwickeln, hatte alle getäuscht. Sie hatte mit Ivana ein doppeltes Spiel gespielt und sich als Blume der Weinberge ausgegeben. Sie hatte aber auch die Gesandten getäuscht, indem sie vorgab, nach dem Mörder zu suchen. Tatsächlich jedoch war ihr Ziel ein ganz anderes gewesen: Sie wollte einfach nur ihr Kind retten. Und bei dieser Gelegenheit die Wahrheit öffentlich machen, indem sie Hinweise auf das jährliche Opferfest hinterließ.

Ivana sah Rachels rundes Gesicht mit den leuchtenden Augen vor sich und ihre seltsame Art zu lächeln, indem sie ihren Kopf hin und her bewegte. Sie war es also, die den Mistkerlen den Schädel zertrümmert, ihnen ein Stück Kohle in den Mund gesteckt und ihre Brust geritzt hatte …

Plötzlich vernahm sie ein Flüstern. Hinter ihr betete jemand.

Sie drehte sich um, aber es war zu spät.

73

Sie erkannte sie sofort. Es waren die beiden Hünen, die sie bereits im Kinderkrankenhaus überrascht hatten. Sie ähnelten Schultze und Schulze, nur mit Strohhüten und breitem Kreuz. Tadellos gekleidet standen sie auf der anderen Seite des Labortischs und riefen mit andächtig gesenkten Augen im Flüsterton den Allerhöchsten an. An dem Tag, an dem sie in der Lauch getauft worden waren, hatten sie vermutlich den gleichen heiter-ekstatischen Ausdruck gehabt.

In den Händen hielten sie altmodische Werkzeuge für den Weinbau: eine sichelförmige Hippe und eine Fuchsschwanzsäge bei dem einen, ein Pflanzholz und eine Gartensichel bei dem anderen.

Als Ivana die Taschenlampe ablegen wollte, um nach ihrer Waffe zu greifen, traf die Hippe ihre Hand und schnitt tief in eine der Adern auf ihrem Handrücken. Blitzschnell schlug eine Welle aus Schmerz über ihr zusammen. Die Lampe fiel zu Boden. Im Lichtstrahl sah sie ihr Blut spritzen. Es floss über das zerfetzte Nitril. Trotz allem versuchte sie, nach ihrer Waffe zu greifen, aber ihre Finger schmerzten so sehr, dass sie nicht mehr in der Lage war, richtig zuzupacken. Die Sig Sauer fiel irgendwo in die Dunkelheit.

Schon schwang der andere Hüne sein Pflanzholz. Ivana ließ sich fallen. Der Mann hatte so viel Schwung, dass sein Arm bis zum Ellenbogen in die Glastür der Vitrine eindrang. Ivana kauerte auf dem Boden, presste die Linke auf den rechten Handrücken, um die Blutung zu stillen, und versteckte sich unter dem Labortisch. Die Schmerzen in ihrer Hand tobten.

In einem Regen aus Glassplittern und Formaldehyd trabten die Galoschen der Mörder um den Schreibtisch herum. Die Mistkerle bückten sich sogar, beugten sich vor, um sie zu finden, und schnauften dabei wie Stiere. Ivana rutschte von einer Seite zur anderen, wobei sie darauf achtete, außerhalb der Reichweite von Hippe und Säge zu bleiben, mit denen die Männer in der Dunkelheit herumstocherten.

Sie hob eine Glasscherbe auf und zielte auf ein Bein. Die scharfe Kante drang zwar in die Wade ein, schnitt aber auch in ihre Handfläche. Ihre rechte Hand sah jetzt aus wie blutiges Hackfleisch in einem Chirurgenhandschuh. Ohne den Schmerz zu beachten, drückte sie die Scherbe mit der anderen Hand kräftig in das Schienbein des Angreifers.

Ein Grunzen. Der Mann wich zurück. Ivana nutzte den Schreckmoment, um unter dem Labortisch hervorzuspringen und sich aufzurichten. Sie schwankte kurz. Die Orientierung hatte sie komplett verloren. Alles, was sie sehen konnte, war ihre Lampe, die in einer Pfütze lag, und die Gestalt des zweiten Mannes, der sie angriff.

Mit Gartensichel und Pflanzholz. Sie duckte sich hinter den Schreibtisch. Der Mann streckte den Arm aus. Die Tischplatte war nicht breit genug, um ihn auf Abstand zu halten. Sie schob das Pult in Richtung ihres Gegners, wich zurück und drängte sich gegen das Bücherregal. Der Typ wirbelte mit den Armen wie in einem Mantel-und-Degen-Film. Sie sah das Aufblitzen seiner Waffen – einmal, zweimal. Beim dritten Mal rutschte sie auf einem der schleimigen Organe auf dem Boden aus.

Sie fiel rückwärts und zerriss dabei ihre Jacke am Gitter des Bücherschranks. Schon umrundete der Bärtige den Schreibtisch. Ivana versuchte aufzustehen. Es misslang. Sie versuchte es erneut und kollidierte unsanft mit der Vitrine neben den Bücherregalen. Das Glas zerbrach, und die alten chirurgischen Instrumente purzelten heraus.

Das war die Lösung.

Mit der Hüfte versetzte sie dem Schreibtisch einen erneuten Stoß, der den Angreifer am Oberschenkel traf und ihr eine Sekunde Aufschub brachte. Sie bückte sich, ergriff eine Schere und blickte auf. Der Mann holte mit dem Pflanzholz aus, beendete die Bewegung jedoch nicht. Erst als er sich rückwärtsbewegte, sah sie die beiden Scherengriffe, die aus seinem blutigen Fleisch ragten.

Sie war schneller gewesen und hatte ihm die Schere in den Hals gerammt.

Sie richtete sich wieder auf, sah zu, wie er zusammenbrach, und drückte mit ihrem Absatz die Schere noch tiefer in seinen Hals, bis sie die Fliesen unter der Spitze spüren konnte. Der Mund des Mörders brodelte in der Dunkelheit.

Für eine Millisekunde glaubte sie, dass alles vorbei sei und dass sie gewonnen habe. Doch eine Hand packte sie an den Haaren und warf sie gegen die Regale mit den Fläschchen und Gläsern.

Als sie gegen die zerbrochene Scheibe stieß, musste sie kurz an ihr aufgeschlitztes Gesicht denken. Dennoch drehte sie sich sofort um und stellte sich dem Feind entgegen. Die Hippe. Der Fuchsschwanz. Sie wollte ihr Gesicht schützen, aber ihr Arm reagierte nicht.

Jetzt war sie geliefert.

Sie schloss die Augen, ohne auch nur einen Gedanken fassen zu können. In dieser Sekunde hallte zwischen den gekachelten Wänden eine Detonation wider, und alles erstarrte. Merkwürdigerweise empfand Ivana weder einen neuen Schmerz, noch spürte sie eine neue Verletzung.

Sie zögerte, ihre Augen zu öffnen. Schon als Kind wollte

sie nie den Kopf heben, um sich keine vergeblichen Hoffnungen zu machen.

Doch dann drang eine Stimme durch die Dunkelheit.

»Du scheinst mich wirklich für total bescheuert zu halten.«

Niémans steckte seine Waffe ein und betätigte den Licht-schalter. Stöhnend hielt sich Ivana eine Hand vor die Augen. Niémans beugte sich über die umgestoßenen Regale und suchte nach einer Phiole oder einer Flasche. Eine hob er auf und schob seine Brille auf die Stirn, um das Etikett zu lesen. Nachdem er es studiert hatte, schob er das Medika-ment beiseite und wählte ein anderes, wobei er die gleiche Apothekershow aufführte.

Noch ganz im Schockzustand und durchtränkt von Blut und Formaldehyd, kam Ivana ein seltsamer Gedanke: *Nié-mans ist nicht alt, er ist kurzsichtig.*

Er zwang sie, sich hinzusetzen, zog ihr vorsichtig den zer-fetzten Handschuh aus und kippte eine ordentliche Dosis Desinfektionsmittel auf ihre beiden Verletzungen – die Hand-fläche und die Ader auf dem Handrücken. Ivana schrie nicht einmal auf. Dazu hatte sie keine Kraft mehr.

»Ich mag manchmal ein bisschen langsam sein, aber schließlich habe ich es doch kapiert«, murmelte Niémans. »Indem er die drei Anführer umbrachte, hat der Mörder das System unterbrochen. Die anderen Gesandten konnten die Zeremonie heute Abend nicht beenden. Übrigens gehe ich jede Wette ein, dass die meisten von ihnen nicht mal wussten, was da gespielt wurde. Diese grausame Erbhygiene war das Werk einiger weniger Irren.«

Ivana wusste darauf nichts zu antworten – diese Überle-gung hatte sie schon vor einer Stunde angestellt. Jetzt war es der Gedanke an ihren Tod, der ihr gerade noch so nah erschienen war, der sich weigerte, sie zu verlassen.

»Noch etwas«, fuhr Niémans fort und riss eine Seite seines Hemdes in Streifen, um einen Verband daraus zu machen. »Wir sind in das Krankenhaus gefahren, von dem du mir erzählt hast. Nur ein einziges Kind fehlte …«

Ivana senkte den Blick und stellte überrascht fest, dass neben einer der Leichen noch die Reagenzgläser lagen, die mit den Namen der Opfer beschriftet waren. Sie hatten den großen Tumult überlebt.

»Es handelt sich um Jean, den Sohn von Rachel«, fuhr er fort und umwickelte Ivanas Hand mit einem Stoffstreifen. »Zunächst dachte ich, er sei durchgebrannt, doch dann sagte ich mir, dass sie ihn vermutlich weggebracht hat, nachdem sie die drei Drecksäcke getötet hatte. Sie ist mit ihm geflohen. Das war's dann …«

Als der Verband fertig war, bedankte sich Ivana mit einem Nicken und hob das Röhrchen mit Jeans Namen auf.

»Das ist das Mittel, das ihm heute Abend gespritzt werden sollte«, erklärte sie. »Übrigens irren Sie sich.«

»Wie bitte? Ich irre mich?«

»Wir müssen meine Waffe finden«, flüsterte Ivana.

Beide beugten sich zum mit Blut und Eingeweiden besudelten Boden hinunter und entdeckten die Sig Sauer, die wie ein Kinderspielzeug in einer bräunlichen Pfütze lag.

Niémans reinigte sie und prüfte den Lauf, indem er den Verschluss betätigte. Dann reichte er Ivana die Waffe. Sie bemerkte die Präzision seiner Bewegung und seine Vorsicht – immer der erhobene Zeigefinger über dem Abzugsbügel.

Ivana griff eher unbesonnen nach der Pistole und steckte sie hastig in ihren Holster.

»Ich weiß, wo Rachel hingegangen ist.«

Kaum sah sie die Scheune wieder vor sich, wusste sie, dass sie richtig geraten hatte.

Dieses Gebäude aus dunkelrotem Holz mit Zinkdach, so nüchtern, dass es sich auf das Wesentliche beschränkte, war der ideale Zufluchtsort für Rachel.

»Was ist das?«, fragte Niémans, der seine Waffe wieder gezogen hatte.

»Die Krippe des kleinen Jesus«, murmelte sie. Mit einer Kopfbewegung wies sie auf die Glock. »Packen Sie die ruhig wieder ein. Darüber sind wir hinaus.«

Niémans gehorchte verlegen. Ohne sich dessen bewusst zu sein, schritten sie geradezu feierlich auf das Gebäude zu. Ivana stieß die Flügeltür auf und entdeckte sofort die junge Frau, die in der Dunkelheit auf der grauen Holzbank saß. Genau da, wo sie Ivana die Füße gewaschen hatte.

Noch immer hing der Geruch von Pferdeäpfeln in der Luft, und auch die Maschinen standen noch an Ort und Stelle. Sogar die Vögel flatterten auf die gleiche Weise auf. An diesem Abend jedoch erinnerte der Raum mit seinen rauen Holzbalken noch viel mehr als beim letzten Mal an ein Kirchenschiff oder einen Ort ursprünglicher Anbetung, an dem das einfachste Wort oder sogar ein Schweigen ausreichte, um seinen Glauben auszudrücken.

Rachel war nicht allein.

In ihren Armen schlief Jean.

Man hätte an eine Pietà denken können, aber Ivana fiel sofort ein Foto von Eugene Smith ein, das sie in ihrer Jugendzeit zutiefst erschüttert hatte: *Tomoko Uemura in Her Bath*.

Das Bild zeigt eine japanische Mutter, die ihr als Folge der Quecksilberverschmutzung in der Minamata-Bucht deformiert geborenes Kind badet.

Hier bot sich die gleiche Harmonie, die gleiche Sanftmut, deren Anblick die heilige Schönheit eines Meisterwerks erreichte. Die Macht der Liebe, strahlend und blendend, die für immer alle seltsamen Schläge des Lebens überwinden würde.

Sie näherten sich, Niémans mit der Hand an seiner Glock, Ivana mit den Händen in den Taschen – sie wollte nicht, dass Rachel ihre Verletzungen sah.

Rachel schien glücklich zu sein, sie wiederzusehen. Die fröhliche Komplizenschaft der ersten Tage war in ihre Augen zurückgekehrt. Vor allem wirkte sie keineswegs überrascht, dass Ivana dem sicheren Tod entronnen war.

Niémans, nie um ein Klischee verlegen, verkündete: »Es ist vorbei, Rachel.«

Zwar hatte er die Handschellen nicht herausgenommen, aber er stand kurz davor.

Rachel machte den Arm frei, der Jeans Nacken stützte – das Kind schlief tief und kuschelte sich völlig natürlich in die Falten ihres schwarzen Kleides –, und legte ihren Zeigefinger auf die Lippen.

»Wecken Sie ihn nicht auf. Es war schwer genug, ihn zum Schlafen zu bringen.«

Sie blickte Ivana an. Unwillkürlich empfand die Polizistin erneut die souveräne Freude und den tiefen Frieden, die sie bei der Fußwaschung verspürt hatte.

Dann betrachtete die Gesandte wieder ihren schlafenden Sohn. Ein Lächeln schwebte über Rachels Gesicht, als träumte sie von dieser Umarmung, jener Sekunde …

»Jakob hatte mir versprochen, dass er Jean niemals opfern würde«, flüsterte sie.

Sie schien durchzuatmen, aber in Wirklichkeit bemühte sie sich, etwas hinunterzuschlucken, das in ihrer Kehle feststeckte. Erst in diesem Moment begriff Ivana, dass Rachel weinte.

»Haben Sie Kinder?«, wandte sich die junge Täuferin an Niémans und hob den Kopf.

»Nein.«

»Es mag vielleicht seltsam klingen, aber ich habe Jean immer mehr geliebt als meine beiden kleinen Mädchen. Oder vielmehr war er immer derjenige, der mehr Liebe brauchte.« Sie begann ihn sanft zu wiegen. »Damit meine ich nicht, dass er zerbrechlicher ist, sondern dass er nichts anderes kennt als Liebe. Sein Bewusstsein besteht ausschließlich aus Licht, und ich habe mich immer bemüht, dieser Tatsache gerecht zu werden. Unschuld ist eine ständige Herausforderung für die Menschen. Wenn ich bei Jean bin, komme ich dem Herrn näher und finde zu jener unberührten Gelassenheit, die das Gegenteil der menschlichen Natur ist.« Ihr Gesicht verzerrte sich, und ihre Iris wurde so dunkel, als hätte ein Stahlstift schwarze Tinte hineingespritzt. »Und deshalb wird Jean, selbst wenn er gebrandmarkt ist, bis zum letzten Tag leben, den Gott für ihn vorgesehen hat. Unter meinem Schutz.«

Ivana war erschüttert, aber Niémans schien nicht auf Rachel hereinfallen zu wollen.

»Während all dieser Jahre«, behauptete er, »hat die Opferung der anderen Kinder Sie nicht gestört.«

Trotz ihrer Tränen lächelte Rachel herablassend. Niémans hatte eine zu einfache und zu rücksichtslose Art, bestimmte Dinge anzusprechen.

»Samuel und Jakob haben gesagt, das wäre der Preis, den wir für unsere Ernte zahlen müssten.«

»Sie meinen den Wein?«

Sie lachte leise und deutlich verächtlich. »Ich spreche von unserem Blut. Die Reinheit unserer Rasse wird dadurch gefestigt, dass wir die rezessiven Gene ausmerzen. Jedes Jahr müssen wir unseren Abfall verbrennen. Mit anderen Worten: Wir entledigen uns unserer missgebildeten Kinder, die es uns in gewisser Weise gestatten … erfolgreiche Exemplare zur Welt zu bringen.«

Rachel warf den Kopf zurück und schloss die Augen. Trotz ihrer noch jungen Jahre hatte sie bereits das Zeug zu einer großen Predigerin, eine von denen, die von einer Kanzel oder einem Hügel aus alle anderen in ihren Bann schlagen können.

»›Wenn dann die Zeit der Ernte da ist, werde ich den Arbeitern sagen: Sammelt zuerst das Unkraut und bindet es in Bündel, um es zu verbrennen; den Weizen aber bringt in meine Scheune.‹«

»Wie konntest du solche Grausamkeiten nur hinnehmen?«, wollte Ivana wissen.

»Zu gewissen Zeiten bedeutet Glaube einfach nur, Befehle zu befolgen.«

»Wer wusste von den Opfern?«, fragte Niémans.

»Jakob, Samuel, Zimmermann und ein paar andere. Ich gebe Ihnen die Namen.«

Ivana griff die Informationen sofort auf. »Hat Zimmermann es für Geld getan?«

»Nein. Er war einer von uns. Wahrscheinlich einer der Tapfersten. Er war bereit, unter den Weltlichen zu leben, um die für unsere Mission notwendigen Produkte besorgen zu können.«

Rachel sah von der Seite hoch. Ivana fühlte sich in diesem Moment an Vermeers *Mädchen mit dem Perlenohrgehänge* erinnert, ahnte jedoch, dass die Perle in diesem Fall ein Körnchen reinsten Wahnsinns war. Rachel hatte offenbar kein Problem damit, Marcels Finger abzuschneiden oder jedes Jahr Kinder zum Opferaltar zu bringen, solange es der geforderten *Ordnung und Gelassenheit* diente.

»Seit wie vielen Generationen dauern diese Gräueltaten schon an?«, fragte Niémans.

»Seit Otto Lanz.«

Ivana kannte die Antwort bereits, aber auch sie war Polizistin. Es war immer notwendig, Dinge klar und deutlich auszusprechen, auch wenn sie sich als extrem unangenehm herausstellten.

»Hast du an der Zeremonie teilgenommen?«

»Ich habe die Kinder ins Krankenhaus gefahren.«

Der Satz traf Ivana wie ein elektrischer Schlag. Für den Bruchteil einer Sekunde verspürte sie eine unbändige Lust, diese unheimliche Kreatur zu töten.

Niémans nahm das Reagenzglas aus der Tasche, das er aus dem Krankenhaus hatte mitgehen lassen.

»Ist das eine tödliche Dosis?«

»Nein.«

»Dann lebten die Kinder also zum Zeitpunkt der Opferung noch?«

»Sicher, sonst wäre es ja kein Opfer gewesen.«

Ivana entdeckte ein Werkzeug – ein langer Griff mit einer dreizackigen Klaue –, das sich geradezu perfekt geeignet hätte, der Gesandten das Gesicht abzureißen. Aber Niémans packte seine Assistentin am Kragen und hielt sie fest, ohne den Blick auch nur eine Sekunde von Rachel abzuwenden. Dieser Griff eines gleichmütigen Mannes, der gegen alle Widrigkeiten seinen Job erfolgreich zu Ende brachte, ließ Ivanas Wut in sich zusammenfallen.

Die Ruhe des Polizisten war wie das Seil, das Kletterer im

Hochgebirge verbindet – um sich abzuseilen, musste sie ihm einfach nur folgen.

»Sind Sie bereit, ein Geständnis zu unterschreiben?«, fragte Niémans, als wollte er Rachel deutlich machen, dass man sich schon so gut wie im Vorzimmer des Richters befand.

»Meine Mission ist erfüllt«, flüsterte die junge Frau und strich wieder über das Haar ihres Sohnes. »Die drei Dämonen, die uns angeführt haben, sind tot. In diesem Jahr wurde kein Kind geopfert. Und es wird nie wieder geschehen.«

Ivana befreite sich aus dem Griff von Niémans und trat auf Rachel zu.

»Deinen Tabak«, befahl sie.

Zum ersten Mal wirkte Rachel erstaunt. Langsam bewegte sie ihre rechte Hand und steckte sie in die Tasche. Gab es ein Risiko? Ivana glaubte es zwar nicht, aber wenn doch, wäre sie sofort bereit, ihre Waffe zu ziehen. *Nur zu*, dachte sie.

Doch Rachel reichte ihr ihren handgemachten Tabak, die unmöglichen Blättchen und ihre Streichhölzer.

Ivana nahm sie ihr aus der Hand und ging auf die Doppeltür der Scheune zu.

76

D ie Morgendämmerung ließ noch auf sich warten, obwohl die Feuer den Himmel überall rosa färbten. Gefangen in der Falle der Nacht, erschien die Erde schwärzer denn je, hart und verdichtet wie Permafrost. Gleichzeitig verliehen ihr die Rauchfahnen über den erloschenen Scheiterhaufen ein heißes, vulkanisches Aussehen.

Ivana fröstelte und widmete sich wieder ihrer Aufgabe.

»Scheiße«, fluchte sie leise.

Mit ihrer Verletzung war es ihr fast unmöglich, eine Zigarette zu drehen. Doch sie blieb hartnäckig und benutzte hauptsächlich die linke Hand.

»Was machst du denn da?«, fragte Niémans hinter ihr.

»Ich drehe mir eine Fluppe.«

»Gib her.«

Er griff nach dem zerknitterten und mit Blut befleckten Röhrchen und machte sich daran, es zu vervollkommnen. Innerhalb weniger Sekunden entstand unter seinen Fingern eine regelmäßige Zigarette.

»Soll ich sie dir anzünden?«

Sie griff mit der gesunden Hand nach dem Glimmstängel, steckte ihn in den Mund und brachte es irgendwie fertig, eines von Rachels Streichhölzern anzureißen.

Der erste Zug brannte in ihrer Kehle.

Beim zweiten wurde ihr schwindelig.

Der dritte gab ihr endlich die Klarheit zurück.

Sie fühlte sich, als ließe sich ihr wahres Wesen wieder in ihrem Körper nieder. Sie spürte, wie sie wieder zu Ivana Bogdanovic wurde, zweiunddreißig Jahre alt, Lieutenant der französischen Polizei in einer zentralen Geschäftsstelle, die wie ein Außenposten der Unterwelt aussah.

Plötzlich empfand sie Ekel. Während sie Rachels Tabak rauchte, hatte sie plötzlich den Eindruck, dass es die Gesandte selbst war, ihre mörderische Grausamkeit und ihre mütterliche Leidenschaft, die in ihre Lunge eindrang.

Sie warf die Zigarette weg. »Erinnern Sie sich an die Avenue Pablo-Picasso 151 in Nanterre? An die Aillaud-Türme?«

»Das war meine Jugend!«, antwortete Niémans in einem gespielt fröhlichen Ton.

»Ich spreche von dem Mädchen auf dem Platz. Das Mädchen, das ihrem Dealer, der übrigens der Vater ihres Sohnes war, ein komplettes Magazin ins Gesicht geschossen hat.«

Niémans trat einen Schritt näher zu ihr. Beide betrachteten den qualmenden, von den erloschenen Feuern noch heißen Horizont.

»Worauf willst du hinaus?«

»Damals haben Sie dieses Mädchen unter Ihre Fittiche genommen und alle Beweise für ihre Schuld gelöscht.«

Niémans warf ihr einen argwöhnischen Blick zu. Ihr langes Gesicht besaß die Härte – aber auch die Schönheit — – einer religiösen Skulptur. Das Gesicht eines Märtyrers oder gar das einer Christusfigur.

»Du willst, dass ich ihre Verbrechen unter den Teppich kehre?«

»Nein, aber ich frage mich, ob ich besser bin als sie.«

Sein Gesichtsausdruck wechselte von Misstrauen zu Hilflosigkeit und schließlich zu Erleichterung.

Er legte seine Hand auf ihre Schulter und öffnete den Mund zu einer Antwort, als hinter ihnen eine Stimme ertönte. »Sollen wir gehen?«

Sie drehten sich um und erblickten ein seltsames Bild.

Rachel stand vor ihnen, in ihrem schwarzen, zerknitterten, an der Brust tränennassen Kleid. Ihr Haar quoll unter ihrer Haube hervor. Sie schob eine Schubkarre vor sich her, in der Jeans Körper wie eingehüllt in seinen Schlaf lag.

Die beiden Polizisten verstanden, traten zur Seite und ließen sie passieren.

Sie machten sich auf den Weg. Den Megane zu nehmen kam nicht infrage – Sie mussten wie Pilger zu Fuß zum Gendarmerieposten laufen.

Ivana hatte den Eindruck, als wäre sie aus sich herausgetreten und beobachtete die Szene aus der Ferne wie auf Breitwand im Kino.

Ein großer Typ mit raspelkurzem Haar, Schutzbrille und schwarzem Mantel und eine junge Frau wie aus einer anderen Zeit, mit einer Haube aus Baumwollbatist und groben Stiefeln, die in einer Schubkarre ein schlafendes Kind schob.

Vielleicht nicht die Prozession des Jahrhunderts und schon gar nicht das *Angelusläuten* des Malers Millet, aber etwas, das mit Glaube und Sünde, mit Nachsicht und Reue zu tun hatte.

Und zweifellos mit einer Form von Gerechtigkeit.